KNAUR

Dani Atkins

Die Achse meiner Welt

Roman

Aus dem Englischen
von Birgit Moosmüller

KNAUR

Die englische Ausgabe erschien 2013
unter dem Titel »Fractured« bei Head of Zeus Ltd., London.

Die amerikanische Ausgabe erschien 2014
unter dem Titel »Then and Always« bei Ballantine Books, New York.

Besuchen Sie uns im Internet:
www.knaur.de

FSC
www.fsc.org
MIX
Papier aus verantwortungsvollen Quellen
FSC® C083411

Deutsche Erstausgabe August 2014
Knaur Taschenbuch

Redaktion: Gisela Klemt; lüra – Klemt & Mues GbR
Umschlaggestaltung: Franzi Bucher, München
Umschlagabbildung: Fotolia; 123RF
Satz: Adobe InDesign im Verlag
Druck und Bindung: CPI books GmbH, Leck
ISBN 978-3-426-51539-6

4 5 3

Für Ralph. Für immer.
Und natürlich für Luke, einfach weil.
Und vor allem für Kimberley,
ohne deren Hilfe es dieses Buch nicht gäbe.

Mein erstes Leben endete an einem eisigen Dezemberabend um 22:37 Uhr auf einer einsamen Straße neben der alten Kirche.
Mein zweites Leben begann etwa zehn Stunden später, als ich im grellen Licht des Krankenzimmers erwachte – mit einer großen Kopfwunde und einer Vergangenheit, an die ich keinerlei Erinnerung besaß. Dass Freunde und Verwandte mein Bett umringten, hätte es mir eigentlich erleichtern sollen, half aber nichts, weil einer aus dieser Runde schon seit geraumer Zeit tot war.

In der Hoffnung, dass ich irgendeinen Sinn erkennen würde, wenn ich das Geschehene zu Papier brachte, beschloss ich, alles aufzuschreiben. Vielleicht wollte ich auch nur allen beweisen – einschließlich mir selbst –, dass ich nicht im Begriff war, verrückt zu werden. Lange Zeit dachte ich, die Geschichte müsste mit dem beginnen, was mir an der Kirche zugestoßen war, als mein Leben im wahrsten Sinne des Wortes in Stücke brach, doch inzwischen ist mir klar, dass ich viel weiter zurückgehen muss, um zu verstehen. Denn in Wirklichkeit begann es schon fünf Jahre früher, am Abend unseres Abschiedsessens.

1

September 2008

Lange nachdem das Geschrei verstummt war und ich nur noch das leise Weinen meiner Freunde hörte, die auf das Eintreffen des Krankenwagens warteten, bemerkte ich, dass ich immer noch den Glückspenny umklammerte. Meine Finger weigerten sich, den kleinen Kupfer-Talisman loszulassen, als könnte ich es durch bloße Willenskraft schaffen, die Zeit zurückzudrehen und die Tragödie ungeschehen zu machen.

War es wirklich erst eine halbe Stunde her, dass Jimmy den schimmernden Penny vom asphaltierten Parkplatz des Restaurants aufgehoben hatte?

»Der bringt bestimmt Glück«, hatte er grinsend gesagt, während er die Münze in die Luft warf und mit einer Hand geschickt wieder auffing.

Ich erwiderte sein Lächeln, sah aber in seinen tiefblauen Augen einen Anflug von Verärgerung aufblitzen, als Matt witzelte: »Hey, Jimmy, sag doch einfach, wenn du knapp bei Kasse bist. Kein Grund, auf der Suche nach Kohle auf dem Boden herumzukriechen!«

Lachend legte Matt mir den Arm um die Schultern und zog mich an sich. Ich hielt Jimmys finstere Miene für eine normale Reaktion auf Matts unnötigen Kommentar, der auf die unterschiedliche finanzielle Situation der beiden anspielte. Damit lag ich vielleicht nicht ganz falsch, doch es war nicht der einzige Grund. Es gab noch einen anderen ... auch wenn ich das erst sehr viel später begriff.

Wir drei warteten im langsam schwindenden Sonnenlicht eines warmen Septemberabends auf den Rest unserer Truppe. Jimmy war schon da gewesen, als Matt und ich auf den Parkplatz eingebogen waren. Demonstrativ hatte Matt erst einmal sämtliche freien Lücken umrundet und nach dem perfekten Platz gesucht, auf dem er seine Neuerwerbung parken wollte. Ich schätze, er befand sich zu dem Zeitpunkt noch in jener seltsamen Flitterwochenphase, in die Jungs verfallen, wenn sie in ihr Auto verliebt sind. Ich hoffte nur, er würde genug gesunden Menschenverstand an den Tag legen und vor den anderen nicht allzu sehr damit prahlen.

Es war ein brandneuer, blitzender Wagen, sportlich und teuer. Viel mehr fällt mir zu Autos grundsätzlich nicht ein. Matt hatte ihn nach Bekanntgabe der Examensergebnisse von seinen Eltern geschenkt bekommen. Allein das verrät genug über Matts Familie, um zu verstehen, warum bei den anderen unserer Clique manchmal die Nerven blanklagen, wenn er Bemerkungen zum Thema Geld machte. Die meiste Zeit war Matt zwar einigermaßen rücksichtsvoll und rieb uns nicht allzu sehr unter die Nase, wie wohlhabend seine Eltern waren, aber hin und wieder entwischte ihm ein unbedachter Kommentar, der für Zündstoff sorgte. Ich hoffte, dass er sich heute im Griff haben würde, denn aller Wahrscheinlichkeit nach war es einer unserer letzten gemeinsamen Abende, zumindest für eine ganze Weile.

»Hast du heute gearbeitet, Jimmy?«, fragte ich, obwohl ich genau wusste, dass dem so war. Ich wollte die Unterhaltung unbedingt auf neutralen Boden lenken.
Jimmy wandte sich mir zu und bedachte mich mit jenem Lächeln, bei dem ich schwören könnte, dass es sich überhaupt nicht verändert hatte, seit er vier Jahre alt war. »Ja, das ist die letzte Woche, die ich bei meinem Onkel helfe, danach gebe ich Schubkarren und Heugabel nur allzu gern wieder ab. Die Gärtnerei und ich gehen in Zukunft getrennte Wege.«
»Trotzdem, sieh es positiv, die tolle Bräune, die du dir diesen Sommer zugelegt hast, hättest du beim Konservenstapeln im Supermarkt nicht bekommen.«
Es stimmte, Jimmys normalerweise helle Haut hatte ein sanftes Goldbraun angenommen, und seine Unterarme wirkten nach der monatelangen Arbeit im Freien wesentlich sehniger und muskulöser als davor. Auch Matt und ich trugen eine schöne Bräune zur Schau – die rührte allerdings von unserem Urlaub in der Villa seiner Eltern in Frankreich. Das war ein weiteres Schulabschlussgeschenk gewesen – für uns beide.
Allerdings hatte mein Vater zunächst Einspruch gegen die Reise erhoben. Er konnte Matt zwar ganz gut leiden, und mein Freund gehörte bei uns zu Hause mittlerweile fast zum Inventar – immerhin waren wir schon beinahe zwei Jahre zusammen –, aber anfangs hatte Dad trotzdem nicht erlauben wollen, dass ich zwei Wochen mit Matts Familie wegfuhr. Zum Teil war es dabei ums Geld gegangen, denn natürlich hatten sich Matts Eltern geweigert, eine Bezahlung für die Reise anzunehmen. Der andere Teil – der große Teil – war die Vater-Tochter-Freund-Sache gewesen. Ich schätze, das ist bei allen Vätern auf der Welt gleich, aber in unserem Fall schien es noch extremer zu sein, weil keine Mum da war, die die Wogen glättete. Am Ende hatten es Matt und ich schließlich doch geschafft, Dad

zu überzeugen, indem wir ihm erklärten, dass alles ganz jugendfrei ablaufen würde, mit streng getrennten Schlafzimmern und unter ständiger Aufsicht von Matts Eltern – was im Grunde gelogen war.

Ich fragte mich nicht zum ersten Mal, wie mein Dad es verkraften würde, wenn es Ende des Monats für mich an der Zeit war, zur Universität aufzubrechen. Automatisch runzelte ich die Stirn und schob den Gedanken dann entschieden beiseite. Damit schlug ich mich nun schon den ganzen Sommer herum und wollte mir nicht auch noch den Abend mit meinen Freunden verderben, indem ich mich wegen etwas verrückt machte, das ich sowieso nicht ändern konnte.

Zwei Autos, beide beträchtlich älter als das von Matt, von ihren Besitzern aber nicht weniger geschätzt, bogen auf den Restaurantparkplatz ein. Bei dem kleinen blauen Wagen, der direkt neben uns anhielt, flog die hintere Tür auf, und schon klapperte uns Sarah auf unglaublich hohen Absätzen entgegen. Eine Unebenheit am Boden ließ sie kurz bedenklich schwanken, ehe sie beide Arme um mich schlang.

»Rachel, meine Schöne, wie geht's dir?«

Während ich ihre Umarmung erwiderte, dachte ich daran, dass ich sie bald nicht mehr jeden Tag, sondern nur noch in den Semesterferien treffen würde, und für einen Moment blieb mir die Luft weg. Abgesehen von Jimmy war ich mit ihr am längsten befreundet, und egal, wie nahe Jimmy und ich uns standen – schon immer gestanden hatten –, gab es doch ein paar Gesprächsthemen, die man nur mit seiner besten Freundin besprach.

»Entschuldigt unsere Verspätung«, sagte Sarah.

Ich bedachte sie mit einem ironischen Lächeln. Sarah kam immer zu spät. Für ein Mädchen, das von Natur aus so hübsch war, benötigte sie unglaublich viel Zeit, um sich fürs Ausgehen fertig zu machen, und musste erst einmal etliche Frisuren- und Outfit-Varianten durchprobieren, ehe sie dazu zu bewegen war, sich vom Spiegel zu trennen. Trotzdem schien sie mit dem Endergebnis nie zufrieden zu sein, was albern war, weil sie mit ihrem herzförmigen Gesicht, den glänzenden braunen Locken und der zierlichen Figur stets perfekt aussah.

»Wartet ihr schon lange?«, fragte sie, während sie sich bei mir unterhakte und mich von Matt wegzog.

Wahrscheinlich wollte sie damit in erster Linie sicherstellen, dass sie es mit ihren Highheels ohne zu stolpern über den Parkplatz bis zum Restauranteingang schaffte. Oder sie hatte einfach keine Lust, mit anzusehen, wie Trevor und Phil reflexartig auf den Anblick von Cathy reagierten, die gerade aus dem Wagen neben ihnen stieg.

»Jedenfalls lange genug, um Matt Gelegenheit zu geben, Jimmy eine reinzuwürgen«, antwortete ich so leise, dass nur Sarah es hören konnte.

Sie lächelte wissend. »Also noch gar nicht lange!«

Inzwischen hatten wir den terrassenartigen Eingang an der Rückseite des Restaurants erreicht und blieben abwartend stehen, während die Jungs (einschließlich Matt) so taten, als würden sie das einladende Dekolleté, das sich ihnen aus Cathys tiefem Ausschnitt entgegenreckte, nicht bemerken. Zu diesem gewagten Oberteil trug sie eine hautenge Jeans und hochhackige Sandalen, in denen sie offensichtlich – sehr zu Sarahs Leidwesen – ohne Probleme gehen konnte. Cathy sah aus, als wäre sie gerade auf dem Weg zu einem Fotoshooting. Ihr langes blondes Haar fiel ihr locker um die Schultern, und alles an ihr harmonierte so perfekt, dass ich mir einen Moment lang vorkam, als hätte ich mich im Dunkeln angezogen und dabei lauter Klamotten erwischt, die aus einem Wohltätigkeitsladen ausgemustert worden waren.

Cathy hatte sich relativ spät zu unserem Freundeskreis gesellt. Bevor sie in der sechsten Klasse zu uns gestoßen war, hatte unsere Clique aus einer festen Einheit bestanden: Sarah, mir und den vier Jungs. Das Jungen-Mädchen-Verhältnis war ein wenig unausgewogen gewesen, aber da wir alle schon so lange befreundet waren, stellte das kein Problem dar. Nichtsdestotrotz war Cathys allmähliche Aufnahme in die Gruppe von den Jungs weitestgehend begrüßt worden. Die Gründe dafür lagen auf der Hand. Außerdem konnte man mit Cathy, von ihrem Äußeren mal abgesehen, durchaus Spaß haben. Ihre Familie war aus einer wesentlich größeren Stadt nach Great Bishopsford gezogen, wodurch sie anfangs viel weltgewandter und erfahrener gewirkt hatte als wir anderen. Hinzu kam, dass sie eine ausgesprochen offene, freundliche Art und einen wunderbaren Sinn für schwarzen Humor hatte. Wenn sie nicht gerade heftig mit jedem männlichen Wesen im Umkreis von zehn Kilometern flirtete, mochte ich sie wirklich gern.

Sarah dagegen hatte stets Vorbehalte gegen sie. Wenn Cathy ihr mal wieder auf die Nerven gegangen oder zu nahe getreten war, hörte ich sie bei mehr als einer Gelegenheit finster murmeln: »Wer zuletzt kommt, fliegt zuerst.«

Als Jimmy nun über den Parkplatz geschlendert kam, um sich zu uns zu gesellen, trat Sarah einen Schritt beiseite und begann, die Speisekarte zu studieren, die neben der Tür in einem Glaskasten hing. Die anderen waren zu Matt hinübergeeilt, um seinen Wagen zu bewundern – oder Cathys Dekolleté, dachte ich leicht gehässig, während ich beobachtete, wie sie sich demonstrativ vornüberbeugte, um die Alu-Felgen zu bewundern. Als ob sie sich etwas aus Autofelgen machen würde!

»Du siehst viel besser aus als sie«, flüsterte Jimmy mir ins Ohr. Er hatte sofort durchschaut, was mir durch den Kopf ging.

»Sind meine Gedanken so leicht zu lesen?«, fragte ich und erwiderte sein Lächeln, woraufhin er mich mit diesem besonderen Grinsen bedachte, das ich so gut kannte. Es reichte hinauf bis in seine Augenwinkel und brachte sein ganzes Gesicht zum Strahlen.

»Wie ein Buch«, bestätigte er, »aber ein gutes.«

»Du meinst, wie ein altes zerfleddertes Taschenbuch, im Gegensatz zu einem Hochglanzmagazin.«

Er verstand die Analogie und folgte meinem Blick hinüber zu Cathy, die neben Matt stand und gebannt lauschte, während er irgendetwas über den Wagen zum Besten gab.

»Du brauchst dir keine Sorgen zu machen«, beruhigte mich Jimmy und drückte freundschaftlich meine Schulter. »Matt wäre verrückt, ihr schöne Augen zu machen, wo er doch dich hat.«

»Hm.« Mehr brachte ich als Antwort nicht heraus, weil ich überrascht feststellte, dass ich wegen seiner herzlichen Worte rot wurde. Rasch wandte ich mich ab.

Angesichts meines Spiegelbilds, das ich im Fenster des Restaurants erblickte, hatte ich allerdings nicht das Gefühl, dass mein alter Freund ganz ehrlich mit mir war. Und falls er es tatsächlich so meinte, sollte er ernsthaft in Betracht ziehen, seine Augen testen zu lassen. Ich würde bei Männern niemals die gleiche Art von Reaktion hervorrufen wie Cathy. Ich hatte langes dunkles Haar, glatt, was derzeit modern war, große Augen, die ohne Kontaktlinsen so gut wie gar nicht funktionierten, und Lippen, die ein wenig zu breit geraten waren. Ein durchaus gefälliges, aber keineswegs atemberaubendes Gesicht. Ich war selbstkritisch genug, um zu wissen, dass meinetwegen niemals der Verkehr zum Stillstand kommen würde. Vorher hatte ich damit auch nie ein Problem gehabt, aber seit ich mit Matt zusammen war, der – blicken wir den Tatsachen ins Auge – zweifellos umwerfend aussah, war ich mir meiner Unzulänglichkeiten bewusster denn je.

»Und vergiss nicht, dass du für mich immer das sommersprossige Mädchen mit der Zahnlücke und den abstehenden Ohren bleiben wirst.«

»Damals war ich zehn!«, protestierte ich. »Gott sei Dank gibt es Kieferorthopäden. Musst du mich unbedingt an jedes verdammte Detail aus meiner peinlichen Kindheit erinnern?«

»Ich kann nicht anders«, entgegnete Jimmy.

Bestimmt hätte ich wegen dieser seltsamen Bemerkung nachgehakt, wenn sich nicht in dem Moment die anderen zu uns gesellt hätten.

»Kommt, Leute«, drängte Matt, während er nach meiner Hand griff und sie fest drückte, »lasst uns reingehen, bevor sie unseren Tisch anderweitig vergeben.«

Wir traten durch die große Doppeltür, die Arme untergehakt oder um eine benachbarte Schulter gelegt, ohne zu ahnen, dass sich in der folgenden halben Stunde unser Leben für immer verändern sollte, und zwar unwiderruflich.

Man führte uns zu unserem Tisch, der sich an der Vorderseite des Restaurants an einem großen Fenster befand, von wo wir einen wunderbaren Blick auf die Hauptstraße und die hoch oben auf dem Hügel thronende Kirche haben würden. Während wir uns zwischen den Tischen zu unseren Plätzen durchschlängelten, sah ich, wie Cathy mehrere anerkennende Blicke vonseiten der männlichen Gäste auf sich zog. Bei den Damen war auch Matt nicht unbemerkt geblieben. Krampfhaft versuchte ich, die kleine sorgenvolle Stimme zum Schweigen zu bringen, die mir schon seit mehreren Monaten ihre Bedenken ins Ohr flüsterte.

Matt war ein sehr attraktiver Typ. Er zog ganz automatisch die Aufmerksamkeit anderer Frauen auf sich, damit musste ich einfach leben. Doch auch wenn ein Teil von mir die Tatsache genoss, dass er an *meiner* Seite ging und *meine* Hand in der seinen hielt, während wir uns zwischen den dichtstehenden Tischen hindurchschlängelten, war da zugleich auch diese unausgesprochene Sorge, der ich mich früher oder später stellen musste: Was würde passieren, wenn er sich irgendwelchen Verlockungen gegenübersah, sobald wir räumlich voneinander getrennt waren? Würden wir eines der Paare sein, die die Trennung während der Studienzeit überlebten, oder würden wir dem Fluch der Fernbeziehung zum Opfer fallen?

Mein Gedankengang wurde durch den Kellner unterbrochen, der uns mit weichem italienischem Akzent darauf hinwies, dass wir an dem für uns reservierten Tisch angekommen waren. Da in dem überfüllten Restaurant Raumnot herrschte, hatten sie zwei Tische zusammengeschoben, um unsere Gruppe unterzubringen, wodurch sich ein ziemlich schmaler Spalt neben einer Betonsäule ergeben hatte. Jemand musste sich hindurchzwängen, um an den Platz am Fenster zu gelangen.

Ich wünschte, Sarah wäre als Erste dort eingetroffen, denn sie war viel zierlicher als ich. Trotzdem schaffte ich es, mich durch den Spalt zu manövrieren, ohne stecken zu bleiben. Matt glitt auf den Stuhl neben mir, und auch die anderen suchten sich einen Platz und ließen sich nieder. Jimmy wählte den Platz direkt mir gegenüber, woraufhin Sarah sich den Stuhl zu seiner Rechten sicherte. Ich weigerte mich, die peinliche Balgerei um den Platz neben Cathy zu verfolgen, die an Matts anderer Seite saß. Schätzungsweise war die Pole-Position ohnehin ihr gegenüber, von wo man den besten Blick in ihren Ausschnitt hatte. Unter dem Schutz der Tischdecke zog ich den Saum meines eigenen T-Shirts ein Stück hinunter, um meinen Ausschnitt um ein paar Zentimeter zu vertiefen, bemerkte dann aber, dass Jimmy es mitbekommen hatte, und lief erneut wie eine Idiotin rot an.

»Was ist denn so lustig, Jimmy?«, wollte Matt wissen.
Durch einen schrecklichen Zufall verstummten genau in dem Moment alle am Tisch, als wollten sie Jimmys Antwort hören. Mir war klar, dass meine Augen ihm verzweifelt telegrafierten, nur ja nichts zu sagen, doch ich hätte mir deswegen gar keine Gedanken zu machen brauchen.
Jimmy griff seelenruhig nach der Speisekarte und zuckte lässig mit den Achseln. »Nichts, ich musste nur gerade an etwas denken, das mein Onkel heute gesagt hat.«
Während alle anderen Jimmys Beispiel folgten und anfingen, ihre Speisekarten zu studieren, warf ich einen verstohlenen Blick zu ihm hinüber und formte mit den Lippen ein lautloses »Danke«. Aus dem Lächeln, mit dem er reagierte, sprach so viel Herzlichkeit, dass mein Magen aus irgendeinem unerklärlichen Grund einen nervösen Hüpfer vollführte. Verwirrt brach ich unseren Blickkontakt ab und tat so, als würde ich höchst interessiert die Vorzüge der Lasagne mit denen der Cannelloni vergleichen.
Matt schlang den Arm um meine Taille und zog mich an sich, während wir unser Essen wählten. Als ich ein paar Minuten später zu Jimmy hinübersah, war er in ein Gespräch mit Sarah vertieft. Obwohl er meinen Blick auffing und mit einem kleinen Lächeln erwiderte, blieb mein Magen genau dort, wo er hingehörte.
Es war unmöglich, die Nostalgie, die sich mit uns an den Tisch gesetzt hatte, zu ignorieren. Unsere bevorstehende Trennung hing genauso in der Luft wie das Aroma von Tomaten und Knoblauch, das uns umwehte. Mir selbst blieben noch ein paar Wochen, bis ich meinen Studienplatz in Brighton antreten würde, aber Trevor und Phil brachen bereits nach dem Wochenende auf und Sarah nur wenige Tage später. Und ich konnte mir nicht so recht vorstellen, dass sich die Überreste

unserer Gruppe – Cathy, Jimmy, Matt und ich – in den verbleibenden Wochen weiterhin treffen würden.
Dieser plötzliche Widerwille wegzugehen traf mich unerwartet und mit ziemlicher Wucht. Es war keineswegs so, dass ich nicht an die Uni wollte. Natürlich wollte ich das. Ich hatte jedenfalls hart genug gearbeitet, um die Noten zu erzielen, die ich für mein Journalismus-Studium brauchte. An diesem Abend wurde mir nur zum ersten Mal richtig bewusst, dass es sich tatsächlich um das Ende eines sehr wichtigen Kapitels in meinem Leben handelte. Und im Moment konnte ich mich einfach nicht auf den Neuanfang konzentrieren, sondern musste die ganze Zeit daran denken, dass ich meinen Freund zurückließ – ganz zu schweigen von den beiden anderen Menschen, mit denen ich am engsten befreundet war. Lächerlicherweise bekam ich prompt feuchte Augen und wandte rasch den Kopf ab, weil es mir lieber war, mich von den letzten Strahlen der untergehenden Sonne blenden zu lassen, als die Reaktionen der um den Tisch Versammelten mitzubekommen, falls sie merken sollten, dass ich weinte.
»Alles in Ordnung?«, fragte Jimmy leise und beugte sich dabei so weit vor, dass nur ich seine Worte hören konnte.
Matt bestellte gerade den Wein, so dass ich ohne Gefahr antworten konnte.
»Ach, weißt du, ich bin momentan nur ein bisschen sentimental. Die bevorstehenden Veränderungen, die vielen Abschiede, das alles ...« Ich verstummte, weil ich damit rechnete, dass er sich über mich lustig machen würde, stellte jedoch erstaunt fest, dass er stattdessen nach meinen Fingern griff, die nervös mit dem Besteck herumspielten.
Seltsamerweise fühlte es sich ganz anders an als sonst. Das war nicht der gewohnte Händedruck, den ich seit dem Kindergarten so oft gespürt hatte. Wahrscheinlich lag es daran, dass sei-

ne Haut von der sommerlichen Gartenarbeit rauh geworden war. Oder hatte es eher damit zu tun, dass mir meine Hand so klein vorkam, so fest umschlungen von der seinen?
Ich registrierte – besser gesagt spürte –, dass Jimmys Geste langsam in Matts Bewusstsein drang. Doch statt eilig den Rückzug anzutreten, drückte Jimmy noch einmal meine Hand, ehe er den Arm in aller Ruhe wieder wegnahm. Matt reagierte instinktiv, indem er mir den Oberkörper zuneigte und auf diese Weise sowohl meine Aufmerksamkeit als auch sein Territorium zurückforderte. Deshalb dauerte es ein paar Augenblicke, bis ich begriff, dass Jimmy den Glückspenny, den er vor dem Restaurant aufgehoben hatte, aus seiner Hand in meine geschoben hatte, bevor er den Arm zurückzog.
Ich hielt die Münze fest umklammert und verlieh ihr durch meine Gedanken mehr Bedeutung, als ihr eigentlich zukam. Es war typisch für Jimmy, dass er sogar die Aussicht auf Glück mit mir teilen wollte. Schließlich hatten wir all die Jahre schon so vieles miteinander geteilt. Er war für mich mehr wie ein Bruder als ein Freund: Genau genommen stand mir seine ganze Familie näher als viele meiner eigenen Verwandten.
Jimmys Mutter war sehr gut mit der meinen befreundet gewesen, und zwar schon lange, bevor Jimmy und ich auf die Welt kamen. Nachdem meine Mum dann so unerwartet gestorben war – ich war gerade ein paar Jahre alt –, hatten Jimmy und seine Familie die Arme ausgestreckt und sowohl Dad als auch mich in ihr Leben und ihre Herzen geholt. Mir wurde klar, dass Dad nicht das einzige Familienmitglied war, das ich zurückließ, wenn ich wegging. Fast genauso schwer würde es mir fallen, mich von Jimmys Eltern und seinem jüngeren Bruder zu verabschieden.
Als die zwei Flaschen Weißwein eingetroffen waren, die Matt bestellt hatte, hoben alle die Gläser, um einen Toast auszusprechen.

»Aufs Weggehen ...«
»Aufs Durchhalten ...«
»Auf unser neues Leben ...«
»... und alte Freunde ...«
In Letzteres stimmten wir alle ein, und als wir anstießen, brach sich das Licht der Abendsonne funkelnd in unseren Gläsern wie in einem Prisma.
Während die anderen miteinander scherzten und fröhlich plauderten, warf ich einen Blick in die Runde und versuchte, einen mentalen Schnappschuss von dem Moment zu machen. Obwohl ich wusste, dass wir alle an unseren Colleges und Universitäten zwangsläufig neue Freunde finden würden, konnte ich mir momentan nicht vorstellen, dass die neuen Bande, die wir dort schmieden würden, je so stark sein würden wie diejenigen, die zwischen uns sieben hier an diesem Tisch bestanden.
Während mein Blick von einem zum anderen wanderte, prasselte eine solche Vielzahl von Erinnerungen und Emotionen auf mich ein, dass es fast unmöglich war, sie voneinander zu trennen. Trotzdem war jede einzelne Erinnerung ein Baustein in der Mauer unserer Freundschaft, von der ich hoffte, dass sie Bestand haben würde, egal, wohin es uns verschlagen sollte.
Als ich Sarah ansah, musste ich mir ein Lächeln verkneifen. Auf eine seltsame Weise war ich schon jetzt eifersüchtig auf die neuen Freundschaften, die sie im Verlauf ihres Kunststudiums schließen würde. Verrückt, loyal, witzig und unglaublich liebevoll, wie sie war, zählte Sarahs Freundschaft zu meinen wertvollsten Besitztümern. Wer auch immer ihre neuen Freundinnen und Freunde sein mochten, sie wussten gar nicht, was für ein Glück sie hatten.
Und dann war da Jimmy. Ich hatte einen so großen Teil des Sommers damit zugebracht, mir in den düstersten Farben aus-

zumalen, wie es sich anfühlen würde, von Matt getrennt zu sein, dass ich den Gedanken, mich auch von Jimmy verabschieden zu müssen, jedes Mal sofort hastig beiseiteschob, wenn er sich mir aufdrängte. Ich fand es selbst eigenartig, aber die Vorstellung, meinen alten Freund nicht mehr regelmäßig zu sehen, war derart beängstigend, dass ich mir nicht einmal die Zeit zugestehen konnte, mich damit auseinanderzusetzen.

Ziemlich frustriert begriff ich, dass ich nicht annähernd so bereit war, sie alle ziehen zu lassen, wie ich es eigentlich hätte sein sollen.

Während wir auf unser Essen warteten, warf ich hin und wieder einen Blick durch das Fenster auf die Straße, die zur Kirche hinaufführte. Die untergehende Sonne tauchte den Himmel in sanft verlaufende Rot- und Goldtöne, wodurch sich die sonst so triste Hauptstraße in eine magisch leuchtende Farbkomposition verwandelte. Es waren nur wenige Fußgänger unterwegs, aber die Reihen parkender Autos, die beide Straßenseiten säumten, ließen vermuten, dass die Kneipen und Restaurants an dem Abend alle ein gutes Geschäft machten. Irgendwo in der Ferne war das eindringliche Heulen einer Sirene zu hören.

»Rachel, hörst du mir überhaupt zu?«

Ich riss mich von dem Schauspiel draußen los und begriff, dass Jimmy mit mir redete.

»Entschuldige, ich war in Gedanken gerade meilenweit weg … was hast du gesagt?«

Sein Blick huschte hinüber zu Matt, der sich abgewandt hatte und mit Cathy sprach. Jimmy schien es unangenehm zu wiederholen, was auch immer er gerade gesagt hatte.

»Ich habe dich gefragt, ob du morgen Nachmittag bei mir vorbeikommen könntest, falls du nicht allzu beschäftigt bist?«

Diese seltsam zögerliche Anfrage sah ihm überhaupt nicht ähnlich. Sowohl sein Ton als auch das Formelle an seiner Einladung verwirrten mich. Für gewöhnlich tauchten Jimmy und ich einfach ohne Ankündigung vor der Haustür des anderen auf.

»Klar, kann ich machen. Ich wollte sowieso noch mal bei deinen Eltern vorbeischauen, bevor ich aufbreche.«

»Die sind morgen nicht da.« Wieder dieser eigenartige, unsichere Ton. »Morgen ist gar keiner da, nur ich. Ich … ähm … ich würde gern unter vier Augen mit dir reden. Ist das in Ordnung?«

Lag es am Spiel der Abendsonne, oder färbten sich seine Wangen tatsächlich rot?

Er schien nervös auf meine Antwort zu warten, deswegen beruhigte ich ihn rasch. »Ja, kein Problem. Passt es dir gegen zwei?«

Er nickte und seufzte erleichtert, als hätte er etwas geschafft, wovor er Angst gehabt hatte – was meine Neugier nur noch steigerte. Doch ich musste wohl bis zum nächsten Tag warten, ehe ich in Erfahrung bringen konnte, was er auf dem Herzen hatte.

Die Kellner trafen mit den beladenen Tellern ein und stellten sie vor uns ab.

Matt setzte sich aufrecht hin, dann drückte er mir ganz unerwartet einen festen Kuss auf die Lippen.

»Biiiiitte … andere Leute versuchen hier zu essen!«, stöhnte Sarah.

Ich grinste Matt an und hielt mein Gesicht ganz still, während er mir eine widerspenstige Haarsträhne hinters Ohr strich. Es war nur eine unbedeutende Geste, aber später sollte ich mich fragen, was wohl mit uns allen geschehen wäre, hätte er sich nicht so nah zu mir herübergelehnt und dabei den Wagen entdeckt.

»Was zum Teufel …!«, rief er aus.

Ich fuhr herum, und als ich sah, wie ein kleiner roter Wagen oben auf der Hügelkuppe in unser Blickfeld katapultiert wurde und mit allen vier Reifen vom Asphalt abhob, blieb mir vor Verblüffung der Mund offen stehen. Wenige Sekunden später tauchte ein zweiter Wagen auf, der fast genauso schnell und kaum weniger gewagt fuhr. Sein blitzendes Blaulicht und schrilles Sirenengeheule erschütterten den Frieden des Sommerabends. Entsetzt beobachtete ich, wie ein kleiner Lieferwagen aus einer Seitenstraße bog und dessen Fahrer geistesgegenwärtig das Lenkrad rumriss, weil der plötzlich vorbeischießende rote Wagen sonst den Großteil seiner Motorhaube weggerissen hätte. Der rote Wagen schrammte seitlich an mehreren parkenden Autos entlang und ließ eine Wolke glühender Funken auf den ihn verfolgenden Streifenwagen regnen.

Matt erkannte als Erster von uns die drohende Gefahr und sprang auf. Dabei stieß er zwei Teller vom Tisch. »Er hat die Kontrolle verloren! Der Wagen ist außer Kontrolle. Gleich kracht es! Weg vom Fenster! *Schnell!*«

Ich ertappte mich dabei, wie ich dämlicherweise dachte: *Oje, was für eine Bescherung.*

Ich konnte durchaus sehen, was draußen gerade passierte, und ich hatte auch die warnenden Worte meines Freundes sehr wohl verstanden. Es war nur so, dass ich plötzlich alles in Zeitlupe ablaufen sah. Es schien keine unmittelbare Notwendigkeit zu bestehen, sich zu beeilen. Uns blieb genug Zeit, vom Tisch wegzukommen. Völlig unnötig, deswegen zwei Teller mit wunderbarem Essen runterzuwerfen.

Ich stand vollkommen neben mir, nahm aber wahr, dass um mich herum alles in Bewegung geriet. Ich sah Jimmy und Sarah von ihren Plätzen aufspringen und zu der Stelle hinüberrennen, wo Phil bereits stand und uns schreiend aufforderte, vom Fenster wegzukommen. Matts Hand blieb an meiner Schulter.

Ich spürte, wie er mich von meinem Stuhl hochzerrte. Mit der anderen Hand schob er Cathy, die neben ihm stand, vom Tisch fort.
Das chaotische Durcheinander aus zurückgestoßenen Stühlen und umgeworfenen Weingläsern konnte nur ein, zwei Sekunden gedauert haben, aber in der Zeit machte ich etwas wirklich Dummes: Ich drehte mich um und starrte durchs Fenster zu dem nahenden Wagen hinaus. Er fuhr inzwischen mitten auf der Straße und raste geradewegs auf die Kurve – und das Restaurant – zu, ohne auch nur eine Spur langsamer zu werden.
Das war der Moment, in dem Matt den Kontakt mit meiner Schulter verlor. Als ich mich voller Entsetzen vom Fenster abwandte, stellte ich fest, dass er und Cathy schon ein ganzes Stück vom Tisch entfernt waren. Ich stolperte los, um ihnen zu folgen, aber Matts Stuhl war umgekippt und klemmte nun in dem Spalt vor der Säule. Mein Fluchtweg war versperrt.
Hektisch zerrte ich an dem umgefallenen Stuhl, schaffte es dadurch aber nur, ihn noch fester zwischen den Rand des Tisches und die Säule zu rammen.
»Rachel!«, schrie Sarah, so laut sie konnte. »Weg vom Fenster!«
Ich stieß und trat gegen den Stuhl. Angst und Adrenalin schossen durch meinen Körper, bis die Geräusche im Restaurant immer mehr zurücktraten und ich nur noch das Rauschen des Blutes in meinen Ohren hörte. Verzweifelt blickte ich hoch zu Matt, der sich daraufhin in Bewegung setzte, um mir zu Hilfe zu eilen, doch Cathy packte ihn unglaublicherweise am Arm und hielt ihn zurück.
»Nein, Matt, nein! Du wirst sterben!«
Das konnte ich genau hören, und ein Teil meines Gehirns – der Teil, der nicht gerade darauf konzentriert war, dem Rest von mir das Leben zu retten – merkte sich genau, was Cathy

getan hatte. Wenn sie glaubte, dass ich ihr das verzeihen würde, irrte sie sich aber gewaltig.
Doch dann drang von der Straße ein anderes Geräusch in mein Bewusstsein: das Kreischen von Bremsen. Ein letztes Mal blickte ich mich um und sah, dass das Auto tatsächlich bremste, allerdings viel zu spät. Inzwischen war es schon so nahe, dass ich das angstverzerrte Gesicht des jungen Fahrers erkennen konnte, der die Augen vor Entsetzen weit aufriss, während das Unvermeidliche immer näher rückte.

Ich sah ihn nicht kommen. Er muss sich mit unglaublicher Geschwindigkeit bewegt haben, um es rechtzeitig bis zu mir zu schaffen. Im einen Moment war ich noch in dem kleinen Bereich zwischen dem umgefallenen Stuhl und dem Fenster gefangen, im nächsten tauchten von der anderen Tischseite schon zwei Arme auf und umklammerten die meinen wie Schraubstöcke.
Woher er die Kraft nahm, weiß ich nicht, aber Jimmy riss mich im wahrsten Sinne des Wortes aus der Falle, in der ich festsaß. Ich erhaschte einen Blick auf sein Gesicht, während er mich über die Tischplatte zerrte, ohne auf die Flaschen und Gläser zu achten, die dabei zerbarsten. Aus seinen Augen sprach eine unbeschreibliche Angst, und während er versuchte, mich zu sich hinüberzuziehen, standen die Sehnen an seinem Hals vor Anstrengung wie Kabel hervor.
Ich klammerte mich an ihm fest und bemühte mich, ihm zu helfen, indem ich mit beiden Füßen hektisch über die Tischdecke strampelte, um mich auf diese Weise vorwärtszuschieben. Hinter uns hörte ich lautes Getöse, als der Wagen von der Straße abkam und auf den Gehsteig donnerte. Und dann warf Jimmy mich. Anders kann man das, was er tat, nicht beschreiben. Wie eine Lumpenpuppe schleuderte er mich in hohem

Bogen auf den Boden, so dass ich plötzlich ein ganzes Stück entfernt aufkam und auf den Fliesen noch ein Stück weiter schlitterte. Dieser Akt unglaublicher Kraft und Tapferkeit hatte die letzten wertvollen Millisekunden in Anspruch genommen, die der Wagen brauchte, um quer über den Gehsteig ins Restaurant zu krachen.
Jimmy stand genau in der Gefahrenzone, als hinter ihm das Fenster explodierte.

Das Erste, was ich spürte, war die Hitze. Etwas Schweres drückte meine Beine nieder und hielt sie unter einer Last aus Schmerz gefangen, es brannte wie Feuer. Außerdem schien überall Wasser zu sein, dickes, salziges Wasser, das mir in Strömen von der Stirn in die Augen und in den Mund lief. Ich versuchte zu schreien, doch es kam kein Geräusch. In meinen Lungen war nur feuchter Dampf. Hinter mir schrie jemand, eine andere Person weinte. Ich versuchte, den Kopf zu wenden, konnte aber wegen einer klebrigen Feuchtigkeit, die mich am Sehen hinderte, nicht das Geringste erkennen. Vorsichtig hob ich eine Hand an den Kopf, um mir über die Augen zu wischen. Sofort waren meine Finger mit Blut bedeckt. Um mich herum lagen Trümmerhaufen, die mir die Sicht auf die weinenden und schreienden Menschen versperrten. Es war unmöglich zu sehen, was von dem ramponierten Fahrzeug – halb im Raum, halb auf dem Gehweg – noch übrig war, denn die Luft war erfüllt von dichtem Rauch, der teils aus dem Motor, teils von dem zermalmten Mauerwerk der Gebäudefront stammte. Auf und unter mir spürte ich Glassplitter. Demnach lag ich zwischen den Überresten des Fensters.
Hinter mir wurde noch hektischeres Geschrei laut, und gleichzeitig kam Bewegung in die Mauerbrocken und das Geröll. Ich begriff, dass irgendjemand versuchte, zu uns vorzudringen. Zu

uns, nicht nur zu mir. *Natürlich* nicht nur zu mir. Jimmy war auch noch da gewesen, als der Wagen durch das Fenster krachte. Jimmy, der seine sichere Position verlassen hatte, um mich zu retten.

Ohne mich darum zu kümmern, dass mein Blut noch schneller floss, wenn ich den Kopf drehte, schaffte ich es, den Hals drei, vier Zentimeter vom Boden zu heben, um nach ihm Ausschau zu halten. Der Nebel aus Staub und Rauch war immer noch zu dicht, aber ich bildete mir ein, knapp einen Meter seitlich von mir etwas erkennen zu können. Mauerbrocken und ein langes, verbogenes Metallstück lagen in einem eigenartig schiefen Winkel auf einem langen, weißen Brett. Als sich der Dunst allmählich lichtete, begriff ich, dass es sich nicht um irgendein Brett handelte, sondern um das, was von unserem Tisch übrig war. Die Tatsache, dass die Platte nicht flach auf dem Boden lag, sondern leicht schräg hochragte, hatte damit zu tun, dass sich etwas – oder jemand – darunter befand.

Ohne noch irgendetwas anderes wahrzunehmen, warf ich meinen Arm in die entsprechende Richtung und versuchte verzweifelt, den zusammengebrochenen Tisch zu erreichen, beziehungsweise das, von dem ich wusste, dass es darunter lag. Zuerst spürte ich nichts, doch dann strichen meine Fingerspitzen einen Moment lang über etwas Weiches.

»Jimmy!«, krächzte ich heiser. »Jimmy, bist du das? Kannst du mich hören?«

Keine Antwort.

»Jimmy!« Ich fing an zu weinen. Die Tränen schnitten kleine Rinnsale durch den Schmutz und das Blut auf meinem Gesicht. »Jimmy! Nein! Sag doch etwas, Jimmy …«

Nachdem sich Staub und Schutt gesetzt hatten, konnte ich zumindest schemenhaft erkennen, was ich mit den Fingerspitzen ertastet hatte: Jimmys Unterarm ragte unter den Überresten des Tisches hervor. Mehr war von ihm nicht zu sehen, nur sein Unterarm. Der Arm wirkte immer noch muskulös und gebräunt. Es war erst wenige Momente her, dass er die Kraft aufgebracht hatte, mich aus dem Gefahrenbereich zu zerren. Nun aber bewegte er sich nicht mehr. Lange bevor die Krankenwagen bei uns eintrafen, begriff ich, dass er sich nie wieder bewegen würde.

2

Dezember 2013
Fünf Jahre später

Die Hochzeitseinladung lehnte auf dem Kaminsims, fast verborgen hinter einem kleinen Bündel von Rechnungen und Wurfsendungen diverser Fast-Food-Restaurants. Ich nehme an, dass ich einen lahmen Versuch unternommen hatte, die Einladung unter so viel Papier zu begraben, bis man sie nicht mehr sah. Dann hätte ich am Ende behaupten können, ich hätte sie verschusselt und deswegen den Termin verpasst. Als ob das überhaupt möglich wäre. Natürlich hatte ich eine Antwortkarte geschickt, nachdem die Einladung ein paar Monate zuvor eingetroffen war. Damals war mir das nicht schwergefallen, weil die Rückkehr nach Great Bishopsford noch so weit in der Zukunft lag, dass ich es nicht für nötig hielt, richtig darüber nachzudenken. Nun aber, da das Datum nur noch zwei Tage entfernt war und ich in meiner winzigen Wohnung vor einem offenen kleinen Koffer stand, konnte ich nicht mehr nachvollziehen, warum ich je der Meinung gewesen war, stark genug zu sein, es zu schaffen: zurückzukehren.

Ich hörte auf zu packen und nahm die geprägte Karte vom Kaminsims. *Mr. und Mrs. Sam Johnson freuen sich, hiermit ganz herzlich zur Vermählung ihrer Tochter Sarah mit David …* Behutsam ließ ich den Zeigefinger über den erhabenen, in schnörkeliger Schreibschrift gedruckten Namen gleiten. In dem Moment war mir wieder klar, dass ich hin *musste.* Ich konnte es einfach nicht bringen, unter irgendeinem fadenscheinigen Vorwand nicht zur Hochzeit meiner besten Freundin zu erscheinen, nur, weil die Feier in meinem alten Heimatort stattfand. War es überhaupt der Ort, vor dem ich Angst hatte, oder waren es die Erinnerungen, von denen ich wusste, dass sie dort auf mich warteten? Erinnerungen, die ich bisher erfolgreich verdrängt und nie an die Oberfläche gelassen hatte.

Während ich immer noch die cremefarbene Einladungskarte in Händen hielt, hob ich den Kopf, um mich im Spiegel über dem Kamin zu betrachten. In meinen Augen sah ich die Wahrheit: an den Ort zurückzukehren war nur das halbe Problem. Am meisten fürchtete ich mich davor, alle zum ersten Mal seit Jahren wiederzusehen. Nun, fast alle. Und meine Bedenken waren durchaus angebracht, denn ich wusste, dass es nicht das Wiedersehen mit den Lebenden war, was mir so schwerfallen würde.

Geistesabwesend packte ich weiter meinen Koffer. Im Grunde war es egal, was ich mitnahm. Die Reise würde nur drei Tage dauern, dann wäre ich wieder daheim in meiner Wohnung und konnte mich erneut in der Anonymität der Großstadt verlieren. Für viele mag sich das seltsam anhören, aber ich hatte es tatsächlich zu schätzen gelernt, an einem Ort zu leben, wo einen *nicht* jeder kannte.

Die einzigen Kleidungsstücke, die ich mit etwas mehr Sorgfalt einpackte, waren mein Outfit für den Junggesellinnenabschied und das dunkelrote Samtkleid, das ich mir für die Hochzeit gekauft hatte. Gott sei Dank hatte Sarah am Ende nachgegeben und akzeptiert, dass ich nicht als ihre Brautjungfer fungieren wollte.

»Aber du *musst*«, hatte sie vorher gebettelt und dabei einen Moment lang fast wie die alte Sarah aus unserer Schulzeit geklungen, die mich beschwor, bei irgendeinem verrückten Plan oder Streich mitzumachen, den sie ausgeheckt hatte. Nur dass ich dieses Mal standhaft geblieben war – obwohl ich mich schlecht gefühlt hatte.

Es kam nicht oft vor, dass sie mich in London besuchte, auch wenn wir in Kontakt blieben, indem wir alle paar Wochen mal telefonierten. Ihr Job im Norden nahm sie sehr in Anspruch, und natürlich lebte dort auch ihr Freund Dave – ihr *Verlobter*, korrigierte ich mich im Geiste –, der zu Recht den Großteil ihrer Freizeit beanspruchte. Ich hatte schon vermutet, was mich erwartete, als sie sich für ein Wochenende bei mir einquartiert hatte. Nein zu sagen war allerdings nicht so schwierig gewesen, wie ich es mir vorgestellt hatte.

»Ach, Rachel, überleg es dir doch noch einmal«, hatte sie mich angefleht und dabei so niedergeschmettert geklungen, dass ich tatsächlich kurz ins Wanken gekommen war. »Es gibt keine andere auf der Welt, die ich mir so sehr als Brautjungfer wünsche wie dich! Bitte sag ja!« Als ich daraufhin nur den Kopf geschüttelt hatte, weil ich mir selbst nicht ganz traute und befürchtete, sie könnte sonst womöglich einen Hauch von Unentschlossenheit aus meiner Stimme heraushören, hatte sie die eine Frage gestellt, die es mir erlaubte, ihre Bitte mit gutem Grund auszuschlagen: »Aber *warum* willst du denn nicht?«

Da hatte ich mich für die feige Flucht entschieden und ihre Frage beantwortet, indem ich den Vorhang meines Haars wegschob, das ich seitlich gescheitelt trug, um die weiße, wie ein zickzackförmiger Blitz aussehende Narbe zu verbergen, die von meiner Stirn bis hinunter zur Wange verlief. Sarah schürzte die Lippen und stieß einen Seufzer aus. In dem Moment wusste ich, dass sie sich geschlagen gab.

»Aha, du ziehst also mal wieder deinen alten Trumpf, das entstellte Gesicht, hm?«
Statt einer Antwort lächelte ich nur. Alle anderen, die ich kannte, schlichen auf Samtpfoten um das Thema herum, einzig Sarah besaß den Mut, ihre Worte niemals in etwas anderes zu kleiden als das transparente Kleid der Wahrheit.
»Tja, ich tue eben alles, was nötig ist, damit ich in einer der hinteren Bänke sitzen kann, anstatt in einer kitschigen rosaroten Kreation vorn neben dem Altar stehen zu müssen.«
Einen Moment lang starrte sie mich bockig an, so dass ich schon befürchtete, sie würde mich erneut bedrängen wollen, doch dann schien sie es sich anders zu überlegen und ihre Niederlage anzunehmen, wobei sie nur noch murmelte: »Ich hätte dich auf *keinen* Fall in etwas Rosarotes gesteckt.«
Da nahm ich sie in den Arm. Mir war klar, dass ich sie im Stich ließ, und ich liebte sie dafür, dass sie es mir zugestand.

Bevor ich den Koffer schloss, griff ich nach dem kleinen braunen Glasbehälter mit den Tabletten, der auf meinem Nachttisch stand. Ich wollte ihn in meine Toilettentasche stecken, doch als ich spürte, wie leicht der Behälter war, hob ich ihn stirnrunzelnd hoch und versuchte, in dem schwachen Licht, das an diesem bedeckten Dezembertag durchs Fenster hereinfiel, die darin enthaltenen Tabletten zu zählen. Es waren weniger, als ich gedacht hatte, kaum noch genug für die nächsten Tage. Das konnte doch nicht sein, oder? Ich überprüfte das Datum auf dem Etikett. Es war erst zehn Tage her, dass ich sie bekommen hatte. Die Kopfschmerzen wurden zwar immer schlimmer, aber mir war trotzdem nicht klar gewesen, dass ich in so kurzer Zeit derart viele Schmerztabletten eingenommen hatte. Ein kalter Schauder lief mir über den Rücken. Das war nicht gut. Auch wenn ich meinem Dad etwas vorflunkern konnte, wenn er mich fragte, wie es mir gehe, und ich (dummerweise) sogar versucht hatte, die Ärzte zu belügen, als die Kopfschmerzen zum ersten Mal aufgetreten waren, wusste ich, dass ich bald gezwungen sein würde, mich der Wahrheit zu stellen. Dies waren die Warnsignale, auf die die Ärzte mich vor all den Jahren aufmerksam gemacht hatten. Das war auch der Grund, warum jedes Telefonat zwischen mir und meinem Dad in den vergangenen drei Jahren, die wir nicht mehr zusammenwohnten, die üblichen Fragen enthielt: »Wie geht es dir? Keine Kopfschmerzen oder so was in der Art?« Während der ersten zweieinhalb Jahre konnte ich ruhigen Gewissens antworten, es gehe mir gut. Seit einem halben Jahr aber log ich ihn an. Schließlich hatte ich sogar einen Termin mit dem Spezialisten vereinbart, den ich nicht mehr hatte aufsuchen müssen, seit ich damals von den Folgen des Unfalls genesen war. Als ich ihm von den Kopfschmerzen und ihrer Häufigkeit berichtete, machte er einen beunruhigten Eindruck, was wiederum *mich* beunruhigte, weil ich stark heruntergespielt hatte, wie heftig die Schmerzen in Wirklichkeit waren. Die Tabletten, die er mir verschrieb, waren keine Dauerlösung. Er hatte mir dringend empfohlen, mich im Krankenhaus weiteren Tests zu unterziehen. Ich hatte das Rezept genommen, seinen Ratschlag aber nicht befolgt und es immer wieder hinausgeschoben, einen Termin im Krankenhaus zu vereinbaren. Inzwischen war mir klar, dass ich damit nicht mehr länger warten konnte.

Meinem Vater hatte ich das alles bisher nicht erzählt. Seine eigene Gesundheit bereitete ihm schon genug Probleme. Er musste versuchen, wieder gesund zu werden, und sollte sich nicht auch noch um mich Sorgen machen. Egal, wie wenig Hoffnung seine Onkologen ihm machten, er beendete unsere Telefongespräche immer mit den Worten: »Aber wenigstens geht es *dir* jetzt Gott sei Dank gut.« Ich hatte nicht den Mut, ihm das zu nehmen.

Manchmal frage ich mich, wie viele Spiegel wir wohl zerbrochen haben oder wer uns verflucht hat. Anders lässt sich die unglückliche Geschichte meiner Familie kaum erklären. Zuerst Mum, dann mein Unfall, dann Dads Krankheit und jetzt diese Kopfschmerzen. Gab es irgendwo eine Familie, die mit rund zwanzig Jahren Glück und guter Gesundheit gesegnet war? Denn wie es aussah, hatten wir deren Anteil an Pech zusätzlich zu unserem eigenen aufgebrummt bekommen. Außerdem konnte Dad noch so oft sagen, niemand sei schuld an seiner Krankheit: Ich wusste genau, dass er erst nach meinem Unfall wieder zu rauchen begonnen hatte. Das war seine Art gewesen, mit dem ganzen Druck umzugehen. Hätte er nicht wieder angefangen, wäre er jetzt wahrscheinlich nicht krank.

So viele schreckliche Dinge hingen mit jenem fürchterlichen Abend zusammen. Doch ein gleißendes Gewirr aus Schmerz, schlimmer als die heftigsten Kopfschmerzen, hinderte meine Gedanken daran, sich auf jenen verbotenen Erinnerungspfad zu begeben.

Ich wollte gleich am Morgen aufbrechen und hatte nachgeschaut, wann der früheste Zug in London abfuhr. Ich hatte mir zwei Tage freigenommen. Obwohl sich alle erst am Abend dieses Donnerstags zu Sarahs Junggesellinnenabschied trafen, wollte ich schon früh da sein. Mir war klar, dass ich Zeit brauchte, um mich auf den dreitägigen Besuch einzustimmen. Wie schwer mir das fallen würde, konnte ich erst dann richtig abschätzen, wenn ich dort war.

Sarahs Angebot, bei ihren Eltern zu wohnen, hatte ich ausgeschlagen. So gern ich sie mochte, waren sie doch seit jeher überschwenglicher und hektischer als meine eigene Familie, und ich befürchtete, nicht stark genug zu sein, um diese besondere Sorte von Verrücktheit im Vorfeld der Hochzeit ertragen zu können. Sie schienen das zu verstehen und wirkten nicht beleidigt, als ich ihr Angebot ablehnte und stattdessen ein Zimmer in einem der beiden Hotels der Stadt buchte. Ich ging davon aus, dass viele andere Gäste es ebenfalls so machten, auch wenn etliche von ihnen vielleicht noch in der Gegend lebten.

Während der Zug seine zweistündige Fahrt begann, gestattete ich mir, an die Menschen zu denken, die ich an diesem Abend wiedersehen würde. Meine Freunde aus der Vergangenheit. Wie sich gezeigt hatte, waren die Bande, von denen ich ursprünglich dachte, sie würden uns für immer verbinden, nicht sehr stabil gewesen. Wobei sie sich nicht im Laufe der Zeit einfach gelöst hatten, sondern durch den Leichtsinn eines jungen Mannes abrupt zerschnitten worden waren, der die Kontrolle über ein gestohlenes Fahrzeug verloren hatte.

Sarah hatte immer extrem viel Fingerspitzengefühl bewiesen, wenn sie mir Neuigkeiten über unsere alte Clique erzählte. Durch ihre Besuche bei ihren Eltern und den üblichen Kleinstadttratsch war sie darüber informiert, dass Trevor im Anschluss an sein Studium nach Great Bishopsford zurückgekehrt war und dort gegenwärtig mit seiner Freundin lebte. Sarah hatte sie noch nicht persönlich kennengelernt, wusste aber, dass sie als Abteilungsleiterin in einer Bank arbeitete. Für mich war es schwer vorstellbar, dass sich der Trev meiner Teenagerjahre, der damals in einer Rockband Gitarre gespielt hatte, inzwischen auf eine so sesshafte und respektable Lebensweise verlegt hatte.

Dagegen schien Phil immer noch das Leben eines Nomaden zu führen. Er hatte sich nach der Uni ein Jahr Auszeit genommen. Daraus waren am Ende zwei Jahre geworden, in denen er durch die Welt gebummelt war. Aus seinem Leben als Globetrotter hatte sich schließlich ein Job als freier Fotograf entwickelt. Obwohl seine Familie noch immer in der Gegend lebte, verbrachte Phil zwischen seinen Aufträgen nur wenig Zeit dort und bevorzugte Projekte, die ihn gleich für mehrere Monate ins Ausland führten. Sarah meinte, wann immer ihre Wege sich gekreuzt hätten, habe sie bei ihm eine Ruhelosigkeit gespürt, die seinen Lebensstil erklärte. Offenbar widerstrebte es ihm, sich auf Dauer an einem Ort niederzulassen.

Und dann war da noch Matt ... und natürlich Cathy, denn inzwischen waren die Lebensgeschichten der beiden untrennbar miteinander verbunden. Ich wusste genau, wie schwer es Sarah gefallen war, mir von ihnen zu erzählen. Ganz vorsichtig hatte sie ihre Worte gewählt und sich um die richtige Formulierung bemüht, weil sie nicht sicher war, wie sehr mich das verletzen würde. Erst vor gut achtzehn Monaten hatte sie mir berichtet, dass Cathy und mein Ex-Freund ein Paar waren. Nachdem die Worte durch die Telefonleitung bei mir angekommen waren, wartete ich auf den schneidenden Schmerz – doch er blieb aus. Ich war nur überrascht. Dabei verwunderte mich keineswegs, dass diese beiden unglaublich schönen Menschen zusammen waren, sondern nur, dass Cathy so lange gebraucht hatte, um ihr Ziel zu erreichen.

Wie damals, als Sarah mir von der Beziehung der beiden berichtete, schob ich auch jetzt den Gedanken an Cathy und Matt beiseite. Wenn ich mir gestattete, an Matt zu denken, öffnete ich damit die Tür zu unserer eigenen, traurigen kleinen Geschichte und Trennung, und damit auch zu den Gründen, warum ... was mich wiederum in eine Richtung lenkte, in die ich meine Gedanken bisher nie hatte schweifen lassen.

Als die dichtgedrängten Häuser und Stadtteile allmählich Feldern und freien Flächen wichen, spürte ich, wie sich in mir eine Spannung aufbaute, die ich fast schmecken konnte. Ich schluckte sie mit dem bitteren Kaffee hinunter, den ich im Zugbistro erstanden hatte, und versuchte stattdessen, mich auf den Zweck meines Besuchs zu konzentrieren. Es war *Sarahs* Wochenende, *Sarahs* großer Tag. Ich durfte ihr das auf keinen Fall vermiesen. Sie sollte sich keine Sorgen darüber machen müssen, ob ich mit meiner Rückkehr nach Hause klarkam.

Der Gedanke ließ mich abrupt innehalten: *nach Hause.* War das wirklich mein Zuhause? Empfand ich das immer noch so? Ich lebte seit fünf Jahren nicht mehr dort, streng genommen war es also nicht mehr mein Heimatort. Andererseits hatte ich auch nicht das Gefühl, dass irgendein anderer Ort diesen Titel verdiente. Dads neue Adresse in North Devon, wohin er während der langen, langsam dahinkriechenden Monate meiner Genesung gezogen war, war *sein* Zuhause, nicht meines, auch wenn ich dort fast zwei Jahre gelebt hatte. Letztlich war ich in meiner kleinen Londoner Wohnung zu Hause, die ich allerdings von Anfang an als zeitlich begrenzte Übergangslösung empfunden hatte. Ich hatte sie nur genommen, weil sie nahe an der für mich günstigsten U-Bahn-Linie lag. Ans Herz gewachsen war mir meine Umgebung deswegen nicht. Wie sollte einem auch eine Mietwohnung ans Herz wachsen, die in einem der weniger angesehenen Londoner Stadtteile über einer heruntergekommenen Wäscherei lag? Ich hätte mir etwas anderes suchen sollen, sobald ich mir meine erste Lohnerhöhung erarbeitet hatte. Spätestens ab der zweiten Erhöhung hätte ich das definitiv in Betracht ziehen sollen, aber alles Bekannte und Vertraute besaß für mich etwas Tröstliches, egal, wie stillos es auch sein mochte. In meinen besseren Momenten bezeichnete ich den Stil der Wohnung als Shabby Chic – bloß ohne den Schick. Das brachte es ganz gut auf den Punkt.

Der Rhythmus des Zuges verlangsamte sich. Die Fahrt war viel schneller vergangen, als ich mir das gewünscht hätte. Beim Klang der androgynen Lautsprecherstimme – »Nächster Halt Great Bishopsford« – stellte ich entsetzt fest, dass ich meiner Rückkehr genauso wenig gewachsen war wie zu irgendeinem anderen Zeitpunkt in den vergangenen fünf Jahren. Während der Zug stotternd zum Halten kam, rappelte ich mich hoch, um mein Gepäck aus dem Fach über meinem Kopf zu holen.

»Erlauben Sie«, bot eine Männerstimme hinter mir an. Bevor ich dankend ablehnen konnte, griffen bereits starke, in Leder gekleidete Arme nach oben und hoben den kleinen Koffer herunter. Als ich daraufhin hochblickte, um dem Fremden zu danken, sah ich, wie beim Anblick der gezackten Narbe ein Ausdruck von Mitleid über sein Gesicht huschte, auch wenn er sich sofort wieder im Griff hatte. Ich dankte ihm mit einem kurzen Lächeln und senkte dann rasch den Kopf, wodurch der dichte Vorhang aus Haar den schlimmsten Teil meines gezeichneten Gesichts wieder verhüllte. Das hatte ich mir im Laufe der Zeit so angewöhnt. Es war leichter, die Narbe zu verstecken, als sich damit herumschlagen zu müssen, wie die Leute darauf reagierten. Diejenigen, die beim Anblick der Narbe nicht vor Schreck verstummten, waren womöglich versucht zu fragen, woher sie stammte, aber ich hatte vor vielen Jahren beschlossen, niemals darüber zu sprechen. Vielleicht fürchtete ich mich ja deshalb so davor, nach Hause zurückzukehren. Denn wie sollten meine alten Freunde dieses Wochenende hinter sich bringen, ohne das anzusprechen, was auf die eine oder andere Weise unser aller Leben verändert hatte?

Obwohl es zum Hotel nur ein kurzes Stück zu gehen war, nahm ich mir am Bahnhof ein Taxi. Der kleine Fußmarsch hätte mich an unserer alten Schule vorbeigeführt, doch ich war noch nicht bereit für die Erinnerungen, die diese Route womöglich wachrief. Sobald ich in dem mit Ledersitzen ausgestatteten Taxi saß, hielt ich den Blick fest auf meine Knie gerichtet und versuchte, das Unvermeidliche noch eine kleine Weile hinauszuzögern.

Das Hotelzimmer wirkte sauber und unpersönlich. Ich brauchte gerade mal drei Minuten, um meinen kleinen Koffer auszupacken. Unentschlossen warf ich einen Blick auf den Radiowecker neben dem Bett. Es war fast Mittag, und ich spielte mit dem Gedanken, hinunterzugehen und in der Hotelbar ein Sandwich zu essen. Aber im letzten Moment verließ mich der Mut, so dass ich stattdessen zum Telefon griff, um mir etwas aufs Zimmer bringen zu lassen.

»Kleine Schritte«, ermunterte ich mich selbst, »einen Schritt nach dem anderen, dann geht es schon.« Aus dem Spiegel über der Kommode sah mich mein eigenes Gesicht zweifelnd an. Wenn ich nicht einmal mich selbst überzeugen konnte, wie um alles in der Welt sollte ich dann die nächsten zweiundsiebzig Stunden überstehen?

Nachdem ich gegessen hatte, rief ich Sarah an, um sie wissen zu lassen, dass ich angekommen war. Ich hörte die Erleichterung in ihrer Stimme und nahm bekümmert zur Kenntnis, dass sie offenbar nicht sicher gewesen war, ob ich wirklich kommen würde. Das bestärkte mich in meinen Entschluss durchzuhalten, und sei es nur ihretwegen.

»Komm doch gleich vorbei«, schlug sie vor, »dann muss ich nicht bis heute Abend warten, ehe ich dich sehe!«

Ihr Enthusiasmus brachte mich zum Lächeln, aber das hatte Sarah ja immer geschafft. Ich hoffte nur, dass Dave wusste, was für ein Glück er hatte, seine Zukunft mit einem so besonderen Menschen verbringen zu dürfen.

»Mal sehen«, antwortete ich. »Morgen stehe ich dir den ganzen Tag zur Verfügung, wir werden also auf jeden Fall genug Zeit zum Reden haben, bevor du eine verheiratete alte Lady bist.«

Sie kommentierte meine Worte zuerst mit einem Stöhnen und dann mit einer sehr undamenhaften Bemerkung.

»Ehrlich gesagt«, fuhr ich fort, »würde ich heute Nachmittag gern einen kleinen Spaziergang machen. Mal sehen, ob ich es nicht doch schaffe, mich ein paar von den alten Erinnerungen zu stellen.«

»Möchtest du dabei Gesellschaft haben?«

Ich lächelte über ihr Angebot. Bestimmt hatte sie noch tausend Sachen zu erledigen, doch ich wusste, dass sie das alles ohne mit der Wimper zu zucken in den Wind schreiben würde, wenn ich ja sagte.

»Nein danke«, erwiderte ich, »ich glaube, ich mache das besser allein. Außerdem habe ich das Gefühl, dass ich Kopfschmerzen bekomme.« Automatisch rieb ich mir über die Stirn und stellte fest, dass zumindest dieser letzte Punkt der Wahrheit entsprach. »Da tut mir die frische Luft bestimmt gut.«

»Geh aber nicht so weit, sonst bist du heute Abend für meinen Junggesellinnenabschied zu müde.«

»Den werde ich mir auf keinen Fall entgehen lassen! Wirst du dich verkleiden und ein Krönchen tragen?«

»Nein«, antwortete sie rasch und mit gespielter Entrüstung. »Ich habe dir doch gesagt, dass es keine geschmacklose Mädchenparty wird, sondern eine schicke Veranstaltung für Erwachsene – ein feines Abendessen in Gesellschaft all meiner ältesten Freunde, mit denen ich meinen Abschied vom Jungfernleben feiern möchte. Apropos, du hast doch einen Stripper für mich organisiert, oder etwa nicht?«

»Selbstverständlich«, antwortete ich und musste immer noch grinsen, als ich auflegte.

Die Luft draußen war viel kühler, als ich erwartet hatte, so dass ich froh über meinen dicken Wollmantel und den Strickschal war, den ich mir fest um den Hals geschlungen hatte. Unbewusst und ohne jede Anweisung fanden meine Füße ihren eigenen Rhythmus und führten mich die verschlungenen Seitenstraßen entlang zu meinem alten Zuhause. Ich wehrte mich nicht dagegen. Das war die erste Station, die ich ansteuern musste, und vermutlich noch die leichteste. Hier erwarteten mich keine düsteren Erinnerungen, sondern nur glückliche aus Kindertagen.

Jemand hatte den alten Palisadenzaun durch eine viel vornehmere, schmiedeeiserne Variante ersetzt, und die Haustür leuchtete nun in grellem Grün. Aber abgesehen davon sah noch alles so aus wie früher. Ich fand es irgendwie tröstlich, dass das Haus nicht allzu drastisch verändert worden war, auch wenn mir auffiel, dass der Garten gepflegter wirkte. Dad war nie ein großer Gärtner gewesen. Außerdem hingen in den Fenstern jetzt noble Holzjalousien statt unserer gemütlicheren Vorhänge.

Ich trödelte eine Weile auf dem Gehsteig herum, und eine Welle von Erinnerungen brach über mich herein, ein Kaleidoskop aus Bildern – strahlend hell und ohne dunkle Schatten. Bis vor fünf Jahren war dieses Haus das einzige Zuhause gewesen, das ich kannte, und noch immer repräsentierte es für mich jene Gefühle von Sicherheit und Geborgenheit, die ich nirgendwo anders gefunden hatte. Während ich dort auf dem Gehsteig stand, hatte ich das Gefühl, nach wie vor an diesen Ort zu gehören, doch da ich im Grunde wusste, dass dem nicht mehr so war, empfand ich zugleich ein wehmütiges Ziehen in der Brust. Als mir plötzlich klar wurde, dass ich das Haus seit dem Abend des Unfalls zum ersten Mal wieder sah, erschrak ich ein wenig.

Die Entscheidung wegzuziehen hatte – genau wie das ganze Zusammenpacken und der Verkauf – in den langen, langsam dahinkriechenden Monaten meines Krankenhausaufenthalts stattgefunden. Ob es die richtige Entscheidung gewesen war oder nicht – wer konnte das sagen? In seiner Verzweiflung hatte mein armer Vater damals alles in seiner Macht Stehende getan, um meinen Schmerz zu lindern. Halb wahnsinnig vor Kummer, hatte ich mich auf meinem Krankenbett an ihn geklammert und gefleht, er möge mit mir möglichst weit wegziehen. Also zogen wir weg.
Schlagartig wurden meine Erinnerungen bitter wie Blausäure, so dass ich mich vom Haus abwandte und rasch davonmarschierte. Die eisigen Windböen, die mir ins Gesicht schlugen, ließen meine Augen tränen. Ich zog den Kopf ein und verfiel in einen Laufschritt. An der Kreuzung am Ende der Straße blieb ich stehen. Meine Kopfschmerzen, von den Tabletten zu einem kontinuierlichen Pochen abgemildert, ließen sich durchaus als Vorwand dafür nutzen, die nächste Station zu streichen. Aber ich hatte das Gefühl, mich schon viel zu lange hinter irgendwelchen Ausreden zu verstecken.

Im Gegensatz zu *meinem* alten Zuhause wirkte Jimmys Elternhaus völlig unverändert. Es sah noch exakt so aus, wie ich es in Erinnerung hatte, fast als hätten sie es als eine Art Denkmal für ihn so erhalten. Während ich mit einer Hand bereits den Türklopfer umklammert hielt, durchzuckte mich eine schwache Hoffnung. Vielleicht waren sie ja ebenfalls umgezogen. Zwar hatte Sarah das nie erwähnt, aber wir hatten in den Jahren, die seitdem vergangen waren, nie über seine Familie gesprochen. Manche Wunden waren einfach zu tief.
Falls es sie schockierte, dass ich nach fünfjähriger Abwesenheit plötzlich vor ihrer Haustür stand, ließ Jimmys Mutter es sich nicht anmerken. Janet zeigte auch keinerlei Reaktion auf mei-

ne entstellende Narbe, die sie bestimmt registriert hatte, weil der Wind mir das Haar in langen kastanienbraunen Strähnen um den Kopf peitschte. Ich hoffte, dass es mir ebenso gut gelang, meinen Schock darüber zu verbergen, wie sehr sie in der Zwischenzeit gealtert war. Obwohl sie lächelte und mich mit einer Umarmung willkommen hieß, hatte sich der Kummer so tief in ihr Gesicht gegraben, dass wohl keine neue Emotion je stark genug sein konnte, um das wieder auszugleichen. Ein heftiges Schuldgefühl durchzuckte mich, und ich glaubte, jemand würde mir ein Messer ins Herz rammen. Es war *meine* Schuld, dass sie so aussah. Durch *meine* Schuld hatte sie ihren Sohn verloren.

»Komm herein, Rachel«, sagte sie leise. »Es ist lange her.«

Es war kein einfacher Nachmittag, und als ich schließlich wieder im Hotel eintraf, hatten die Anspannung und die Emotionen des Tages dafür gesorgt, dass sich meine Kopfschmerzen zu einem qualvollen Crescendo gesteigert hatten. Sobald ich in meinem Zimmer war, griff ich in meine Toilettentasche und tastete nach dem Glasbehälter mit den Tabletten. Ich ignorierte die Dosierungsanleitung auf dem Etikett und schluckte gleich zwei Tabletten statt einer – ohne Wasser. Während ich auf das Einsetzen der Wirkung wartete, ließ ich mir in dem kleinen, weiß gefliesten Badezimmer ein Bad einlaufen.

Mit unverändert heftigen Kopfschmerzen glitt ich schließlich in das duftende Wasser. Als ich eine halbe Stunde später rosig und leicht verschrumpelt wieder hinausstieg, ging es mir etwas besser, und bis es an der Zeit war, mich für den Abend fertig zu machen, war der Schmerz zu einem dumpfen, einigermaßen erträglichen Pochen geworden.

Ich versuchte, jeden Gedanken an meinen Besuch bei Jimmys Mutter beiseitezuschieben, auch wenn es im Zusammenhang mit dem, was sie mir gesagt hatte, eine Menge gab, worüber es sich nachzudenken lohnte. Doch diesen Luxus konnte ich mir jetzt nicht gönnen. Zunächst musste ich mich für den bevorstehenden Abend wappnen – einen Abend des Wiedersehens und des Feierns, an dem sicherlich alle die ganze Zeit krampfhaft versuchen würden zu ignorieren, dass wir uns zum ersten Mal zu sechst statt zu siebt trafen.

»Kleine Schritte«, murmelte ich erneut, während ich mich vor der Kommode niederließ und mich zu schminken begann.

Sarah hatte den Ort für das Abendessen gut gewählt. Wir trafen uns in einem schicken Restaurant auf der anderen Seite der Stadt, das uns in unseren Studententagen viel zu teuer und nobel gewesen wäre. Ich traf vorzeitig ein, gute dreißig Minuten vor dem verabredeten Zeitpunkt, weil ich hoffte, dass mir das eine Art mentalen Vorteil verschaffen würde. Nachdem ich dem Oberkellner Sarahs Namen genannt hatte, lehnte ich seinen Vorschlag, mich noch eine Weile an die Bar zu setzen, dankend ab und bat stattdessen darum, an unseren Tisch geführt zu werden. Daraufhin geleitete man mich zu einem großen runden Tisch im hinteren Bereich des Restaurants. Ich entschied mich für einen Platz mit Blick zur Tür, weil ich auf diese Weise sehen konnte, wer als Nächstes eintraf. Auf die breite verspiegelte Wandfläche, die sich direkt gegenüber unserem Tisch befand, hätte ich gern verzichtet. Ich hatte schon im Hotelzimmer viel zu viel Zeit damit verbracht, mir wegen meines Aussehens Gedanken zu machen. Da wollte ich mich nicht noch eine zusätzliche halbe Stunde lang fragen, ob das nachtblaue Kleid mit dem tiefen V-Ausschnitt die richtige Wahl gewesen war. Da ich keine Alternative für diesen Abend eingepackt hatte, konnte ich es sowieso nicht ändern. Immer wieder blickte ich nervös in den Spiegel und zog dabei jedes Mal mein

Haar nach vorn, um sicherzustellen, dass es über meiner Wange hing.
Phil traf als Erster ein. Er war braun gebrannt und viel muskulöser und breitschultriger, als ich ihn in Erinnerung hatte. Zur Begrüßung riss er mich in seine Arme und drückte mich so fest, dass ich schon mit ein paar gebrochenen Rippen rechnete.
»So, jetzt muss ich aber wieder atmen!«
Lachend ließ er mich los und glitt auf den Stuhl neben mir.
»Gut siehst du aus, Rachel«, begann er.
Ich musste mich fast auf meine Hand setzen, um nicht automatisch an meine Wange zu fassen und zu überprüfen, ob mein Haar noch das Gesicht verbarg. Falls es ihm auffiel, war er zu höflich, um etwas zu sagen.
»Es ist so lange her«, fuhr er fort. »Wie ist es dir denn seitdem ergangen? Lebst du noch in Devon?«
Wir brachten uns gegenseitig auf den aktuellen Stand unserer Lebensgeschichten, achteten dabei aber darauf, nicht allzu sehr in die Tiefe zu gehen. Außerdem war seine Geschichte interessant genug, um für Unterhaltung zu sorgen, bis die Nächsten eintrafen: Trevor und seine Freundin Kate. Mir war nicht klar gewesen, dass Sarah auch die Partner eingeladen hatte. Als ich mich dann aber mit Kate bekannt machte, nachdem ihr Freund mich in die Arme gerissen und durch die Luft geschwungen hatte, begriff ich, dass es eine kluge Entscheidung von Sarah gewesen war, die Wiedervereinigung unserer Clique durch Außenstehende aufzulockern. Neue Gesichter würden dem Ganzen den Druck nehmen.
Zum ersten Mal zählte ich die Gedecke am Tisch und fragte mich, für wen das zusätzliche Gedeck bestimmt war. Ich musste nicht lange warten, bis ich die Antwort bekam, denn als Sarah schließlich mit einem ansteckenden Grinsen im Gesicht

hereinstürmte, hatte sie etliche Heliumballons mit der Aufschrift *Bald verheiratet* in der Hand und ihren Verlobten Dave im Schlepptau.
»Welche Frau bringt denn zu ihrem Junggesellinnenabschied ihren Verlobten mit?«, witzelte Phil, während er aufstand, um Dave herzlich die Hand zu schütteln.
»Was soll ich sagen? Er kann einfach nicht ohne mich sein.«
Ich bedachte sie mit einem Lächeln und nickte dann zu den Ballonen hinauf. »Schick.«
»Finde ich auch.«
»Es ist ja wirklich nett hier«, stellte Dave fest, der zuerst Sarah einen Stuhl herauszog, ehe er sich dicht neben ihr niederließ. »Sehr edel.«
»Hm«, bestätigte sie. An mich gewandt, wisperte sie theatralisch und für alle deutlich hörbar: »Du solltest besser zum Telefon greifen und die *Überraschung* absagen, Rach!«
Mittlerweile hatte sich der Sommelier an Trevor gewandt, woraufhin am Tisch eine Diskussion über die zu bestellenden Getränke entflammte.
Sarah nutzte die Gelegenheit, um sich zu mir herüberzubeugen und mir ins Ohr zu flüstern: »Wie geht es dir, Süße? Ich meine, *wirklich.*«
»Geht schon«, flüsterte ich zurück, doch als ich ihre besorgte Miene sah, wurde mir klar, dass ich mir mehr Mühe geben musste. »Es geht mir gut. Hör auf, dir meinetwegen Sorgen zu machen.«
Sie drückte kurz meine Hand und ließ sich dann wieder zurücksinken.
Zum ersten peinlichen Moment kam es, nachdem unsere Getränke gebracht worden waren.
»Wer fehlt denn jetzt noch?«, fragte Trevor unbekümmert.
Unbehagliches Schweigen breitete sich aus.

»Matt und Cathy haben gesagt, sie kommen eventuell ein bisschen später«, erwiderte Sarah rasch, und Dave, der offenbar genau auf einer Wellenlänge mit seiner zukünftigen Frau war, beugte weiteren peinlichen Pausen vor, indem er anfing, eine lange und ziemlich unglaublich klingende Geschichte über ein Erlebnis mit einem Parkwächter zu erzählen.

Wir lachten alle noch, als mir plötzlich auffiel, dass ein paar Gäste an anderen Tischen erwartungsvoll in Richtung Eingang blickten.

Auch als Einzelpersonen hatten die beiden immer schon bewundernde Blick auf sich gezogen, das wusste ich nur allzu gut aus meiner eigenen Zeit mit Matt, aber zusammen waren sie phänomenal: so perfekt, als wären sie gerade einem Hochglanzmagazin entstiegen. Während sie auf uns zusteuerten, registrierte ich, dass beide sogar noch besser aussahen als vor fünf Jahren – falls das überhaupt möglich war. Ich hatte mich in meinem ganzen Leben noch nie so unscheinbar gefühlt, und auch noch nie so leer. Denn wären die Würfel damals anders gefallen und mein Leben anders verlaufen, hätte an diesem Tisch jetzt jemand neben mir gesessen, der mir versichert hätte, dass ich mit meiner Selbsteinschätzung völlig falschlag.

Cathy hatte bei ihrer Kleidung eine spektakuläre Wirkung beabsichtigt, das sah man auf den ersten Blick. Das eng anliegende, rückenfreie schwarze Kleid erfüllte seinen Zweck perfekt: Der tiefe Ausschnitt und der bis zum Oberschenkel reichende Schlitz gewährten aufregende Einblicke und brachten sowohl ihr Dekolleté als auch ihre langen gebräunten Beine bestens zur Geltung. Ihr Haar kam mir blonder vor als früher und war höchst wirkungsvoll um ihr Gesicht drapiert. Noch mehr aber faszinierte mich Matt. Wobei mich sein Aussehen schon immer fasziniert hatte, das gebe ich offen zu. Genau wie Phil erschien er mir größer und kräftiger, als ich ihn in Erinnerung hatte. Sein dunkler Anzug und das steife weiße Hemd sahen teuer aus, und die perfekte Passform verriet mir, dass beides nicht von der Stange stammte. Sein Gesicht wirkte schmaler und kantiger als früher, auch wenn seine Augen noch genauso blitzten wie eh und je. Als sich unsere Blicke begegneten, begrüßte er mich mit einem Lächeln. Ich gab mir Mühe, möglichst überzeugend zurückzulächeln. Dabei schoss mir plötzlich durch den Kopf, dass ich bei seinem Anblick etwas Ähnliches empfand wie am Mittag vor meinem alten Zuhause: das seltsame Gefühl, mit etwas konfrontiert zu werden, das noch irgendwie meins war, mir gleichzeitig aber auch nicht mehr gehörte. Es folgte die übliche Begrüßungsrunde, und ich war froh über das Durcheinander aus Umarmungen, Händeschütteln und Hallos, weil es bedeutete, dass ich meine rein hormonelle Reaktion auf das Wiedersehen mit Matt bereits erfolgreich unterdrückt hatte, als er sich schließlich zu mir herunterbeugte und mich leicht auf die Wange küsste. Cathy folgte seinem Beispiel und begrüßte mich ebenfalls mit einem Kuss. Dabei bemerkte ich, wie beim Anblick meines vernarbten Gesichts ein undefinierbarer Ausdruck in ihre Augen trat. Die Narbe selbst konnte keinen von ihnen schockieren. In der Zeit unmittelbar nach dem Unfall hatten sie mich etliche Male im Krankenhaus besucht – bis ich sie am Ende vergrault hatte.

Der Abend war ein Erfolg und ein Misserfolg zugleich. Oberflächlich gesehen spielten wir unsere Rollen gut. Da war das glückliche zukünftige Ehepaar, umgeben von alten Freunden, die von nah und fern zusammengekommen waren, um den beiden alles Gute zu wünschen. Trotzdem fühlte es sich an, als wären wir alle zweitklassige Schauspieler in einem nicht sehr originellen Stück. Wir sagten zwar immer die richtigen Sätze, erhoben zum jeweils passenden Zeitpunkt die Gläser zu einem

Trinkspruch, aber irgendwie kostete es uns derart viel Mühe, *nichts* über jenes letzte Mal zu sagen, als wir uns zu einem gemeinsamen Essen um einen Tisch versammelt hatten, dass dadurch jede wirkliche Freude im Keim erstickt wurde. Ich fragte mich, wie Kate und Dave die Situation empfanden und ob sie die Beklemmung ebenfalls spürten.

Wie sich herausstellte, hatte ich fälschlicherweise angenommen, dass sich die anderen zumindest in den Semesterferien weiter getroffen hatten. Es überraschte mich zu erfahren, dass es zwar Verabredungen zu zweit oder zu dritt gegeben hatte, all die Jahre aber kein einziges Treffen in größerer Runde. Mir war nicht klar gewesen, dass Jimmys Tod und mein eigenes Abtauchen das Band zwischen uns so nachhaltig zerstört hatten.

Im Laufe des Abends erzählten auch die anderen, was sich in den letzten Jahren in ihren Leben ereignet hatte, und so kam es zu keinen peinlichen Gesprächspausen mehr. Wir erfuhren, dass Matt seit seinem Studienabschluss in der Firma seiner Familie arbeitete und Cathy irgendetwas im PR-Bereich machte. Sie erklärte es, aber um ehrlich zu sein, hörte ich ihr nicht richtig zu, weil mich ihre Körpersprache viel mehr faszinierte als das, was sie sagte. Seit dem Moment, als sie am Tisch Platz genommen hatte, betonte sie mit allem, was sie tat, demonstrativ ihren Besitzanspruch auf Matt. Während wir auf unser Essen warteten, hatte sie mehr oder weniger den ganzen Körper um ihn gewickelt. In Anbetracht der Tatsache, dass der Großteil ihrer Gliedmaßen auf irgendeine Weise um Matt geschlungen war, konnte ich nicht umhin, mich zu fragen, ob sie überhaupt noch einen Arm zum Essen frei haben würde. Seltsamerweise wusste ich genau, dass diese ganze Show einzig und allein für mich bestimmt war. Aber warum? Die Beziehung zwischen Matt und mir war doch schon vor Jahren zu Ende gegangen – wobei *zerbrochen* es wohl eher traf. Nach etlichen extrem schmerzhaften und erfolglosen Versuchen hatte er endlich resigniert und nicht länger versucht – in der vergeblichen Hoffnung, ich könnte es mir doch noch anders überlegen –, Kontakt mit mir aufzunehmen. Ich hatte keinerlei Zweifel daran gelassen, dass ich ihn nicht mehr in meinem Leben haben wollte. Das traf heute noch genauso zu wie damals, was also sollte Cathys Verhalten?

Während der letzte Gang abgetragen wurde, trat der Sommelier neben mich, um mir Wein nachzuschenken, doch ich legte die Hand auf mein Glas.

»Für mich nichts mehr, danke.«

»Du musst doch nicht fahren, oder?«, fragte Trevor, der offensichtlich nicht die Absicht hatte, ihm angebotene alkoholische Getränke auszuschlagen.

»Nein, ich bin mit dem Taxi gekommen«, antwortete ich. Ich hatte mich schon gefragt, wann einem von ihnen auffallen würde, dass ich den ganzen Abend über nur ein paar Mal an meinem Wein genippt hatte. »Ich schätze nur, ich werde einen klaren Kopf brauchen, um Sarah morgen gewachsen zu sein. Ansonsten treibt sie mich sicher in den Wahnsinn.«

Sarah tat, als sei sie beleidigt, und die ganze Runde brach in Gelächter aus. Sie schienen die Lüge zu schlucken. In Wirklichkeit bereitete es mir Sorgen, dass ich nach der Dosis Schmerztabletten, die ich tagsüber eingenommen hatte, überhaupt Alkohol trank. Wie aufs Stichwort entflammten meine Kopfschmerzen schlagartig zu einer lodernden Fackel der Qual. Ich stand auf und hoffte, niemand würde bemerken, dass ich mich einen Moment lang mit beiden Händen am Tisch abstützen musste, um mein Gleichgewicht zu finden.

»Entschuldigt mich bitte kurz«, sagte ich in die Runde und verwandte dann meine ganze Kraft darauf, in einer hoffentlich möglichst geraden Linie Richtung Damentoilette zu verschwinden.

Sobald ich es heil in den ziemlich luxuriös ausgestatteten Raum geschafft hatte, stieß ich erst einmal einen langen, zittrigen Seufzer der Erleichterung aus und ließ mich vorsichtig auf eine kleine, samtbezogene Bank sinken. Hinter meinen Augen wütete noch immer der Schmerz, und zwar so heftig, dass mein Sehfeld an den Rändern zu verschwimmen begann. So schlimm war es erst wenige Male gewesen, und noch nie waren die Schmerzen derart ohne Vorwarnung über mich hereingebrochen. Wobei ich durchaus wusste, dass der Druck, unter dem ich schon den ganzen Tag stand, meinem Zustand nicht zuträglich gewesen war. Mit hektischen Fingern tastete ich in meiner Handtasche nach dem Glasbehälter mit den Tabletten. Beinahe wäre ich vor Frustration in Tränen ausgebrochen, als sich der kindersichere Deckel für eine Sekunde widersetzte und ich mir in meiner Eile auch noch einen Fingernagel abbrach. Wieder nahm ich zwei Tabletten, erneut ohne Wasser. Da mich die grelle Beleuchtung des Raumes blendete, schloss ich die Augen und wartete, bis ich mich wieder einigermaßen gefangen hatte.

Spätestens jetzt war mir klar, dass ich die längst fälligen Untersuchungen im Krankenhaus nicht mehr aufschieben konnte. Diese Kopfschmerzen würden nicht von selbst vergehen. So sehr ich mich auch vor den Ergebnissen der Untersuchungen fürchtete, fest stand, dass mit mir ernstlich etwas nicht stimmte. Nicht zu wissen, was es war, machte die Sache auch nicht besser.

Wenn ich nur dieses Hochzeitswochenende gut überstehe, vereinbare ich am Montag als Allererstes den Termin, schwor ich mir selbst.

Inzwischen hatte ich die Zeit, die ich vom Tisch wegbleiben konnte, ohne dass Sarah sich genötigt fühlen würde, nach mir zu sehen, überschritten. Ich wollte nicht, dass sie auf die Idee kam, meine lange Abwesenheit könne etwas mit Cathys Demonstration ihrer Besitzansprüche zu tun haben. Erst recht aber wollte ich nicht, dass sie mir folgte und bei der Gelegenheit herausfand, warum ich in Wirklichkeit verschwunden war. Urplötzlich ergriff mich eine schreckliche Angst, dass mit mir ernsthaft etwas nicht in Ordnung sein könnte.

Als ich schließlich aufstand, stellte ich erleichtert fest, dass ich mich nicht mehr annähernd so wackelig fühlte wie vorher und auch wieder klar sah. Nachdem ich mir die Hände gewaschen hatte, befeuchtete ich vorsichtig eines der kleinen gefalteten Flanellhandtücher aus dem Korb neben den Waschbecken und drückte mir den weichen, kühlen Stoff an die Stirn. Ich war bereits im Begriff, zu den anderen zurückzukehren, als die Tür des Toilettenraums aufschwang und Cathy hereinkam.

»Alles in Ordnung?«, fragte sie. Obwohl sie die richtigen Worte benutzte, klang der Ton völlig unpassend. Vielleicht lag es auch nur daran, dass aus ihrem Blick keinerlei Interesse an meiner Antwort sprach. Wann war Cathy so hart geworden? Zwar hatte sie schon immer eine aggressive Seite gehabt, aber wir waren trotzdem Freundinnen gewesen. Welchen Grund hatte ich ihr gegeben, mich so zu behandeln? Wenn überhaupt, sollte sie mir dankbar sein. Dass sie sich von Anfang an für Matt interessiert hatte, war klar. Deswegen hätte es sie doch eigentlich freuen müssen, dass ich freiwillig von der Bildfläche verschwunden war. Außerdem lag das alles Jahre zurück.

»Mir geht es gut, ich bin nur ein bisschen müde. Diese Woche war es bei der Arbeit ziemlich hektisch«, log ich.

»Entschuldige, was hast du noch gesagt, was du machst?« Schön zu wissen, wie genau sie aufgepasst hatte, als ich davon erzählt hatte.

»Ich bin Sekretärin.«

»Ach ja. Demnach hast du es also nie in den Journalismus geschafft? Das war es doch, was du eigentlich machen wolltest, oder?«

So ein verlogenes Miststück. Sie wusste nur zu gut, was mir einen Strich durch die Rechnung gemacht hatte und warum ich nicht in der Lage gewesen war, meine Studienpläne in die Tat umzusetzen.

»Nein.« Ich hoffte, dass meine Stimme nicht ganz so giftig klang, wie ich mich fühlte. »Natürlich kam für mich alles anders, nachdem ...«

Sie nickte und wirkte fast eine Spur beschämt, weil sie das Gespräch auf so ungeschickte Weise auf ein schwieriges Terrain gelenkt hatte. Als ich dachte, sie würde doch noch einen Hauch von Mitgefühl an den Tag legen, machte sie aber alles zunichte, indem sie sich demonstrativ die blonde Mähne aus dem makellosen Gesicht strich und sich zum Spiegel beugte, als wolle sie eventuelle Unvollkommenheiten in Augenschein nehmen. Was auch immer sie sah – sei es ihr eigenes perfektes Spiegelbild oder mein von Narben entstelltes –, jedenfalls schien ihre Boshaftigkeit schlagartig zu verpuffen. Zu dem Schluss gekommen, dass sie hier keine Konkurrenz zu fürchten hatte, wandte sie sich mir wieder zu und bedachte mich mit einem unschuldigen Lächeln.

»Ich hoffe, du bist jetzt nicht beleidigt, Rachel, aber hast du je daran gedacht, dich zu erkundigen, ob sich wegen deines Gesichts nicht etwas machen ließe? Du warst doch mal so ein hübsches Mädchen.«

Einen bösen Moment lang spielte ich mit dem Gedanken, mich dumm zu stellen und unschuldig zu fragen: »Wegen meines Gesichts? Warum? Ist damit irgendetwas nicht in Ordnung?« Ich verkniff es mir. So unglücklich ich mit meinem Aussehen auch war, hatte ich nicht die Absicht, einen plastischen Chirurgen aufzusuchen, den sie mir sicherlich empfehlen könnte. Außerdem war es ganz offensichtlich dumm, von der oberflächlichen Person, zu der Cathy geworden war, zu erwarten, dass sie verstand, worum es wirklich ging – nämlich nicht darum, ob man medizinisch etwas machen *konnte,* sondern darum, dass ich *glaubte,* eine Verbesserung meines Aussehens gar nicht zu *verdienen.* Selbst mein Vater und Sarah, die dieses Thema beide schon Jahre zuvor (mit wesentlich mehr Takt und Diplomatie) zur Sprache gebracht hatten, konnten diese Einstellung, die sie als meine Märtyrerinnen-Logik betrachteten, nicht nachvollziehen.

Zum Glück schwang nun erneut die Tür auf und Sarah trat ein. Angesichts des wissenden Blicks, mit dem sie uns beide musterte, war mir klar, dass sie sofort erfasst hatte, was vor sich ging. Ihr Gesicht nahm einen Ausdruck an, den ich aus zahlreichen Auseinandersetzungen in unserer Vergangenheit kannte. Ich schüttelte fast unmerklich den Kopf. Widerwillig erstickte sie das Feuer in ihrem Blick. Vermutlich hatte sie sich schon darauf gefreut, Cathy etwas an den Kopf zu werfen, das definitiv besser ungesagt blieb.

»Haben wir die Party jetzt hierher verlegt, Mädels?«, scherzte sie, während sie sich zu uns vor den Spiegel gesellte und demonstrativ zeigte, wem ihre Solidarität galt, indem sie sich bei mir unterhakte.

Cathy war zwar unsensibel, verstand den Wink aber trotzdem. »Nein, nein, Rachel und ich haben uns bloß verquatscht. Gehen wir.« Doch da sie nun mal war, wie sie war, konnte sie es sich nicht verkneifen, einen letzten Giftpfeil abzuschießen. »Ich bin mir sicher, Matt fragt sich schon, ob mir etwas zugestoßen ist.«

Falls er sich tatsächlich Sorgen gemacht hatte, ließ er es sich nicht anmerken.

Allerdings schnappte ich, während ich mich auf meinen Platz niederließ, Bruchstücke des *einen* Gesprächs auf, vor dem ich mich schon den ganzen Abend fürchtete. Mein Herz fühlte

sich plötzlich an, als würde es wie eine Abrissbirne gegen meinen Brustkorb schlagen.
Bei dem, was Phil gerade zu Dave sagte, ging es definitiv um Jimmy.
»... so ein tragisches und sinnloses Unglück ... so ein cooler Typ ...«
Dave murmelte irgendeine unverbindliche Antwort. Schätzungsweise hatte Sarah ihn vorab angewiesen, das Gespräch sofort in eine andere Richtung zu lenken, sollte dieses Thema zur Sprache kommen.
»Nach jenem Abend war nichts mehr wie vorher ... für niemanden von uns.«
Das darauf folgende Schweigen rund um den Tisch sprach Bände. Ich registrierte – mehr instinktiv als bewusst –, dass sich sämtliche Blicke auf mich richteten. Sie gingen recht in der Annahme, dass sich das Ganze auf mich am schlimmsten ausgewirkt hatte, doch die Narben in meinem Gesicht waren noch gar nichts verglichen mit denen, die mir tief in meinem Inneren zu schaffen machten.
»Hört mal, lasst uns nicht heute Abend darüber sprechen«, sagte Sarah in beschwörendem Ton.
»Nein, natürlich nicht«, gab Phil ihr recht.
Obwohl ich die Augen die ganze Zeit auf das Tischtuch gerichtet hielt, war ich mir der vielsagenden Blicke in meine Richtung bewusst. Schlagartig überfiel mich eine unwiderstehliche Sehnsucht nach der Anonymität meines Hotelzimmers.
»Ich muss leider langsam aufbrechen«, begann ich, was einen kleinen Chor schuldbewusster Nein-Rufe auslöste, »und zwar nicht nur wegen ... Jimmy.« Meine Stimme versagte, als ich seinen Namen aussprach. »Ich habe ziemlich schlimme Kopfschmerzen, also seid mir bitte nicht böse, dass ich mich schon verabschiede.«

Sarah wollte erst protestieren, überlegte es sich dann aber anders. »Kein Problem, Süße. Es war für uns alle ein anstrengender Tag.«

Als ich begriff, dass sie beabsichtigte, die ganze Feier aufzulösen, tat es mir sofort leid.

»Nein, Sarah, bleibt doch bitte noch hier. Ihr habt noch nicht mal euren Kaffee bekommen. Ich rufe mir einfach ein Taxi.« Ich erhob mich.

Da Sarah immer noch unentschlossen wirkte, schritt Dave ein. »Wie wär's, wenn ich dich hinausbegleite und dir ein Taxi organisiere?«, schlug er vor. »Trevor, bestell du inzwischen schon mal eine Runde Brandy.«

Ich bedachte ihn mit einem dankbaren Lächeln. Kein Wunder, dass Sarah ihn liebte. Er war ein genauso besonderer Mensch wie Sarah und ihrer absolut würdig.

»Wozu brauchen wir ein Taxi?«, warf eine vertraute dunkle Stimme ein. »Draußen steht mein Wagen. Ich fahre Rachel zum Hotel.«

Matts Angebot kam für mich völlig überraschend, denn abgesehen von seiner anfänglichen Begrüßung hatte er den ganzen Abend kein einziges Wort mit mir gesprochen. Bevor ich auch nur die leiseste Chance hatte zu reagieren, drückte er Cathy einen schnellen Kuss auf die Stirn.

»Bin gleich wieder da«, versicherte er ihr. An mich gewandt, fügte er hinzu: »Sollen wir?«

Ich war im Begriff zu protestieren, doch in dem Moment fiel mein Blick auf Cathys Gesicht. Wut, Fassungslosigkeit und Entrüstung kämpften um die Vorherrschaft. Ich wusste, dass es fies von mir war, aber genau das gab den Ausschlag. Nach dem Vorfall im Toilettenraum hatte sie es nicht anders verdient. Ich griff nach meiner Tasche und lächelte meine alten Freunde an.

»Es tut mir wirklich leid, dass ich euch so früh verlassen muss, aber wir sehen uns ja alle am Samstag bei der Hochzeit. Gute Nacht.«

Während ich mich dem Ausgang zuwandte, spürte ich, wie Matt eine Hand auf meinem unteren Rücken plazierte, um mich an einem Kellner vorbeizulotsen, der gerade mit einem Tablett voller Kaffeetassen auf den Tisch zusteuerte. Ich hörte die Abschiedsworte der anderen wie ein Echo hinter uns, während wir uns entfernten. Cathys Stimme war nicht darunter.

Sobald uns draußen die eisige Dezemberluft entgegenschlug, löste ich mich ganz bewusst von Matts Hand, indem ich einen Schritt zur Seite trat.

»Hier herüber«, instruierte er mich und hielt seinen Schlüssel in Richtung eines dunklen, schnittig aussehenden Sportwagens, der unter einer Straßenlaterne parkte. Er hielt mir die Beifahrertür auf und legte kurz seine Handfläche um meinen Ellbogen, während ich mich auf cremefarbenes, butterweiches Leder sinken ließ.

Ich wartete, bis er neben mir Platz genommen hatte, ehe ich bemerkte: »Tja, das ist auf jeden Fall wesentlich luxuriöser als ein Taxi. Dein neues Spielzeug?«

Er zuckte leicht mit den Achseln. »Ein Firmenwagen.«

»Aber die Firma gehört dir.«

Wieder zuckte er mit den Achseln. »Worauf willst du hinaus?« Er beugte sich zu mir herüber. Obwohl er den Motor noch nicht angelassen hatte, lieferte die Sicherheitsbeleuchtung des Restaurantparkplatzes genug Licht, um das Innere des Wagens zu erhellen. Während ich Matt ins Gesicht sah, wurde mir unsere intime Nähe bewusst, und ich vergaß, was ich eigentlich sagen wollte. Verdammt, wenn er mich noch ein paar Augenblicke länger so ansah, würde ich vermutlich auch meinen eigenen Namen vergessen. Rasch wechselte ich das Thema.

»Cathy wirkte nicht allzu begeistert über dein Angebot, mich zu fahren.«

»Sie wird es überleben.«

Ich dachte, ich hätte ein Tabuthema angeschnitten, doch er fügte hinzu: »Cathy und ich ... du hast davon gewusst, nicht wahr? Ich meine, vor dem heutigen Abend?«

Ich antwortete mit einem Achselzucken, von dem ich hoffte, dass es möglichst lässig wirkte. »Klar, Sarah hat es mal nebenbei erwähnt ... schon vor einer Ewigkeit.«

Seine Stimme verlor merklich an Kraft. Plötzlich klang er nicht mehr so selbstbewusst wie den ganzen Abend über, sondern wieder wie der Junge, den ich so gut gekannt hatte. »Und war es für dich in Ordnung?«

Vielleicht zögerte ich eine Sekunde zu lange mit meiner Antwort, bemühte mich dafür aber um einen möglichst beiläufigen Ton. »Klar. Warum sollte es für mich denn nicht in Ordnung sein?«

Unvermittelt richtete er sich auf, startete den Motor und schaltete die Scheinwerfer an. Mit einem knappen »Schnall dich an« stieß er in einem ziemlichen Tempo rückwärts aus der Parklücke. Allem Anschein nach hatte er nicht die erhoffte Antwort bekommen.

Als er aus dem Parkplatz auf die Straße bog, schlug er die entsprechende Richtung ein, ohne mich nach meinem Hotel zu fragen.

»Ich wohne im ...«

»Ich weiß, in welchem Hotel du wohnst«, unterbrach er mich. Na wunderbar, jetzt war er auch noch wütend. In dem Moment hätte ich alles dafür gegeben, statt in diesem Luxusschlitten im schäbigsten und miefigsten aller Taxis zu sitzen. Ich zermarterte mir das Gehirn nach einem unverfänglichen Thema, doch mir fiel beim besten Willen nichts ein. In unserer gemeinsamen Geschichte gab es so viele Landminen, dass oberflächliches Geplauder unmöglich war. Außerdem hatte die Wirkung der Tabletten, die ich gegen meine Kopfschmerzen genommen hatte, noch nicht eingesetzt. Wenn wir also die fünfzehnminütige Fahrt schweigend hinter uns bringen mussten, war das umso besser für mich.

Doch dieses Glück sollte mir nicht vergönnt sein. An der ersten Ampel ertappte Matt mich dabei, wie ich mir mit den Fingern über den Nasenrücken rieb, um die Schmerzen ein wenig zu lindern.

»Du hast also wirklich Kopfschmerzen? Das war nicht nur eine Ausrede?« Sein zweifelnder Ton ließ meine Antwort bissiger ausfallen als beabsichtigt.

»Ja, ich habe *wirklich* Kopfschmerzen!«

»Da vorn gibt es eine Apotheke, die rund um die Uhr geöffnet hat. Sollen wir anhalten und dir ein Schmerzmittel besorgen?« Die unerwartete Wärme in seiner Stimme überraschte mich.

»Nein, ist schon gut. Ich habe bereits Tabletten genommen.« Auch wenn die offenbar nicht mehr wirken, fügte ich in Gedanken hinzu.

Wir schwiegen wieder eine Weile. Ich hoffte schon, wir würden weitere unangenehme Themen vermeiden können, als er eine regelrechte Granate zündete.

»Das mit Cathy und mir ... das ist ehrlich gesagt nichts Ernstes, sondern eher eine Art Zweckgemeinschaft. Ich wollte nur, dass du das weißt.«

Ich war derart überrascht, dass es einen Moment dauerte, bis ich zu einer Antwort fähig war. »Ich bezweifle sehr, dass Cathy das auch so sieht – so wie sie vorhin geguckt hat, als wir zusammen den Tisch verließen ... Was bringt dich überhaupt auf die Idee, dass mich diese Information interessiert?«

Er seufzte. Ich sah ihm an, dass er sich krampfhaft bemühte, die richtigen Worte zu finden.

»Das war heute hart ... dich wiederzusehen. Wir alle wieder vereint.«

Mit einer wichtigen Ausnahme, dachte ich.

Matt stieß ein freudloses Lachen aus. »Irgendwie hatte ich den ganzen Abend das Gefühl, neben der Falschen zu sitzen.«

Was sollte ich darauf sagen? Sollte ich mich durch das Kompliment geschmeichelt fühlen oder ihm Vorhaltungen machen, weil er mir solche Gefühle gestand, obwohl er doch eindeutig mit einer anderen Frau zusammen war?

»Matt, ich glaube, du bist bloß sentimental wegen der ganzen Situation. Du verwechselst vielleicht gerade die Vergangenheit mit der Gegenwart. Wir waren damals doch noch Kinder.« Leiser und mit etwas zittriger Stimme fügte ich hinzu: »Uns ist etwas Schreckliches passiert, und das hat alles verändert. *Wir* haben uns verändert.«

»Jetzt sind wir keine Kinder mehr«, stellte er fest. Ohne Vorwarnung nahm er die linke Hand vom Lenkrad und legte sie auf meine Rechte, die auf meinem Schoß ruhte. Ich stieß sie zurück, als hätte ich mich verbrannt.

»Nein! Lass das sein. Du hast eine andere, du bist nicht frei ...«

Rasch sprach ich weiter, weil ich registrierte, dass er dazu etwas sagen wollte. »Und selbst wenn du es wärst, würde das keinen Unterschied machen. Ich empfinde immer noch genauso wie damals, als wir uns getrennt haben.«

Das brachte ihn dazu, den Blick von der Straße abzuwenden und mich ungläubig anzustarren. »Machst du dir etwa immer noch Vorwürfe wegen Jimmy? Lieber Gott, sag, dass das nicht wahr ist – nach so langer Zeit.«

»Wie lange es her ist, spielt keine Rolle«, begann ich und fragte mich gleichzeitig, wie oft ich mich deswegen noch würde rechtfertigen müssen. »Wenn er nicht versucht hätte, mich zu retten, würde er jetzt noch leben.«

»Aber du nicht.«

Ich zuckte mit den Schultern.

»So willst du diese Schuld also bezahlen? Indem du dich den Rest deines Lebens verkriechst? Lieber Himmel, Rachel, du bist doch erst dreiundzwanzig!«

Die Geschwindigkeit des Wagens stieg proportional zu seiner Wut.

»Und du glaubst, Jimmy hätte das gewollt?«, fuhr er fort. »Dass du dir auferlegst, ganz allein zu leben?«

»Ich bin nicht allein«, widersprach ich, klang aber zu sehr nach einem trotzigen Teenager.

»Gab es denn irgendwelche Männer?«

Sein Hieb hatte gesessen. Ohne nachzudenken, holte ich zum Gegenschlag aus. »Wohl kaum.« Ich strich mein Haar zurück, damit er im Licht der Straßenlampen meine Narbe sehen konnte. »Nicht gerade ein Hingucker, oder?«

Er stieß gleich mehrere Flüche hintereinander aus. Meine Bemerkung hatte ihn offenbar zorniger gemacht als alles andere, was ich davor gesagt hatte.

»Tu dir das nicht an, Rachel. Reduzier nicht alles darauf.«

Der Wagen schwenkte abrupt in einen schmalen gekiesten Vorhof ein. Überrascht stellte ich fest, dass wir das Hotel bereits erreicht hatten. Matts scharfe Bremsung ließ die Kieselsteine hochspritzen. Mit dem Verstummen des Motors schien auch sein Zorn zu verpuffen. Er wandte sich mir zu, umfasste mein Kinn und drehte mein Gesicht in seine Richtung.

»Diese Narbe«, flüsterte er, während er mit dem Zeigefinger ihrer wulstigen, wie ein Blitz verlaufenden Zickzackspur folgte, »ist völlig unbedeutend. Sie macht dich nicht aus.«

Ich entzog mich seiner Berührung. Die Intimität der Situation ängstigte mich. Ich war müde und hatte Schmerzen, ansonsten hätte ich ihn nie so nahe an mich herangelassen. Das redete ich mir zumindest ein. »Deine Freundin ist da ganz anderer Meinung. Sie findet, ich sollte sie korrigieren lassen.«
»Cathy kann manchmal ... ein bisschen gedankenlos sein. Sie hat das nur gesagt, weil sie Angst vor dir hat. Und weil sie eifersüchtig ist.«
»Sie ist *was?* Aber warum denn?«
»Weil sie weiß, dass ich nie wirklich über dich hinweggekommen bin. Egal, was sie und ich miteinander haben, es wird nie genug sein. Für uns gibt es keine Zukunft.«
Das ging zu weit. Ich schob ihn von mir fort.
»Genauso wenig wie für uns, Matt«, entgegnete ich entschieden. »Bitte sag nie wieder solche Sachen zu mir. Ich will dich nicht verletzen, und Cathy auch nicht, egal, wie sie darüber denken mag. Wenn du nicht glücklich mit ihr bist ... dann geh. Aber benutz mich nicht als Vorwand. Ich bin nicht die Lösung für deine Probleme.«
»Es ist ja nicht so, dass ...«
Ich ließ ihn nicht ausreden. »Hör zu, Matt, ich weiß nicht, was der Grund für das alles ist, aber wenn du geglaubt hast, zwischen uns würde wieder etwas laufen, muss ich dich enttäuschen.« Ich versuchte die Zurückweisung abzumildern, damit wir wenigstens die Chance hatten, unbeschadet durch den Rest des Wochenendes zu kommen. »Ein Teil von mir wird immer ...« – ich zögerte, weil ich Bedenken hatte, das Wort Liebe zu benutzen – »... etwas für dich empfinden. Du bist ein wichtiger Teil meiner Vergangenheit. Aber das ist auch alles. Etwas Schreckliches ist passiert, nicht nur Jimmy, sondern uns allen. Und dieses ... dieses Gefühl, dass ich mit niemandem zusammen sein kann ... zumindest vorerst nicht ... das ist einfach meine Art, damit umzugehen.«

»Du versteckst dich. Du gehst überhaupt nicht damit um!«
Ich schwieg. Dieses Argument hatte ich schon öfter zu hören bekommen. Seine nächsten Worte jedoch waren nicht so leicht zu ignorieren.
»Glaubst du wirklich, Jimmy hätte das gewollt? Dass du mutterseelenallein bist? Herrgott noch mal, Rachel, er war so sehr in dich verliebt, dass er sein eigenes Leben geopfert hat, um deines zu retten!«
Ein schmerzhaftes Ziehen in der Brust ließ mich nach Luft ringen. Verglichen damit fühlten sich meine Kopfschmerzen plötzlich harmlos an. Matt bemerkte meine Reaktion und musterte mich verblüfft.
»Sag bloß, du hast es nicht gewusst! Hast du denn nicht gesehen, dass es ihm ins Gesicht geschrieben stand?«
Das war zu viel. Es erneut zu hören, das zweite Mal an einem Tag, war mehr, als ich ertragen konnte. Während ich verneinend den Kopf schüttelte, traten mir Tränen in die Augen.
»Du irrst dich, und zwar gewaltig. Wir waren Freunde ... nur Freunde«, flüsterte ich leise.
»Für dich mag das so gewesen sein. Aber nicht für ihn. Das konnte jeder sehen. Es war offensichtlich.«
Ich war derart durcheinander, dass mein schmerzendes Gehirn kaum noch funktionierte.
»Das stimmt nicht. Das hätte ich doch gemerkt. Er hat auch nie ein Wort gesagt ... kein einziges Mal, in all den Jahren ...«
In meinem Hinterkopf regte sich etwas – eine flüchtige Erinnerung, die ich nicht zu fassen bekam.
»Warum, glaubst du, hat er mich so sehr gehasst?«
»Er hat dich nicht gehasst.« Instinktiv begann ich meinen verlorenen Freund zu verteidigen, aber noch während ich widersprach, musste ich mir eingestehen, dass zwischen den beiden immer eine Art Rivalität bestanden hatte.

Erneut nahm Matt mein Gesicht zwischen seine starken Hände. »Ich hatte dich, er nicht. Manchmal muss er das als unerträglich empfunden haben.«
Mein Herz verkrampfte sich. Hatte ich wirklich einen solchen Schmerz verursacht, ohne es zu wissen? Das machte es kein bisschen besser, sondern tausendmal schlimmer. Ich wich zurück, bevor er mich küssen konnte, denn ich war sicher, dass er das vorhatte.
»Ich kann nicht, Matt. Tu mir das nicht an. Das ist einfach nicht fair.«
Inzwischen hatte meine tastende Hand den Türgriff gefunden. Ein Schwall kalte Dezemberluft schlug mir entgegen. Ich war abgeschnallt und draußen, noch ehe Matt um den Wagen herum auf die Beifahrerseite eilen konnte.
Vielleicht sah er, welchen Kummer er mir bereitet hatte, oder vielleicht erkannte er im helleren Licht des Hotels, dass ich mich tatsächlich so krank fühlte, wie ich behauptet hatte, denn er klang auf einmal versöhnlich.
»Es tut mir leid, wenn ich dich durcheinandergebracht habe, Rachel.«
Ich schüttelte den Kopf. »Fahr zurück ins Restaurant. Zurück zu Cathy.«
Er nickte, wirkte aber nicht glücklich. »Kommst du klar?« Er musterte mich besorgt. »Du siehst nicht besonders gut aus.«
»Es geht schon. Ich muss nur schlafen, damit ich diese Kopfschmerzen loswerde. Dann fühle ich mich bestimmt wieder besser.« Aus irgendeiner Quelle schöpfte ich einen letzten Rest von Kraft und brachte ein gezwungenes Lächeln zustande. »Nun verschwinde endlich!«
Er erwiderte mein Lächeln. »Glaub bloß nicht, dass ich dich aufgebe«, verkündete er mit Nachdruck, während er wieder

einstieg. »Du hast mich schon einmal aus deinem Leben vertrieben, aber dieses Mal gebe ich nicht so schnell auf.«
»Verschwinde!«, wiederholte ich.
Ich konnte die Verzweiflung in meiner Stimme nicht mehr unterdrücken, so dass er meiner Bitte endlich nachkam. Schwungvoll fegte der Wagen über den Hof und tauchte in die Dunkelheit ein. Die Bremslichter leuchteten kurz auf, als er sich in den Verkehrsfluss einreihte.
Während ich erschöpft die drei Stufen zur Hotellobby hinaufstieg, hatte ich noch seine Abschiedsworte im Ohr, die für mich eher nach einer Drohung als nach einem Versprechen geklungen hatten.

Als ich schließlich die Karte in den Schlitz schob und mein Hotelzimmer betrat, stellte ich überrascht fest, dass es erst kurz nach zehn war. Mir kam es viel später vor. Ich streifte die Schuhe ab und sank dankbar aufs Bett. Nachdem ich hinter mir eine Pyramide aus Kissen aufgehäuft hatte, schaltete ich bis auf das Nachttischlämpchen alle Lichter aus und lehnte mich mit geschlossenen Augen zurück. Die Kopfschmerzen waren nach wie vor heftig, und ich hatte Angst, das könnte die ganze Nacht so bleiben. Ich wusste, dass es noch viel zu früh war, um erneut Tabletten einzunehmen. Wenn ich so weitermachte, war der Glasbehälter bereits lange vor der Hochzeit leer. Ich musste mir meinen Vorrat unbedingt gut einteilen.
Eine Viertelstunde lang versuchte ich vergeblich, einen klaren Kopf zu bekommen. In meinem gequälten Gehirn lief ununterbrochen der Film des Tages ab, und zwar im Zeitlupentempo. Immer wieder sah ich Janets Augen vor mir, als sie von ihrem toten Sohn sprach und mir erklärte, wie viel ich ihm seit jeher bedeutet habe. Ich hörte mich widersprechen, genau wie ich auch Matt vergeblich widersprochen hatte, als er dasselbe

behauptete. Ich konnte nicht glauben, dass die beiden richtiglagen. Dass alle damals richtiglagen.
Konnte es wirklich sein, dass ich so blind gewesen war? Die tragische Erkenntnis, dass ich es nie erfahren würde, es nie mit Sicherheit wissen würde, ließ meine Entschlossenheit, mir keinen Gedanken an Jimmy zu gestatten, langsam bröckeln. Jetzt, in diesem Moment, brauchte ich ihn mehr denn je. Ich sehnte mich danach, seine Stimme zu hören, sein Lächeln zu sehen.
Spontan und ohne darüber nachzudenken, schwang ich die Beine vom Bett und tastete nach meinen Schuhen. Es gab nur einen einzigen Ort, an dem ich ihm wieder etwas näher sein konnte.

Als ich vor das Hotel trat – vorbei an dem verblüfften Portier, der mir erst zwanzig Minuten zuvor eine gute Nacht gewünscht hatte –, stellte ich fest, dass die Luft noch kälter geworden war. Während ich schnellen Schrittes die Straße entlangeilte, wurde mein Gesicht von dem eisigen Wind taub. Sollte mich jemand sehen, konnte ich jederzeit behaupten, ich hätte mir von dem Spaziergang Linderung für meine Kopfschmerzen versprochen. Doch in Wirklichkeit lechzte ich nach einer völlig anderen Art von Linderung. Der Ort, zu dem ich unterwegs war, hatte für mich keine Schrecken. Wieso auch? Es gab von einem Geist nichts zu fürchten, wenn es sich um den Geist eines geliebten Menschens handelte.
Die dunklen Straßen waren fast menschenleer. Meine Schuhe knirschten auf Gehsteigen, die bereits mit einer leichten Eisschicht überzogen waren. Der Wind schlug mir seine frostigen Fangzähne ins Gesicht. Mit eiserner Entschlossenheit warf ich mich ihm entgegen, das Kinn tief in meinen Schal vergraben.
Erst als die Kirche in Sicht kam, zögerte ich einen Moment. Sie stand allein auf dem Hügel. Das nächste Gebäude war der

Bahnhof auf der anderen Seite am Fuß des Hügels, er lag einige hundert Meter entfernt. Dass die Kirche so einsam lag, sollte einem wohl ein Gefühl von Ruhe und Frieden bescheren, doch in dieser dunklen Dezembernacht waren das bei mir keineswegs die vorherrschenden Emotionen.

Während ich mich dem großen Rundbogentor näherte, fragte ich mich, was ich machen sollte, falls es abgeschlossen war. Hinüberklettern? Ich blickte hoch und versuchte, die Höhe des Zaunes abzuschätzen ... nein, das war definitiv keine Option. Wahrscheinlich würde ich am nächsten Morgen wiederkommen. Doch mein Bedürfnis, Jimmy so nah wie möglich zu sein, war derart stark, dass ich mir plötzlich nicht mehr vorstellen konnte, damit bis zum nächsten Tag zu warten.

Das Tor schwang lautlos auf. Dass die Scharniere so gut geölt waren, wunderte mich. Ich war mir sicher gewesen, sie würden quietschen und ächzen und auf diese Weise das Klischee vervollständigen.

Sobald ich auf dem Friedhof stand, verließ mich ein wenig der Mut. War es nicht kompletter Wahnsinn, mitten in der Nacht zwischen Gräbern herumzuwandern? War das nicht genau das, worüber ich mich bei naiven Kinoheldinnen immer lustig machte?

Das Motorengeräusch eines nahenden Wagens ließ mich erschrocken zusammenfahren. Instinktiv versteckte ich mich hinter einer großen Eiche, um nicht von den Scheinwerfern erfasst zu werden. Zwar war ich mir nicht sicher, ob ich überhaupt ein Vergehen beging – möglicherweise unbefugtes Betreten –, aber ich wollte den Abend auf keinen Fall auf einem Polizeirevier beenden und unangenehme Fragen beantworten müssen. Sobald der Wagen außer Sicht war, löste ich mich von dem Baum und steuerte mit frischer Entschlossenheit auf die Rückseite der Kirche zu, wo der kleine Bereich mit den neueren Grabstätten lag. Hier gab es nicht viele Gräber. Der größere, ältere Teil befand sich auf der anderen Seite. Vermutlich lag es an dem großen Krematorium in der nächsten Stadt, dass hier oben nicht mehr so viele Beisetzungen stattfanden. Trotzdem war ich mir sicher, dass Janet sich für diesen Friedhof und gegen das Krematorium entschieden hatte, um ihren Sohn möglichst oft besuchen zu können. Ich musste wahrscheinlich nur nach dem gepflegtesten Grab Ausschau halten, um ihn zu finden.

Ich brauchte den Blick nicht lange schweifen zu lassen, bis ich entdeckte, wonach ich suchte – gerade lange genug, um ein halbes Dutzend ergreifende und herzerweichende Inschriften zu lesen. *Teurer Ehemann, liebe Großmutter, geliebter Vater.* So viel Kummer, so viele Tränen. Der gefrorene Boden wirkte durchdrungen von Traurigkeit.

Jimmys Grab lag leicht versetzt. Der Grabstein aus schimmerndem weißem Marmor leuchtete im winterlichen Mondlicht. Während ich darauf zusteuerte, versuchte ich, noch einmal Kraft zu schöpfen, ehe ich seine Inschrift las.

JIMMY BOYD.
MIT ACHTZEHN JAHREN ZU FRÜH VERLOREN.
GELIEBTER SOHN UND TREUER FREUND.
UNSERE LIEBE ZU DIR WIRD EWIG WÄHREN.

Meiner Kehle entrang sich ein so gequältes Schluchzen, dass es mehr nach einem Tier als nach einem menschlichen Laut klang. Ich spürte, wie meine Knie nachgaben, und sank auf das kalte Gras neben seinem Grab. Obwohl ich in der Hoffnung hergekommen war, allen meinen Gefühlen Ausdruck verleihen zu können, drang nun nichts davon durch die geschmolzene Lava meines Schmerzes. Ich war der Meinung gewesen, Jimmys Tod im Laufe der Jahre endlich akzeptiert zu haben, doch wie sich nun herausstellte, hatte ich lediglich eine dünne Gipsschicht über eine klaffende Wunde gelegt. Unfähig, einen zusammenhängenden Satz herauszubringen, wiegte ich mich auf den Knien vor und zurück und stammelte dabei immer wieder seinen Namen.

Es tat so weh. Ich fühlte mich weder körperlich noch emotional stark genug, um an diesem Abend mit meinem Kummer fertig zu werden. Es war Wahnsinn gewesen, herzukommen. Während ich immer noch leise, kummervolle Seufzer ausstieß, begann ich mich hochzurappeln, schwankte jedoch nach vorn und musste mich rasch abstützen, um nicht mit dem Gesicht voraus auf dem eisigen Gras zu landen. Mein Kopf fühlte sich plötzlich ganz seltsam an, als sei er zu schwer für meinen Hals geworden. Dann gab auf einmal auch der Arm nach, mit dem ich mich abstützte, und ich kippte tatsächlich auf den kalten, harten Boden neben dem Grab.

Der Schmerz in meinem Kopf breitete sich jetzt auf den gesamten Nacken und die Schultern aus. Ich fragte mich, ob ich auf einen Stein geschlagen war, doch das kalte Gras unter meiner Wange wies keinerlei Unebenheiten auf. Langsam zog ich die Arme nach hinten und bemühte mich, den Kopf möglichst wenig zu bewegen, bis ich schließlich beide Handflächen dicht neben dem Körper plaziert hatte. Ich versuchte mich hochzustemmen, aber meine zitternden Unterarme versagten mir den Dienst. Nach mehreren vergeblichen Anläufen begriff ich, dass ich so nicht auf die Füße kommen würde.

Schlagartig wurde mir die Gefahr, in der ich mich befand, bewusst. Ich lag praktisch bewegungsunfähig auf einem abgelegenen Friedhof. Kein Mensch wusste, wo ich war, und keiner würde mich als vermisst melden – zumindest nicht vor dem Morgen. Ich konnte hier *sterben.* Dieser beängstigende Gedan-

ke schaffte es, durch den Schmerz zu dringen, der meinen Kopf wie ein Schraubstock im Griff hielt. Ich wusste nicht, wie lange es dauerte, bis man an Unterkühlung starb. Allerdings wusste ich sehr wohl, dass ich nicht aufgeben und einfach liegen bleiben wollte, um neben dem Jungen zu sterben, der ums Leben gekommen war, während er meines gerettet hatte.
Ich versuchte, mich vorsichtig auf die Seite zu rollen. Das gelang mir nur sehr langsam, denn jede Bewegung sandte vom Hals ausgehend einen lähmenden Krampf durch meinen Körper. Mehrere Male musste ich innehalten, um nach Luft zu ringen. Die Kraft, trotzdem weiterzumachen, zog ich nicht aus dem Wunsch zu leben, sondern aus dem Wissen, wie sehr mein Vater unter meinem Verlust leiden würde.
Sobald ich wieder ein wenig mehr Luft bekam, bewegte ich behutsam die Knie in Richtung Brust. Zumindest hatte ich im unteren Teil meines Körpers keine Schmerzen, auch wenn er sich seltsam taub anfühlte – was vermutlich darauf zurückzuführen war, dass ich schon seit geraumer Zeit auf dem gefrorenen Boden lag. Ich rollte mich auf den Bauch, drückte die Arme durch, um mich abzustützen, atmete einmal tief ein und schob mich dann mit schier übermenschlicher Anstrengung auf die Knie.
Hinter meinen Augen kreisten helle Lichtpunkte. Ich spürte, wie ich schwankte, als würde ich gleich ohnmächtig werden, und biss mir fest auf die Unterlippe, um gegen den Schwächeanfall anzukämpfen. Als er vorüber war, öffnete ich vorsichtig die Augen. Ich befand mich immer noch auf allen vieren und war derart froh, nicht das Bewusstsein verloren zu haben, dass es ein, zwei Momente dauerte, bis ich begriff, dass mit meinen Augen etwas nicht in Ordnung war – und zwar ernsthaft nicht in Ordnung. Ich schrie vor Entsetzen auf. Mit dem rechten Auge konnte ich überhaupt nichts mehr sehen, mit dem lin-

ken nur noch wie durch einen Tunnel. Ringsum verschwamm alles in einem wolkigen Nebel. Mir war klar, dass das nichts mit unangemessener Bekleidung, Unterkühlung oder übermäßigem Kummer zu tun hatte. Der Verlust der Sehkraft war das letzte traurige Glied in der Kette von Symptomen, vor denen mich mein Spezialist gewarnt hatte, auch wenn ich mich unklugerweise dafür entschieden hatte, sie zu ignorieren.

Ich konnte es mir nicht leisten, in Panik zu geraten. Ich tastete mit der linken Hand herum, bekam die weiße Marmorkante von Jimmys Grabstein zu fassen, zog mich daran hoch und versuchte auf Beinen Halt zu finden, die sich anfühlten wie aus Gummi. Dummerweise hatte ich mein Mobiltelefon im Hotelzimmer liegen lassen. Ich konnte nur mit Hilfe rechnen, wenn ich es bis zu Straße schaffte. Das war meine einzige Chance. In der Hoffnung, dass sie mir die Respektlosigkeit verzeihen würden, benutzte ich die umstehenden Grabsteine als Stützen, während ich mich langsam und mit Unterbrechungen über den Friedhof schleppte. Die Sehkraft meines linken Auges ließ beängstigend schnell nach. Mein Gesichtsfeld beschränkte sich inzwischen auf einen kleinen, kreisförmigen Bereich. Es fühlte sich an, als würde ich durch einen engen Schlauch sehen. Ich versuchte, meine größte Angst zu ignorieren: dass es sich dabei um eine dauerhafte Schädigung handeln könnte. Es war hart. Ich wünschte mir nichts sehnlicher, als mich hinzulegen und die Augen zu schließen, um diesen qualvollen Alptraum ausblenden zu können.

Das Gehen fiel mir immer schwerer. Als ich den letzten stützenden Grabstein hinter mir ließ, bildete ich mir ein, in der Ferne ein Geräusch zu hören. War das ein Zug unten am Bahnhof, oder näherte sich etwa ein Auto? Es war doch bestimmt noch vor elf, also nicht so spät, dass hier niemand mehr vorbeikam? Aber dort, wo ich gerade stand, im Schatten der Kirche

und der Bäume, würde man mich nicht sehen. Das Geräusch wurde lauter. Es war tatsächlich ein Auto.
»Hilfe!«, rief ich. »Bitte anhalten! Hilfe!«
Ich stürzte nach vorn und versuchte zu laufen, während ich gleichzeitig die Arme hochriss, um den Fahrer auf mich aufmerksam zu machen. Das war meine letzte schlechte Idee an einem Abend voller schlechter Ideen. Laufen ist keine Option, wenn man kaum stehen kann – geschweige denn sehen. Ich stürzte kopfüber dem Boden und der Bewusstlosigkeit entgegen, als die nahenden Autoscheinwerfer in den Sternenhimmel hinaufleuchteten.

3

Dezember 2013
Ebenfalls fünf Jahre später

Der Mann hatte mich wohl schon eine ganze Weile beobachtet, bevor er mir auffiel. Natürlich konnte es sein, dass er auf dem überfüllten Bahnsteig direkt neben mir gewesen war, ohne dass ich ihn bemerkt hatte, denn beim üblichen Freitagabend-Exodus aus London standen die Menschen dicht gedrängt wie Vieh. Während ich die endlosen, gefliesten Gänge entlangeilte, um von einer U-Bahn-Linie in die andere umzusteigen, bekam ich vor lauter Ärger darüber, dass ich ausgerechnet während der Rushhour meinen kleinen Koffer hinter mir herzerren musste, kaum etwas anderes mit. Nachdem ich das fünfte Paar Füße überrollt hatte, hörte ich auf, mich zu entschuldigen. Es war ein großer Fehler gewesen, so spät aufzubrechen. Viel sinnvoller wäre es gewesen, vormittags mit Matt zu fahren, wie von ihm vorgeschlagen, aber ich hatte einen Abgabetermin für einen Artikel gehabt, der sich nicht verschieben ließ.

»Soll ich auf dich warten? Wir können doch auch gemeinsam fahren, sobald du fertig bist.«

Ich hatte einen Moment lang überlegt und mich dann dagegen entschieden: »Nein, es bringt doch nichts, wenn wir beide zu spät kommen. Fahr du voraus. Sobald ich mit der Arbeit fertig bin, springe ich in den Schnellzug.«

Ich hatte das ursprünglich für eine gute Lösung gehalten, aber jetzt ... nun ja, mittlerweile fand ich sie nicht mehr ganz so gut. Während ich weiter versuchte, mich mit meinem Koffer im Schlepptau durch die Menschenmenge zu schlängeln, blickte ich immer wieder hektisch auf meine Armbanduhr, weil ich wusste, dass mir nicht mehr viel Zeit blieb, wenn ich den nächsten Zug nach Great Bishopsford erwischen wollte. Falls das so weiterging, konnte ich froh sein, wenn ich es ins Restaurant schaffte, bevor der Nachtisch serviert wurde. Aber ich wollte Sarah nicht im Stich lassen, gab noch einmal Gas und schoss zwischen zwei Anzüge tragenden Geschäftsmännern hindurch – was mir von einem der beiden einen Kommentar einbrachte, der gar nicht nach Gentleman klang.

»Tut mir leid«, murmelte ich, ohne mir die Mühe zu machen, einen Blick über die Schulter zu werfen, um zu sehen, ob meine Entschuldigung angekommen war.

Stattdessen schaute ich erneut auf die Uhr. Bis zur Abfahrt des Zuges waren es nur noch knapp zwölf Minuten. Während ich den Arm wieder sinken ließ, blitzte im Licht einer Deckenlampe plötzlich etwas auf, das mich stark blendete. Verdammt! Das zeigte, wie gestresst ich war, denn ich konnte mich nicht daran erinnern, wann ich das letzte Mal vergessen hatte, meinen Ring abzunehmen, bevor ich U-Bahn fuhr. Mit einer schnellen Bewegung drehte ich den großen Diamanten an meinem Ringfinger nach innen, so dass er sich gegen meine Handfläche schmiegte. Matt wäre fuchsteufelswild geworden, wenn er meine Unachtsamkeit mitbekommen hätte. Er mochte es überhaupt nicht, wenn ich den Ring in öffentlichen Verkehrsmitteln trug. Aber wozu hatte man denn einen so fabelhaften Verlobungsring, wenn man ihn die ganze Zeit in einem Safe wegsperren musste?

Gott allein weiß, wie ich es auf den allerletzten Drücker in den Zug schaffte. Nach meinem Sprint auf dem Bahnsteig zitterten mir die Beine und mein Herz klopfte wild in der Brust, während ich meinen Koffer oben im Gepäckfach verstaute. Ich schwor mir, dass mein nächster Neujahrsvorsatz lauten würde, tatsächlich mal in das Fitnessstudio zu gehen, für das ich so viel Geld ausgab und das ich schon drei Monate oder länger nicht mehr betreten hatte. Wie so vieles andere in meinem Leben waren auch sämtliche diesbezüglichen guten Vorsätze ganz schnell unter einer Lawine von Arbeit untergegangen.
Zum Glück arbeitete Matt genauso viel wie ich und hatte daher vollstes Verständnis für die Anforderungen meines Berufes. Andernfalls hätte unsere Beziehung gar nicht bis jetzt gehalten. Lange Bürostunden, in letzter Sekunde über den Haufen geworfene private Pläne, halbe Nachtschichten und Arbeitswochenenden – all diese Dinge waren uns beiden gleichermaßen vertraut. Wenn ich darüber nachdachte, das heißt, wenn ich überhaupt einmal Zeit hatte, über irgendetwas nachzudenken, das nicht mit der Arbeit zu tun hatte, fragte ich mich, wie manche Leute es schafften, beruflichen Erfolg mit einer intensiven Beziehung unter einen Hut zu bringen. Und sooft eine nörgelnde Stimme in meinem Hinterkopf mich darauf hinwies, dass bei uns beiden längst nicht mehr alles so war, wie es sein sollte, ignorierte ich ihre Warnungen. Ich redete mir ein, dass es sich nur um eine vorübergehende Flaute handelte und sich die Dinge irgendwann nächstes Jahr wieder einpendeln würden, wenn Matt und ich endlich zusammenzogen – vorausgesetzt, wir fanden jemals die Zeit, um auf Wohnungssuche zu gehen.
Wäre ich mir bei der Zeitschrift nicht immer noch wie »die Neue« vorgekommen, hätte ich mich vielleicht besser entspannen können. So aber hörte ich jedes Mal, wenn ich in Betracht

zog, weniger zu arbeiten, plötzlich wieder das Echo der Bedenken, die bei meinem Bewerbungsgespräch laut geworden waren, als meine zukünftigen Arbeitgeber meinen Lebenslauf lasen und dabei auf meine zwei recht provinziellen Praxisjahre bei einem Lokalblatt stießen. Trotzdem hatten sie mir die Stelle wider Erwarten angeboten, obwohl es andere Bewerber gab, von denen ich wusste, dass sie weitaus qualifizierter und erfahrener waren als ich. Das war nun acht Monate her, und ich versuchte immer noch krampfhaft, ihnen und vor allem mir selbst zu beweisen, dass sie die richtige Entscheidung getroffen hatten. Wenn das erforderte, jeden Tag als Erste einzutreffen und als Letzte zu gehen, musste ich das eben so machen, zumindest vorläufig.

Erst als ich feststellte, dass ich die Leute vom nächtlichen Büroreinigungsdienst öfter zu sehen bekam als meinen Verlobten, überlegte ich, ob ich meinen strengen Arbeitsplan vielleicht ein wenig lockern sollte. Außerdem hatte ich nicht nur Matt vernachlässigt. Es war fast sechs Monate her, dass ich das letzte Mal bei meinem Vater in Great Bishopsford gewesen war, und es sprach im Grunde auch nicht für mich, dass ich den Besuch bei ihm immer wieder verschoben hatte, weil ich nun ja sowieso anlässlich der Hochzeit von Sarah hinfuhr.

Der Zug ratterte gerade durch einen Bahnhof. Verschwommen sah ich draußen auf dem Bahnsteig die buntgemischte Menge der wartenden Pendler vorbeiziehen. Erst als wir wieder in die Dunkelheit eintauchten, erhaschte ich zufällig einen Blick auf das Spiegelbild des Fahrgastes schräg gegenüber auf der anderen Seite des Ganges. In der Schwärze meines Fensters sah ich einen untersetzten, schon ziemlich kahlköpfigen Mann, der sehr aufrecht saß und sich die Fahrzeit im Gegensatz zu den meisten anderen Reisenden nicht mit Lesen, iPod-Hören oder Ähnlichem vertrieb. Nein, dieser Mann schien nur eines im Sinn zu haben: mich. Obwohl ich mich nicht bewegte, spürte er, dass ich auf ihn aufmerksam geworden war. Er wandte jedoch keineswegs den Blick ab, wie die Höflichkeit es erfordert hätte, sondern musterte mich nur noch eingehender und begann dann, höhnisch zu grinsen, wobei er langsam seine hässlichen, von Karies zerfressenen Zähne entblößte. Unvermittelt durchfuhr mich ein Angstschauer. Es fühlte sich an, als würde ein Eiswürfel an meiner Wirbelsäule hinuntergleiten.

Ich zog eine Zeitschrift aus der Tasche und nahm instinktiv eine abweisende Haltung ein, indem ich mich zum Fenster drehte. Nachdem ich zehn bis zwanzig Seiten durchgeblättert hatte, wurde mir klar, dass ich von ihrem Inhalt nicht das Geringste mitbekommen hatte. Stattdessen spürte ich, dass der Mann mich weiterhin anstarrte. Meine wiederholten Blicke auf die spiegelnde Fensterscheibe bestätigten meinen Eindruck. Die Härchen in meinem Nacken sträubten sich vor Unbehagen. Unglücklicherweise ertappte er mich dabei, wie ich erneut einen verstohlenen Blick riskierte. Wieder verzog er den Mund zu diesem hässlichen Grinsen und leckte sich fast unmerklich über die Lippen.

Das gab mir den Rest. Eine andere Frau hätte wahrscheinlich das Kinn hochgereckt und ihn herausgefordert – verbal oder mit einem vielsagenden Blick –, aber ich war leider nicht so ein Typ Frau. Ich kam mir vor wie eine Idiotin, handelte jedoch rein instinktiv, indem ich meinen Mantel nahm und auf einen freien Platz am anderen Ende des Waggons umzog. Während ich den schmalen Gang zwischen den Sitzreihen entlangeilte, bildete ich mir ein, irgendwo hinter mir ein leises, dreckiges und sehr selbstzufriedenes Lachen zu hören.

Ich ließ mich gegenüber einer Frau mittleren Alters nieder, die in ein Buch vertieft war. Jetzt saß ich mit dem Rücken zu dem

Fremden, dessen Spiegelbild von diesem Platz aus nicht zu sehen war. Statt mich jedoch besser zu fühlen, bereute ich meinen Schritt sofort, weil ich mich nun, da ich ihn nicht mehr im Auge hatte, noch verwundbarer fühlte. Dabei war das Ganze im Grunde lächerlich. Wieso um alles in der Welt regte ich mich so auf? Es war schließlich nicht das erste Mal, dass ich mich gegen unerwünschte männliche Aufmerksamkeit wehren musste. Auch wenn ich bestimmt nicht das Kaliber meiner alten Schulfreundin Cathy hatte, konnte ich normalerweise mit nervigen Annäherungsversuchen umgehen. Trotzdem wurde ich das Gefühl nicht los, dass das, was der Fremde mit mir vorhatte, in eine ganz andere Kategorie fiel.

Es war eine der unangenehmsten Zugfahrten, an die ich mich erinnern konnte, aber zumindest gab mir die Anzahl von Leuten im Waggon eine gewisse Sicherheit. Als der Schaffner kam, überlegte ich eine Millisekunde lang, ob ich den Mann erwähnen sollte, entschied mich dann aber dagegen. Wie bedrohlich mich der Kerl auch anstarren mochte, es gab keinen objektiven Grund, den Schaffner zu alarmieren. Ich konnte die unvermeidliche Reaktion auf eine solche Beschwerde fast hören: »Er hat Sie also komisch angesehen, habe ich Sie da richtig verstanden?« Obwohl ich schwieg, schien dennoch eine gewisse Angst aus meinen Augen zu sprechen, denn als der Schaffner mir meine Karte zurückgab, hielt er kurz inne und musterte mich eindringlich, bevor er fragte: »Geht es Ihnen nicht gut? Sie wirken ein wenig ...« Er beendete den Satz nicht, also übernahm ich es im Geiste: paranoid/hysterisch/verrückt. Die Frau mir gegenüber ließ das Buch sinken und wartete sichtlich gespannt auf meine Antwort. Eine kleine Ablenkung von der Monotonie der üblichen Pendelfahrt nach Hause. Es machte mir fast Spaß, sie zu enttäuschen.

»Mir fehlt nichts, aber danke der Nachfrage. Ich befürchte nur, dass ich zu einem besonderen Abendessen zu spät kommen werde, das ist alles.«

»Tja, wir sind heute pünktlich dran, dieses Mal können Sie es also nicht auf die britische Bahn schieben«, scherzte der Schaffner.

Ich stimmte in sein Lachen ein und hörte selbst, wie übertrieben fröhlich und gekünstelt ich klang.

Als der Schaffner weiterging, riskierte ich einen raschen Blick über die Schulter und bekam gerade noch mit, wie eine untersetzte, mit einer schmuddeligen hellbraunen Jacke bekleidete Gestalt den Waggon verließ und eilig in den nächsten hinüberwechselte. Vor Erleichterung seufzte ich so laut, dass die Frau mir gegenüber erneut ihr Buch sinken ließ und mich fragend ansah. Ich lächelte sie nur kurz an und widmete mich dann wieder meiner Lektüre.

Das rhythmische Stampfen des Zuges wirkte einschläfernd, so dass es nicht lange dauerte, bis ich meinerseits die Zeitschrift sinken ließ, den Kopf gegen die Nackenstütze bettete und die Augen schloss. Es war ein seltsames Gefühl, nach Hause zu fahren. Noch seltsamer fand ich, dass ich mich mit Freunden treffen würde, die ich schon jahrelang nicht mehr gesehen hatte. Zwangsläufig empfand ich Gewissensbisse, als ich mir klarmachte, dass die feierlichen Worte, mit denen wir uns alle gegenseitig geschworen hatten, in Kontakt zu bleiben, nichts als leere Versprechungen gewesen waren, mehr auf gute Absichten gegründet als auf tatsächliche Entschlossenheit.

Während unserer Studienjahre war es leicht gewesen, in Kontakt zu bleiben, weil wir in den Semesterferien ja sowieso alle zu unseren Familien zurückkehrten. Nun aber, nachdem es uns größtenteils in ganz unterschiedliche Ecken des Landes verschlagen hatte, war es nicht mehr so einfach. Für die meis-

ten von uns war unsere alte Heimatstadt irgendwann zu klein geworden, berufliche Ambitionen und private Beziehungen trieben uns fort.
Meine eigenen beruflichen Ziele im Bereich Journalismus hatten den Umzug nach London unvermeidlich gemacht. Dasselbe traf auf Matt zu, der einen Stützpunkt in der Hauptstadt benötigt hatte, nachdem seine Eltern das Geschäft an ihn übergeben und sich in Spanien zur Ruhe gesetzt hatten. Sarah sah ich natürlich immer noch, sooft ich konnte. Manche Freundschaften überstanden jede noch so große Entfernung oder Phase der Vernachlässigung. Doch es gab andere Menschen, von denen ich ebenfalls gedacht hatte, sie würden immer Bestandteil meines Lebens bleiben – wichtige Menschen, die dennoch irgendwie in den Hintergrund gerückt waren.
Ich hatte mich auf den Abend gefreut und war enttäuscht, weil meine beruflichen Verpflichtungen zur Folge hatten, dass die Wiedersehensfeier schon in vollem Gange sein würde, wenn ich eintraf. Vor allem aber war ich gespannt, ob wir feststellen würden, dass unsere Freundschaftsbande doch noch bestanden, oder ob wir zu dem traurigen Schluss gelangen würden, dass sich die Auflösung unserer alten Truppe nicht rückgängig machen ließ.
Ich öffnete die Augen wieder. Der Mann, dessen unerwünschte Aufmerksamkeit mich zu Beginn meiner Reise so beunruhigt hatte, war nicht in den Waggon zurückgekehrt. Obwohl sich meine Ängste dadurch eigentlich hätten legen sollen, konnte ich nicht anders, als immer wieder den Blick über die Pendler schweifen zu lassen, die an den verschiedenen Haltestellen ausstiegen. Jedes Mal spähte ich angestrengt in die Dunkelheit hinaus, weil ich hoffte, irgendwo dort draußen die abgetragene braune Jacke zu entdecken. Doch ich sah ihn nicht. Zu wissen, dass er höchstwahrscheinlich immer noch im Zug

war, trug nicht gerade zu meiner Beruhigung bei. An einer der größeren Haltestellen hatte sich der Zug deutlich geleert, so dass es mir unmöglich gewesen war, in den Pendlermassen auf dem Bahnsteig nach ihm Ausschau zu halten. Nun kamen die letzten paar Stationen vor Great Bishopsford, und danach folgten sowieso nur noch einige wenige. Wenn er noch im Zug war – wie groß war die Wahrscheinlichkeit, dass er an derselben Haltestelle aussteigen würde wie ich? Inzwischen schätzungsweise größer als am Anfang. Der Eiswürfel an meiner Wirbelsäule war wieder da.

Ich beschloss, am Bahnhof ein Taxi zu nehmen und direkt zum Restaurant zu fahren, das auf der anderen Seite der Stadt lag. Es war eine Schande, dass mir nicht genug Zeit blieb, um erst das Hotel anzusteuern und mich umzuziehen, aber ich würde auch so schon unverzeihlich spät kommen. Inzwischen bereute ich, dass ich Matt nicht gebeten hatte, mich vom Zug abzuholen, aber es war mir selbstsüchtig erschienen, ihn von der Feier wegzukommandieren. Ich konnte nur hoffen, dass ein Taxi bereitstehen würde.

Da es nur noch zehn Minuten bis zu meiner Haltestelle waren, fischte ich eine Puderdose mit Spiegel und ein paar andere Schminkutensilien aus meiner großen Handtasche. Nachdem ich mittlerweile eine der drei letzten Personen im Waggon war, erschien es mir nicht allzu unschicklich, mich im Zug nachzuschminken. Das Licht der Neon-Deckenlampe war zwar nicht gerade schmeichelhaft, ermöglichte es mir aber zumindest, einen Teil des Schadens wiedergutzumachen, den der Arbeitstag angerichtet hatte. Ich mattierte glänzende Stellen mit Puder, frischte meinen Lidschatten auf und verteilte eine schimmernde Schicht Gloss auf den Lippen. Bedauerlicherweise gestattete mir der kleine Spiegel nicht, die Wirkung als Ganzes zu inspizieren. Ich bewegte ihn erst nach oben und dann nach unten, um einen besseren Blickwinkel zu bekommen, was aber nicht viel brachte. Gerade, als ich ihn zuklappen wollte, erhaschte ich einen kurzen Blick auf etwas Bräunliches, das sich in der kleinen Glasfläche spiegelte.

Wie von einem Stromschlag getroffen, sprang ich von meinem Platz auf. Einen Moment lang bildete ich mir ein, der seltsame Mann von vorhin stünde direkt hinter mir, doch da war niemand. Im Waggon befanden sich außer mir nach wie vor nur noch zwei weitere Fahrgäste, die beide zu schlafen schienen. Vorsichtig trat ich einen Schritt zur Seite, weil ich befürchtete, der kahlköpfige Mann läge irgendwo hinter einer der Sitzbänke auf der Lauer. Während ich zögernd den Gang entlangschlich, behielt ich die nächstgelegene Notbremse im Auge. Zum Teufel mit den zweihundertfünfzig Pfund Strafe wegen Missbrauchs, ging mir durch den Kopf. Hätte in dem Moment jemand auch nur »Buh!« gesagt, wäre ich bereit gewesen, den Zug augenblicklich zum Stillstand zu bringen.

Natürlich war da niemand. Nachdem ich etwa den halben Waggon entlanggegangen war, kam ich mir ziemlich albern vor. Inzwischen war ich fast sicher, dass das, was ich im Spiegel zu sehen geglaubt hatte, höchstwahrscheinlich der orangerote Lichtschein einer sich spiegelnden Straßenlaterne gewesen war. Lediglich meine hyperaktive Fantasie hatte einen Quantensprung zur falschen Schlussfolgerung gemacht. Hier lag niemand auf der Lauer, und wenn ich nicht jeden einzelnen Waggon des Zuges durchsuchen wollte – was ich ganz bestimmt nicht vorhatte –, musste ich mich endlich von der irrigen Annahme verabschieden, ein durchgeknallter Stalker sei hinter mir her.

Erleichtert hörte ich die Lautsprecherdurchsage, die als nächsten Halt Great Bishopsford ankündigte. Mir blieben nur noch ein, zwei Minuten, um meinen Koffer vom ersten Sitzplatz und meine anderen Habseligkeiten vom zweiten einzusammeln. Kurz darauf wartete ich bereits voller Ungeduld neben der Automatiktür und war eine der ersten Personen, die ausstiegen, als der Zug schließlich im Bahnhof zum Stillstand kam. Erfreut stellte ich fest, dass aus einem Waggon ein Stück weiter vorn drei andere Leute stiegen, und trabte den Bahnsteig entlang, so schnell mein Gepäck es zuließ, um mit ihnen Schritt zu halten. Auf der langen Treppe nach oben fiel ich wegen meines Koffers, den ich hinter mir herzog, zurück. Ich konnte die anderen Fahrgäste schon nicht mehr sehen, als ich auf dem Bahnsteig unter mir plötzlich jemanden hörte oder zu hören glaubte – jemanden, den das Licht, das von der Treppe nach unten fiel, nicht erreichte. Offenbar hatte nach mir noch jemand den Zug verlassen.

Ich eilte die restlichen Stufen so schnell hinauf, dass mein Koffer ein paar Mal hart gegen die Betonstufen knallte. Als ich in die kleine Halle gelangte, in der normalerweise der Fahrkartenschalter geöffnet war, hielt ich Ausschau nach den anderen Fahrgästen oder einem Bahnangestellten, doch die Halle war leer. Dafür hörte ich draußen vor dem Bahnhof einen Wagen losfahren. Ich musste also davon ausgehen, dass die anderen Reisenden bereits fort waren. Aber bestimmt befand sich noch irgendein Bahnangestellter hier? Es war erst kurz nach zehn. Ließen sie den Bahnhof wirklich schon so früh unbeaufsichtigt?

»Hallo?«, rief ich mit zittriger Stimme. In der leeren Halle klangen meine Worte wie ein fernes Echo. »Ist hier noch jemand im Dienst?«

Als Antwort erhielt ich nur Schweigen. Da mir plötzlich bewusst wurde, dass ich oben am Treppenabsatz wie auf dem Präsentierteller stand, trat ich rasch ein paar Schritte zur Seite. Wer auch immer nach mir aus dem Zug gestiegen war, würde

bestimmt innerhalb weniger Augenblicke in der Halle eintreffen. Ich lauschte angestrengt, ob auf der Treppe Schritte zu hören waren, konnte aber kein Geräusch ausmachen.
Dafür gab es zwei mögliche Erklärungen: Entweder ich hatte mir nur eingebildet, unter mir auf dem Bahnsteig jemanden zu hören, oder der Mensch, der aus dem Zug gestiegen war, wartete jetzt irgendwo auf der dunklen Treppe, statt sich in der Bahnhofshalle zu zeigen. Ich bevorzugte die erste Variante – lieber paranoid als ein potenzielles Verbrechensopfer. Da es nichts brachte, hier auszuharren und mir selbst zu beweisen, dass ich nicht im Begriff war durchzudrehen, wandte ich mich dem Ausgang zu und eilte hinaus in die Winternacht.
Der Taxistand befand sich seitlich vom Bahnhof. Ich war dankbar für die grelle Sicherheitsbeleuchtung, die mir den Weg erhellte. Ich hatte Glück, ein einziges Taxi stand bereit. Der Motor lief, und das gelbe Schild auf dem Dach leuchtete in der frostigen Nachtluft. Genau in dem Moment, als ich den Arm hob, um den Fahrer auf mich aufmerksam zu machen, gab er Gas und fuhr los.
»Halt!«, rief ich hilflos. »Bitte anhalten!«
Ich ließ den Koffer mitten auf dem Gehsteig zurück und rannte hinter dem Taxi her, wobei ich wild mit den Armen gestikulierte. Da es im Wageninneren dunkel war, konnte ich nicht erkennen, ob dort bereits ein Fahrgast saß oder der Fahrer einfach beschlossen hatte, Feierabend zu machen und nach Hause zu fahren. Obwohl ich bereits wusste, dass es sinnlos war, rannte ich weiter – bis die Rücklichter des Taxis nur noch zwei rote Punkte in der Ferne waren.
Aus purer Frustration traten mir die Tränen in die Augen, während ich langsam zurückging, um meinen Koffer zu holen. Es waren keine anderen Taxis in Sicht, und vermutlich würden vor dem nächsten Morgen auch keine mehr auftauchen. Mir

blieb nichts anderes übrig, als Matt anzurufen und ihn zu bitten, mich abzuholen. Noch bevor ich mein Handy aus der Tasche geholt hatte, um seine Nummer zu wählen, war mir klar, dass er fast eine halbe Stunde brauchen würde, bis er bei mir eintraf. Dabei war es weniger die Aussicht, hier mutterseelenallein auf das Eintreffen meines Verlobten zu warten, die meine Finger beim Tippen der vertrauten Nummer zittern ließ, sondern vielmehr die weitaus beängstigendere Erkenntnis, dass ich womöglich gar nicht allein war.

Während ich darauf wartete, dass eine Verbindung zustande kam, wandte ich mich dem Eingang des Bahnhofs zu, um jeden im Blick zu haben, der das Gebäude verließ. Als ich nach einer Weile noch immer nicht den vertrauten Wählton hörte, nahm ich das Telefon vom Ohr. Auf dem Display prangten zwei Worte, zu jeder anderen Zeit und an jedem anderen Ort harmlos, aber hier und jetzt höchst erschreckend: *kein Signal.*

»Nein, tu mir das nicht an«, beschwor ich mein Telefon.

Nachdem ich auf Wahlwiederholung gedrückt hatte, trommelte ich mit den Fingern ungeduldig gegen das Gerät, das ewig zu brauchen schien, bis es mir schließlich genau dasselbe mitteilte wie vorher.

Ohne darauf zu achten, wie bescheuert ich aussah, hob ich den Arm und zog mit dem kleinen silbernen Apparat in der Hand hoch über meinem Kopf einen Bogen durch die Luft, in der Hoffnung, doch noch ein Signal zu empfangen. Während ich herumhampelte, hatte ich plötzlich den Eindruck, als sei der Lichtstrahl, der aus dem Bahnhofseingang fiel, für einen Moment von einem Schatten durchbrochen worden. Ich erstarrte vor Schreck und blickte zum Eingang. Erst als meine Augen vor Anstrengung zu tränen begannen, realisierte ich, dass ich vergessen hatte zu blinzeln. Obwohl sich am Eingang nichts mehr regte, wusste ich genau, dass ich mich nicht getäuscht hatte: Etwas oder jemand war in dem Gebäude und beobachtete mich – aus Gründen, die wahrscheinlich alles andere als harmlos waren.

Obwohl ich wusste, dass es sinnlos war, konnte ich nicht umhin, es noch einmal zu versuchen: Erneut drückte ich auf Wahlwiederholung. Vor lauter Frustration hätte ich das Telefon am liebsten auf den Gehsteig geschleudert. Zum Glück überwog mein gesunder Menschenverstand. Die Ironie an dem Ganzen war, dass es im Inneren des Bahnhofs eine ganze Reihe von öffentlichen Telefonen gab. Nachdem ich die Treppe erklommen hatte, hatte ich direkt neben ihnen innegehalten. Jetzt aber konnte ich mich genauso wenig dazu überwinden, noch einmal dieses Gebäude zu betreten, wie ich mit reiner Willenskraft ein Funksignal aus der Luft fischen konnte. Ich musste den Tatsachen ins Auge blicken: Ich stand hier ganz allein an einem dunklen Dezemberabend in einer abgelegenen Gegend, ohne Kommunikationsmöglichkeit und ohne zu wissen, ob mir der Mann, der mir zu Beginn meiner Reise solche Angst eingejagt hatte, aus dem Zug gefolgt war.

Ich versuchte, meine rasenden Gedanken zu beruhigen, und ermahnte mich selbst, mich auf das vorrangige Problem zu konzentrieren. Ich musste jemanden anrufen, Matt, eine Taxifirma oder die Polizei, hatte jedoch keine Möglichkeit zu telefonieren. Derart auf den Punkt gebracht, lag die Lösung des Problems auf der Hand: Dann musste ich eben ein anderes Telefon suchen. Es gab in England doch noch öffentliche Telefone am Straßenrand, oder etwa nicht? Die Mobilnetze hatten sicher noch nicht ganz die Herrschaft über unsere Zivilisation übernommen. Oder doch? Obwohl ich mich nicht daran erinnern konnte, wann ich das letzte Mal eine Telefonzelle benutzt hatte, war ich dennoch sicher, irgendwo eine zu finden. Suchend ließ ich den

Blick über den Parkplatz und den Bereich des Taxistandes schweifen. Nein, dort würde ich nicht fündig werden, wenn es doch im Bahnhof eine ausreichende Zahl von Apparaten gab. Diese hätten ihren Zweck ja auch perfekt erfüllt – hätte nicht der Verrückte direkt daneben auf der Lauer gelegen. Ein kleines Lachen, eher hysterisch als amüsiert, blubberte in mir hoch, während meine allzu lebhafte Fantasie den möglicherweise nicht einmal vorhandenen Stalker in den Status eines mordlustigen Schwerverbrechers katapultierte.

Da fiel es mir plötzlich wieder ein: Oben bei der alten Kirche gab es am Straßenrand ein öffentliches Telefon, gleich außerhalb der Friedhofsmauern. Zumindest war dort immer eines gewesen. Die Kirche war gar nicht so weit entfernt, nur ein paar hundert Meter, schätzte ich. Und selbst im schlimmsten Fall, sollte die Telefonzelle tatsächlich nicht mehr da sein, hätte ich den halben Weg zum eigentlichen Stadtbereich bereits geschafft, wo ich bestimmt ein anderes Telefon finden oder womöglich sogar ein Taxi anhalten konnte.

Dass ich einen konkreten Plan gefasst hatte, wirkte auf die Panik, die in meinen Eingeweiden gor, wie ein Säureblocker.

Übertrieben langsam steuerte ich auf die Straße zu, die zur Kirche führte. Obwohl ich nicht sicher war, wie weit die Nachtluft den Schall trug, wollte ich mich so leise wie möglich vom Bahnhof entfernen. Deswegen zog ich den Koffer auch nicht hinter mir her, sondern trug ihn. Auf diese Weise würde ich zwar etwas langsamer vorankommen, doch das Rattern der Räder hätte jeden Verfolger sofort wie ein Peilsender auf meine Spur gelockt. In der anderen Hand hielt ich immer noch mein Handy und drückte etwa alle zwanzig Sekunden auf Wahlwiederholung, weil ich nach wie vor hoffte, doch noch ein Signal zu bekommen.

Ich kann nicht genau sagen, ab wann ich mit Sicherheit wusste, dass er hinter mir war.
Ich war anfangs sehr vorsichtig und leise gegangen. Erst als ich glaubte, außer Hörweite zu sein, war ich in eine schnellere Gangart verfallen. Etliche Male hatte ich einen Blick über die Schulter riskiert, ohne jemanden zu entdecken. Vom Bahnhof führten mehrere Straßen in unterschiedliche Richtungen. Wenn der Kerl also nicht gesehen hatte, wie ich davongeschlichen war, konnte er unmöglich wissen, wohin ich gegangen war. Doch gerade als ich das Gefühl hatte, die Panik, die mein Herz wie ein Schraubstock im Griff hielt, würde langsam ihre Finger lockern, hörte ich es – ein leises Klirren, gefolgt von einem rollenden Geräusch. Als hätte jemand versehentlich gegen eine Flasche getreten.
Ich blieb wie angewurzelt stehen und strengte meine Ohren und Augen an. An diesem Abschnitt der Straße gab es keine Lampen, erst wieder oben bei der Kirche. Die Straße, von Bäumen mit dicken Stämmen gesäumt, bot hundert verschiedene Möglichkeiten, sich zu verstecken.
Vorsicht war nun nicht mehr angesagt. Als ich losrannte, hörte ich schwere Schritte meinem Beispiel folgen. Obwohl es sich nicht mit letzter Sicherheit sagen ließ, stellte ich dennoch dankbar fest, dass mein Verfolger nicht so nahe klang, wie ich zunächst befürchtet hatte. Ich warf einen raschen Blick über die Schulter, entdeckte aber niemanden. Trotzdem hörte ich nach wie vor die Schritte auf dem Asphalt.
Ich war nicht besonders fit, das hatte sich schon bei meinem Sprint zum Zug gezeigt, aber pures Adrenalin kann Erstaunliches bewirken. So schnell hatte ich mich seit meiner Schulzeit nicht mehr bewegt. Nichtsdestotrotz hörte ich immer noch die trommelnden Schritte meines Verfolgers, die wie ein Echo meiner eigenen klangen. Ich war nicht in der Lage, den Ab-

stand zwischen uns zu vergrößern, sondern schaffte es gerade mal, ihn zu halten. Ich wusste, dass ich nicht in diesem Tempo weiterlaufen konnte, jedenfalls nicht mehr lange. Meine Schuhe, deren Aufgabe es war, schön auszusehen, waren nicht dafür gemacht, dass man mit ihnen einen lebensrettenden Sprint hinlegte. Auf dem eisigen Asphalt kam ich immer wieder ins Rutschen, und an einer besonders glatten Stelle verlor ich schließlich den Halt. Ich ruderte wild mit den Armen, um das Gleichgewicht wiederzufinden, und ließ meinen Koffer mit einem Knall auf den Asphalt fallen. Irgendwie schaffte ich es, nicht zu stürzen, und lief weiter. Den Koffer ignorierte ich. Keine zwanzig Sekunden später hörte ich ein Krachen, gefolgt von einem lauten Aufschrei. Zumindest wusste ich jetzt, wie weit hinter mir er war. Ich hoffte wohl vergebens, dass er sich bei dem Zusammenstoß den Knöchel gebrochen hatte, doch allein der Gedanke, er könnte sich verletzt haben, verlieh mir einen zusätzlichen Energieschub.

Ich war nicht mehr weit von der Hügelkuppe entfernt. Im Mondlicht konnte ich bereits den Kirchturm ausmachen. Ich hatte es fast geschafft. Gleichzeitig fürchtete ich, dort doch kein Telefon vorzufinden. Alles schien sich an diesem Abend gegen mich verschworen zu haben. Deswegen empfand ich es zunächst wie eine schöne Fata Morgana, als ich etwa hundert Meter weiter vorn die Telefonzelle entdeckte. Obwohl mein Herz raste und ich schreckliches Seitenstechen hatte, behielt ich mein Tempo bei. Hinter mir hatte ich zwar nichts mehr gehört, aber ich brauchte ja noch Zeit, um die Telefonzelle zu erreichen und die Notrufnummer zu wählen. Ich fragte mich, wie lange es wohl dauerte, bis sich jemand meldete. Würde ich es schaffen, Hilfe zu rufen, bevor der Kerl mich erreichte? Hatte ich überhaupt noch genug Luft, um zu sprechen? Die einzige Antwort auf diese Fragen war, so schnell wie möglich zu laufen,

und genau das versuchte ich, während ich mit dem Daumen weiterhin krampfhaft die Wahlwiederholungstaste meines Mobiltelefons drückte.
Ich war fast am Ziel. Meine Finger waren schon nach dem Türgriff der Telefonzelle ausgestreckt, als ich an meinem Mantel heftig nach hinten gerissen wurde und zu Boden ging. Ich schlug hart auf dem eisigen Gehsteig auf, und mein Kopf knallte schmerzhaft gegen den Asphalt. Ich ging derart schwungvoll zu Boden, dass ich meinen Verfolger mitriss und hinter mir den Aufprall seines massigen Körpers hörte. Ich glaube nicht, dass ich mir des warmen, klebrigen Blutstroms aus meinem Kopf bewusst war, als ich mich hochzurappeln versuchte. Ich schien mir nichts gebrochen zu haben, und auch wenn ich wahrscheinlich sowohl an den Händen als auch an den Knien ein paar Hautschichten eingebüßt hatte, spürte ich keinen Schmerz.
Ich hatte mich auf alle viere erhoben, als eine grausame Hand meinen Knöchel wie ein Schraubstock umschloss und mich erneut zu Boden riss. Instinktiv trat ich nach hinten aus und merkte an seinem Schrei, dass mein Absatz ihn an einer Stelle getroffen hatte, wo es weh tat. Sein Griff löste sich, und ich versuchte zu fliehen, indem ich auf die Unterarme gestützt davonrobbte, als wäre ich Teil eines militärischen Einsatzkommandos. Ich hatte gerade mal einen Meter geschafft, als er sich wieder auf mich stürzte und mir sein Knie brutal in den Rücken rammte. Ich hörte ihn leise fluchen, während er sein ganzes Körpergewicht einsetzte, um mich bewegungsunfähig zu machen. Mein Kampfgeist erlahmte. Ich hatte es versucht und verloren. Durch das viele Blut, das mir übers Gesicht lief, konnte ich kaum noch etwas sehen. Außerdem spürte ich, dass ich im Begriff war, das Bewusstsein zu verlieren. Ich wollte dagegen ankämpfen, hatte aber keine Kraft mehr. Der Mann

packte mich grob am Ärmel meines Mantels, dessen weißer Stoff bereits blutgetränkt war, und riss meinen Arm in einem unnatürlichen Winkel hoch. Er sagte nur ein einziges Wort – »Miststück!« –, während er mit seinen Wurstfingern nach meiner Hand grabschte und mir den Verlobungsring vom Finger riss. Dann war das Gewicht auf meinem Rücken plötzlich fort, und damit auch der Mann.

War es ihm nur darum gegangen? Um den verdammten Diamantring? War das alles nur passiert, weil ich vergessen hatte, den Ring abzunehmen, bevor ich mich auf den Weg machte? Ich würde nicht einmal in der Lage sein, meinen Angreifer zu identifizieren, weil ich sein Gesicht nicht zu sehen bekommen hatte. Womöglich war es gar nicht der Mann aus dem Zug.

Die mich umgebende Dunkelheit schien sich zu verdichten. Ich fühlte mich, als stünde ich schwankend am Rand eines dunklen Lochs. Nahe an meinem Ohr nahm ich ein leises Surren wahr. Im ersten Moment hielt ich es für das Rauschen meines eigenen Blutes, bis schließlich die Wahrheit in mein Bewusstsein drang. Es war ein Klingeln. Unglaublicherweise hatte ich während der ganzen Tortur mein Telefon nicht losgelassen, und am Ende hatte mein krampfhaftes Drücken der Wahlwiederholung doch noch Erfolg gehabt.

»Rachel? Kannst du mich hören?« Die Stimme klang blechern und dünn und ganz weit fort.

»Hilfe …«, krächzte ich, ehe die Schwärze mich verschlang.

4

Das Erste, was ich spürte, war mein schmerzender Kopf, der sich geschwollen und wund anfühlte. Als ich ihn ein winziges Stück bewegte, hörte ich ein leises Geräusch, das klang, als würde elastischer Verband über Baumwolle reiben. Ich versuchte, einen Arm zu heben, um der Sache auf den Grund zu gehen, ließ es aber gleich wieder bleiben, weil mich irgendetwas, das in meinem Unterarm steckte, schmerzhaft zurückhielt. Offenbar hing ich an einem Tropf. Ein beharrlicher Piepton, der aus einem Apparat hinter mir drang, verriet mir, dass ich außerdem wohl mit einem Monitor verbunden war. Ich befand mich eindeutig in einem Krankenhaus, aber warum konnte ich nichts sehen?

Ich blinzelte mehrmals. Meine Augenlider fühlten sich seltsam schwer an, und es blieb weiterhin alles dunkel. Wieso sah ich nichts? Was war geschehen? Eine mächtige Welle der Panik erfasste mich. Warum konnte ich mich nicht erinnern? Was war mit meinem Kopf – mit meinen Augen? Krampfhaft zermarterte ich mir das Gehirn. Bruchstückhaft zogen Einzelheiten vom Vortag an mir vorüber. Zumindest erinnerte ich mich daran, dass ich meiner Heimat einen Besuch abgestattet und später in einem Restaurant gegessen hatte. Danach war ich ins Hotel zurückgekehrt. Hatte ich mir ein Taxi genommen? Das wusste ich nicht mehr. Auf jeden Fall war ich irgendwann in meinem Zimmer gelandet ... und dann ... nichts. Wo die restlichen Erinnerungen an den Abend hätten sein sollen, klaffte eine große Lücke.

Trotz all der Drähte und Schläuche, die an mir befestigt waren, versuchte ich, mich aufzusetzen. Mein erfolgloses Herumfuhrwerken alarmierte jemanden im Raum.

»Wen haben wir denn da! Willkommen, Rachel. Es ist schön, Sie wach zu sehen. Ich rufe gleich Ihren Vater.«

Eine Tür ging auf, und Schritte entfernten sich rasch einen hallenden Gang entlang. Bevor ich meine tauben Lippen dazu bringen konnte, eine Frage zu formulieren, wurde mir klar, dass niemand mehr im Raum war.

Wollte sie wirklich meinen Dad anrufen? Hatte ihn schon jemand darüber informiert, dass ich im Krankenhaus lag? Voller Angst fragte ich mich, wie er auf diese Neuigkeit reagiert hatte. Er war im Moment viel zu krank, um weiteren Kummer zu verkraften. Ob sie mir das Telefon wohl ans Bett bringen konnten? Vielleicht beruhigte es ihn, wenn er meine Stimme hörte. Aber wie sollte ich ihn hinsichtlich meines Zustands beruhigen, wenn ich nichts darüber wusste? Ein frustrierendes Gefühl von Ohnmacht ließ mich zornig aufstöhnen.

»Na, na ... so etwas wollen wir jetzt aber nicht hören! Alles wird wieder gut.« Energische Schritte näherten sich dem Bett.

Ohne auf die Schmerzen zu achten, die ich mir damit womöglich zufügte, fuhr ich vom Kissen hoch. »Dad? Dad, bist du das?«

Eine warme, rauhe, sich sehr vertraut anfühlende Hand legte sich auf meine, die auf dem steifen Krankenhauslaken ruhte. »Natürlich bin ich das, mein Liebling.«

Ich spürte seinen warmen Atem, als er sich über mich beugte, um mich auf die Wange zu küssen, und seine kratzigen Bartstoppeln an meiner Haut.
»Ach, Dad …«, begann ich, brachte dann aber nichts weiter heraus, obwohl es so vieles gab, was ich hätte sagen können oder *sollen*. Stattdessen fing ich an zu weinen.
»Aber nicht doch«, murmelte mein Dad und tätschelte mir verlegen die Hand.
Obwohl ich nichts sah, konnte ich mir seinen Gesichtsausdruck genau vorstellen. Mit meinen Tränen hatte er noch nie umgehen können, weder in meinen Kindertagen noch in den turbulenten Teenagerjahren. Da ich also wusste, wie sehr es ihm zu schaffen machte, wenn ich weinte, bemühte ich mich mit aller Kraft, den Strom einzudämmen.
»Ich bin so froh, dass du da bist, Daddy«, schniefte ich. Ohne mir dessen bewusst zu sein, hatte ich ihn so genannt, wie ich es als kleines Mädchen immer getan hatte.
»Und ich bin froh, dass du wieder wach bist, mein Liebling. Du glaubst gar nicht, wie sehr ich mich erschrocken habe, als ich das erste Mal hereinkam und dich da liegen sah – völlig verkabelt und so. Das hat viele schlimme Erinnerungen geweckt.«
Ich registrierte, wie belegt seine Stimme plötzlich klang. Natürlich hatte er zwangsläufig an den Abend des Unfalls denken müssen.
Ich konnte nur erahnen, was er durchgemacht hatte, als er damals tagelang an einem Krankenhausbett wie diesem saß. Erst Monate später hatte er mir gestanden, was für eine entsetzliche Angst er gehabt hatte, während ich bewusstlos und ohne zu reagieren dalag. Obwohl die Ärzte ihm versichert hatten, dass es einfach nur seine Zeit brauchen würde – dass die Rettungskräfte mich beatmet hatten, bevor mein Gehirn Schaden

nahm, so dass ich *wirklich* wieder ganz gesund werden würde –, muss er trotzdem vor Angst halb wahnsinnig geworden sein, bis ich schließlich zum ersten Mal die Augen aufschlug.

Das war der Moment gewesen, in dem sein Herzschmerz nachließ und meiner begann. Denn ich hatte nicht geduldet, dass er mir die schreckliche Neuigkeit noch länger vorenthielt. Ich hatte mich geweigert zu warten, bis ich wieder »stärker« war. Außerdem, wer war schon jemals stark genug, um zu hören, dass der beste Freund gestorben war, nachdem er einem das Leben gerettet hatte?

Offenbar war der inzwischen fünf Jahre zurückliegende Unfall für ihn noch genauso präsent wie für mich.

»Erinnerungen an den Unfall«, bemerkte ich leise.

»Den Unfall?« Er klang perplex. »Nein, Liebes, Erinnerungen an deine arme Mum.«

Seine Worte erstaunten mich, er sprach so selten von ihr. Vermutlich hatte die Angst, mich zu verlieren, bei ihm etliche schmerzhafte Erinnerungen wachgerufen. Ich wusste nicht recht, wie ich darauf reagieren sollte, doch zum Glück erübrigte sich jede Reaktion, weil in dem Moment die Tür aufging und mehrere Leute hereinkamen.

»Hallo, Herr Doktor«, grüßte mein Dad.

Es klang, als würde er den Mann, der gerade mein Krankenzimmer betreten hatte, recht gut kennen. Erst jetzt kam ich auf die Idee, eine wichtige Frage zu stellen. »Wie lange bin ich eigentlich schon hier?«

»Etwas mehr als sechsunddreißig Stunden, junge Dame«, antwortete der Arzt in einem Ton, der mich wohl beruhigen sollte.

Ich war aber nicht beruhigt. Als müsse ich einen Wettlauf gegen die Zeit gewinnen, strengte ich mein Gehirn an, um die Puzzlestücke zusammenzufügen und endlich zu begreifen, was mit mir geschehen war. Meine Synapsen begannen, hektische

Impulse auszusenden, und plötzlich fiel es mir wieder ein: der Friedhof, die fürchterlichen Kopfschmerzen, der plötzliche, fast vollständige Verlust meiner Sehkraft. Ich konnte mich wieder genau an all das erinnern.

Vorsichtig fasste ich mit dem Arm, der nicht mit irgendwelchen Krankenhausapparaten verbunden war, an meinen bandagierten Kopf.

»Mussten Sie mich operieren? Wegen der Kopfschmerzen? Oder wegen der Blindheit?«

Das Lachen des Arztes klang höchst amüsiert. Was war an meiner Frage so lustig?

»Gott bewahre, Rachel, Sie sind doch nicht blind!«

»Aber ich kann nichts sehen!«, jammerte ich.

Wieder ertönte Gelächter. Dieses Mal stimmte sogar Dad mit ein.

»Das liegt daran, dass der Verband auch über Ihren Augen liegt«, erklärte die weibliche Stimme, die ich schon kannte. »Sie haben ein paar Kratzer davongetragen – wahrscheinlich von den Kieselsteinen auf dem Boden. Sie sind mit dem Gesicht etwas hart aufgekommen und haben sich dabei am Kopf verletzt.«

Ich wandte mich in die Richtung, aus der die Stimme der Krankenschwester kam. Was zum Teufel redete sie da? Offenbar konnte sie meinen Gesichtsausdruck nicht sehen, der bestimmt keinen Zweifel daran ließ, dass ich sie für eine Idiotin hielt. Oder sie beschloss, ihn zu ignorieren.

Denn sie fuhr fort: »Deswegen ist Doktor Tulloch jetzt hier, um Ihnen den Verband abzunehmen und sich die Nähte noch einmal anzusehen.«

»Aber ich bin nirgendwo mit dem Kopf aufgeschlagen«, belehrte ich jeden, der es hören wollte. Ich spürte, wie mein Dad erneut nach meiner Hand griff.

»Immer mit der Ruhe, Rachel, reg dich nicht auf. Bestimmt dauert es eine Weile, bis du dich erinnerst.«

»Ich glaube, ich würde mich sehr wohl daran erinnern, wenn ich mir den Kopf verletzt hätte«, widersprach ich schärfer als beabsichtigt. »Ich hatte bloß solche Kopfschmerzen«, fügte ich erklärend hinzu, »die waren wirklich ganz fürchterlich.«

»Haben Sie jetzt auch Kopfschmerzen?«, fragte der Arzt, hellhörig geworden.

»Hm, nein«, antwortete ich, als mir zum ersten Mal bewusst wurde, dass mir der Kopf zwar weh tat, der Schmerz aber überhaupt nicht vergleichbar war mit den schier unerträglichen Qualen, unter denen ich in letzter Zeit gelitten hatte. »Mein Kopf fühlt sich nur ein bisschen wund an ...«

»Das erstaunt mich nicht. In ein, zwei Tagen legt sich das. Wie die Schwester sehr richtig gesagt hat, war es ein böser Sturz.«

Ich hätte am liebsten erneut widersprochen, spürte aber, dass jemand an meinen Hinterkopf fasste und anfing, mich von dem lästigen Verband zu befreien. Mit jeder Umdrehung verringerte sich der Druck auf meinen Kopf, während meine Angst sich verstärkte. Als ich meine mumienhafte Verhüllung schließlich los war, durchströmte mich ein Gefühl von Panik.

»Ich kann noch immer nichts sehen. Ich bin blind!«

Der Arzt seufzte leicht entnervt. Zweifellos hatte er mich bereits als hysterische Zicke abgestempelt.

»Lassen Sie mich doch erst die Mullkompressen entfernen, bevor Sie losziehen und sich einen weißen Stock besorgen, junge Dame. Schwester, die Jalousien, bitte.«

Zu dem Schluss gekommen, dass ich den Mann nicht mochte, auch wenn mein Vater vielleicht anderer Meinung war, wandte ich den Kopf dennoch in die Richtung, aus der seine Stimme kam, und gestattete ihm, nacheinander die beiden kreisförmigen Kompressen von meinen Augenlidern zu nehmen. Als ich zum ersten Mal blinzelte, genoss ich das Gefühl, dass nichts mehr meine Augen einengte. Durch die halb geöffneten Lamellen der Jalousie fiel so viel Tageslicht, dass ich schemenhaft die vier Gestalten ausmachen konnte, die mein Bett umringten: den Arzt, neben ihm einen jungen Mann, der ebenfalls einen weißen Kittel trug, außerdem die Schwester und auf der anderen Seite des Bettes meinen Dad.

»Ich kann zumindest Umrisse erkennen«, erklärte ich halb freudig, halb ungläubig. »Es wirkt alles noch ein bisschen verschwommen, aber ...«

»Lassen Sie sich einen Moment Zeit. Schwester, ich glaube, wir brauchen noch mehr Licht.«

Sie kam seiner Aufforderung nach, indem sie die Lamellen ganz öffnete. Plötzlich klärte sich meine Sicht. Ich sah den weißhaarigen, bereits etwas älteren Arzt, den jungen, eine Brille tragenden Assistenzarzt und die Schwester, die mittleren Alters war. Als ich daraufhin freudig zu lächeln begann, spiegelte sich diese Reaktion in allen drei Gesichtern.

Mit einem breiten Grinsen wandte ich mich meinem Dad zu, doch bei seinem Anblick erstarrte ich.

»Rachel, was ist los?«, rief mein Vater, erschrocken über meinen Gesichtsausdruck. »Herr Doktor, was ist mit ihr?«

Der Arzt war binnen einer Sekunde an meiner Seite und leuchtete mir mit einer kleinen Taschenlampe in die Augen, doch ich stieß ihn fort, um einen erneuten Blick auf meinen Dad zu werfen.

»Rachel, können Sie mir sagen, was Ihnen fehlt?«, fragte der Arzt in drängendem Ton. »Haben Sie Schmerzen oder irgendwelche Sehstörungen?«

Sehstörungen? Das kann man wohl sagen, dachte ich. Auch wenn sie völlig anderer Art waren, als er meinte.

»Nein, ich sehe sehr gut. Alles ist jetzt ganz klar.«

»Was ist es dann?«
»Mein Dad.«
»Ich?« Mein Vater war völlig verwirrt.
Tja, willkommen im Club. Ich zwang mich, ihn noch einmal in Ruhe und mit mehr Konzentration zu betrachten, doch was ich sah, ergab einfach keinen Sinn.
»Ist mit Ihrem Vater etwas nicht in Ordnung?« Die Stimme des Arztes hatte inzwischen einen Ton angenommen, den er sich sonst wohl für Geisteskranke vorbehielt.
Ich wandte mich dem Arzt zu, um seine Frage zu beantworten, doch mein Blick wanderte sofort zurück zu meinem Vater. Mit meiner neu gewonnenen Sehkraft registrierte ich seine runden Wangen, die glänzenden Augen – auch wenn sie sich gerade vor Sorge verdüsterten – und den kleinen Bauchansatz, von dem er früher immer sagte, er wolle ihn in einem Fitnessstudio wegtrainieren. Nichts erinnerte an den ausgezehrten, vorzeitig gealterten, vom Krebs gezeichneten Mann, den ich zuletzt vor drei Wochen gesehen hatte.
»Nein! Das ist ja gerade das Problem. Mit ihm ist alles in Ordnung. Ihm fehlt nicht das Geringste!«

Sie stellten mich ruhig. Vermutlich blieb ihnen nichts anderes übrig, auch wenn es verrückt schien, erst fast zwei Tage zu warten, dass ich endlich aufwachte, nur um mich dann wieder einzuschläfern. Je heftiger ich mich dagegen wehrte und meinen Dad anflehte, es nicht zuzulassen, desto größere Panik und Sorge sah ich in seinen Augen. Während der Arzt ein paar knappe Anweisungen zu der Schwester hinüberbellte, die daraufhin das Schlafmittel vorbereitete, beschwor ich meinen Vater, er möge mir doch erklären, wie er so schnell wieder gesund geworden sei. Dass er mir darauf keine Antwort gab, sondern nur hilflos und sichtlich verwirrt den Kopf schüttelte, steigerte meine Erregung nur noch. Am Ende war ich fast erleichtert, als das Medikament, das sie mir intravenös spritzten, durch meinen Körper strömte, so dass mir kurz darauf die Augen zufielen.

Irgendwann wachte ich mit zuckenden Lidern auf, wenn auch nur für einen Moment. Obwohl der Raum wieder verdunkelt war, schien er voller Leute zu sein. Ich hörte gedämpftes Flüstern von Stimmen, die vertraut klangen. Meine Augenlider fühlten sich an wie aus Blei, und ich konnte nicht wirklich erkennen, wer sich im Raum aufhielt, glaubte jedoch mindestens vier Gestalten auszumachen. Der Schlaf verschlang mich wieder.

Später wachte ich erneut kurz auf. Die Gruppe von Leuten – wer auch immer sie gewesen sein mochten – war mittlerweile verschwunden. Ich hatte keine Ahnung, wie spät es war, doch im Raum war es dunkel, abgesehen von einem kleinen Lichtkegel, der den Platz neben meinem Bett erhellte, wo mein schlafender Vater saß. Er hatte ein aufgeschlagenes Buch auf dem Schoß liegen, und auf dem Tischchen, das an meinem Bett angebracht war, stand ein leeres Tablett. Vermutlich war er den ganzen Tag nicht von meiner Seite gewichen. Aus seinem leicht geöffneten Mund drang mit jedem Atemzug ein leises Schnarchen. Er sah erschöpft aus ... aber dennoch völlig gesund, so unglaublich und unmöglich das auch war. Ich musste unbedingt mit ihm sprechen, um endlich zu erfahren, wie das sein konnte. Doch bevor ich seinen Namen sagen konnte, überwältigte mich der Schlaf ein weiteres Mal.

Am nächsten Morgen weckte mich das Geklapper eines Rollwagens voller Essen. Das grelle Morgenlicht, das in mein Krankenzimmer fiel, ließ mich widerwillig blinzeln.

»Wie schön, jetzt bist du genau rechtzeitig zum Frühstück wach«, verkündete mein Dad übertrieben fröhlich. Langsam wandte ich ihm den Kopf zu, in der Hoffnung, dass ich mir das seltsame Erlebnis vom Vortag nur eingebildet hatte. Er registrierte wohl den Ausdruck in meinen Augen, als ich erneut seine gute Gesundheit zur Kenntnis nahm, denn sein Lächeln wirkte plötzlich nicht mehr ganz so fröhlich. Schlagartig schämte ich mich. Hatte ich allen Ernstes gehofft, meinen Vater weiterhin vom Kampf mit einer schrecklichen Krankheit gezeichnet zu sehen?

Ich versuchte, sein Lächeln zu erwidern.

»Guten Morgen«, murmelte ich. Mein Mund fühlte sich an, als habe ihn jemand im Laufe der Nacht mit Watte ausgestopft.

»Wie fühlst du dich denn heute? Möchtest du etwas essen?«

Ich schüttelte den Kopf. Der Gedanke an Essen ließ meinen Magen vor Entsetzen revoltieren.

»Tee«, krächzte ich. Mein Hals war genauso trocken wie meine Zunge. Beim zweiten Anlauf strengte ich mich mehr an. »Bitte nur ein bisschen Tee, Dad.«

Er ließ mich nicht aus den Augen, während ich die schlichte weiße Tasse an die Lippen führte und erst wieder abstellte, als sie leer war. Es schien ihn zu freuen, dass ich zumindest etwas so Alltägliches schon wieder ohne Zwischenfall oder hysterischen Ausbruch schaffte. Ließ sich daran meine geistige Gesundheit messen? Tranken Verrückte keinen Tee?

»Soll ich fragen, ob die Schwestern dir noch eine Tasse bringen können?«

Ich nickte dankbar, weil mir das ein, zwei Minuten Zeit verschaffte, meine Gedanken zu sammeln. Doch wie sich herausstellte, war er nicht annähernd lange genug fort, denn als er zurückkehrte, hatte ich das Durcheinander in meinem Kopf längst noch nicht entwirrt. Gierig leerte ich auch die zweite Tasse Tee und fühlte mich danach zumindest körperlich etwas wiederbelebt.

»Wie geht es denn heute deinem Kopf, Liebling?«
»Besser, glaube ich. Dad, was läuft hier eigentlich ab?«
Er wand sich verlegen, ehe er mit einer Gegenfrage antwortete. »Wie meinst du das?«
»Dad, ich meine es ernst! Was ist mit dir passiert, und warum hast du mir nichts erzählt? Haben sie dir ein Wundermittel verabreicht oder so? Konnten sie die Krankheit stoppen?«
Sein Gesichtsausdruck wirkte gequält. Ihm war anzusehen, dass ihm beim besten Willen keine passende Antwort einfiel.
»Rachel, Liebes, ich glaube, du bist immer noch ein bisschen durcheinander ...«
Empört versuchte ich, mich aufzusetzen, aber mein Körper fühlte sich an, als wäre er von tausend Blutergüssen übersät, und ich verzog das Gesicht vor Schmerz. Ich bemühte mich, jedes Wort langsam und in vernünftigem Ton auszusprechen. Das Letzte, was ich jetzt brauchte, war, dass wieder jemand auf die Idee kam, ich müsse sediert werden. »Dad, ich bin nicht durcheinander. Na ja, irgendwie schon, aber nicht so, wie du denkst. Vor drei Wochen hast du noch ... also, du hast absolut schrecklich ausgesehen. Die Chemo hatte dich so krank und schwach gemacht, du hattest stark abgenommen ... ach, einfach alles. Und jetzt ... jetzt verstehe ich die Welt nicht mehr, weil du auf einmal wieder kerngesund aussiehst.«
Er sah mich besorgt an, und dann traten ihm Tränen in die Augen. »Rachel, ich *bin* kerngesund.«
»Aber wie ist es möglich, dass du so schnell geheilt werden konntest?« Das war mir einfach alles zu viel. Mein Vater streckte bereits die Hand aus, um auf den Knopf über meinem Bett zu drücken.
»Vielleicht sollten wir fragen, ob der Doktor noch einmal einen Blick auf dich werfen kann.«

»Nein!«, rief ich. In meiner Stimme schwang die gleiche Frustration mit, die mir bestimmt auch ins Gesicht geschrieben stand.

Mein Vater schüttelte traurig den Kopf, während er den Arm wieder sinken ließ und mit seinen rauhen Fingern nach meiner Hand griff, um sie beruhigend zu tätscheln. »Ich bin nicht ›geheilt‹ worden, Rachel, weil ich gar nicht erst krank war. Ich *habe* keinen Krebs, und ich verstehe auch nicht, wie du überhaupt darauf kommst.«

Zwei Krankenschwestern erschienen – die eine, um das Frühstückstablett mitzunehmen, die andere, um mich ins Bad zu bringen. Ehrlich gesagt war ich froh über die Unterbrechung. Aus irgendeinem Grund verheimlichte mir mein Vater, was mit ihm geschehen war. Meinem trägen, noch immer vom Schlafmittel benebelten Gehirn fiel jedoch kein einziger Grund ein, warum er mir etwas derartig Wichtiges vorenthalten sollte.

Ich war dankbar dafür, dass mir die Krankenschwester in dem spärlich ausgestatteten, weiß gefliesten Badezimmer ein wenig half. Zum Glück war irgendwann in der Nacht mein intravenöser Zugang entfernt worden, doch auch ohne den lästigen Ständer mit dem Tropf hätte ich weder die paar Schritte den Gang entlang noch das Ablegen meines Krankenhaushemds ohne ihre Unterstützung geschafft. Nachdem sie die Verschlüsse gelöst hatte, drehte sie mir das Wasser in der Dusche auf. Erst nachdem sie sich davon überzeugt hatte, dass ich sicher genug auf den Füßen stand, um mich allein waschen zu können, verließ sie dem Raum.

Während ein kraftvoller Wasserstrahl auf mich herabprasselte, versuchte ich vergeblich, die bohrenden Fragen aus meinem Kopf zu verbannen. Selbst der harmlose Akt des Einseifens warf neue Fragen auf, die ich nicht beantworten konnte, denn als ich das unparfümierte weiße Seifenstück langsam zwischen meinen Handflächen drehte, fielen mir zum ersten Mal die Hautabschürfungen an meinen Händen auf.

Ich spülte den Schaum ab und betrachtete sie nachdenklich. Beide Hände wirkten gleichermaßen abgeschürft, als sei ich schwer gestürzt und hätte versucht, die Wucht des Aufpralls abzufangen. Ich konnte mich aber beim besten Willen nicht daran erinnern, wann oder wie das passiert sein sollte. Zwar wusste ich noch, dass ich auf dem Friedhof zusammengebrochen war, aber dort war ich auf Gras gefallen, nicht auf Beton oder Asphalt. Die einzige Erklärung, die mir einfiel, war, dass ich mir die Hände an einem Grabstein aufgeschürft hatte, als ich dann endgültig zusammenbrach. Das wiederum brachte mich zu der Frage, wer mich auf dem Friedhof gefunden und ins Krankenhaus gebracht hatte.

Ich wünschte, in dem kleinen Duschraum gäbe es einen Spiegel, denn dann könnte ich überprüfen, ob ich auch am Kopf oder im Gesicht Schürfwunden hatte. Während ich nämlich den Rest meines Körpers einseifte und abspülte, entdeckte ich mehrere andere Stellen mit Abschürfungen oder Blutergüssen. All diese Blessuren sahen ebenfalls derart schlimm aus, dass ich sie nur bei einem sehr schweren Sturz davongetragen haben konnte. Ich war mit Verletzungen übersät, wohingegen die Krankheit meines Vaters einfach verschwunden war.

Ich fragte mich, ob Alice sich auch so ratlos gefühlt hatte, nachdem sie durch den Kaninchenbau ins Wunderland gefallen war. In meinem verzweifelten Bemühen, das Rätsel zu lösen, kam mir plötzlich ein Gedanke: Vielleicht wollte mein Vater nicht mehr über seine Krankheit sprechen, weil seine Therapie illegal gewesen war. Am liebsten hätte ich die Idee sofort als absurd verworfen, weil mein Vater ein grundehrlicher Mensch

war, der meines Wissens noch nicht einmal einen Strafzettel bekommen hatte, doch je länger ich darüber nachdachte, desto mehr Sinn ergab es. Vielleicht nahm er ein nicht zugelassenes Medikament oder unterzog sich einer Therapie, die in Großbritannien verboten war. Falls dem tatsächlich so war, *musste* er wahrscheinlich lügen, um die heimliche Behandlung nicht zu gefährden oder den Arzt zu schützen, der ihm half.
Während ich auf die Krankenschwester wartete, fühlte ich mich schon viel besser, weil ich endlich eine plausible Erklärung gefunden hatte. Sobald ich das Krankenhaus verlassen und Dad mir sein Geheimnis verraten konnte, ohne dass die Gefahr bestand, von jemandem belauscht zu werden, würde er mir bestimmt alles gestehen. Was Geheimnisse anbelangte, hatte ich selbst ja auch ein ziemlich großes: die Wahrheit über meine immer wiederkehrenden Kopfschmerzen. Ich hoffte nur, ich würde Gelegenheit haben, unter vier Augen mit dem Arzt über die Symptome zu sprechen, die meinem Zusammenbruch bei der Kirche vorausgegangen waren.
Während die Krankenschwester mich zurück ins Zimmer führte, lieferte sie mir eine weitere überraschende Information.
»Ich muss Sie darauf vorbereiten, dass in Ihrem Zimmer ein Polizeibeamter auf Sie wartet. Er würde gern mit Ihnen sprechen.«
Ich blieb abrupt stehen und starrte sie verblüfft an. »Ein Polizeibeamter? Warum? Was um alles in der Welt will er denn von mir?«
Sie bedachte mich mit einem befremdeten Blick. »Nun ja, die Polizei muss natürlich in allen Einzelheiten wissen, was an der Kirche passiert ist.«
Jetzt starrte ich sie meinerseits belemmert an. *Was an der Kirche passiert ist?* Hatte die Polizei hier in der Gegend wirklich nichts anderes zu tun, als mir jemanden zum Verhör vorbeizuschi-

cken, nur weil ich spätabends den Friedhof betreten hatte? War das denn überhaupt ein Vergehen? Ich hatte schließlich keine Gräber verwüstet. Die hatten doch wohl nicht vor, mich wegen so einer Lappalie anzuzeigen?

Nicht einmal in meinen wildesten Träumen hätte ich mir das vorstellen können.

Der Polizeibeamte saß halb verdeckt hinter der Zimmertür. Nach der Art zu urteilen, wie Dad bei meinem Erscheinen abrupt den Mund schloss, hatte er gerade über mich gesprochen. Aus dem Augenwinkel registrierte ich, dass der Polizist sich erhob.

»Rachel, Liebes, die Polizei braucht ein paar Informationen von dir, aber keine Sorge ... sieh mal, wen sie geschickt haben!« Mein Dad klang so triumphierend wie ein Zauberer, der gerade ein Kaninchen aus einem Hut zog.

Neugierig wandte ich mich dem Beamten zu.

Der Raum schwankte. Ich bin mir sicher, dass jede Farbe aus meinem Gesicht wich. Blind tastete ich nach dem Türrahmen, obwohl ich bereits wusste, dass mir das nichts mehr helfen würde. Ehe ich so bühnenreif in Ohnmacht fiel, dass es jeder viktorianischen Adeligen zur Ehre gereicht hätte, blieb mir gerade noch genug Zeit, ein einziges Wort hervorzustoßen: »Jimmy!«

In einem Krankenhaus in Ohnmacht zu fallen hat den Vorteil, dass sie dort damit umzugehen wissen. Es dauerte nur ein paar Augenblicke, bis ich wieder zu mir kam. Den Kopf zwischen den Knien, hing ich auf dem Stuhl, auf dem nachts mein Vater gesessen hatte, und spürte die tröstliche Hand der Schwester, die mir eine kalte Kompresse an den Nacken presste. Ich versuchte mich aufzurichten.

»Nicht so schnell, Rachel! Lassen Sie sich einem Moment Zeit.« Ihre nächsten Worte waren vermutlich an meinen Dad gerich-

tet: »Sie war vielleicht ein bisschen zu lange unter der heißen Dusche. Bestimmt geht es ihr gleich wieder gut.«
Das bezweifelte ich sehr. Entschlossen schob ich ihre Hand fort und setzte mich auf.
Ich kreischte weder hysterisch, noch schrie ich vor Schreck, noch fiel ich erneut in Ohnmacht. Stattdessen starrte ich nur wie gebannt auf den Menschen, der fünf fürchterliche Jahre lang aus meinem Leben verschwunden gewesen war. Anfangs lächelte er noch, aber irgendetwas an meinem eindringlichen Blick gab ihm wohl zu denken, so dass die fröhliche Miene, die er zur Begrüßung aufgesetzt hatte, rasch einem Ausdruck tiefer Sorge wich.
»Rachel?«, fragte er zögernd.
Ich stellte die einzige Frage, die mir spontan in den Sinn kam: »Bin ich im Himmel?«
»Also, ich glaube nicht, dass ein staatliches englisches Krankenhaus je zuvor so genannt worden ist!« Die Krankenschwester fand das offensichtlich recht amüsant.
Ich ignorierte sie. »Ist das hier der Himmel? Sind wir alle tot?«
Damit brachte ich die Schwester zum Schweigen. Ich bemerkte den Blick, den mein Vater Jimmy zuwarf. *Siehst du?*, sagte dieser Blick so deutlich, als habe Dad die Worte laut ausgesprochen. *Ich hab dir doch gesagt, dass sie sich seltsam verhält.*
Die Schwester hatte sich inzwischen so weit gefangen, dass sie wieder auf ihren forschen geschäftsmäßigen Ton umschalten konnte. »Jetzt aber rasch zurück ins Bett, Rachel! Ich glaube, Sie brauchen ein bisschen Ruhe.«
Mittlerweile ging sie mir richtig auf die Nerven. Ohne sie eines Blickes zu würdigen, wandte ich mich erneut an Jimmy. »Bin ich auf dem Friedhof neben dem Grab gestorben?«
Ich schätze, es lag an seiner polizeilichen Ausbildung, dass er eine so bizarre Frage ruhig beantworten konnte.

»Nein, Rachel, du bist auf dem Friedhof nicht gestorben. Neben wessen Grab überhaupt?«

Meine nächste Antwort kratzte am Lack seiner berufsbedingten Gelassenheit – was mich nicht überraschte. »Deinem natürlich.«

Ich weiß nicht, wer dieses Mal auf den Notrufknopf drückte. Es kann jeder von den dreien gewesen sein, womöglich war ich es sogar selbst. Ich glaube, in dem Moment brauchten wir alle irgendeine Art von medizinischer Intervention.

Ein junger Arzt, den ich noch nicht kannte, kam in den Raum gestürmt. Es folgte ein rascher, hektischer Wortwechsel. Ich schnappte die Worte »Wahnvorstellungen«, »Beruhigungsmittel« und »Tests« auf. Für mich waren diese Begriffe gleichermaßen bedeutungslos. Ich starrte weiterhin nur Jimmy an, während der Arzt und die Schwester mich aufs Bett verfrachteten, kurz an meinem Arm herumwischten und dann die Spritze in meine Vene gleiten ließen.

Es war ein leichteres Mittel als am Vortag. Und obwohl sich mein Körper entspannte und ich mich fühlte, als würde ich auf einem weichen Federbett schweben, funktionierte mein Gehirn noch. Zwar waren mir die Augen zugefallen, aber ich schlief nicht. Ich empfand den Zustand als recht angenehm, wie einen leichten Schwips.

»Hat sie das wirklich so gemeint? Dachte sie allen Ernstes, ich bin tot?«

Die Stimme meines Vaters klang brüchig. »Keine Ahnung, Jimmy, wer weiß. Sie war ja auch der Meinung, ich würde an Krebs sterben.«

Eine ganze Weile lang herrschte Schweigen.

»Sie muss sich den Kopf heftiger verletzt haben, als wir alle dachten«, sagte mein Vater schließlich. »Auf jeden Fall wird sie heute keine Fragen mehr beantworten. Nichts, was sie im Mo-

ment von sich gibt, wird dir helfen, den Mistkerl zu kriegen, der sie überfallen hat.«
»Das ist mir inzwischen auch klargeworden.«
»Du kannst es dir wahrscheinlich sparen, hier noch länger herumzusitzen. Der Arzt hat eine ganze Reihe weitere Untersuchungen angeordnet. Ich rufe dich an, sobald sie wieder mehr ... sie selbst ist.«
»Ich bleibe.«

Ich wurde von Abteilung zu Abteilung gerollt. Sie machten ein MRT, zwei zusätzliche Röntgenaufnahmen und etliche andere Tests, bei denen Elektroden an meinem Kopf befestigt wurden. Bis dahin war ich längst wieder wach und fit genug, um Fragen zu stellen, aber niemand sagte etwas zu mir, abgesehen von ein paar leisen, beruhigenden Sätzen, die verhindern sollten, dass ich einen weiteren meiner »Anfälle« bekam. Als man mich schließlich zurück in mein Zimmer brachte, fand ich es verlassen vor. Die Schwester, die mir ins Bett half, erzählte mir, mein Dad und alle meine anderen Besucher seien auf eine Tasse Tee hinunter in die Cafeteria gegangen. Auf meine Frage, wer denn »alle anderen« seien, antwortete sie, das wisse sie nicht.
Also setzte ich mich kerzengerade ins Bett und starrte erwartungsvoll auf die Tür, gespannt, wie viele andere Verstorbene mir noch einen Besuch abstatten würden.
Sie kamen bald darauf nacheinander herein: mein Dad, dann Jimmy, gefolgt von Matt, Cathy und Phil. Ich musterte sie der Reihe nach und hatte mich kaum von meiner Überraschung erholt, die letzten drei zu sehen, als Matt an meine Seite trat und mich zärtlich auf die Lippen küsste. Erschrocken zuckte ich zurück und warf sofort einen Blick über seine Schulter zu Cathy, um zu sehen, wie sie reagierte, doch zu meiner großen

Verwunderung verriet ihre Miene nichts von der Wut, die sie zweifellos empfinden musste.

»Matt«, zischte ich mit einem warnenden Blick in Cathys Richtung. Schlagartig fiel mir wieder ein, was er geschworen hatte, als er mich am Hotel absetzte: dass er dieses Mal nicht so schnell aufgeben würde. Hielt er das Krankenzimmer wirklich für den geeigneten Ort, um wieder um mich zu werben?

Zudem hatte ich nur Augen für den Mann, der am Fußende meines Bettes stand. Offenbar hatte er irgendwann im Laufe des Tages Dienstschluss gehabt, denn inzwischen trug er keine Uniform mehr, sondern Jeans und ein dunkles Hemd. Am erstaunlichsten aber fand ich, dass seine Anwesenheit niemanden außer mir auch nur im mindesten zu überraschen schien. Als fänden die anderen es gar nicht der Rede wert, dass sich ein Gespenst im Raum aufhielt. Das war absolut grotesk und »verrückt« – warum reagierten sie nicht alle so wie ich?

Da fiel bei mir der Groschen. Warum hatte ich bloß so lange gebraucht, bis ich es begriff? Vor allem, nachdem ich *The Sixth Sense* so oft gesehen hatte, dass ich große Teile davon auswendig konnte.

»Sieht irgendjemand außer mir Jimmy hier im Raum?«

Es erübrigt sich, ihre mitleidigen Mienen zu beschreiben. Verstohlen warfen sie sich Blicke zu.

Am Ende antwortete Dad für sie alle. »Natürlich sehen wir ihn, Liebes.«

»Nein, Dad, du sollst das nicht bloß sagen, weil ich es hören will. Sei ehrlich. Ich kann Jimmys Geist sehen, am Fußende meines Bettes. Kann ihn sonst noch jemand sehen oder nicht?«

Sichtlich erschüttert versuchte Dad, eine Antwort zu formulieren, doch bevor er etwas sagen konnte, setzte sich der unglaublich lebendig wirkende »Geist« von Jimmy zu mir auf die Bettkante und griff nach meiner Hand. Ich spürte, wie die Matratze unter seinem Gewicht nachgab, und registrierte auch die Wärme seiner Finger an meiner aufgeschürften Haut. Die Geistertheorie löste sich abrupt auf.

»Rachel, lass mich einfach mal einen Moment ausreden, ja?«

Ich öffnete den Mund, um zu widersprechen, aber er drückte mir sanft den Zeigefinger an die Lippen. »Keine Unterbrechungen, verstanden?«

Himmel, falls er tatsächlich ein Geist war, dann ein verdammt herrischer. Außerdem hatte sich der Finger an meinem Mund gerade so stark angefühlt ... so real.

»Dein Kopf hat einen heftigen Schlag abbekommen.« Er sprach schnell weiter, als rechnete er doch mit Widerspruch. »Du warst anlässlich von Sarahs Hochzeit mit dem Zug angereist.«

Endlich mal eine Information, der ich zustimmen konnte.

»Ja, das weiß ich.«

Es folgte ein kollektiver Seufzer der Erleichterung, weil ich mich zumindest an diese eine Tatsache richtig erinnerte.

»Dann ist irgendetwas geschehen. Wir nehmen an, dass du überfallen worden bist, nachdem du den Bahnhof verlassen hast. Wir gehen außerdem davon aus, dass es bei dem Überfall irgendwie zu deiner Kopfverletzung kam und dass all die ... seltsamen ... Gedanken und Ideen, die du im Moment hast, auf diese Verletzung zurückzuführen sind.«

Die Ansprache hätte er sich genauso gut sparen können.

»Dann muss das alles ein Traum sein«, verkündete ich. Das war die einzige andere Erklärung, die für mich einen Sinn ergab. Irgendjemand – ich weiß nicht, wer – stieß einen lauten, verzweifelten Seufzer aus. Ich ignorierte ihn. »Das ist alles Teil eines sehr intensiven Traums. Es wirkt real, spielt sich aber nur in meinem Unterbewusstsein ab. Bestimmt wache ich gleich auf.«

Für eine ganze Weile herrschte Schweigen. Offenbar fehlten allen Anwesenden die Worte.
Schweigend trat Matt schließlich an die andere Seite des Bettes und legte mir sanft eine Hand an den Nacken. Irgendetwas flackerte in Jimmys Augen auf, er ließ abrupt meine Hand los und stand auf. Dieser Traum war wirklich seltsam. Ich fühlte mich in unsere Teenagerzeit zurückversetzt. Ein leises Klingeln aus dem Schwesternzimmer setzte dem unangenehmen Moment ein Ende.
»Die Besuchszeit ist vorbei«, verkündete mein Vater sichtlich erleichtert. »Ihr geht jetzt besser alle. Ich glaube, Rachel braucht ein wenig Ruhe.«
Eigentlich fühlte ich mich schon viel ruhiger, seit mir klar war, dass nichts von alledem wirklich passierte.
»Warum fährst du nicht nach Hause und legst dich auch ein bisschen hin, Tony?«, schlug Matt zu meiner Überraschung vor. »Du machst einen ziemlich erschöpften Eindruck. Ich bleibe bei Rachel.«
Dad schien nicht einverstanden zu sein, aber Traummann Matt ließ sich nicht beirren. »Los, fahr nach Hause und schlaf ein paar Stunden.«
»Ich weiß nicht. Ich bleibe lieber hier. Ich hätte kein gutes Gefühl, wenn ich jetzt heimfahre und sie in diesem Zustand alleinlasse.« Als endgültige Rechtfertigung fügte Dad hinzu: »Sie ist schließlich meine Tochter. Sie braucht mich.«
Matts Erwiderung klang sehr entschieden. »Das mag schon sein, aber so fertig, wie du bist, bist du ihr keine große Hilfe. Fahr nach Hause. Ich werde gut auf sie aufpassen, Tony. Ich weiß, dass sie deine einzige Tochter ist, aber du bist trotzdem nicht der Einzige, der sich um sie kümmern möchte. Sie ist schließlich auch *meine* einzige *Verlobte*.«
Ich fuhr erschrocken hoch. Ich traute meinen Ohren nicht. Instinktiv sah ich zu Cathy hinüber, die gerade nach Mantel

und Handtasche griff und sich zum Aufbruch fertig machte. Matts Worte schienen sie völlig kaltzulassen.
»Auch wenn sie im Moment eine Verlobte ohne Ring ist«, bemerkte Jimmy in einem Ton, den ich nicht einordnen konnte. Verdattert starrte ich auf meine linke Hand hinunter, als erhoffte ich mir von dort Aufklärung. Schmuck entdeckte ich nicht, aber bei genauerem Hinsehen war ein schmaler, heller Streifen zu erkennen, wo sich vorher wohl ein Ring befunden hatte. Außerdem wirkte der Knöchel seltsam rot und geschwollen. Wegen der vielen Schnitte und blauen Flecken war mir das bisher nicht aufgefallen. Was auch immer sich an meinem Ringfinger befunden hatte, war mir allem Anschein nach recht brutal heruntergerissen worden.
Vor Überraschung leicht benommen, hob ich schließlich den Kopf und unterbrach damit einen ausgesprochen finsteren Blickwechsel zwischen Matt und Jimmy, die sich zu beiden Seiten meines Bettes gegenüberstanden. Der dünne Schleier der Freundschaft, der die beiden verband, schien zum Zerreißen gespannt.
»Egal, ob mit Ring oder ohne, sie ist trotzdem meine Verlobte, Kumpel.«
Oha … dieser Traum wurde mit jeder Minute interessanter.

5

Im Laufe der nächsten vierundzwanzig Stunden fand ich es dann aber nicht mehr ganz so lustig. Ab wann wird ein Traum zum Alptraum? Ich hatte immer gedacht, dieser Moment sei erreicht, wenn das Vertraute fremd und bedrohlich wird, beispielsweise, wenn man sich an einem Ort verirrt, den man eigentlich gut zu kennen glaubt, oder vielleicht auch schon, wenn man sich von einem Gefühl der Ohnmacht überwältigt fühlt – wenn man weiß, dass man sich klar und deutlich ausdrückt, aber von niemanden verstanden wird. Im Grunde kann ein Alptraum alle möglichen Ausprägungen haben. *Mein* wahrer Alptraum begann jedoch mit der Erkenntnis, dass ich keineswegs im Begriff war aufzuwachen, sondern sich die ganze Geschichte unglaublicherweise *tatsächlich ereignete.*

Diese Erkenntnis kam keineswegs schlagartig. Stattdessen drang sie mit einer fragenden Stimme, die nicht verstummen wollte, langsam in mein Bewusstsein. Das Erste, was mir zu denken gab, war die Tatsache, dass mein Traum so furchtbar realistisch wirkte. Er wies weder seltsame Zeitsprünge noch plötzliche Ortswechsel auf, sondern war streng chronologisch, ja sogar monoton. Wann hatte ich jemals einen Traum gehabt, in dem die wirklich banalen Einzelheiten des täglichen Lebens vorkamen? Nun aber würgte ich das wenig appetitliche Krankenhausessen hinunter, schlief ziemlich viel (wer tut das sonst schon im Traum?) und ging sogar aufs Klo. Nichts davon hatte in einem »richtigen« Traum etwas zu suchen.

Natürlich befand ich mich zu dem Zeitpunkt, als Matt und ich allein im Zimmer zurückblieben, noch in einem Zustand seliger Unwissenheit. Ich hatte nichts dagegen, mich eine Weile zurückzulehnen, während sich das Geschehen um mich herum wie in einem Theaterstück entfaltete. Es war schließlich nur ein Traum. Nichts, was ich tat oder sagte, würde irgendwelche Auswirkungen auf die Realität haben. Dachte ich.

Deswegen protestierte ich auch nicht, als Matt sich einen Stuhl ans Bett zog und seine langen gebräunten Finger um meine schlang. Zwar zuckte ich leicht zusammen, weil er dabei die Schrammen an meinen Handflächen streifte, machte mir aber keinerlei Gedanken darüber, wie seltsam es doch war, im Traum körperlichen Schmerz zu empfinden. Ich ließ zu, dass er sich über mich beugte, mir zärtlich die Lippen auf den Mund drückte und mir dann zwischen diesem und dem nächsten Kuss mit sanfter Stimme ins Ohr flüsterte, was für schreckliche Sorgen er sich um mich gemacht habe. Als er sich schließlich von mir löste, flatterte mir das Herz gegen die Rippen wie ein in Panik geratener Kanarienvogel. Sehr überraschend war diese Reaktion nicht, schließlich hatte mich schon eine ganze Ewigkeit niemand mehr so geküsst, und zwar weder im Traum noch im Wachzustand.

Allerdings rechnete ich nach diesem Anfall von Zärtlichkeit nicht damit, dass er plötzlich wieder auf Abstand gehen und sein Ton so schnell in Missbilligung umschlagen würde.

»Rachel, eines musst du mir erklären: Was zum Teufel hast du dir dabei gedacht, ganz allein diese verlassene Straße entlangzuwandern? War dir denn nicht klar, wie gefährlich das ist?«

Verblüfft über seinen abrupten Stimmungswandel blinzelte ich ihn an.
»Warum hast du mich denn nicht angerufen oder dir ein Taxi genommen?«
Er musterte mich eindringlich. Allem Anschein nach erwartete er eine plausible Erklärung. Ich hatte jedoch keine auf Lager.
»Es tut mir leid«, begann ich lahm. »Ich kann mich an nichts erinnern, außer …« Außer an alles, was *tatsächlich* passiert war: das Abendessen, die Fahrt mit dem Taxi zum Hotel und dann die fatale Wanderung zum Friedhof.
»Außer?«, wiederholte er hoffnungsvoll.
»Außer daran, dass ich hier aufgewacht bin.« Selbst im Traum war ich klug genug, nicht darauf zu beharren, dass *meine* Realität sich offenbar grundlegend von der aller anderen unterschied.
»Und glaub bloß nicht, dass es mir dabei nur um den Verlust des Rings geht – auch wenn wir ihn zum Glück gut versichert hatten …«
Den Ring? Das war es also, was ihm Sorgen bereitete? Der Verlust des Verlobungsrings? Lieber Himmel, bei meinem Traum-Matt drehte sich wirklich alles nur ums Geld.
»… Dir hätte etwas viel Schlimmeres passieren können als bloß ein paar Platzwunden und Schrammen und eine Beule am Kopf. Wenn ich daran denke, was dir der Kerl alles hätte antun können …«
Da er auf eine Reaktion zu warten schien, nickte ich bedächtig, als würde ich intensiv über den Schlamassel nachdenken, den ich mir allem Anschein nach selbst eingebrockt hatte.
»Als dein Anruf kam, dein Notruf … also, derart hilflos habe ich mich in meinem ganzen Leben noch nie gefühlt. Gott sei Dank war Jimmy da – und das wirst du von mir nicht oft zu hören bekommen!«

Ich beschränkte mich zunächst auf ein schwaches Lächeln, doch dann siegte die Neugier, und ich fragte: »Warum, was hat er denn gemacht?«

»Die Sache in die Hand genommen. Vermutlich liegt es an seiner Polizeiausbildung, dass er in einer solchen Krisensituation vernünftig handeln kann. Während wir schon alle im Begriff waren, weiß Gott wohin zu hetzen, um dich zu suchen, blieb er als Einziger ganz ruhig und cool. Er ging davon aus, dass du noch irgendwo in Bahnhofsnähe warst, verständigte seine Kollegen auf dem Revier und sorgte dafür, dass mehrere Streifenwagen nach dir Ausschau hielten, noch ehe wir den Parkplatz verlassen hatten. Als dich dann eine Streife bei der Kirche entdeckte, waren seit deinem Anruf gerade mal zehn oder fünfzehn Minuten vergangen, und der Krankenwagen brachte dich schon fort, als wir noch gar nicht vor Ort waren, höchstens auf halber Strecke. Es zahlt sich wirklich aus, in einer solchen Situation einen Bullen zur Hand zu haben.«

Demnach hatte Jimmy mich also erneut gerettet. Ich konnte durchaus nachvollziehen, wieso ich auch im Traum die Heldenrolle wieder mit ihm besetzt hatte. Schließlich war er in dieser Rolle ums Leben gekommen.

»Wobei er sich hinterher nicht besonders professionell verhalten hat.«

Matts Kommentar ließ mich aufhorchen. »Warum, was ist denn vorgefallen?«

»Während wir im Krankenhaus auf das Ergebnis der Untersuchungen warteten und noch nicht wussten, wie schlimm deine Verletzungen waren, flippte er richtig aus. Er begann mich anzuschreien, wie ich denn so verantwortungslos sein könne, dich abends nicht abzuholen. Besonders gut gefiel mir sein Vorwurf, ich hätte dich gar nicht verdient, wenn ich nicht richtig auf dich aufpassen könne.« Zerknirscht rieb er sich das mar-

kante Kinn. »Und dann hat er ausgeholt, um mir eine zu verpassen.«
Abrupt setzte ich mich auf. »Wirklich?«
Da er meine Verblüffung mit liebevoller Sorge verwechselte, tätschelte er mir beruhigend den Arm.
»Keine Sorge, er hat keinen Schaden angerichtet. Phil bekam seinen Arm zu fassen, bevor er mir auch nur ein Haar krümmen konnte. Trotzdem verdammt unprofessionell von ihm, auch wenn er nicht im Dienst war. Ich könnte eine offizielle Beschwerde gegen ihn einreichen ...« Als er meinen Blick sah, fügte er schnell hinzu: »Natürlich mache ich das nicht. Mir ist klar, dass er im Affekt gehandelt hat, sozusagen in der Hitze des Gefechts. Ich werde unseren guten alten Lieblingsbullen nicht in Schwierigkeiten bringen. Vermutlich ist es sogar eine ganz verständliche Reaktion, wenn man bedenkt, was er vor Jahren für dich empfunden hat.«
Jetzt kam das schon wieder. Selbst im Traum ließ es sich offenbar nicht vermeiden, dass mich ständig jemand davon zu überzeugen versuchte, wie verliebt Jimmy damals in mich gewesen war.
»Ich glaube, er hat vergessen, wie stur du sein kannst. Und dass du deinen eigenen Kopf hast. Ihr beide hattet schließlich schon eine ganze Weile keinen Kontakt mehr, oder?«
Am liebsten hätte ich gesagt: Wohl kaum, jedenfalls nicht ohne die Hilfe eines Ouijabretts, das man gemeinhin zur Geisterbeschwörung verwendet. Stattdessen entschied ich mich für die weniger brisante Antwort: »Nein, irgendwie ... haben wir den Kontakt abreißen lassen.«
Zum Glück kam genau in diesem Moment die Krankenschwester mit einem Wagen voller Medikamente herein. Taktvoll rief sie Matt ins Gedächtnis, dass die Besuchszeit längst vorüber war. Er drückte mir sanft einen Kuss auf die Stirn und verließ

mich mit dem Versprechen, am nächsten Tag wiederzukommen.

Während ich mich in die gestärkte Krankenhausbettwäsche zurücksinken ließ und darauf wartete, dass die Pillen, die ich geschluckt hatte, ihre Wirkung entfalteten, dachte ich über das seltsam komplexe Szenario nach, das mein Unterbewusstsein heraufbeschworen hatte. Sämtliche Grundfakten und Figuren waren vorhanden, aber die Einzelheiten der Ereignisse waren zu einer bizarren Parallelwelt verdreht. Es war durchaus mein Leben, aber nicht so, wie ich es kannte, sondern viel besser: Jimmy lebte noch, mein Dad war nicht krank – genauso wenig wie ich selbst, zumindest sah es danach aus –, und Matt und ich waren verlobt und wollten heiraten. Es wäre schrecklich gewesen, aus diesem Traum aufzuwachen.

Also ließ ich es bleiben. Besser gesagt, ich schlief ein, und als ich die Augen wieder aufschlug, begann zwar ein neuer Tag, aber der Traum ging weiter. Zu diesem Zeitpunkt meldete sich zum ersten Mal eine warnende Stimme zu Wort und wies mich darauf hin, dass etwas ganz und gar nicht stimmen konnte, wenn dieser Traum, oder was auch immer es war, im Wachzustand weiterging. Während ich mich im Verlauf des Vormittags zahllosen medizinischen Tests unterzog, begann sich der angenehme Euphoriezustand, in den mich mein Traumleben kurzzeitig versetzt hatte, ziemlich schnell zu legen. Mein richtiges Leben kehrte einfach nicht zurück. Ich wandte sogar den alten Trick an und kniff mich fest in den Arm. Obwohl das heftigste Kneifen nichts brachte, außer dass es mir einen scheußlichen roten Fleck am Unterarm bescherte, hörte ich erst auf, als ich den mitleidigen Blick der Krankenschwester bemerkte, die mich zur nächsten Untersuchung gefahren hatte. Offensichtlich hatte sich bereits herumgesprochen, dass die neue Patientin an Wahnvorstellungen litt, so dass ich nur

noch in dem sanften Singsan-Ton angeredet wurde, der normalerweise Kleinkindern und Schwachsinnigen vorbehalten ist.
Irgendwann zwischen den Bluttests, den MRT-Aufnahmen und dem Röntgen bekam ich es richtig mit der Angst zu tun. Ich fühlte mich, als sei ich in Nimmerland gefangen. Als Ausflugsziel war das ja vielleicht ein netter Ort, aber jetzt wollte ich wirklich wieder »nach Hause«, ganz egal, wie verheerend die Lage dort auch sein mochte. Einer der schlimmsten Momente kam, als ich in meinem Zimmer einen Blick in den Spiegel über dem Waschbecken erhaschte. Auf meinen Schrei hin stürzte eine Krankenschwester in den Raum. Mir war klar, dass sie nicht wusste, wie sie reagieren sollte, als sie mich hektisch mit den Fingern über die glatte, makellose Haut meiner Wange streichen sah. Wer konnte es ihr verdenken? Was sollte die arme Frau auch sagen, als ich mich weinend zu ihr umdrehte und zu jammern begann: »Meine Narbe! Wo ist sie? Was habt ihr mit meiner Narbe gemacht?«

Irgendwie gelang es mir, mich bis zum Nachmittag und dem nächsten Gespräch mit meinem behandelnden Arzt zusammenzureißen. Die Krankenschwester, die mich mit einem Rollstuhl abholte, wirkte enttäuscht, weil ich das Mittagessen nicht angerührt hatte. Vor lauter Angst und Verwirrung war mir der Appetit vergangen – ein Stück weit lag es wahrscheinlich auch an dem abschreckenden kulinarischen Angebot der Krankenhausküche.
Als man mich schließlich ins Sprechzimmer rollte, stellte ich fest, dass dort auch mein genesener Vater auf mich wartete.
»Hallo, Rachel. Fühlen Sie sich heute ein bisschen besser?« Die Stimme des Arztes klang freundlich und beflissen. Mir war klar, dass er mit einer positiven Antwort rechnete.

Ich schüttelte langsam den Kopf. Sagen konnte ich nichts, weil mir vor Verzweiflung gerade heiße Tränen über die Wangen liefen. Mein Vater beugte sich zu mir und griff nach meiner Hand, während der Arzt sich taktvoll dafür entschied, meinen Kummer zu ignorieren und einfach weiterzusprechen.

»Nun, ich habe gute Nachrichten für Sie, junge Dame. Wir haben so ziemlich alle Tests durchgeführt, die möglich sind, und ich freue mich, Ihnen mitteilen zu können, dass Ihr kleines Abenteuer keinen ernsthaften oder bleibenden Schaden angerichtet hat.« Er wandte den Kopf und deutete auf die beleuchtete Tafel hinter ihm, wo die Röntgenaufnahme eines Schädels prangte – vermutlich von meinem. »Das sieht alles völlig normal aus. Es sind keinerlei Verletzungen von Hirn oder Schädel feststellbar.«

»Gott sei Dank!«, stieß mein Vater mit inbrünstiger Erleichterung aus.

»Aber das stimmt alles nicht!«, schrie ich, schämte mich allerdings sofort, weil ich so erbärmlich klang.

»Doch, Rachel, das kann ich Ihnen versichern, die Untersuchungsergebnisse sind eindeutig. Wir haben etliche der Tests sogar zweimal durchgeführt, nur um sicherzugehen. Die Ergebnisse sind hieb- und stichfest.«

»Ich meine doch gar nicht Ihre Tests«, widersprach ich so ruhig wie möglich. Ich wollte nicht wieder mit Schlafmitteln vollgepumpt werden, bevor ich Gelegenheit hatte, mich den beiden begreiflich zu machen. »Wenn Sie sagen, dass die Untersuchungsergebnisse in Ordnung sind, muss ich Ihnen das glauben. Aber alles andere stimmt nicht.«

»Bitte reg dich nicht auf, Rachel.«

Ich merkte an der Stimme meines Vaters, dass ich ihm erneut Angst einjagte. Verdammt, ich jagte mir selbst auch Angst ein, aber dieses Mal musste ich die beiden dazu bringen, mir zuzuhören.

Nachdem ich tief und zittrig Luft geholt hatte, versuchte ich, in weniger hysterischem Ton weiterzusprechen. »Ich weiß, es klingt verrückt«, sagte ich, an Doktor Tulloch gewandt. »Bitte lassen Sie mich trotzdem ausreden. Ich habe keine Ahnung, was hier geschieht, aber nichts davon ist real, zumindest nicht für mich. In meinem Leben – meinem *realen* Leben – ist mein Vater krank, sogar sehr krank, und ich glaube, ich bin es auch.«

Der Arzt bemühte sich um einen sanften, beruhigenden Ton. »Sie glauben also, ebenfalls Krebs zu haben? Ist es das, was Sie meinen?«

Langsam machte er mich richtig wütend. Ich konnte diesen Mann wirklich nicht ausstehen. »Nein, keinen Krebs. Mit meinem Gehirn stimmt etwas nicht.« Seltsamerweise widersprach mir diesmal niemand. »Es hat alles mit dem Unfall zu tun …«

»Mit dem Überfall?«, warf Dad ein.

»Nein, mit dem Autounfall im Restaurant, bei dem Jimmy damals starb und ich so schwer verletzt wurde.«

Der Arzt sah meinen Vater fragend an. Letzterer schüttelte langsam den Kopf, als versuche er, einen dichten Nebelschleier abzuschütteln, der ihm die Sicht auf die Erklärung des Ganzen versperrte.

»Wissen Sie, von welchem Unfall Rachel spricht?«

»Nun ja«, antwortete mein Vater zögernd. Am liebsten hätte ich vor Erleichterung laut aufgeschrien, weil er offenbar nicht im Begriff war, mir zu eröffnen, auch das hätte ich mir nur eingebildet. »Es hat tatsächlich mal einen Unfall gegeben, ein Wagen ist durch das Fenster eines Restaurants gekracht, in dem Rachel gerade mit ihren Freunden saß. Das muss nun schon an die fünf Jahre her sein, genau weiß ich es nicht. Sie standen alle kurz davor, ihr Studium anzutreten.«

»Gab es Schwerverletzte? Und war Rachel unter ihnen?«
»Den Fahrer des Wagens hat es damals böse erwischt, glaube ich, aber Rachel und ihre Freunde schafften es gerade noch, sich in Sicherheit zu bringen. Trotzdem gehörte Rachel zu denen, die am meisten abbekamen. Sie stürzte und schlug sich den Kopf an, verlor sogar für ein, zwei Minuten das Bewusstsein. Außerdem trug ihr Freund Jimmy eine ziemlich hässliche Platzwunde am Kopf davon.«
»Bei dem Unfall ist niemand gestorben?«
»Niemand ist gestorben«, bestätigte mein Dad.
»Aber Rachel *hat* sich den Kopf angeschlagen?«
»Ja, sie hatte eine leichte Gehirnerschütterung.«
»Und fünf Jahre später wird sie überfallen und erleidet abermals eine Kopfverletzung ...« Nachdenklich legte der Arzt die Fingerspitzen aneinander und hielt für einen Moment inne, um zu verarbeiten, was er gerade gehört hatte. »Ich glaube, allmählich ergibt das alles einen Sinn.«
Wirklich? Nein, für mich nicht.
Doktor Tulloch beugte sich ein Stück über seinen Schreibtisch und lächelte mich gütig an. Instinktiv lehnten mein Vater und ich uns ihm entgegen, um seine Schlussfolgerung zu hören.
»Rachel, ich glaube, ich weiß jetzt, was die Ursache Ihrer Probleme ist. Für mich steht so gut wie fest, dass Sie an einem ziemlich schweren Fall von Amnesie leiden.«
Falls er erwartete, dass ich nach dieser Diagnose in Freudengeschrei ausbrechen würde, hatte er sich getäuscht.
Amnesie? Das glaubte ich nicht. Nein, eigentlich *wusste* ich, dass er damit falschlag. War es nicht so, dass man Sachen vergaß, wenn man unter Amnesie litt? Falls dem so war, litt ich definitiv nicht darunter. Mein Problem bestand vielmehr darin, dass ich mich an Dinge erinnerte, die allem Anschein nach nicht real waren. Von Vergessen konnte keine Rede sein! Doch

als ich ihn darauf aufmerksam machte, hatte er sofort eine medizinische Erklärung parat.
»Es gibt viele verschiedene Arten von Amnesie. Das ist weitaus komplexer als nur das Schlag-auf-den-Kopf-wer-bin-ich?-Klischee, das man aus Filmen kennt.«
»Verstehe«, sagte mein Dad.
Ich fuhr zu ihm herum und starrte ihn an. Gab er sich damit allen Ernstes zufrieden? Erschien ihm diese Erklärung wirklich plausibel?
»Und wie lange wird die Amnesie andauern, Herr Doktor?«, fragte er.
»Ich habe keine Amnesie«, warf ich ein.
»Nun, das kommt ganz darauf an. Ein, zwei Tage, ein paar Wochen. In manchen Fällen kann es Monate dauern, bis ein Patient sich wieder ganz von einer Amnesie erholt.«
»Ich habe keine Amnesie«, wiederholte ich.
»Und im Fall von Rachel, die ja glaubt, sich an etwas zu erinnern, das gar nicht wirklich geschehen ist ... nun ja, diese Variante ist recht ... ungewöhnlich, daher lässt sich auch schwer abschätzen, wie lange der Zustand andauern wird. Ich würde für sie gern einen Termin bei einem Spezialisten vereinbaren.«
Dann stellte mein Vater die Frage, vor der ich mich schon die ganze Zeit fürchtete: »Könnte ihre Amnesie auch ein Dauerzustand bleiben?«
Der Arzt ließ sich mit seiner Antwort sehr lange Zeit. Unbewusst hielt ich die Luft an, bis mir vor Sauerstoffmangel schwindelig wurde.
»Die Möglichkeit besteht, auch wenn es viel zu früh ist, um diesbezüglich eine verlässliche Prognose abzugeben«, erwiderte Doktor Tulloch schließlich. »Der Spezialist wird Ihnen hierzu sicher Genaueres sagen können.«

Daraufhin erhob er sich und schüttelte meinem Vater die Hand. Unser Gespräch war offenbar zu Ende. Während mein Vater mich im Rollstuhl aus dem Zimmer schob, warf ich einen letzten Blick auf den weißhaarigen Arzt, der bereits damit beschäftigt war, meine Untersuchungsergebnisse und sonstigen Krankenakten zu einem ordentlichen Stapel zusammenzuschieben. Unsere Blicke trafen sich.
»Ich habe keine Amnesie.«

Auf Anraten des Arztes sollte ich am nächsten Vormittag aus dem Krankenhaus entlassen werden. Es würde eine Weile dauern, bis ich bei dem Spezialisten einen Termin bekam, und man war der Meinung, dass ich mich zu Hause schneller erholen würde. Ich selbst hielt das für höchst unwahrscheinlich, denn beim letzten Mal, als ich einen Blick auf mein altes Zuhause in Great Bishopsford geworfen hatte, hatten dort fremde Leute gewohnt. Andererseits konnte ich es kaum erwarten, das Krankenhaus zu verlassen, und sei es nur, um die Möglichkeit zu haben, endlich allen zu beweisen, dass ich nicht an irgendeinem exotischen Zustand litt, sondern tatsächlich die Wahrheit sagte. Von einem Krankenhausbett aus konnte ich gar nichts beweisen.
»Wer weiß«, sagte Dad voller Hoffnung, »vielleicht springt in deinem Kopf alles wieder an seinen richtigen Platz, sobald du zu Hause bist.«
Er wirkte so optimistisch, dass ich es nicht übers Herz brachte, ihn auf die meiner Meinung nach unbestreitbaren Tatsachen hinzuweisen.
»Vielleicht«, räumte ich ein. »Obwohl ich ja sogar in *deiner* Welt längst nicht mehr bei dir wohne, oder? Du solltest also besser nicht davon ausgehen, dass mir schlagartig alles wieder einfällt.«

Er wirkte bekümmert, als hätte ich absichtlich versucht, ihn mit meinen Worten zu verletzen.
»Es gibt kein ›deine Welt‹ und ›meine Welt‹, Rachel. Dass du solche Sachen sagst, kommt nur von deinen Verletzungen. Sobald wir zu Hause sind, wirst du sehen, dass ich recht habe.«
Ich brachte ein Lächeln zustande und stellte erfreut fest, dass ich wohl eine bessere Schauspielerin war, als ich gedacht hatte.
»Ja, bestimmt hast du recht, Dad.«

Matt wusste offenbar, was bei dem Gespräch mit Dr. Tulloch herausgekommen war, denn als er pünktlich zur Besuchszeit mein Zimmer betrat, verschwand er halb hinter dem größten Blumenstrauß, den ich je gesehen hatte. Er beugte sich zu mir herunter, um mich zu küssen, und begrüßte mich dann in einem Ton, der mich wohl beruhigen sollte, seltsamerweise aber sofort auf die Palme brachte. »Rachel, mein armer Liebling. Amnesie. Kein Wunder, dass du dich so seltsam benimmst, seit du wieder zu dir gekommen bist. Kannst du dich überhaupt an irgendetwas erinnern? Weißt du, wer ich bin?«
Einen teuflischen Moment lang spielte ich mit dem Gedanken, so zu tun, als hätte ich tatsächlich das Gedächtnis verloren, verkniff es mir in letzter Sekunde aber doch. Das wäre einfach zu grausam gewesen. »Ja, Matt, natürlich weiß ich, wer du bist, wir kennen uns schließlich schon seit unserer Jugendzeit. Es ist nur ... na ja, ich habe sozusagen ›vergessen‹, was in letzter Zeit passiert ist.«
Er reichte die Blumen einer Krankenschwester, die hereingekommen war, um meinen Blutdruck zu messen.
»Können Sie die bitte ins Wasser stellen, Schwester?«
Sie wirkte nicht allzu erfreut darüber, dass sie durch einen Besucher von ihren eigentlichen Aufgaben abgehalten wurde, griff aber dennoch nach dem Mammutstrauß. Über Matts

Schulter hinweg formte ich mit dem Mund eine lautlose kleine Entschuldigung. Das hatte ich nicht vergessen: Matt war es gewohnt, im Zentrum allen Geschehens zu stehen, und konnte arrogant wirken, wenn man ihn nicht besser kannte.

»Wenn du sagst, du kannst dich nicht daran erinnern, was in letzter Zeit passiert ist, was genau meinst du dann mit ›in letzter Zeit‹? Die letzten paar Tage?«

Ich schüttelte den Kopf.

»Die letzte Woche?«

Wieder schüttelte ich den Kopf.

»Länger?«

Diesmal war es mit einem Kopfschütteln nicht getan. »Ich habe sozusagen die letzten fünf Jahre ›verloren‹.«

Er ließ sich auf den Stuhl neben meinem Bett plumpsen. »Scheiße!«

Ich gab ihm Zeit, das zu verarbeiten.

»Du erinnerst dich also nicht an unsere Beziehung? Ich meine, seit wir mit der Schule fertig sind? Nicht mal an unsere Verlobung?«

Ich biss mir auf die Lippe. Mir war klar, dass meine Worte ihn getroffen hatten, aber ich konnte seine Gefühle nicht teilen. Schließlich hatte ich mich bereits vor fünf Jahren von ihm getrennt. Der Matt, den ich verlassen hatte, war ein achtzehnjähriger Junge gewesen, nicht der bestürzte Mann, der mich gerade ratlos anstarrte.

Er schwieg für ein paar Augenblicke. Obwohl ich diesen neuen Matt noch gar nicht lange kannte, sah ich ihm an, dass sein Gehirn nach einer Lösung suchte. Vermutlich war er deswegen so ein erfolgreicher Geschäftsmann: Wenn es ein Problem gab, löste man es. Ganz einfach.

»Ich halte es für eine gute Idee, wenn du vorübergehend wieder bei deinem Dad wohnst. Du brauchst in nächster Zeit auf jeden Fall jemanden, der sich ein bisschen um dich kümmert.«

»Ich bin nicht krank, Matt.«

»Nein, nein, das ist mir schon klar, Rachel. Ich möchte dich aber ungern in London allein lassen. Du weißt ja, dass ich einen wichtigen Termin in Hamburg habe, zu dem ich morgen aufbrechen muss.«

»Ehrlich gesagt weiß ich davon ganz und gar nichts. Amnesie, vergessen?« Das war vielleicht eine Spur zu gemein, aber ich konnte es mir nicht verkneifen.

Irritiert starrte er mich an. Wann hatte Matt seinen Sinn für Humor verloren?

»Ach ja, klar, natürlich weißt du davon nichts. Trotzdem steht der Termin schon seit Monaten fest ... Wenn es irgendeine Möglichkeit gäbe, würde ich ihn verschieben, aber so kurzfristig ...«

Ich tätschelte ihm den Arm. »Entspann dich, Matt. Keine Sorge, ich komme schon zurecht.«

Bald darauf ging er. Vorher nahm er mich allerdings noch in den Arm und küsste mich auf eine Art, die sich seltsam vertraut und zugleich völlig neu anfühlte. Zunächst versuchte ich, ihn zu bremsen, doch er erstickte meinen Protest mit seinem warmen Mund, was schließlich dazu führte, dass ich seinen Kuss mit kaum zu verhehlender Bereitwilligkeit erwiderte. Selbst wenn ich nicht wirklich mit ihm verlobt war, hieß das ja nicht, dass ich diesem ganzen Wahnsinn nicht doch etwas Positives abgewinnen konnte, bis es mir endlich gelang, das Rätsel zu lösen.

Als wir uns wieder voneinander lösten, waren wir beide ein wenig atemlos.

»Na, wenigstens haben wir nicht vergessen, wie das geht, was?« Sowohl in seinem Blick als auch in seiner Stimme lag jetzt Zuversicht. »Und wenn du alles andere vergessen hast, muss ich dich eben dazu bringen, dass du dich neu in mich verliebst.« Ehe er endgültig aufbrach, versprach er, mich bei meinem Vater anzurufen, sobald er in Deutschland angekommen war, und versicherte mir, nur gut eine Woche fort zu sein. Ich fand das prima, denn es verschaffte mir genug Zeit, Licht in dieses ganze dämliche Durcheinander zu bringen. Dass alle anderen die Amnesie-Theorie so bereitwillig schluckten, war mir egal. Ich *wusste*, dass sie nicht stimmte. Irgendwo dort draußen wartete mein wahres altes Leben, und je schneller ich aus dem Krankenhaus hinauskam und es beweisen konnte, desto besser.

6

Am nächsten Morgen brachte mir eine Krankenschwester die Kleidung, die ich bei meiner Einlieferung getragen hatte. Ich erkannte die Sachen nicht, doch als ich sie anzog, stellte ich fest, dass sie mir wie angegossen passten. Obwohl ich es unangenehm fand, die Kleidung einer anderen zu tragen, blieb mir keine Wahl, es sei denn, ich wollte in einem Krankenhaushemd hinausspazieren.

Richtig überrascht war ich allerdings, als die Schwester mir eine große, teuer aussehende Ledertasche aufs Bett legte.

»Wem gehört denn die?«

Aus ihrer Stimme sprach Mitgefühl, als sie antwortete: »Das ist Ihre.«

Ich weiß nicht, warum sie deswegen Mitleid mit mir empfand, denn allem Anschein nach war ich stolze Besitzerin einer Gucci-Handtasche. Während ich an dem ungewohnten Verschluss herumfummelte, fragte ich mich, ob es sich bei dem edlen Stück wohl um ein Geschenk von Matt handelte. Es sah ihm ähnlich, so teure Sachen zu verschenken. Sobald ich es geschafft hatte, die Tasche zu öffnen, kippte ich ihren Inhalt auf die Bettdecke. Es war nicht viel Aufschlussreiches darunter: Schlüssel, eine Geldbörse, ein Kamm, ein Schminktäschchen. Ich klappte die Geldbörse auf: Das hintere Fach enthielt mehr Geld, als ich je mit mir herumgetragen hatte, und die für Karten vorgesehenen Schlitze waren gefüllt mit einem Sammelsurium von Kreditkarten und Kundenkarten diverser Geschäfte, alle versehen mit meinem Namen. Meine eigene Geldbörse enthielt nur eine einzige Bankkarte.

Am meisten aber faszinierte mich das kleine Mobiltelefon, dessen glänzende, verspiegelte Oberfläche im grellen Licht der Deckenlampe wie ein kostbarer Schatz funkelte – was es womöglich auch war. Mit zitternden Fingern versuchte ich es aufzuklappen, brauchte dazu aber ein paar Augenblicke. Entnervt hielt ich inne, um dann herauszufinden, wie man das Display zum Leben erweckte. Als es mir schließlich gelungen war, das Adressverzeichnis aufzurufen, stellte ich zu meiner Enttäuschung fest, dass es keine Antworten auf meine Fragen lieferte.

Ich war so sicher gewesen, dass sich in diesem kleinen Gerät irgendein Hinweis finden ließ! Frustriert ging ich die Liste mit den Kontakten noch einmal durch: Ein paar der Namen klangen vertraut, die meisten jedoch nicht. Ich war bereits im Begriff, das Telefon wieder zuschnappen zu lassen, als mein Blick am letzten Eintrag hängenblieb, Dr. Whittaker. Diese beiden Worte blinkten mir entgegen wie ein Leuchtturm im Nebel. Whittaker war der Arzt, der mich seit dem Unfall damals behandelte. Er war auch derjenige, der mir das Medikament verschrieben hatte, das ich zurzeit gegen meine Kopfschmerzen nahm, und den ich nach meiner Rückkehr nach London hatte aufsuchen wollen, um herauszufinden, warum die Schmerzen plötzlich so viel schlimmer geworden waren.

Mit zitternden Fingern wählte ich seine Nummer und wartete, bis nach einer endlosen Weile schließlich der Ton erklang. Die Verbindung war gerade erst zustande gekommen, als meine Zimmertür aufschwang und eine Schwester mit den Blumen erschien, die Matt mir am Vorabend geschenkt hatte.

»Es tut mir leid, Ihr Handy dürfen Sie hier nicht benutzen.«

Ich tat, als hätte ich sie nicht gehört, kehrte ihr den Rücken zu und steckte mir einen Finger in das freie Ohr, um besser hören zu können.

»Wirklich, ich muss Sie bitten aufzulegen. Bitte telefonieren Sie erst, wenn Sie das Gebäude verlassen haben.«

Ich warf ihr einen vernichtenden Blick zu. Irgendetwas in meinen Augen brachte sie wohl zum Schweigen.

»Sie sind mit der Praxis von Doktor James Whittaker verbunden«, verkündete eine blecherne Stimme an meinem Ohr. »Leider können wir Ihren Anruf im Moment nicht entgegennehmen. Unsere Sprechzeiten sind ...«

Frustriert knallte ich das Telefon auf die Matratze.

Misstrauisch beobachtete die Schwester, wie ich den übers Bett verstreuten Handtascheninhalt nach Papier und einem Stift durchwühlte.

»Hören Sie, Sie müssen mir einen Gefallen tun«, sagte ich drängend, während ich aus einem Terminkalender eine der hinteren Seiten herausriss und eilig etwas darauf kritzelte. »Hier haben Sie den Namen und die Nummer eines Londoner Arztes, bei dem ich in Behandlung bin, seit ... egal. Der Punkt ist, dass er weiß, wer ich bin. Können Sie Doktor Tulloch dazu bringen, ihn anzurufen? Er kann alles bestätigen, was meine Kopfschmerzen betrifft und ... nun ja, auch sämtliche anderen Symptome.«

Ich hielt ihr den Zettel hin. Die Schwester zögerte einen Moment lang, ehe sie danach griff und ihn in die Tasche ihres Kittels steckte.

»Sie vergessen es doch nicht, oder? Es ist sehr wichtig.«
Ihr Unmut darüber, dass ich das Handy benutzt hatte, wich nun wieder bekümmertem Mitgefühl. Ich glaube, ihre wütende Miene war mir lieber.
»Bitten Sie ihn, mich bei meinem Vater anzurufen, sobald er Doktor Whittaker an die Strippe bekommen hat. Er kann sich jederzeit bei mir melden, Tag und Nacht, es spielt keine Rolle. Dann wird sich alles klären.«
Sie legte Matts Blumen auf dem Bett ab wie auf einem Grab, wandte sich zum Gehen und machte weiterhin ein Gesicht, als täte ich ihr unglaublich leid.
Als bald darauf mein Vater erschien, um mich abzuholen, beschloss ich, ihm nicht zu erzählen, dass ich im Telefonbuch des Handys auf die Nummer meines Arztes gestoßen war. In Kürze würde sich das Ganze sowieso aufklären, und so musste ich mir nicht erneut anhören, dass »das alles eine Folge der Amnesie« sei.
Natürlich war mir selbst noch nicht ganz klar, ob sich durch die Bestätigung meiner Krankengeschichte auch die ganzen anderen Rätsel in meinem Umfeld lösen ließen. Es waren ja nur Kleinigkeiten: Menschen, die von den Toten auferstanden waren oder von tödlichen Krankheiten geheilt wurden, nicht zu vergessen der Verlobte, der mir überraschenderweise beschert worden war. Im Geiste fegte ich diese Probleme einfach beiseite, als handelte es sich bei ihnen um ein paar Haufen Konfetti. Ich wollte mich von solchen Nebensächlichkeiten nicht ablenken lassen. Das Wichtigste war erst einmal Dr. Whittaker. Danach würde sich der Rest von selbst ergeben.

Unser altes Haus sah aus wie immer – besser gesagt, genauso wie vor fünf Jahren, also nicht wie vor ein paar Tagen, als ich es von der Straße aus betrachtet hatte. Die Holzjalousien waren verschwunden, als hätten sie nie existiert. Haustür und Fensterrahmen sahen wieder alt und ungepflegt aus und brauchten dringend einen frischen Anstrich. Der Garten war ebenfalls vernachlässigt. Ich fand das alles ganz wunderbar.

Meine erste Überraschung erlebte ich wenige Sekunden nachdem wir die Haustür geöffnet hatten. Ich folgte meinem Vater zunächst dicht auf den Fersen, wich dann aber erschrocken einen Schritt zurück, als irgendetwas Langes, Schwarzes quer durch die Diele und ins Wohnzimmer schoss.

»Was zum Teufel war das?«

»Das war nur Kizzy. Anscheinend ist sie erschrocken.«

Da war sie nicht die Einzige.

»Kizzy? Wer ist das?«

»Unsere Katze. Na ja, eigentlich eher *meine* Katze, seit du ausgezogen bist.«

Ich brauchte einen Moment, um diese überraschende Information zu verdauen. Ich hatte in meiner Kindheit keine Haustiere gehabt, von ein, zwei Goldfischen mal abgesehen. Es befremdete mich zu hören, dass mein Vater sich inzwischen eine Katze angeschafft hatte.

»Als du angefangen hast zu studieren, hast du sie mir geschenkt. Damit ich nicht so einsam bin, hast du gesagt.«

Tja, das war doch recht nett von mir gewesen.

Langsam folgte ich ihm den Flur entlang und versuchte, die neueste Erkenntnis zu verarbeiten: *Ich hatte studiert.* Als ich schließlich in das vertraut schäbige Wohnzimmer trat, stieß ich dort auf den fotografischen Beweis, der einen Ehrenplatz an der Wand bekommen hatte: eine große, goldgerahmte Aufnahme, von der mir mein eigenes Gesicht entgegenblickte.

Sichtlich stolz stand ich da, angetan mit Robe und Hut, eine aufwendig bedruckte Schriftrolle in Händen. Absurderweise traten mir bei dem Anblick Tränen in die Augen. Ich besaß einen Studienabschluss. Ich hatte an einer Universität studiert, ein Diplom erworben und meine Träume wahr werden lassen. Ich betrachtete die lächelnde junge Frau auf dem Foto genauer und richtete meine Aufmerksamkeit vor allem auf die glatte Haut ihrer unversehrten rechten Wange. Vorsichtig hob ich die Hand an mein Gesicht, wie ich es im Laufe der letzten Tage schon unzählige Male getan hatte, und strich die vertraute Zickzacklinie meiner Narbe entlang. Doch ich brauchte keinen Spiegel mehr, um zu wissen, dass sich unter meinen Fingerspitzen nichts anderes befand als makellose Haut. Zum ersten Mal fragte ich mich allen Ernstes, wieso ich überhaupt derart versessen darauf war, eine Welt niederzureißen, die möglicherweise viel besser war als die, in der ich wirklich lebte.

»Magst du eine Tasse Tee?«, fragte mein Dad, bereits unterwegs in Richtung Küche, um Wasser aufzusetzen.

Er stammte aus einer Generation, in der sich jedes noch so große Problem beheben ließ, indem man einfach heißes Wasser auf einen Beutel Teeblätter goss. Ich rief ihm meine Antwort hinterher, doch statt mich anschließend in einem der abgewetzten, aber dennoch gemütlich wirkenden Sessel niederzulassen und ein wenig auszuruhen, wanderte ich rastlos im Raum umher, auf der Suche nach ... Ich weiß es selbst nicht genau. Suchte ich den endgültigen Beweis dafür, dass diese ganze mich umgebende Welt nicht existierte, oder aber einen Beweis dafür, dass all das, so unglaublich es auch sein mochte, tatsächlich real war?

Meine Studienabschlussaufnahme war nicht das einzige Foto im Raum, auf dem Kaminsims standen weitere. Ich ging hinüber, um sie genauer in Augenschein zu nehmen. Die ersten beiden kannte ich: meine Eltern an ihrem Hochzeitstag, altmodisch gekleidet und frisiert, was angesichts ihres strahlenden Lächelns aber nicht ins Gewicht fiel. Ich hatte diese Aufnahme immer sehr geliebt. Gleich daneben stand das einzige Foto, das wir von uns dreien besaßen. Es war an einem Tag aufgenommen worden, an dem wir einen Ausflug ans Meer gemacht hatten, und ich stand zwischen den beiden am Kai – wo genau es war, weiß ich nicht mehr. Beide hielten mich fest an der Hand. Plötzlich verschwamm das Foto vor meinen Augen, und mich überwältigte ein Gefühl der Verzweiflung, wie ich es schon seit Jahren nicht mehr empfunden hatte, eine schlagartige, heftige Trauer um die Mutter, an die ich mich nicht einmal richtig erinnern konnte.

Es gab noch zwei weitere Fotos. Das erste brachte mich zum Lachen. Es war am Tag des Schulsportfestes entstanden, als ich etwa sieben Jahre alt war. Auf dem Bild hielten Jimmy und ich gemeinsam einen kleinen Silberpokal hoch, den wir beim Dreibein-Eierlauf gewonnen hatten. Soweit ich mich erinnern konnte, handelte es sich dabei um das einzige Rennen, das ich während meiner gesamten Schulzeit gewonnen hatte. Natürlich war nicht auszuschließen, dass ich mich an der Uni zu einer begnadeten Zehnkämpferin gemausert hatte ... Damals jedenfalls leuchtete in unseren Augen eine wunderbare Mischung aus Stolz, Freundschaft und reinem, ungetrübtem Glück. Wir grinsten beide von einem Ohr zum anderen, ohne uns darum zu scheren, dass die klaffenden Lücken im Bereich unserer Schneidezähne auf dem Foto nicht besonders vorteilhaft wirkten.

Das letzte Bild auf dem Kaminsims kannte ich nicht. Ich nahm es herunter und ging zum Fenster, um es mir in besserem Licht anzusehen. Zweifellos war es vor nicht allzu langer Zeit aufgenommen worden, denn ich sah darauf genauso aus wie heute Morgen im Spiegel. Die Frisur war die gleiche, und auch das Gesicht war makellos. Die Örtlichkeit sah nach einem noblen Hotel oder Restaurant aus, vor uns auf dem Tisch stapelten sich Geschenke, und im Zentrum der Aufnahme befanden sich die beiden Hauptpersonen: Matt und ich. Er hatte mir den Arm eng um die Taille geschlungen, und mit der linken Hand hielt er die meine hoch – so, dass die Kamera das blendende Funkeln des beeindruckend großen Rings an meinem Finger optimal einfing. Das Geklapper der Teetassen, das die Rückkehr meines Vaters ankündigte, ließ mich abrupt und fast schuldbewusst herumfahren.

»Erinnerst du dich?«

Ich schüttelte bedauernd den Kopf. »An die hier kann ich mich erinnern.« Ich deutete auf die wesentlich älteren Schnappschüsse. »Aber dieses sehe ich heute zum ersten Mal.«

Enttäuscht ließ sich mein Vater in einen Sessel sinken.

»Obwohl der Ring nicht übel ist«, bemerkte ich, um dem Mann, dem ich so viel Kummer bereitete, vielleicht ein kleines Lächeln zu entlocken. »Ich wette, den hatte er nicht aus einem Kaugummiautomaten.« Ich sah tatsächlich das Lächeln, auf das ich gehofft hatte.

Schweigend nippten wir an unserem Tee. Dank des heißen Getränks brauchten wir uns für eine Weile nicht um Gesprächsstoff zu bemühen. Trotzdem musste ich meinen Vater auf etwas Wichtiges vorbereiten, auch wenn ich den Frieden des Moments nur ungern störte.

»Dad, ich erwarte später noch einen Anruf von Doktor Tulloch. Gib mir Bescheid, wenn er sich meldet, ja?«

Erstaunt blickte mein Vater hoch. »Warum sollte er uns denn anrufen? Er hat uns doch zu diesen Amnesie-Spezialisten überwiesen.«

Ich seufzte, versuchte mir aber nicht allzu deutlich anmerken zu lassen, was für eine starke Antipathie ich mittlerweile gegen das Wort »Amnesie« entwickelt hatte. »Ich habe eine Schwester damit beauftragt, ihn zu bitten, etwas für mich herauszufinden. Sobald er das getan hat, ruft er bestimmt hier an. Keine Sorge. Dadurch wird sich alles klären.«

Mein Vater wirkte leicht beunruhigt, versprach aber, mir Bescheid zu sagen, sobald der Anruf kam.

Er versuchte gerade, mich zu überreden, dass ich mich ein wenig hinlege, während er uns etwas zum Mittagessen machte, als uns ein wütendes Zischen und Fauchen zusammenfahren ließ. Die schwarze Katze landete neben mir auf dem Sofa, warf einen kurzen Blick in meine Richtung und wetzte dann quer durch den Raum davon, die Haare am Rücken zu einem hohen Fellkamm aufgestellt.

»Was zum Teufel ...«, begann mein Vater, als sie, schon halb draußen, die Krallen in den Teppich schlug und sich noch einmal nach mir umwandte. Dabei stieß sie ein tiefes, zorniges Knurren aus.

»Kizzy!«, rief mein Dad in tadelndem Ton. »Was ist denn bloß in dich gefahren?«

Ich drückte mich tiefer in den Sessel. Kizzy hatte nach wie vor die Krallen ausgefahren und starrte mich von der anderen Seite des Raums böse an. Ihre smaragdgrünen Augen funkelten voller Argwohn, bis sie schließlich mit einem letzten wütenden Fauchen die Flucht ergriff und wie ein schwarzer Blitz zur Tür hinausschoss. Mein Vater und ich sahen uns verblüfft an.

Ich brach als Erste das Schweigen. »Führt sie sich immer so auf?«

»Nein, nie. So hat sie sich noch nie benommen. Diese Katze vergöttert dich.«

»Da bin ich aber froh. Ich möchte nicht wissen, was sie täte, wenn sie etwas gegen mich hätte.«
Dad stieß ein hohles Lachen aus, doch während er unsere Tassen einsammelte, um sie in die Küche zu bringen, war ihm deutlich anzusehen, dass ihn Kizzys eigenartiges Verhalten beschäftigte.
Später klopfte er an die Tür meines alten Zimmers, um mir eine weitere Tasse Tee zu bringen. Ich hatte mich eigentlich nur kurz zurückgezogen, um den leichten Seidenanzug, in dem ich das Krankenhaus verlassen hatte, gegen etwas Wärmeres auszutauschen, war dann aber davon abgekommen und hatte fasziniert den Inhalt meines alten Kleiderschranks und meiner Kommode inspiziert. Neben mir auf dem Boden lagen stapelweise Zeitschriften, Klamotten und Erinnerungsstücke.
Mein Vater bahnte sich vorsichtig einen Weg durch das Chaos und stellte die dampfende Tasse auf dem Nachttisch ab.
»Anscheinend hatte ich nicht das Bedürfnis, mein altes Zeug wegzuschmeißen, als ich von zu Hause ausgezogen bin.«
»So könnte man es ausdrücken. Vielleicht erweist sich das jetzt ja als Vorteil – sozusagen als kleine Gedächtnisstütze.«
Ich machte eine ausladende Handbewegung. »Die meisten von den Sachen hier sind doch uralt. Die kenne ich alle.«
Obwohl ich wusste, dass ich ihm damit weh tat, wollte ich, dass er wusste, wie es mir wirklich ging. »Es hat sich nichts geändert, Dad. Mir ist klar, wie sehr du dir wünschst, ich würde so etwas wie eine große Erleuchtung erleben und mich schlagartig wieder an alles erinnern, aber ich fürchte, das wird nicht passieren. Weißt du, ich habe ja gar nichts *vergessen*. Ich habe keine Gedächtnislücken. Ganz im Gegenteil, ich kann dir die vergangenen fünf Jahre in allen Einzelheiten schildern. Es sind nur leider *andere* fünf Jahre.«

Die Mischung aus Mitleid und Liebe in den Augen meines Vaters zwang mich, aufzuhören. Meine Worte halfen weder mir noch ihm, das Ganze zu verstehen.

»Lass uns erst mal abwarten, was der Spezialist dazu sagt, Rachel. Was hältst du davon?«

Zögernd nickte ich. Ich musste ihm die Möglichkeit lassen, sich noch eine Weile an diesen Strohhalm zu klammern. Er glaubte fast so sehr an die Allwissenheit medizinischer »Spezialisten« wie an die Heilkräfte des Tees.

Bevor er mich wieder allein ließ, damit ich die Überreste meiner Jugend aufräumen konnte, blieb er kurz in der Tür stehen.

»Übrigens glaube ich, dass ich inzwischen weiß, was die Katze vorhin so erschreckt hat.«

Ich blickte von einem großen Stapel Zeitschriften hoch, die für den Papiercontainer bestimmt waren.

»Ich hab die ganze Zeit darüber nachgedacht«, fuhr er fort, »es war einfach so seltsam. Da ist mir plötzlich klargeworden, dass es an deinem Geruch liegen muss.«

»Das ist aber nett, Dad.«

»Nein, so meine ich das nicht. Du riechst wahrscheinlich nach Krankenhaus, du weißt schon, nach Desinfektionsmittel und Medikamenten. Bestimmt ist sie deswegen so ausgeflippt. Das gibt sich sicher ganz schnell wieder, du wirst schon sehen.«

Ich hätte ihm wirklich gern geglaubt, aber für mich sah es viel eher danach aus, als hatte die Katze einfach ihr Revier gegen eine Fremde verteidigt, der sie zeit ihres Lebens noch nie begegnet war.

Das Krankenhaus meldete sich den ganzen Tag über nicht. Der einzige Anruf kam von Matt, aus seinem Hotelzimmer in Deutschland. Ich bemühte mich, nicht enttäuscht zu klingen, als mir klarwurde, dass ich nicht Doktor Tulloch an der Strippe hatte, sondern meinen Verlobten. Zum Glück schien Matt nicht in Plauderlaune zu sein, so dass unser Gespräch keine zehn Minuten dauerte.

»Wie geht es ihm?«, erkundigte sich mein Vater, nachdem ich aufgelegt hatte. Irgendetwas an seinem Ton ließ mich aufhorchen.

»Es geht ihm gut, auch wenn er wohl ziemlich mit Arbeit eingedeckt ist.« Spontan entschloss ich mich zu einer Gegenfrage, die auf purem Instinkt beruhte. »Du magst Matt nicht besonders, oder?«

Umständlich strich Dad eine Seite der Zeitung glatt, die er gerade durchblätterte. »So ein Unsinn, natürlich mag ich ihn. Wie kommst du bloß darauf?«

»Keine Ahnung, irgendetwas an deinem Ton, deinem Blick ...« Ich beendete den Satz nicht.

Darauf fuhr mein Vater fort: »Selbst wenn ich ... Zweifel hätte, würde ich nie etwas gegen ihn sagen. Immerhin ist er allem Anschein nach derjenige, mit dem du zusammen sein möchtest. Außerdem seid ihr beide jetzt ja schon sehr lange ein Paar.«

»In meiner Welt nicht. Da haben wir uns getrennt, und zwar schon kurz nach dem ... kurz nach dem Schulabschluss.«

Meine Worte bewirkten, dass Dad mich halb befremdet, halb neugierig musterte.

»Irgendwie seltsam, dass deine Amnesie eine Welt hervorgebracht hat, in der Matt nicht dein Verlobter ist. Ich frage mich, woran das wohl liegt.« Offenbar war er der Ansicht, mit diesem Gedankengang auf einer interessanten Fährte zu sein, denn er

fügte hinzu: »Sag mal, bist du in deinem ›anderen‹ Leben denn mit Jimmy zusammen?«
Ich stieß einen lauten Seufzer aus. Hörte mir eigentlich nie jemand zu?
»Nein, Dad, ich kann ja wohl kaum mit einem Toten zusammen sein.«
Zwischen uns machte sich ein seltsames, bedeutungsschweres Schweigen breit. Unsere Blicke trafen sich, und wir starrten uns lange an, bevor wir beide zu dem Schluss kamen, dass es am klügsten war, das Thema fallen zu lassen.

Als ich am nächsten Morgen in die Küche spazierte, hatte ich vom Duschen noch tropfnasse Haare und trug einen alten Bademantel, der mir etliche Größen zu klein war. Dad war gerade damit beschäftigt, auf einem Teller einen kleinen gelben Berg aus gummiartig aussehendem Rührei aufzuhäufen. Rückblickend erschien mir das Krankenhausessen plötzlich gar nicht mehr so schlimm.
»Mach dir meinetwegen nicht so viele Umstände, Dad. Normalerweise bekomme ich morgens nur ein bisschen Toast hinunter.«
»Unsinn«, widersprach er. »Wie willst du denn wieder zu Kräften kommen, wenn du zum Frühstück nur eine dünne Scheibe Brot isst?«
Ich wollte ihm gerade erklären, dass zur Lösung meiner Probleme unter Umständen mehr erforderlich war als ein üppiges Frühstück, doch in dem Moment klingelte es an der Tür.
»Würdest du bitte nachsehen, wer es ist?«
Immer noch damit beschäftigt, mir die Wassertropfen aus dem Haar zu drücken, ging ich zur Tür. Hinter der Milchglasscheibe zeichnete sich eine hochgewachsene dunkle Gestalt ab. Mein Herz tat einen Satz, als ich den Riegel zurückschob, um den

Besucher zu begrüßen – nichts verdirbt einem derart den Appetit wie der Besuch eines toten Freundes.
Jimmy folgte mir durch die Diele in die Küche. Er trug ein großes Paket.
»Guten Morgen, mein Junge. Du kommst genau richtig zum Frühstück. Möchtest du auch was?«
Jimmy beäugte die gelbe Masse genauso begeistert wie ich vorhin. »Nein danke, Tony, ich habe schon gefrühstückt. Ich wollte nur kurz hallo sagen.«
Noch bevor sich unsere Blicke trafen, wusste ich, dass er log, was das Frühstück anging. Wir beide waren seit jeher in der Lage gewesen, die Gedanken des anderen zu lesen. Oder vielleicht auch nicht. Lächerlicherweise spürte ich, wie mir eine warme Röte in die Wangen stieg, und mir wurde schlagartig bewusst, dass ich mit meinem viel zu kleinen Bademantel nicht gerade passend gekleidet war, um Besucher zu empfangen.
»Was ist denn in dem Paket?«, fragte mein Vater.
Ich selbst war von der seltsamen Tatsache, dass ich mit meinem schon vor Jahren verstorbenen Freund in unserer alten Küche saß, so in Anspruch genommen, dass ich nie auf die Idee gekommen wäre nachzufragen, selbst wenn er einen Elefanten im Schlepptau gehabt hätte.
»Es ist nicht von mir«, erklärte er. »Ein Lieferwagen hat es gerade gebracht, und ich habe angeboten, es mit reinzunehmen. Es ist für Rachel.«
Ich blickte hoch und ließ von dem vergeblichen Versuch ab, den Bademantel vollständig zu schließen.
»Für mich? Was kann da drin sein?«
Mein Dad warf über meine Schulter hinweg einen Blick auf das Paket. »Oh, das ist bestimmt die Kleidung, die Matt dir schicken wollte. Er dachte, du hättest wahrscheinlich nicht viel zum Wechseln dabei.«

»Da hat er recht«, bestätigte ich. »Wie nett von ihm, dass er sich die Mühe gemacht hat.«
Aus Jimmys Richtung war ein leises Schnauben zu vernehmen. »Wahrscheinlich hat er seine Sekretärin damit beauftragt.«
Die Bemerkung war ihm reflexartig herausgerutscht, und genauso reflexartig verteidigte ich Matt. »Er ist eben sehr beschäftigt. Er musste gestern nach Hamburg fliegen.«
Ein skeptischer Ausdruck huschte über Jimmys Gesicht, aber er war klug genug, sich weitere Kritik an Matt zu verkneifen.
Mein Dad, der von unserem verbalen Schlagabtausch offenbar nicht das Geringste mitbekommen hatte, sagte: »Ach übrigens, Rachel, das habe ich völlig vergessen: Ich soll dir von Matt ausrichten, dass er am Montag deine Zeitschrift informiert hat. Sie wissen dort also Bescheid.«
»Meine Zeitschrift? Welche Zeitschrift denn?«
»Die, bei der du arbeitest.«
Damit war die nächste Bombe geplatzt. Ich spürte das vertraute flaue Gefühl in der Magengegend.
»Ich arbeite bei keiner Zeitschrift.«
Der Blick, den die beiden Männer wechselten, war so vielsagend, dass sie die Worte genauso gut laut hätten herausschreien können: *Die arme Rachel, immer noch mit Amnesie geschlagen!*
Plötzlich wurde ich wütend und sprang so abrupt auf, dass der Holzstuhl fast nach hinten umgekippt wäre.
»Ihr beide braucht mich gar nicht so anzusehen! Als wolltet ihr sagen: ›Oje, Rachel ist verrückt geworden. Nun müssen wir sie wieder mit Samthandschuhen anfassen.‹ Meint ihr, ich weiß nicht, wo ich arbeite? Das ist schließlich etwas total Grundlegendes!«
»Du bist dort noch nicht lange. Wahrscheinlich kannst du dich besser an deine Phase bei der Zeitung erinnern.«

»Ich habe bei einer Zeitung gearbeitet? Als Journalistin?« In meiner Stimme schwang Erstaunen darüber mit, dass ich meine Ziel erreicht hatte. Dann jedoch schüttelte ich zornig den Kopf, um die Hirngespinste zu vertreiben. »Ich arbeite *nicht* bei einer Zeitschrift. Daran würde ich mich doch erinnern, oder etwa nicht?«

»Wie es scheint, hast du sehr viel mehr vergessen als bloß das«, murmelte mein Vater. Zum ersten Mal hatte ich das Gefühl, dass er allmählich die Geduld verlor.

Jimmy, der weiterhin ruhig und beherrscht wirkte, griff nach meiner Hand. »Bitte setz dich, Rachel.« Da ich seiner Aufforderung nicht nachkam, zog er mich sanft zurück zum Tisch. Nachdem ich widerstrebend Platz genommen hatte, ließ er sich mir gegenüber nieder. Er bemühte sich, langsam und deutlich zu sprechen. »Wo arbeitest du denn dann, Rachel?«, fragte er in ruhigem Ton, ohne mich auch nur eine Sekunde aus den Augen zu lassen.

Ich fragte mich, ob sie das bei der Polizei lernten, als Technik für Verhöre von Verdächtigen.

»Andersons Engineering in Euston. Ich arbeite dort als Sekretärin im Vertrieb, und zwar schon seit mehr als dreieinhalb Jahren. Die Telefonnummer lautet 020 7581 4387.«

Falls Jimmy verblüfft darüber war, dass ich wie aus der Pistole geschossen antwortete, verbarg er es besser als mein Vater.

»Was zum …?«

Jimmy brachte meinen Vater mit einem warnenden Blick zum Schweigen und wandte seine volle Aufmerksamkeit dann sofort wieder mir zu. »Und an wen können wir uns dort wenden … um uns bestätigen zu lassen … beziehungsweise deine Firma darüber zu informieren, dass du eine Weile lang nicht zur Arbeit kommen wirst?«

»Ms. Jessica Scott von der Personalabteilung. Ihre Durchwahl lautet 203.«

Dass meine Antwort erneut so schnell kam, ließ seinen Blick flackern, aber seine Stimme klang dennoch ruhig und energisch, als er meinen Dad fragte: »Tony, hast du etwas dagegen, wenn ich kurz dein Telefon benutze und in der Firma anrufe?«
Statt einer Antwort nahm mein Vater das schnurlose Telefon von der Station und reichte es Jimmy, der sich daraufhin an mich wandte: »Würdest du lieber selbst mit der Dame reden?«
Ich schüttelte den Kopf. Besser nicht, denn sonst glaubten die beiden am Ende noch, dass ich ihnen etwas vorspielte. Nein, Jimmy sollte ruhig mit der Personalabteilung sprechen. Auf diese Weise würden er und Dad ein für alle Mal begreifen, dass ich die Wahrheit sagte.
Ich wiederholte die Nummer, und Jimmy tippte sie ein. Es dauerte eine Ewigkeit, bis sich jemand meldete. Offenbar war er in der Zentrale gelandet, denn er bat darum, mit der Personalabteilung verbunden zu werden. Da er vom Tisch aufgestanden war, um das Gespräch zu führen, konnte ich die Antwort am anderen Ende der Leitung nicht verstehen, sondern musste mich damit begnügen, den Verlauf der Unterhaltung ausgehend von Jimmys Beiträgen zusammenzustückeln.
»Könnte ich bitte mit Ms. Jessica Scott sprechen? ... Guten Morgen, Ms. Scott. Mein Name ist Jimmy Boyd, ich bin ein Freund von Rachel Wiltshire. Ich wollte Ihnen nur Bescheid geben, dass sie bedauerlicherweise in einen kleinen Unfall verwickelt war und zumindest für den Rest der Woche nicht zur Arbeit kommen wird, eventuell sogar länger.«
An dieser Stelle folgte eine sehr lange Pause.
»Im Verkauf ... Ja ... Ja ... Ach so. Ja, verstehe ... Vielen Dank. Auf Wiederhören.«

Nachdem er das Gespräch beendet hatte, drehte er sich langsam zu uns beiden um. Ich zappelte auf meinem Stuhl wie eine ungeduldige Fünfjährige.
»Und? Was ist? Was hat sie gesagt?«
Er zögerte einen Moment lang. Sein Gesichtsausdruck gab nichts von seinen Gedanken preis, aber ich hatte das dumpfe Gefühl, dass mir seine Antwort nicht gefallen würde.
»Rachel, sie hat gesagt, sie habe deinen Namen noch nie gehört. Du arbeitest nicht dort.«

Zugegeben, es wirkte vermutlich nicht sehr souverän, in Tränen auszubrechen, aber ich konnte einfach nicht anders. Jede noch so kleine Hoffnungsblase, die vor meiner Nase schwebte, wurde innerhalb kürzester Zeit zum Platzen gebracht. Gebeutelt von einem Wirbelsturm aus Tränen und Traurigkeit sprang ich vom Tisch auf, schaffte es dieses Mal tatsächlich, den Stuhl umzustoßen, und stürmte polternd die Treppe zu meinem Zimmer hinauf, wo ich die Tür hinter mir abschloss, mich aufs Bett warf und das Gesicht ins Kissen presste.
Offenbar hatte ich mich inzwischen in einen zornigen Teenager zurückentwickelt, denn ich ignorierte die Bitten der beiden Männer, doch die Tür zu öffnen, und schrie ihnen so lange »Geht weg!« zu, bis ich heiser war.
Ich verließ mein Zimmer erst wieder am Abend. Ich musste mich zuvor in den Schlaf geweint haben, denn als ich aufwachte, klebte mir der Stoff meines Kopfkissens immer noch feucht an der Wange. Mein Vater saß im Wohnzimmer und tat so, als schaue er sich im Fernsehen die Abendnachrichten an.
Ich ließ mich neben ihm aufs Sofa gleiten, ohne auf die Katze zu achten, die ein gedämpftes Fauchen von sich gab und sofort von seinem Schoß flüchtete.
»Tut mir leid, Dad.« Ich legte den Kopf an seine Schulter.

Im Gegenzug drückte er meine Hand.
»Das alles nimmt mich einfach furchtbar mit«, fuhr ich fort. »Nichts ergibt einen Sinn, in meinem Kopf geht alles drunter und drüber. Vielleicht habt ihr ja recht. Vielleicht bin ich *tatsächlich* verrückt.«
Er wandte sich mir zu. In seinen Augen funkelte ein unerwarteter Zorn. »So etwas darfst du nicht sagen! Niemand hat behauptet, dass du verrückt bist. Du hast eine Kopfverletzung und einen schlimmen Schock davongetragen. Da ist es doch kein Wunder, dass du ein bisschen ... durcheinander bist. Ja, du bist durcheinander, aber das ist auch schon alles. Bestimmt legt sich das bald wieder, du wirst schon sehen, Liebes.«
Ich war zu erschöpft, um mit ihm zu diskutieren.

In Wirklichkeit machte er sich wohl große Sorgen um mich, denn im Verlauf der Nacht – im Dämmerzustand zwischen Schlafen und Wachen – stieg mir mehrfach der markante Duft seines Rasierwassers in die Nase, so dass ich wusste, dass er sich heimlich in mein Zimmer geschlichen hatte, um nach mir zu sehen. Er verlor nie ein Wort darüber, und ich verriet ihm auch nicht, dass ich es bemerkt hatte.

Am nächsten Tag durchstöberte ich entschlossen das Paket mit den Klamotten, die Matt geschickt hatte. Ich hoffte auf eine Jeans und ein Sweatshirt, aber allem Anschein nach gehörte etwas so Normales nicht zu meinem neuen Lebensstil. Mir blieb also nichts anderes übrig, als mich für eine schicke schwarze Hose und einen smaragdgrünen Pulli zu entscheiden. Als ich einen Blick in den Spiegel warf, musste ich zugeben, dass mir die Sachen sehr gut standen. Obwohl auf den Etiketten nicht besonders berühmte Designernamen prangten, handelte es sich doch um ziemlich exklusive Marken. Entweder ich verdiente in meinem neuen Job unglaublich gut, oder Matt war für mehr verantwortlich als nur für die Gucci-Handtasche. Er war schon früher sehr großzügig gewesen. Vermutlich hatte sich daran nichts geändert.

Ich hängte die restlichen Klamotten in den kleinen Schrank aus Kiefernholz und griff dann nach einer warmen Lammfelljacke und einem Schal. Ich hatte das Haus seit Tagen nicht mehr verlassen und musste erst einmal meine Kondition testen, wenn ich Dad dazu bringen wollte, meinem neuesten Plan zuzustimmen. Allerdings wurde mein Vorhaben, ihm das Ganze möglichst schonend beizubringen, dadurch vereitelt, dass Dad genau in dem Moment zur Tür hereinkam, als ich die Treppe hinunterging. Er kam wohl gerade von seinem täglichen Morgenspaziergang zurück, bei dem er immer die Zeitung besorgte. Er war schnell, aber das galt auch für mich, so dass ich gerade noch einen Blick auf die kleine rote Schachtel erhaschte, die er eilig in seine Jackentasche stopfte. Ich ließ eine Hand wie ein Geschoss in seine tiefe Tasche sausen, schloss die Finger um die kleine Packung und zog sie wieder heraus.

»Was zum Teufel soll das?«

Mein Dad senkte beschämt den Blick. Ich sah ihm an, dass er sich das Gehirn krampfhaft nach einer plausiblen Erklärung zermarterte.

»Warum in Gottes Namen hast du wieder zu rauchen angefangen? Ist dir denn nicht klar, dass dich diese Dinger umbringen werden – ja sogar schon im *Begriff* waren, dich umzubringen?«

Wenn wir uns einen Augenblick Zeit genommen hätten, uns vor Augen zu führen, wie absurd dieser Vater-Kind-Rollentausch war, den wir gerade vollzogen, wären wir wahrscheinlich in lautes Gelächter ausgebrochen. Nur war ich in dem Moment viel zu wütend, um das zu erkennen, und Dad zu verlegen.

Ich zerdrückte die Schachtel in meiner Hand. Doch mit dem Zerbröseln der darin befindlichen Zigaretten begann auch mein Zorn zu bröckeln.

»Dad, ich weiß, was du tust und warum du es tust, aber du musst mir versprechen, damit aufzuhören.«

Er entschuldigte sich nicht, versuchte es aber mit einer Erklärung: »Ich mache mir solche Sorgen um dich, Rachel. Du wirkst so verloren, und ich fühle mich nutzlos, weil ich dir nicht helfen kann. Auf diese Weise komme ich einfach ein bisschen besser mit dem Druck klar, das ist alles.«

»Lass es sein, Dad.« Zu hören, dass mein Vater vor lauter Sorge um mich derart am Boden zerstört war, setzte mir so zu, dass mir schon wieder die Tränen über die Wangen liefen. Rasch wischte ich sie mit dem Handrücken weg – mein Gott, seit wann war ich eine solche Heulsuse?

Ich nahm seine Hände und versuchte, alles, was ich empfunden hatte, als bei ihm die schreckliche Diagnose gestellt worden war, in meine Worte und meinen Blick zu legen: »Dad, wenn du mich liebst, wenn du mich wirklich liebst, dann versprichst du mir jetzt bitte, dass du dieses Gift nie wieder anrühren wirst, ja?«

Seine Augen wurden ebenfalls feucht. Ich brachte meinen eigenen Vater zum Weinen, aber wenn ich dadurch dafür sorgen konnte, dass er nicht zum zweiten Mal an Krebs erkrankte, dann war es das wert. »Aus Sorge um mich hast du dich mit diesen Dingern schon einmal halb umgebracht. Ich werde nicht zulassen, dass du es noch einmal tust.«

Ich wanderte stundenlang durch die Gegend. Obwohl ich kein bestimmtes Ziel hatte, fühlte es sich gut an, nach der Untätigkeit der vergangenen Woche endlich wieder draußen an der frischen Luft zu sein. Dad hatte ich gesagt, er brauche sich keine Sorgen zu machen, und nach ein paar Stunden meldete ich mich telefonisch bei ihm, um ihn wissen zu lassen, dass mit mir alles in Ordnung war. Inzwischen war bereits Nachmittag, und da ich nicht weit vom Stadtzentrum entfernt war, steuerte ich einen kleinen Platz an, wo es ein paar Restaurants und Cafés gab, um das verpasste Mittagessen nachzuholen.

Ich stand gerade unentschlossen auf dem Gehsteig und versuchte, mich für eines zu entscheiden, als ich hinter mir plötzlich eine sanfte Stimme hörte.

»In dem Café dort hinten machen sie den besten Käsekuchen.«

Ich drehte mich um. Mein Herz schlug schneller, was sicherlich nur daran lag, dass ich mich erschreckt hatte. Automatisch neigte ich den Kopf zur Seite, um meine entstellte Wange unter dem Vorhang aus Haaren zu verbergen, als mir einfiel, dass ich auf diese kleine Angewohnheit vorerst getrost verzichten konnte.

Lächelnd sah ich ihm in die Augen. »Und wenn ich inzwischen keinen Käsekuchen mehr mag?«

Er tat, als müsse er über diese Frage erst einmal nachdenken. »Völlig unmöglich. Was auch immer du vergessen hast, das bestimmt nicht. Manche Dinge sitzen einfach zu tief.«

So kam es, dass wir kurz darauf das kleine Café betraten, wo Jimmy an der Theke Kaffee und zwei Stück Käsekuchen für uns bestellte. Im hinteren Teil des Lokals war neben einem offenen Kaminfeuer ein Tisch für zwei gedeckt. Sofort steuerten wir darauf zu und entschieden uns damit gegen andere freie Tische vorn am Fenster.

»Wie kommt es eigentlich, dass Sie heute nicht arbeiten, Constable Boyd? Kein Wunder, dass in dieser Stadt die Verbrechen überhandnehmen.«

»Genau genommen bin ich *Inspector* Boyd, und für heute habe ich ganz offiziell Dienstschluss.«

»*Inspector*, hm, das klingt ja echt wichtig. Macht dir die Arbeit Spaß? Du hast früher nie etwas davon gesagt, dass du Polizist werden wolltest.«

Die Kellnerin brachte unsere Bestellung. Jimmy ließ sich mit seiner Antwort Zeit, bis sie die Tassen und Teller vor uns abgestellt hatte und wieder gegangen war.

»Ja, ich mag meinen Beruf. Zur Polizei zu gehen war die beste Entscheidung meines Lebens. Und was die Tatsache betrifft, dass ich früher nie etwas davon gesagt habe ... Tja, ich habe damals vieles für mich behalten, was ich vielleicht besser ausgesprochen hätte.«

Mein Magen begann zu flattern. Ich hatte das Gefühl, dass er mir etwas sagen wollte, etwas Entscheidendes. Doch tief in mir widersetzte sich etwas. Da ich nicht wusste, wie ich reagieren sollte, ja, noch nicht einmal sicher war, ob ich das überhaupt wollte, entschied ich mich dafür, abrupt das Thema zu wechseln.

»Jimmy, ich möchte mich für mein Verhalten gestern entschuldigen – meinen kleinen Ausbruch.«

Er wischte meine Entschuldigung mit einer Handbewegung beiseite, aber ich ließ mich dadurch nicht aus dem Konzept bringen.

»Doch, wirklich. Ich weiß, meine ganze Geschichte klingt extrem ... na ja, unwahrscheinlich ... unausgegoren ... unglaublich ...«

»Auf jeden Fall ziemlich ›un‹, oder?«

Ich musste lachen. Er schaffte es wie früher, mich zum Lachen zu bringen.

»Mein Problem ist einfach, dass sich ständig irgendetwas, wovon ich genau weiß, dass es hundertprozentig stimmt, als falsch entpuppt. Das ist sehr beunruhigend.«

Er nahm einen großen Schluck von seinem Kaffee, ehe er mir antwortete. »Ja, das muss schlimm sein, und bestimmt auch sehr frustrierend.« In seiner Stimme schwang etwas mit, das ich bei niemand anderem gehört hatte.

Überrascht ließ ich die Gabel voll Kuchen, die ich schon halb zum Mund geführt hatte, wieder sinken. »*Glaubst* du mir?« Diese Frage hatte ich so konkret bisher niemandem gestellt.

Er musterte mich mit seinen tiefblauen Augen, in denen man versinken konnte, wenn man nicht aufpasste.

»Ich glaube dir, dass *du* an deine Sicht der Dinge glaubst, und zwar von ganzem Herzen und zu hundert Prozent. Außerdem sehe ich, wie verzweifelt du versuchst, uns andere zu überzeugen, und wie sehr dir das Ganze zusetzt.« Er hielt einen Moment inne. Ich war schon fast im Begriff, etwas zu sagen – tat es aber Gott sei Dank nicht, weil es mir sonst nicht vergönnt gewesen wäre zu hören, wie er im Flüsterton hinzufügte: »Und es bricht mir das Herz, dich so zu sehen.«

Dass er mich mit seinen Worten zum Weinen gebracht hatte, wurde mir erst klar, als er sanft mein Kinn anhob und mit der gefalteten Serviette an meinen Augen herumtupfte.

»Außerdem habe ich dich definitiv noch nie so viel weinen sehen – nicht mal, als du als Achtjährige vom Rad gefallen bist.«

Obwohl ich daraufhin ein ziemlich undamenhaftes Schniefen ausstieß, erzielte er mit seiner Bemerkung die gewünschte Wirkung: Er brachte mich zum Lächeln.

»Tja, geweint habe ich in den vergangen fünf Jahren tatsächlich viel – mehr, als du dir vorstellen kannst.«

»Weswegen?«

Nun war es so weit. In diesem Moment musste ich mich entscheiden: Entweder ich machte einen Rückzieher, oder ich stürzte mich hinein.

»Weil ich dich verloren hatte. Weil du mir das Leben gerettet hast und dabei selbst ums Leben gekommen bist. Du kannst dir gar nicht vorstellen, wie mich das fertiggemacht hat. Du glaubst nicht, wie sehr du mir gefehlt hast.«

Das war seine Chance, sich mit dem Gedächtnisverlust-durch-Kopfverletzung-bald-wieder-gut-Klischee aus der Affäre zu ziehen. Aber er tat es nicht. So war Jimmy – der Junge, der mich geliebt hatte, als wir Kinder waren, und auch der Mann, zu dem er sich inzwischen entwickelt hatte. Ihm konnte ich alles anvertrauen. Sogar die Wahrheit.

»Erzähl«, drängte er.

So kam es, dass ich im schwächer werdenden Licht des Nachmittags, im flackernden Schein eines Kaminfeuers, ganz vorne anfing, mit dem Abend des Unfalls, und erst aufhörte, als ich am Ende angekommen war.

7

Wir verließen als Letzte das Café. Dass wir die Gastfreundschaft des Betreibers überstrapaziert hatten, merkten wir erst, als er seine höfliche Zurückhaltung aufgab und anfing, den Boden zu fegen, an den freien Tischen die Stühle hochzustellen und fast alle Lichter auszuschalten.

Während ich mich bei dem Mann entschuldigte, weil wir ihn so lange aufgehalten hatten, nahm Jimmy meine Jacke von der Garderobe und half mir hinein. Irgendwie fühlte es sich ganz normal an, dass er die Hand anschließend auf meiner Schulter liegen ließ, um mich in Richtung Ausgang zu geleiten.

»Mein Wagen steht nicht weit von hier, ich kann dich zu Hause absetzen. Sonst schickt dein Vater womöglich einen Suchtrupp los.«

Der kalte Dezemberwind schlug uns scharf ins Gesicht, während wir die ruhigen Straßen entlanggingen. Doch ich registrierte die Kälte kaum – ich spürte Jimmys Körper einfach zu dicht neben mir und wusste, dass ich mich auf gefährlichem Terrain bewegte. Irgendwann im Laufe des Nachmittags war eine Tür aufgegangen, und ich war fröhlich hindurchmarschiert, ohne einen Blick zurück zu werfen. Nun aber begriff ich, dass ich mich erst um die tausend offenen Fragen kümmern musste, die mir im Weg standen, ehe ich mir weitere Komplikationen aufhalsen konnte. Trotzdem fühlte es sich einfach so verdammt gut an, so *richtig*, an Jimmys Seite zu gehen. Wieso war mir das früher nie aufgefallen?

Die Rückfahrt zum Haus meines Vaters dauerte nur fünf Minuten. Als wir am Bordstein hielten, sah ich, dass sich im vorderen Zimmer der Vorhang bewegte.

Ungläubig lachte ich auf. »Das ist doch nicht zu fassen! Mein Dad späht tatsächlich durch die Vorhänge, um zu sehen, was ich hier draußen treibe. Wie in unseren Teenagerzeiten!«

Jimmy neigte den Kopf und beugte sich zu mir rüber, um durchs Beifahrerfenster einen Blick auf die Hausfront zu werfen. Da stieg mir der leichte Duft seines Rasierwassers in die Nase, und der angenehm frische Geruch von Shampoo. Ich atmete die betörende Mischung tief ein. Was zum Teufel tat ich hier? Zwischen Jimmy und mir war nie etwas gelaufen, nicht einmal ansatzweise, wir waren stets nur beste Freunde gewesen. Außerdem gab es immer schon Matt. Und den gab es immer noch.

»Ich gehe besser hinein«, stellte ich fest.

»Bevor dein Dad mit einer Knarre rauskommt?«

Die Vorstellung brachte mich zum Lachen. »Genau. Außerdem wird Matt bald aus Deutschland anrufen, also ...« Ich hielt inne. Etwas Unpassenderes hätte ich nicht sagen können. Die warme Luft zwischen uns gefror schlagartig, und ich konnte fast körperlich spüren, wie sich bei Jimmy alles sträubte.

»Ja, klar.« Mit diesen beiden Worten stürzte das zarte Etwas, das zwischen uns beiden zum Leben erwacht und zaghaft emporgeflattert war, wie von einem Schuss getroffen zu Boden.

Ich lud ihn ein, mit uns zu Abend zu essen, war jedoch nicht überrascht, als er ablehnte. Immerhin brachte er mich noch zur Haustür und nahm mich dabei sogar am Arm, weil der Weg bereits von einer zarten Eisschicht bedeckt war. Aber das war nur die stützende Hand eines Freundes, weiter nichts. Ich fand es unglaublich, dass eine Stimmung so schnell kippen konnte, und zwang mich, meine eigene Wahrnehmung des Nachmittags zu hinterfragen. War zwischen uns tatsächlich etwas Neues gewesen, oder hatte ich mir bloß eingebildet, mehr zu spüren als nur die alte, hochgeschätzte Freundschaft?

Jimmy nahm mir den Schlüssel ab und war bereits im Begriff aufzusperren, als ich ihm meine Hand auf den Arm legte, um ihn zurückzuhalten. »Bleibt es bei unserem Plan für morgen? Ich kann auch allein losziehen, wenn dir das lieber ist. Kein Problem.«

Sein Blick verriet nichts. »Natürlich bleibt es dabei. Wieso nicht?«

Weil ich so unsensibel war, den schönen Moment zu ruinieren, indem ich das einzige Hindernis heraufbeschwor, das je zwischen uns gestanden hatte.

»Ich dachte ja nur ... Du könntest an deinem freien Tag auch etwas Erfreulicheres tun wollen, als deine neuerdings geisteskranke Freundin durch London zu eskortieren.«

Er zog mich an sich und nahm mich fest in den Arm – in aller Freundschaft. Mehr war es nicht.

»Von wegen neuerdings geisteskrank!«, widersprach er, konnte es sich aber nicht verkneifen hinzuzufügen: »Eigentlich bist du schon so, seit ich dich kenne!«

Mit diesen Worten ließ er mich los und drehte mit einer einzigen geschmeidigen Handbewegung den Schlüssel herum. Anschließend verpasste er mir einen sanften Schubs, hinein in die warme Diele.

»Wie gesagt, ich halte das für eine richtig gute Idee. Es wird sich bestimmt als hilfreich erweisen. Jetzt aber ab mit dir. Wir sehen uns morgen früh.«

Die Argumente, die ich mir zurechtgelegt hatte, um meinen Dad von dem geplanten Ausflug nach London zu überzeugen, erwiesen sich als völlig überflüssig, sobald er hörte, dass Jimmy mich begleiten würde. Ich fragte mich, ob er auch so schnell einverstanden gewesen wäre, wenn ich mir eine andere Begleitung ausgesucht hätte.
Trotzdem scharwenzelte er um mich herum wie die sprichwörtliche alte Glucke, während ich am nächsten Morgen darauf wartete, von Jimmy abgeholt zu werden.
»Hast du deine Medikamente eingepackt?«
Ich tippte auf die Gucci-Tasche, die ich mir über die Schulter gehängt hatte.
»Und du rufst mich an, wenn du dich schlecht fühlst oder ... sonst irgendetwas ist? Dein Handy hast du ja dabei, und auch Geld und ...«
»Entspann dich, Dad, ich bleibe doch nur eine einzige Nacht weg. Morgen bin ich wieder da, und zwar hoffentlich mit ein paar Antworten.«
Er wirkte so nervös, dass ich ihn in die Arme nahm. »Mach dir nicht so viele Sorgen um mich.« Der Duft seines Rasierwassers stieg mir in die Nase. Das erinnerte mich plötzlich an etwas. »Übrigens kannst du auch aufhören, nachts dauernd nach mir zu sehen. Ich zähle schon gar nicht mehr mit, wie oft du zu mir ins Zimmer kommst.«
Ich hörte draußen Jimmy vorfahren und bückte mich nach der kleinen Reisetasche, die ich zu meinen Füßen abgestellt hatte, so dass mir der verwirrte Blick meines Vaters zunächst entging.

»Rachel, ich war nachts nicht in deinem Zimmer, um nach dir zu sehen – kein einziges Mal. Das musst du geträumt haben.«

Während der Fahrt nach London wurde klar, dass auch Jimmy in den Stunden zwischen dem Vorabend und dem Morgen zu einer Entscheidung gelangt war. Der warmherzige, mich ständig neckende platonische Freund, den ich schon mein Leben lang kannte – oder zumindest bis zu meinem achtzehnten Lebensjahr –, war wieder da. Und der Mann, der im Café meine Hand gehalten hatte, während ich durch das Trauerspiel stolperte, zu dem sich mein Leben entwickelt hatte, war wie vom Erdboden verschwunden. Auch wenn ich irgendwie bedauerte, dass ich mir diesen Mann hatte durch die Lappen gehen lassen, konnte ich zumindest meinen alten Freund Jimmy wieder in meinem Leben begrüßen – was großartig war.
»Wohin möchtest du denn als Erstes? Hast du dir darüber schon Gedanken gemacht?«
Ich zog einen gefalteten Zettel aus der Tasche. »Ich denke, es ist sinnvoll, hiermit anzufangen. Die anderen Adressen liegen alle auf der anderen Seite der Stadt.« Ein leichter Luftzug, der durch das offene Fenster hereinwehte, ließ den Zettel in meiner Hand flattern. »Und was diese Adresse hier betrifft, kann ich dir zwar Straße und Hausnummer nennen, habe aber keine Ahnung, wo genau das ist. Dad musste es mir aufschreiben.«
Jimmy wandte den Blick einen Moment lang von der Straße ab und spähte auf den linierten Zettel. »Und dort ist …?«
Ich stieß einen tiefen Seufzer aus, während ich die Informationen auf dem Blatt studierte. Sie sagten mir absolut nichts.
»Die Wohnung, in der ich lebe, jedenfalls …« – ich zögerte für einen Augenblick, als befände ich mich vor Gericht – »… angeblich.«

Obwohl ich mich zu entspannen versuchte, wurde ich mit jedem Kilometer nervöser. Dass ich nach London fuhr, zu den Orten, wo ich lebte und arbeitete, war für mich ein letzter Strohhalm. Ich tat es in der Hoffnung, mein wirkliches Leben doch noch zurückzubekommen. Trotzdem nahm ich mir erst jetzt die Zeit, darüber nachzudenken, was genau ich dort wohl vorfinden würde. In meiner Tasche befanden sich Schlüssel, die ich nicht kannte. Vermutlich passten sie zu den Türen des Hauses, dessen Adresse mein Vater notiert hatte. Aber was war mit meinem anderen Zuhause – meiner Wohnung über der Wäscherei? Wie würden alle um mich herum reagieren, falls sich herausstellen sollte, dass es ebenfalls meine war, gefüllt mit den Habseligkeiten und Kinkerlitzchen eines völlig anderen Lebens? Konnte beides Seite an Seite existieren? Wie sollte das möglich sein?

Ein Wort nahm in meinem Kopf Gestalt an. Erst war es nur wie ein Flüstern, doch dann wurde es immer deutlicher und beängstigender: *Schizophrenie*. Zeigte sich die Krankheit nicht auch in Form von multiplen Persönlichkeiten? Plötzlich war ich davon überzeugt, erst vor kurzem einen Artikel über genau dieses Thema gelesen zu haben. Litt ich womöglich daran? War ich tatsächlich geisteskrank?

Um die Stimme zum Verstummen zu bringen, griff ich den nächstbesten Gedanken auf, der mir durch den Kopf schwirrte, und brach das Schweigen: »Jimmy, ich habe dich noch gar nicht danach gefragt, aber bist du eigentlich verheiratet?«

Unser Wagen machte einen leichten Schwenk zur Seite, was den Lastwagen hinter uns zu wütendem Gehupe veranlasste.

»Verheiratet? Ähm, nein. Wie kommst du darauf? Meinst du nicht, dass du es inzwischen wüsstest, wenn es so wäre?«

Ich zuckte mit den Achseln. »Nicht unbedingt. Ich wusste ja nicht mal, dass *ich* verlobt bin.«

»Das ist ein Argument.«

Der Tacho verzeichnete einen weiteren Kilometer, ehe ich nachhakte: »Also, gibt es nun jemanden?«

Er lachte leise, sagte aber nichts. Das stachelte meine Neugier nur noch mehr an.

»Eine Freundin oder Geliebte? Oder eher einen Mann?«

»Nein, nein und noch mal definitiv nein, vielen Dank!«

»Warum nicht?«

»Was willst du jetzt von mir hören? Warum ich nicht schwul bin?«

Ich knuffte ihn sanft in den Arm. »Du weißt genau, was ich meine. Warum gibt es niemanden? Du bist doch ein toller Typ. Du würdest einen großartigen Partner abgeben. Wie kommt es, dass du allein bist?«

Zum ersten Mal hatte ich das Gefühl, dass er sich unbehaglich fühlte. Es überraschte mich, dass ich mit meiner Frage auf verbotenes Territorium geraten war. Es hatte mal eine Zeit gegeben, da existierten für uns keine Tabuthemen. Aber vielleicht war das mittlerweile anders. Oder lag es am vergangenen Abend?

»Zum Teil liegt es wohl an meinem Job: viele Überstunden, unregelmäßige Schichten. Das ist für eine Beziehung nicht gerade förderlich. Oder vielleicht mag ich es auch einfach so.«

»Es gab also keine, die ernsthaft in Frage kam? *Nie?*«

Er schwieg für eine ganze Weile und schenkte dem vor uns fahrenden Wagen viel mehr Aufmerksamkeit als nötig. Als er schließlich antwortete, erschien es mir, als würde er seine Worte mit Bedacht wählen. »Doch, es gab einmal eine, vor langer Zeit. Aber das … das hat nicht funktioniert.«

Ich wandte mich ihm zu. Wer auch immer diese Frau gewesen sein mochte, ich hasste sie bereits dafür, dass sie ihn verschmäht hatte. Am liebsten hätte ich weiter nachgehakt, doch

da ich merkte, wie unangenehm ihm das Thema war, ließ ich davon ab und stellte stattdessen eine Frage, die mich noch mehr beschäftigte. »Du und ich, wir sehen uns nicht mehr sehr oft, oder?«
Er bedachte mich mit einem ironischen Lächeln, aus dem ich schloss, dass »nicht mehr sehr oft« noch eine positive Übertreibung war. Seine Antwort bestätigte das.
»*Gar nicht mehr* trifft es eher.«
»Aber warum denn? Ich verstehe das nicht. Wir standen uns doch immer so nahe.«
Er setzte zu einer Antwort an, schloss den Mund dann aber wieder. Ich hätte viel gegeben zu erfahren, was er hatte sagen wollen, denn ich vermutete, dass es wesentlich aufschlussreicher gewesen wäre als das, was nun folgte: »Menschen verändern sich eben, sie werden erwachsen und leben sich auseinander. Das passiert ständig.«
Er warf mir einen Blick zu. Offenbar sah er mir an, wie enttäuscht ich über seine Antwort war, denn er löste eine Hand vom Steuer und griff nach der meinen, um sie kurz zu drücken. »Trotzdem hast du mir gefehlt«, fügte er hinzu.
Ich musste an die zahllosen Nächte denken, die ich mich in den Jahren seit seinem Tod in den Schlaf geweint hatte. »Du hast mir noch mehr gefehlt.«
Inzwischen schlängelten wir uns bereits durch die Seitenstraßen von London. Wir brauchten länger, als wir gedacht hatten, um die gesuchte Adresse zu finden. Nachdem wir ein paar Mal falsch abgebogen waren, hielten wir schließlich vor einem viktorianischen Gebäude mit einem aufwendig gestalteten Eingangsportikus.
»Hier wären wir«, verkündete Jimmy und parkte auf dem kleinen Vorhof. »Zu Hause.«
»*Mein* Zuhause ist das nicht«, murmelte ich düster, öffnete aber dennoch die Wagentür und stieg aus. Einen Moment

lang stand ich reglos in der kalten Morgenluft und ließ den Blick an der Fassade des mir fremden Gebäudes hinaufschweifen.
»Komm, sehen wir uns die Sache mal an.« Er streckte mir die Hand hin.
Widerstrebend ließ ich mich von ihm zu den steinernen Stufen ziehen, die zum Haus hinaufführten. Ich rechnete damit, dass wir gleich an der ersten Hürde scheitern würden, denn als wir uns dem Eingang näherten, stellte sich heraus, dass das Gebäude mit einer Sicherheitstür ausgestattet war, an der man über eine Tastatur einen Zugangscode eingeben musste. Auf der mittleren der drei flachen Stufen blieb ich stehen.
»Das war's dann wohl«, verkündete ich und hörte selbst, wie erleichtert ich klang.
»Nicht so schnell«, entgegnete Jimmy, der mich weiter in Richtung Eingang zog. Genau in dem Moment tauchte an der Innenseite der Glastür eine Frau in einer blauen Schwesternuniform auf. Sie hatte es sichtlich eilig, das Gebäude zu verlassen. Rasch hastete Jimmy ihr entgegen, damit die Tür nicht zufallen konnte. Die Schwester beäugte ihn argwöhnisch, doch dann blieb ihr Blick an mir hängen, und sie entschied sich offensichtlich dafür, uns den Zutritt nicht zu verwehren.
»Danke«, sagte Jimmy, als wir an ihr vorbeigingen.
Automatisch stimmte ich ein: »Ja, danke.«
Sie war bereits auf den Steinstufen angekommen, als sie in fröhlichem Ton über die Schulter hinweg antwortete: »Keine Ursache, Rachel.«

Schweigend fuhren wir im Lift nach oben. Als sich die Türen im fünften Stock öffneten, folgte uns die Spannung hinaus auf den Gang.
»Welche Richtung? Links oder rechts?«, fragte Jimmy.

»Woher soll ich das wissen?«, fauchte ich ihn an.
Er reagierte mit mehr Verständnis und Geduld, als ich wahrscheinlich verdiente.
»Ich weiß, wie schwer das für dich ist, Rachel. Wirklich. Aber uns war doch beiden klar, dass du hier mit so etwas rechnen musstest. Gib nicht gleich auf.«
Er hatte recht, daran bestand kein Zweifel. Trotzdem hätte ich mir *so* gewünscht, das alles wäre nicht wahr.
Mein Schlüssel passte ins Schloss einer Wohnungstür. Wie sollte es auch anders sein? Wir wanderten durch die Räume wie potenzielle Käufer, ohne zu wissen, wohin wir eigentlich wollten. Als ich schließlich eine Tür öffnete, die ich für die des Schlafzimmers hielt, gleich darauf aber verdutzt feststellte, dass ich in den begehbaren Kleiderschrank hineinmarschiert war, fanden wir zum Glück beide unseren Humor wieder. Ausgerechnet im begehbaren Kleiderschrank. Ist das nicht stets der letzte Ort, wo man danach sucht?
Ich kam mir vor wie eine Einbrecherin auf Beutezug, die Schubladen und Schränke nach etwas Brauchbarem durchstöberte. Dabei stieß ich auf wenig Vertrautes, aber hin und wieder geriet mir doch ein Kleidungsstück oder ein Schmuckstück in die Hände, bei dessen Anblick mein Puls sich beschleunigte, weil ich es als meins wiedererkannte. Der Pass und die Steuerunterlagen, die ich in einer metallenen Box entdeckte, bewiesen leider einmal mehr: Ich lebte definitiv hier.
Unter anderen Umständen wäre das alles andere als eine Tragödie gewesen, denn die Wohnung war extrem schön, sehr geschmackvoll eingerichtet und etwa viermal so groß wie meine Bude über der Wäscherei. Trotzdem bereitete mir mein sozialer Aufstieg zur Bewohnerin einer Luxuswohnung keinerlei Freude. Denn falls das hier tatsächlich mein Zuhau-

se war – und wie sollte ich daran zweifeln, nachdem ich von solch unumstößlichen Beweisen umgeben war –, welchen Grund hätte ich dann noch, weiterhin darauf zu beharren, dass es sich bei diesem Leben nicht um das meine handelte?

Während ich das Schlafzimmer verwüstete, war Jimmy in die Küche vorgedrungen. Ein paar Minuten später kam er mit zwei dampfenden Kaffeetassen zurück.

»Ich fürchte, wir müssen ihn schwarz trinken«, erklärte er und reichte mir eine der Tassen. »Dir ist die Milch ausgegangen. Ehrlich gesagt ist dir auch so ziemlich alles andere ausgegangen. Die Küchenschränke sind praktisch leer. Ich nehme an, ihr geht oft essen.«

Das klang logisch und passte auf jeden Fall zu dem Lebensstil, den ich mir bei Matt vorstellen konnte. Beide Hände fest um meine Tasse gelegt, ließ ich mich auf eine cremeweiße Ledercouch sinken. Vorsichtig verlagerte ich mein Gewicht, um nur ja nichts von dem heißen Getränk über das teuer aussehende Material zu verschütten. Ich war eine extrem nervöse Besucherin in meinem eigenen Heim.

»Wie kann ich mir das alles bloß leisten?«, fragte ich. »Ich weiß, wie hoch die Mieten in London sind. Diese Wohnung muss ein Vermögen kosten. So viel verdiene ich mit meinem Job bestimmt nicht.«

Jimmys Miene verfinsterte sich, ehe er mir antwortete: »Ich glaube, dass die Wohnung Matts Familie gehört. Wahrscheinlich gehören ihnen auch noch ein paar andere in diesem Gebäude. Und da du fast schon ein Familienmitglied bist, zahlst du bestimmt nicht die volle Miete.«

Ich spürte, dass ich vor Verlegenheit rot wurde, auch wenn ich nicht recht wusste, warum. Ich hatte schließlich nichts getan, wofür ich mich schämen musste.

»Oh«, antwortete ich bloß. Für eine Journalistin war ich definitiv nicht allzu redegewandt.
Wir beendeten die Wohnungsbesichtigung. Obwohl ich weiter nach Indizien Ausschau hielt, die dafür sprachen, dass es sich *nicht* um mein Zuhause handelte, schrien rundherum alle möglichen Anhaltspunkte das Gegenteil. Falls mich der Stapel aus Rechnungen und Werbesendungen, die alle an mich adressiert waren, noch nicht hundertprozentig überzeugte, lieferte eine einzelne, silbergerahmte Fotografie den letzten, unbestreitbaren Beweis.
Jimmy trat hinter mich und legte mir das Kinn auf die Schulter, um zu sehen, was ich da in Händen hielt und so gebannt anstarrte. Das Bild, das mir durch die Glasscheibe entgegenblitzte, zeigte mich mit Matt am Eiffelturm. Er stand ziemlich genau so hinter mir wie Jimmy in diesem Moment. Matt und ich lachten beide in die Kamera, und obwohl es ein kalter Tag gewesen sein musste, denn wir waren in dicke Mäntel und Schals gepackt, strahlten unsere Gesichter eine unglaubliche Wärme aus. Wir wirkten beide so glücklich und sorglos und … verliebt. Zum ersten Mal wurde mir klar, dass ich seit meiner Rückkehr nach Great Bishopsford derart damit beschäftigt gewesen war, die Vergangenheit auszugraben, dass ich es irgendwie geschafft hatte, dabei alle meine Gefühle für Matt zu verschütten.
»Ich glaube, da hat er dir seinen Antrag gemacht.« Jimmys Worte verrieten keinerlei Emotion.
Ich konnte den Blick nicht von dem Foto abwenden. Einen Moment später spürte ich, wie Jimmy sich von mir löste und demonstrativ einen Schritt zurücktrat.
»Ich wollte schon immer mal nach Paris«, murmelte ich nachdenklich.
Jimmy gab mir keine Antwort. Stattdessen griff er nach unseren leeren Tassen, um sie in die Küche zurückzutragen, so dass

ich nicht weiß, ob er überhaupt noch mitbekam, wie ich den Satz leise, aber mit Nachdruck beendete: »*... aber ich war noch nie dort.*«

Uns hielt nichts mehr in der Wohnung. Jimmys Vorschlag, ein paar weitere Sachen mit zu meinem Vater zu nehmen, lehnte ich ab. Ich hätte mich wie eine Diebin gefühlt.

Als wir schließlich wieder im Wagen saßen, hatte ich das Gefühl, etwas sagen zu müssen, um die schreckliche Wolke zu durchbrechen, die sich zwischen uns gesenkt hatte.

»Auch wenn ich das jetzt alles gesehen habe, erscheint mir dennoch nichts davon real.« Ich wies zu dem viktorianischen Gebäude hinüber. »Natürlich kann ich die offensichtlichen Beweise nicht leugnen, sondern muss sie akzeptieren, aber sowohl vom Verstand als auch vom Herzen her erscheint mir das alles immer noch ganz und gar falsch.«

Jimmy gab sich ebenfalls Mühe, die Wolke, die sich zwischen uns gesetzt hatte, wegzuschieben. »Lass dir deswegen keine grauen Haare wachsen. Du kannst nicht erwarten, dass die Erinnerung schlagartig zurückkommt. Wie wäre es, wenn wir irgendwo einen Happen essen und dann die Büros der Zeitschrift besichtigen, bei der du arbeitest? Vielleicht finden wir dort etwas, das uns Antworten liefert.«

Er konnte zu diesem Zeitpunkt noch nicht ahnen, auf welch fatale Weise sich seine prophetischen Worte bewahrheiten sollten.

Zum Glück hatte Jimmy vorgeschlagen, bei der Zeitschrift anzurufen und unseren Besuch anzukündigen, denn es handelte sich um einen riesigen Betrieb, so dass wir niemals ohne Hilfe den Weg in die Abteilung gefunden hätten, in der ich arbeitete. Durch einen Empfangsbereich, dessen Boden wie eine Eislaufbahn schimmerte, steuerten wir auf einen langen geschwungenen Tisch zu, hinter dem mehrere Empfangsdamen saßen. Alle waren unglaublich elegant gekleidet. Obwohl ich mit den Sachen, die ich trug, durchaus ins Bild passte, fühlte ich mich völlig fehl am Platz.

Außerdem sammelte ich gleich Minuspunkte wegen unsicheren Auftretens, weil ich nämlich den Namen der Person vergessen hatte, mit der wir verabredet waren, und erst einmal meine Handtasche nach dem Zettel durchwühlen musste, auf dem ich ihn notiert hatte.

»Miss Rachel Wiltshire, verabredet mit Mrs. Louise Kendall«, sprang Jimmy gewandt ein, während ich noch mit einem ungebührlichen Mangel an Ehrfurcht in den Tiefen der Gucci-Tasche herumfuhrwerkte. »Sie erwartet uns.«

Wir wurden angewiesen, auf einer extrem niedrigen Ledercouch Platz zu nehmen, die sich direkt gegenüber den Aufzügen befand. Während wir darauf warteten, abgeholt zu werden, zappelte ich nervös herum und fuhr jedes Mal halb hoch, wenn die Lifttüren aufglitten und eine Frau herauskam.

Tatsächlich dauerte es weitere fünfzehn Minuten, bis schließlich eine Frau auf uns zusteuerte, die höchstens zehn Jahre älter war als ich und zu ihrem Designerkostüm unglaublich hohe Schuhe trug.

»Rachel!«, rief sie mir entgegen, nachdem sie die Eingangshalle etwa zur Hälfte durchquert hatte.

Ich stand auf und streckte ihr die Hand entgegen, die sie ignorierte. Stattdessen stürzte sie sich geschmeidig auf mich, um die Luft neben meinem Kopf zu küssen und mich gleichzeitig in eine Wolke teuren Parfums zu hüllen.

»Wie geht es dir denn? Du armes Ding! Wir haben uns solche Sorgen um dich gemacht!«

Irgendetwas an ihrem Ton ließ mich das stark bezweifeln. Sie verschwendete keine Zeit mit weiteren Begrüßungsfloskeln, sondern hatte bereits auf ihren Killer-Absätzen kehrtgemacht, um mit uns im Schlepptau zurück zu den Aufzügen zu eilen.

Da sie Jimmy bis dahin keinerlei Beachtung geschenkt hatte, hielt ich es für angebracht, ihn vorzustellen. »Mrs. Kendall, das ist ein alter Freund von mir, Jimmy Boyd. Er hat mich heute nach London gefahren, weil wir der Hoffnung waren, dass vielleicht irgendetwas hier meinem Gedächtnis auf die Sprünge helfen könnte.«

Sie wandte kurz den Kopf, um dem Mann an meiner Seite ansatzweise zuzulächeln, verzog dabei aber nur den Mund, ohne dass das Lächeln bis zu ihren Augen vordrang. Mir war nicht entgangen, dass sie ihn bereits von Kopf bis Fuß gemustert hatte, als wir aufgestanden waren, um sie zu begrüßen. Ich hoffte nur, dass Jimmy es nicht mitbekommen hatte.

»Nicht Mrs. Kendall, sondern einfach nur Louise«, stellte sie richtig, während sie mit einem perfekt manikürten Finger auf den Aufzugknopf drückte. »Dein süßer Matt hat gleich am Montag angerufen und uns alles über den schrecklichen Überfall erzählt. Das muss ja grauenhaft gewesen sein. Und man hat dir wirklich deinen schönen Ring gestohlen?« Ihr Blick wanderte zu meiner linken Hand, als wollte sie sich vergewissern, dass er tatsächlich nicht mehr da war. »Was für eine Tragödie!«

Während wir ihr in den Aufzug folgten, wurde ich das Gefühl nicht los, dass meine Chefin den Verlust meines Diamantrings tragischer fand als jede körperliche Gefahr, der ich ausgesetzt gewesen war. Irgendetwas an ihr ließ mich an Cathy denken, beziehungsweise daran, wie Cathy vielleicht in zehn Jahren sein würde.

Wir verließen den Lift im neunten Stock, wo Louise sofort von einem jüngeren Mitarbeiter angesprochen wurde, der mit einem Stapel Unterlagen den Gang entlanggelaufen kam. Während sie stehen blieb, um Notfallhilfe zu leisten, traten Jimmy und ich höflich einen Schritt zurück und nahmen unsere Umgebung in Augenschein.

Wir befanden uns in einem Großraumbüro, das von langen Neonröhren erleuchtet wurde. Zu beiden Seiten des Aufzugs standen unzählige Schreibtische, jeweils durch blaue, filzbezogene Raumteiler voneinander abgetrennt. Das Ganze sah aus wie eines jener Labyrinthe, die von Labors für Tierversuche benutzt wurden – mit dem Unterschied, dass dort Ratten darin herumliefen.

»Eine nette Frau, deine Chefin«, flüsterte Jimmy mir so leise ins Ohr, dass niemand es hören konnte, »und so aufrichtig!«

»Schsch!«, gab ich kichernd zurück, freute mich aber, weil ich mit meinem Urteil nicht allein war.

Nachdem Louise die Krise abgewendet hatte, schickte sie den jungen Mitarbeiter weiter und wandte sich wieder an uns: »Ich weiß nicht so recht, wie ihr euch das vorgestellt habt. Wollt ihr einfach ein bisschen herumwandern und dem einen oder anderen hallo sagen, oder möchtest du einen Blick auf deinen Schreibtisch werfen?«

»Ähm, ich glaube, wir beschränken uns auf den Schreibtisch.«

»In Ordnung. Dann viel Glück. Wir sehen uns sicher noch, bevor ihr wieder aufbrecht.« Mit diesen Worten wandte sie sich zum Gehen.

»Ähm, Louise ...«

Sie wandte den Kopf und brauchte dabei eine Spur zu lange, um ein Lächeln über ihre genervte Miene zu schieben. Der Ich-bin-eine-vielbeschäftigte-Frau-und-habe-wirklich-keine-Zeit-für-so-was-Blick war noch deutlich sichtbar.

»Welcher *ist* denn mein Schreibtisch?«

Ein Ausdruck von Erstaunen, der fast schon an Begeisterung grenzte, breitete sich über ihr Gesicht. »Lieber Himmel, du hast *tatsächlich* das Gedächtnis verloren! Das ist ja nicht zu fassen! Matt hat zwar davon erzählt, aber … Also, das ist absolut schräg!«

Ihre Faszination hinsichtlich meines Zustands hielt unvermindert an, während wir uns zwischen den Nischen meiner Kollegen hindurch oder um sie herum schlängelten. Einige warfen mir bloß einen flüchtigen Blick zu, aber die meisten blickten hoch und lächelten. Ich erwiderte jedes Lächeln – nur für den Fall, dass Leute darunter waren, die ich gut kannte.

Schließlich blieb Louise vor einem Bereich stehen, wo zwei Schreibtische aneinandergeschoben waren. An einem von beiden saß eine junge Frau, die hektisch auf ihre Tastatur einhämmerte.

»Dee, hast du einen Moment Zeit, Rachel ein paar Sachen zu zeigen?« Als würde sie ihr ein köstliches Geheimnis verraten, fügte sie mit einer Art Bühnenflüstern hinzu: »Sie hat *tatsächlich* das Gedächtnis verloren!«

Wir warteten, bis Louise fort war.

Dann erhob sich die junge Frau von ihrem Stuhl und streckte uns zur Begrüßung die Hand hin: »Hallo. Ich bin Dee Ellis. Wir haben beide etwa zur gleichen Zeit hier angefangen.«

Ich nickte und erwiderte ihr Lächeln, weil ich nicht wusste, was ich sagen sollte.

»Und wir können Louise beide nicht ausstehen.«

Ich griff nach der Hand, die sie mir hinhielt, und schüttelte sie herzlich. Obwohl ich keinen blassen Schimmer hatte, wer sie war, hatte ich das Gefühl, gerade eine Freundin gefunden zu haben.

Obwohl Dee sich als äußerst geduldig erwies, merkte ich an ihren wiederholten Blicken auf die Wanduhr und ihren Computer, dass wir sie von der Arbeit abhielten.

»Hör zu, mir ist klar, dass du viel zu tun hast, also fühle dich bitte nicht verpflichtet, den Babysitter für mich zu spielen.«
Sie lächelte reumütig. »Es tut mir leid«, erklärte sie, »aber ich habe einen wichtigen Abgabetermin. Du weißt ja, wie das ist.«
Ehrlich gesagt wusste ich es nicht.
»Gibt es irgendetwas Interessantes, worauf Rachel einen Blick werfen könnte, wenn sie schon mal hier ist?«, fragte Jimmy. »Vielleicht etwas, woran sie vergangene Woche gearbeitet hat? Das könnte ihr unter Umständen helfen, sich zu erinnern.«
Dee sah Jimmy direkt ins Gesicht, und ich spürte, dass sie ihn im Gegensatz zu Louise sofort in ihr Herz schloss. Dafür mochte ich sie gleich noch mehr.
»Hm, es gibt kein aktuelles Projekt, in dem sie gerade steckt.« Sie runzelte die Stirn, als suchte sie im Geiste nach einem Schlüssel, um eine Tür aufzusperren. »Du hattest sehr hart gearbeitet, um vor der Hochzeit deiner Freundin noch alles Angefangene zu Ende zu bringen. Wie war übrigens die Hochzeit?«
»Ich habe sie verpasst.«
»Oh nein ... Aber warte mal ...« Sie biss sich vor Konzentration auf die Unterlippe. »Was hältst du davon, einen Blick auf ein paar Artikel zu werfen, an denen du in den vergangenen Monaten gearbeitet hast? Wäre das vielleicht hilfreich?«
»Das wäre großartig«, versicherte ich ihr.
Sie murmelte etwas von »Archiven« und machte sich sofort auf den Weg. Während wir warteten, ließen wir uns an dem freien Schreibtisch nieder, auf dem keinerlei persönliche Sachen herumlagen. Auch in den beiden Schubladen fanden sich nur die üblichen Schreibutensilien. Als Dee mit einem Stapel Zeitschriften zurückkehrte, beeilte ich mich schuldbewusst, die Schubladen zu schließen.
»Hier, bitte schön. Anhand des Inhaltsverzeichnisses lässt sich jeweils ersehen, an welchen Artikeln du beteiligt warst. Wenn

ihr wollt, könnt ihr euch in den Konferenzraum setzen und dort in Ruhe schmökern. Ich habe gerade nachgeschaut, er ist frei.«

Obwohl besagter Konferenzraum nur aus Glaswänden bestand, bot er im Vergleich zum Großraumbüro zumindest ein gewisses Maß an Privatsphäre. Jimmy legte den Stapel Zeitschriften, den er Dee abgenommen hatte, auf den polierten Eichentisch und zog zwei von den bequem gepolsterten Stühlen heraus. Ich überprüfte die Erscheinungsdaten der verschiedenen Ausgaben und griff nach der ältesten. Jimmy fischte einfach irgendein Exemplar aus dem Stapel. Als ich fragend eine Augenbraue hochzog, reagierte er mit einem jungenhaften Achselzucken.

»Ich dachte mir, ich könnte doch in der Zwischenzeit ein paar Rätsel lösen.«

Schweigend saßen wir da und widmeten uns mehrere Stunden lang den alten Zeitschriftenausgaben. Zweimal verschwand Jimmy und kehrte bald darauf mit Styroportassen zurück, die ein heißes, braunes Gebräu aus dem nahe gelegenen Automaten enthielten. Im Raum war nur das Rascheln der Seiten zu hören, die wir umblätterten.

»Weißt du, ein paar von meinen Sachen sind echt ganz gut«, bemerkte ich schließlich, während ich ein weiteres Exemplar zuklappte und auf den bereits durchgesehenen Stapel legte.

»Wie bescheiden du doch bist«, neckte mich Jimmy.

Ich spürte, wie mir die Röte in die Wangen stieg. »Ich will doch gar nicht angeben«, stellte ich richtig, »es überrascht mich nur, dass ich gut genug war, um meinen Traum tatsächlich zu realisieren.«

Er drückte mir freundschaftlich die Hand. »Ich habe nichts anderes erwartet.«

Zwei Zeitschriften später zersprang mein Weltbild in tausend Scherben. Zunächst war mir der Titel des Artikels gar nicht aufgefallen. Meine ganze Aufmerksamkeit hatte dem kleinen Farbfoto gegolten, das die obere rechte Ecke der Seite einnahm.

»Lieber Himmel!«, keuchte ich und spürte gleichzeitig, wie mir das Blut aus dem Gesicht wich.

»Was ist? Was hast du denn?«, rief Jimmy, der sofort aufsprang und neben mich trat.

Unfähig zu sprechen, deutete ich mit einem zitternden Finger auf das Foto. Jimmy beugte sich über den Tisch und las die Bildunterschrift laut vor.

»Doktor James Whittaker von der Hallingford-Klinik.« Verwirrt wandte er sich mir zu. »Und?«

»Das ist Doktor Whittaker«, erklärte ich, während meine Gedanken wie wütende Bienen in meinem Kopf herumsurrten. »Doktor Whittaker ist *mein* Arzt«, fuhr ich fort. Mir war bewusst, dass ich wegen seiner Begriffsstutzigkeit zunehmend genervt klang. »Er ist der Spezialist, der mich nach dem Unfall betreut hat. Er ist auch derjenige, der mich seit einem halben Jahr wegen meiner Kopfschmerzen behandelt!«

Wir lasen den Artikel beide zweimal hintereinander. Erst als wir damit fertig waren, sahen wir uns an und brachen unser Schweigen.

»In dem Artikel wird nicht erwähnt, dass er Trauma-Patienten behandelt«, begann Jimmy in ruhigem Ton.

»Ich weiß.«

»Eigentlich klingt es so, als würde er gar keine Patienten mehr behandeln.«

»Ja.«

»Offenbar ist er mehr im Bereich der Forschung tätig und führt klinische Versuchsreihen durch.«

Ich gab keine Antwort.
»Es ist ein guter Artikel«, versuchte Jimmy mich schließlich zu trösten.
»Danke.«
Ich betrachtete die Zeitschrift, als wollte ich den Titel des Artikels noch einmal lesen, doch das brauchte ich gar nicht, denn ich kannte ihn bereits auswendig: *Multiple Persönlichkeitsstörung: medizinischer Fakt oder Fiktion?*
Die Zeile mit dem Namen der Verfasserin war in kleinerer Kursivschrift gedruckt: *Von Rachel Wiltshire.*

8

Wie ich aus dem Gebäude hinauskam, weiß ich nicht. Jimmy übernahm die Führung. Er brachte Dee die Zeitschriften zurück und lotste mich dann mit sanfter Hand zu den Aufzügen. Während wir ins Erdgeschoss fuhren, ließen alle anderen in der Kabine viel freien Raum um uns herum, da sie mein leichenblasses Gesicht und Jimmys stützenden Arm an meiner Taille sahen. Man sah mir wohl deutlich an, wie schlecht es mir ging – wenn auch auf ganz andere Art, als die Leute sich das vorstellten.

Draußen raubte mir der kalte Wind den Atem. Ich schnappte nach Luft wie eine Ertrinkende.

»Ruhig durchatmen«, sagte Jimmy. »Lass dir Zeit.«

Er war automatisch in seine berufliche Rolle geschlüpft. Dank seiner Ausbildung wusste er, wie man mit Menschen umging, die unter Schock standen. Ich nehme an, »Schock« war eine ziemlich genaue Beschreibung dessen, was ich gerade fühlte. Plötzlich passten alle Puzzleteile zusammen, doch statt Licht ins Dunkel zu bringen und die Erklärung zu liefern, nach der ich gesucht hatte, erfüllte mich das Bild mit Entsetzen.

»Es stimmt alles. Es ist alles wahr. Wie *kann* das alles wahr sein?« Mir war nicht bewusst, wie laut ich sprach, bis ich die argwöhnischen Blicke der Vorübergehenden bemerkte.

»Komm, lass uns von hier verschwinden«, sagte Jimmy.

Wie betäubt ließ ich mich von ihm zum Auto bringen. Wie bei einem Kind sorgte er dafür, dass ich bequem saß und sicher angeschnallt war, ehe er die Beifahrertür schloss und zur Fahrerseite hinüberging. Ich beobachtete ihn durch die Windschutzscheibe und fragte mich, wie er so ruhig bleiben konnte. Sollte er nicht besser die nächste Klinik anrufen und mich einweisen lassen? Aber er wirkte gar nicht beunruhigt. Vielleicht war er genauso wahnsinnig wie ich. Wortlos startete er den Wagen.

Erst als wir in den dichten Londoner Verkehr eintauchten, brach er das Schweigen: »Tja, das war eine ziemliche Überraschung, was?«

»Das ist die Untertreibung des Jahrhunderts.«

Es dauerte weitere zehn Minuten, bis er wieder etwas sagte. »Ich bewege mich im Kreis.«

»Willkommen in meiner Welt«, antwortete ich düster.

»Nein, Rachel, das war wörtlich gemeint. Ich fahre im Kreis. Wir haben diesen Block schon mindestens fünfmal umrundet. Wo willst du jetzt hin? Möchtest du dir immer noch die andere Wohnung und die Maschinenbaufirma ansehen?«

Ich wandte mich zum Seitenfenster, weil ich nicht wollte, dass er sah, wie verzweifelt ich war. »Was soll das noch bringen? Wir wissen doch beide, wie das ausgehen wird. Ich kann nicht gleichzeitig an zwei Orten leben und zwei Vollzeitjobs haben. Es ist wohl an der Zeit, dass ich den Tatsachen ins Auge blicke und endlich akzeptiere, was ihr alle schon die ganze Zeit sagt.«

Jimmy warf einen Blick auf seine Armbanduhr. »Es ist noch gar nicht so spät. Wir könnten noch nach Great Bishopsford zurückfahren, falls du das möchtest.«

Ich seufzte betrübt und überlegte einen Moment lang. Ursprünglich hatten wir vorgehabt, die Nacht in London zu verbringen, weil wir glaubten, dass es länger dauern würde, die beiden Wohnsitze anzusehen, die ich offenbar hatte, und auch die zwei verschiedenen Firmen, für die ich zu arbeiten glaubte. Blauäugig, wie ich war, hatte ich mir ausgemalt, dass unsere Suche mit einem gemütlichen Abend in meiner kleinen Wohnung enden würde, wo wir – vielleicht bei einer Flasche Wein und einer Pizza – endlich die letzten Puzzleteile zusammensetzen und das Rätsel meiner Gedächtnisprobleme lösen würden. Inzwischen hatten sich meine Hoffnungen auf einen solchen Ausgang des Abends zerschlagen, doch die Vorstellung, zurückzufahren und meinem Vater mit unseren neuen Erkenntnissen gegenüberzutreten, erschien mir unerträglich.

»Ich möchte noch nicht zurück«, erklärte ich leise. »Ich muss mir das alles erst einmal in Ruhe durch den Kopf gehen lassen. Erst dann kann ich mich damit auseinandersetzen, wie es weitergehen soll.«

Jimmy nickte verständnisvoll. Ich war froh, dass er nicht darauf bestand, mich schnurstracks zu meinem Vater zu chauffieren.

»Ich glaube, ich brauche heute Abend wirklich meine Ruhe«, fügte ich hinzu.

Er schaute aufmerksam auf die Straße und manövrierte uns durch eine Engstelle, bevor er sich mir mit einem Lächeln zuwandte. »Da bin ich ganz deiner Meinung. Solange dir klar ist, dass zu meiner Definition von ›Ruhe‹ gehört, dass ich keinen Schritt von deiner Seite weiche. Ich habe nicht vor, dich heute Abend alleine zu lassen, Rachel.«

Am Ende einigten wir uns auf einen Kompromiss.

Da es noch so vieles gab, worüber ich nachdenken musste, würden wir in London übernachten und die Heimreise erst morgen antreten. Allerdings würden wir die Nacht nicht in der

Bleibe verbringen, die ich in der Stadt zu haben schien. Ich war noch weit davon entfernt, die viktorianische Wohnung als mein Zuhause zu akzeptieren, und die Tatsache, dass sie mit Matt zu tun hatte, bewog wohl auch Jimmy dazu, sich gegen diese Übernachtungsmöglichkeit auszusprechen. Somit beschlossen wir, uns ein Hotel zu suchen.

Es war bereits nach sechs, aber wir hatten großes Glück und fanden sofort eine Unterkunft. Nachdem wir den Wagen auf dem Hotelparkplatz abgestellt hatten, trug Jimmy unser Gepäck in die Lobby. Ich hielt mich im Hintergrund und starrte gedankenverloren in die Auslage des zum Hotel gehörigen Souvenirladens, während Jimmy an die Rezeption trat, um sich nach den Details unserer Unterbringung zu erkundigen.

Als er ein paar Minuten später zu mir zurückkehrte, hatte er alles geregelt. Erst jetzt drängte sich mir eine naheliegende Frage auf, die mir bis dahin nicht in den Sinn gekommen war: Hatte er ein Einzelzimmer oder ein Doppelzimmer gebucht? Ehe ich fragen konnte, bekam ich bereits die Antwort geliefert, indem Jimmy mir eine von zwei Kunststoffkarten in die Hand drückte.

»Mein Zimmer liegt gleich neben deinem«, erklärte er, während ich meine Karte inspizierte.

Ich lächelte ihn an, wusste aber nicht recht, ob ich erleichtert oder enttäuscht war.

Auf Jimmys Vorschlag hin einigten wir uns darauf, einen Happen essen zu gehen, und zwar an einem ruhigen Ort, wo wir ungestört reden konnten. Er meinte, er habe vorhin vom Auto aus ein kleines italienisches Restaurant gesehen, nicht weit vom Hotel entfernt. Also entschieden wir uns für dieses, und Jimmy gab mir fünfzehn Minuten zum Frischmachen, ehe wir uns draußen auf dem Gang wieder treffen wollten.

In meinem Zimmer klatschte ich mir kaltes Wasser ins Gesicht und fuhr anschließend ein paar Mal mit dem Kamm durch mein vom Wind zerzaustes Haar. Schminkzeug hatte ich nicht viel dabei, deswegen beschränkte ich mich auf das Nötigste und ließ mich dann auf dem Bett nieder. Der Raum war recht schön, aber dennoch nichtssagend, wie Hotelzimmer nun mal sind, so dass es dort herzlich wenig gab, womit ich meine konfusen Gedanken davon abhalten konnte, in alle möglichen Richtungen davonzuschwirren.

Das Restaurant war leicht zu Fuß zu erreichen, es lag in einer Seitenstraße, nur ein paar Gehminuten vom Hotel entfernt. Als wir auf den Eingang zusteuerten, spähte ich durch die lange Glasfront und hatte sofort das Gefühl, dass mir das Lokal seltsam vertraut vorkam.

Während wir warteten, dass der Kellner uns einen freien Tisch zuwies, fiel mir ein, woran mich das Restaurant erinnerte. »Jetzt weiß ich endlich, woran mich das erinnert: Susi und Strolch!«

Jimmy blickte an sich hinunter. Er trug eine frischgewaschene Jeans und ein weißes Hemd. »Strolch? Sehr charmant von dir, das muss ich schon sagen. So schlimm sehe ich doch gar nicht aus!«

»Nicht du, Dummkopf. Dieses Lokal hier.« Ich machte eine entsprechende Kopfbewegung. Es stimmte, der Cartoon-Zeichner hätte das Restaurant gut als Vorlage verwenden können. Schmunzelnd betrachtete ich die gemütlichen Zweiertische mit den karierten Tischdecken und je einer flackernden roten Kerze, deren Wachs auf eine leere Chianti-Flasche hinuntertröpfelte. Beschwingte Geigenmusik, die dezent aus verborgenen Lautsprechern drang, vervollständigte die Atmosphäre.

Jimmy sah, was ich meinte, und musste nun ebenfalls grinsen. Währenddessen kam der Kellner, um uns zu unserem Tisch zu führen.

»Wenn du glaubst, dass ich meine Spaghetti mit dir teile – vergiss es! Und was das letzte Fleischbällchen betrifft … das gehört definitiv mir. *So* sehr liebe ich dich nun auch wieder nicht!«

»Hauptsache, du fängst nicht an, ›Bella Notte‹ zu singen«, konterte ich. Mir war gerade wieder eingefallen, dass Jimmy völlig unfähig war, auch nur einen Ton zu halten.

Obwohl wir beide über diesen verbalen Schlagabtausch lächelten, konnte ich nicht umhin, mir seine letzte beiläufige Bemerkung noch einmal zu vergegenwärtigen.

Im Grunde war unser scherzhafter Umgang nur eine Fassade, die das eigentliche Thema des Abends verdecken sollte. Sobald wir unser Essen bestellt hatten, ließ sich das, was wir zu besprechen hatten, nicht länger ignorieren.

»Siehst du das Ganze inzwischen schon klarer? Nachdem du ein bisschen Zeit zum Nachdenken hattest?«

Ich nahm einen großen Schluck von meinem Wein, bevor ich so ehrlich wie möglich antwortete: »›Klarer‹ würde ich nicht direkt sagen. Wenn du von mir wissen möchtest, ob ich mich plötzlich wieder an die letzten fünf Jahre erinnere – und zwar so, wie sie euch allen zufolge abgelaufen sind –, muss ich sagen: Nein, das tue ich nicht. Für mich ist die einzige Realität immer noch diejenige, die ich dir kürzlich erklärt habe. Der einzige Unterschied zwischen kürzlich und jetzt ist, dass ich mittlerweile weiß, dass nichts davon tatsächlich so vorgefallen sein kann, wie ich dachte.«

Jimmy beugte sich vor und griff nach meinen Händen. »Das allein ist schon ein riesiger Fortschritt«, ermutigte er mich. »Zumindest wirst du bei deinem Gespräch mit dem Amnesie-Spezialisten empfänglicher dafür sein, wie du dein Gedächtnis zurückerlangen kannst.«

»Ja, wahrscheinlich.« In meiner Stimme schwang immer noch sehr viel Skepsis mit. Ich schaffte es einfach nicht, sie vor Jimmy zu verbergen.

»Wann hast du eigentlich diesen Termin?«
»Ende nächster Woche.« Ich fragte mich, ob er mir anbieten würde, mich zu begleiten, doch dann fiel mir ein, dass Matt bis dahin ja wieder im Lande war und es naheliegender wäre, wenn er als mein Verlobter mich begleiten würde und nicht Jimmy. Ich war mir allerdings nicht sicher, ob ich Matt dabeihaben wollte, was mich überraschte. Wenn ich tatsächlich eine Entscheidung treffen könnte, welchen Mann hätte ich dann lieber an meiner Seite?
Als der Kellner mit unseren Tellern kam, ließ Jimmy meine Hände los, und ich empfand ein seltsames Bedauern.
»Wenn man genauer darüber nachdenkt, lässt sich vieles von dem, was du deiner Meinung nach erlebt hast, inzwischen recht plausibel erklären.«
»Findest du?«
»Ja, definitiv.«
Offenbar hatte er darüber nachgedacht. Oder sein Polizistenhirn hatte es sich einfach nicht verkneifen können, alles Rationale und Logische aus einer Situation herauszufiltern und genau darauf sein Augenmerk zu legen.
Während wir unsere köstlich riechenden Pastagerichte und den knackigen grünen Salat verspeisten und uns dazu eine Flasche von dem überraschend guten Hauswein gönnten, fand Jimmy immer neue Argumente, mit denen sich die Einzelheiten meiner eingebildeten Realität erklären ließen.
»Aber was ist mit den konkreten Details, die ich euch nennen konnte? Woher kannte ich beispielsweise den Namen und die Telefonnummer der Frau, die bei Andersons Engineering in der Personalabteilung arbeitet?«
»Ganz einfach. Mal angenommen, du hast dich dort irgendwann in der Vergangenheit um eine Stelle beworben. Dadurch wären die betreffenden Informationen irgendwo in deinem

Kopf gespeichert. Ich erinnere mich, mal gehört zu haben, dass nichts von dem, was man sich im Laufe seines Lebens einprägt, je ganz verloren geht.«

Ich hielt das zumindest für möglich, auch wenn es mir höchst unwahrscheinlich erschien. Ich versuchte, einen anderen Weg einzuschlagen. »Na schön, aber warum habe ich dann etwas so Schreckliches heraufbeschworen wie die Vorstellung, mein Vater müsse an Krebs sterben?«

Jimmy dachte kurz nach, ehe ihm eine Antwort einfiel. »Na ja, du hast ihn doch tatsächlich dazu gebracht, mit dem Rauchen aufhören – damals vor vielen, vielen Jahren, als wir noch Kinder waren. Du hattest irgendeine Fernsehkampagne gesehen und daraufhin schreckliche Angst, er könnte sterben. Vielleicht bist du diese Angst nie ganz losgeworden, so dass sie noch irgendwo in deinem Hinterkopf steckte.«

Das klang durchaus plausibel. Ich empfand seit jeher eine irrationale Abneigung gegen alle Raucher.

»Außerdem«, führte Jimmy, der sichtlich in Fahrt kam, seine Theorie fort, »trugst du den Gedanken, dass Menschen eine zweite, rein fiktive Identität besitzen können, ja bereits im Kopf, nachdem du Doktor Whittaker für deinen Artikel interviewt hattest.«

Ich stieß ein freudloses Lachen aus. »Das erklärt zumindest, warum seine Nummer in meinem Handy gespeichert war.« Es erklärte auch, warum ich der Meinung gewesen war, schon einmal einen Artikel über dieses Thema gelesen zu haben. Kein Wunder, dass mir der Text bekannt vorkam – ich hatte ihn schließlich selbst geschrieben.

»Siehst du?«, sagte Jimmy aufmunternd. »Wenn man erst einmal anfängt, es Detail für Detail auseinanderzunehmen, findet sich für fast alles eine Erklärung.«

Bis jetzt konnte ich keine Lücke in seiner Theorie entdecken. Eines aber verstand ich immer noch nicht.

»Warum war alles, was ich mir ausdachte, so schrecklich? So düster und tragisch? Warum habe ich nicht nur die Krankheit meines Vaters erfunden, sondern darüber hinaus auch noch meine eigene? Warum war ich so allein und einsam? Wieso habe ich nicht ein zweites *glückliches* Leben für mich erschaffen?« Ich hielt inne, weil mir durchaus bewusst war, dass ich die größte von all den Tragödien, die ich in meiner imaginären Alptraumwelt heraufbeschworen hatte, bisher noch gar nicht erwähnt hatte. »Warum war ich der Meinung, du wärst ums Leben gekommen?«

Jimmy ließ sich mit seiner Antwort sehr lange Zeit – so lange, dass ich schon dachte, er würde gar nicht mehr antworten.

»Vielleicht war – beziehungsweise *ist* – dein reales Leben bereits deine perfekte Realität? Du hast bereits darin gelebt. Deswegen hast du dir in deiner Fantasie das genaue Gegenteil zurechtgebastelt. Etwas anders verhält es sich vielleicht mit meinem ...« – er zögerte einen Moment, ehe er das Wort aussprach – »... Tod. Vielleicht hast du mich sterben lassen, weil ich sowieso schon eine ganze Weile kein Teil deines Lebens mehr war.« Seine Stimme klang plötzlich sehr traurig. »Wir hatten uns auseinandergelebt, uns schon sehr lange nicht mehr gesehen. Womöglich war mein Tod eher ein Symbol für den Tod unserer Freundschaft?«

Oder noch mehr als das, dachte ich. Vielleicht hatte mein Unterbewusstsein erkannt, was der Rest von mir nicht wahrhaben wollte: dass ich mich ohne Jimmy wie ein Zombie fühlte und ein Leben ohne ihn für mich die schlimmste Hölle war, die ich mir vorstellen konnte.

Die Teller waren abgeräumt, und der Wein hatte mir ein wenig von der Angst genommen, die mich am Nachmittag, als wir das Gebäude des Zeitschriftenverlags verließen, fest im Griff hatte. Auch Jimmy schien durch den Wein entspannter zu sein und sich weniger zu kontrollieren. Merkte er vielleicht gar nicht, dass er erneut meine Hand genommen hatte und sie gedankenverloren streichelte, während wir sprachen? Jedenfalls war das Kribbeln, das ich jedes Mal empfand, wenn seine Finger sich zwischen meine schoben, ausgesprochen real. Dabei hatten sich unsere Hände vorher bestimmt schon tausendmal berührt. Warum fühlte ich mich plötzlich wie entflammt? Warum überwältigten mich auf einmal solche Gefühle? Wieso jetzt, wo ich doch einem anderen gehörte?

»Weißt du, Rachel, nachdem wir dem Rätsel nun auf die Spur gekommen sind, würde mich trotzdem noch interessieren, welche Erklärung *du* eigentlich für deine zweifache Vergangenheit gefunden hattest?«

Ich nahm eine Knabberstange aus dem Korb auf dem Tisch und begann, damit herumzuspielen. »Eigentlich gar keine – jedenfalls keine, die Sinn ergibt.«

Da ich genau wusste, dass Jimmy nicht lockerlassen würde, hielt ich den Blick auf die Brotstange gerichtet.

»Nun komm schon, lass hören. Du hattest dir doch sicher irgendetwas überlegt.«

Ich spürte die Wärme, die ich erzeugte, indem ich die Knabberstange nervös zwischen Daumen und Zeigefinger hin und her rollte.

»Es ist ein bisschen albern.«

»Ich verspreche, dass ich nicht lachen werde.«

Vor Verlegenheit rollte ich die Stange noch schneller hin und her. »Nun ja, ich dachte, am Abend des Unfalls sei irgendetwas *passiert*. Etwas, das mit der Zeit zusammenhing. Es kam mir vor, als sei die Realität ...« Ich zögerte. Nun, da ich es laut aussprechen wollte, kam es mir wirklich albern vor. »Als sei die Realität irgendwie entzweigebrochen.«

Mit einem knackenden Geräusch brach die Knabberstange in zwei Stücke. Ich traute mich nicht, Jimmy anzusehen, weil ich Angst hatte vor seiner Reaktion. Nachdem er den ganzen Abend mit einer Engelsgeduld versucht hatte, mich davon zu überzeugen, dass ich doch nicht verrückt war, befürchtete ich, dass ihn die Theorie, die ich gerade vorbrachte, von Neuem an meinem Geisteszustand zweifeln lassen würde.

»Entzweigebrochen?«

Sein Ton verriet mir nicht, was er von meiner Idee hielt. Er klang weder fassungslos noch entsetzt.

»Ja, als sei mein Leben beziehungsweise das Leben von uns allen in dem Augenblick, als der Unfall geschah, irgendwie ... in zwei Teile zersprungen. In dem einen Leben waren wir alle davongekommen, und alles ging so weiter wie geplant. Aber in dem anderen ... passierte das genaue Gegenteil. Ich war entstellt, und von da an lief alles schief. Und du, nun ja, du warst ...«

»Tot.«

Das eine Wort verriet ihn. Als ich hochblickte, sah ich, welche Höllenqualen er litt, weil ihn meine Theorie derart erheiterte, dass er sich schon die ganze Zeit das Lachen verkneifen musste. Nun brach er in so herzliches Gelächter aus, dass das halbe Restaurant sich nach uns umdrehte und ich ihn vor Entrüstung mit den Bruchstücken der Brotstange bewarf.

»Hör auf!«, zischte ich. »Es war doch nur eine Theorie!«

Nach einer Weile hatte er sich zumindest wieder so weit unter Kontrolle, dass er im Ton einer düsteren Warnung hervorstoßen konnte: »Da kannst du mal sehen, was passiert, wenn man in seinen Jugendjahren immer nur Stephen-King-Romane liest!«

Wir verließen gut gelaunt das Restaurant, was recht erstaunlich war, wenn man bedachte, welche emotionalen Hochs und Tiefs ich an diesem Tag durchlaufen hatte. Als wir den Weg zurück zum Hotel antraten, begann es gerade zu schneien. In Verbindung mit der funkelnden Weihnachtsbeleuchtung, die in der kleinen Allee durch sämtliche Bäume geschlungen war, ließen die weichen weißen Flocken alles um uns herum wie verzaubert aussehen. Der Boden war bereits glatt, und nachdem ich zum zweiten Mal fast ausgerutscht wäre, griff Jimmy wortlos nach meiner Hand.

»Das liegt nur an diesen Schuhen!«, protestierte ich. »Meine andere Garderobe war viel praktischer.«

Jimmy verkniff es sich, mich daran zu erinnern, dass »meine andere Garderobe« nur in meiner Fantasie existierte. Stattdessen bemerkte er: »Es liegt nicht an den Schuhen, sondern an dir. Du bist eine wandelnde Gefahrenzone – man darf dich einfach nicht aus den Augen lassen.«

»Na, dafür seid ihr Polizisten doch da, oder? Schließlich heißt es ›Die Polizei – dein Freund und Helfer‹.«

Jimmy musste lachen. »Ja, genau. Jederzeit zu Diensten.«

»Vielen Dank, ich stehe tief in deiner Schuld«, kicherte ich, als ich erneut den Halt verlor und beinahe gestürzt wäre.

»Tatsächlich? Soweit ich sehe, kannst du so gut wie gar nicht mehr stehen!«

Wir waren immer noch am Lachen, als wir die warme und hell erleuchtete Hotellobby betraten. Vor unseren Zimmern trennten wir uns, doch bevor ich Jimmy eine gute Nacht wünschte, schlang ich die Arme um seinen Hals und drückte ihn fest an mich.

»Danke, dass du mir heute Gesellschaft geleistet hast«, flüsterte ich ihm ins Ohr. »Ich hatte unrecht. Allein hätte ich das nie geschafft. Ich bin so froh, dass du mitgekommen bist.«

Statt einer Antwort lächelte er mich nur unglaublich lieb an. Dann beugte er sich zu mir herunter und küsste mich sanft auf die Lippen. Ich zuckte leicht zurück, doch obwohl in Jimmys

Blick unendlich viel Wärme lag, fehlte dem Kuss jedes Feuer. Er bedeutete: *Gern geschehen, nicht der Rede wert, jederzeit wieder.* Es war eine absolut unschuldige Geste. Warum aber hatte ich, als wir schließlich unsere jeweilige Karte ins Schloss schoben und in unsere Zimmer verschwanden, das dumpfe Gefühl, dass es mir lieber gewesen wäre, sein Kuss hätte etwas völlig anderes bedeutet?

Ich befürchtete, dass es eine Ewigkeit dauern würde, bis ich einschlafen konnte. Bestimmt würde ich den Tag und alles, was wir erlebt hatten, im Geiste endlos Revue passieren lassen. Doch die Kombination aus dem Wein und purer Erschöpfung war wohl zu viel für mich, denn schon wenige Minuten nachdem ich den Kopf auf das Kissen gelegt hatte, war ich weg. Mehrere Stunden lang schlief ich tief und ungestört.

Der Traum begann angenehm. Ich lag entspannt an einem warmen Ort, vermutlich an einem Strand. Obwohl die Worte nur undeutlich an mein Ohr drangen, hörte ich meinen Vater irgendwo in der Nähe reden. In meinem Traum wollte ich die ganze Zeit etwas sagen, ihn etwas fragen, war aber von einer angenehmen Trägheit erfüllt, so dass es mir zu anstrengend war, mich auch nur einen Zentimeter aus meinem warmen Sandbett zu erheben.

Dann veränderte sich schlagartig alles – auf jene bizarre Weise, wie man es nur aus Träumen kennt. Der Strand war verschwunden und mit ihm auch mein Vater. Ich war in die Vergangenheit zurückversetzt, es war der Abend des Unfalls, nur dass dieses Mal nicht Matt den auf uns zurasenden Wagen entdeckte, sondern ich.

Ich wusste genau, was ich zu tun hatte, doch als ich den Mund öffnete, um die anderen zu warnen, brachte ich keinen Ton heraus, nicht einmal ein Krächzen. Verzweifelt versuchte ich meine Freunde auf den Wagen aufmerksam zu machen, doch alle am

Tisch waren so sehr in ihre Gespräche vertieft, dass trotz meiner hektischen Gesten niemand außer mir die drohende Gefahr bemerkte. Die Kellner stellten die Teller mit unserem Essen vor uns hin und schenkten uns Wein nach, während draußen der Tod mit halsbrecherischer Geschwindigkeit auf uns zuraste.

In dem Moment entdeckte ich einen großen roten Notrufknopf an der Wand hinter mir. Ich schlug mit der Hand dagegen, so fest ich konnte. Obwohl sofort ein lauter Alarm ertönte, rührte sich noch immer niemand. Ich versuchte verzweifelt, von meinem Platz wegzukommen, war aber wie an jenem Abend zwischen Tisch und Wand eingesperrt. Warum hörten sie den Alarm nicht? Es war ein ohrenbetäubendes Hupen, doch meine Freunde schienen nichts mitzubekommen und blieben seelenruhig sitzen, als wollten sie abwarten, bis der Tod sich zu ihnen gesellte.

Während der Wagen auf uns zuschoss, durchlebte ich ein weiteres Mal den Moment, der in den vergangenen fünf Jahren so viele meiner Träume heimgesucht hatte. Dann fand ich endlich meine Stimme wieder. Ich schrie – nicht nur einmal, sondern mehrere Male – und hörte erst auf, als rings um mich herum mit einem lauten Knall das Glas explodierte.

Nur dass es kein Glas war, sondern der Keramikfuß der Nachttischlampe, die mein wild durch die Luft rudernder Arm zu Boden gefegt hatte.

Erschrocken fuhr ich hoch. Mein Herz schlug schnell.

Da hörte ich Jimmy meinen Namen rufen und gleichzeitig so heftig gegen die Tür hämmern, dass es klang, als würde er sie jeden Moment aus den Angeln reißen.

Noch immer nicht ganz wach, schwang ich die Beine aus dem Bett und wollte aufstehen, ließ mich aber sofort wieder zurücksinken, weil sich eine der Porzellanscherben in meine Fußsohle bohrte. Laut fluchend hüpfte ich auf dem einen Fuß zur

Tür, damit Jimmy nicht alle anderen Gäste auf unserem Stockwerk weckte.
Wäre zufällig jemand um zwei Uhr morgens den Gang entlanggekommen, hätten wir sicher einen seltsamen Anblick geboten. Zum Glück bekam aber niemand mit, wie Jimmy halbnackt und mit verwuscheltem Haar bei mir in der Tür stand. Er war zwar schnell in eine Jeans geschlüpft, aber ich registrierte, dass er genau wie ich barfuß war.
Entschlossen stürmte er in mein Zimmer.
»Ist alles in Ordnung? Ich habe dich schreien hören.« Seine Augen durchkämmten den Raum nach der Ursache für meine angstvollen Schreie. Außerdem verriet mir der Klang seiner Stimme, wie beunruhigt er war – was ich seltsam fand, denn schließlich wurden Polizisten doch speziell dafür ausgebildet, in Notsituationen ruhig zu bleiben, oder etwa nicht?
»Ein Alptraum«, sagte ich lapidar, während ich zum einzigen Sessel im Raum hinüberhüpfte.
Er stieß einen Seufzer der Erleichterung aus. »Lieber Himmel! Sonst fehlt dir nichts? Ich dachte, du würdest ermordet. Und als ich dann auch noch das Krachen hörte …«
»Ich hatte eine kleine Auseinandersetzung mit der Nachttischlampe.«
Erst jetzt fiel ihm auf, wie seltsam ich meinen linken Fuß umklammert hielt, während aus dem tiefen Schnitt in der Sohle langsam, aber stetig Blut quoll.
»Rachel, du bist ja verletzt! Was ist passiert?«
Nicht zum ersten Mal fragte ich mich, ob er sich wirklich den richtigen Beruf ausgesucht hatte. Seine Fähigkeit, logische Schlussfolgerungen zu ziehen, ließ in manchen Situationen zu wünschen übrig, um es mal vorsichtig auszudrücken.
»In meinem Bemühen, es rechtzeitig zur Tür zu schaffen, bevor du sie aufbrichst, bin ich auf eine Scherbe getreten.«

Mir war klar, dass ich ein bisschen zickig klang, aber der Alptraum hatte mich immer noch in seinen Fängen, und mein Fuß tat ziemlich weh. Sofort war Jimmy bei mir und zog sanft meine Hände fort.

»Lass mich mal sehen.«

Vorsichtig plazierte ich den linken Fuß auf seiner Handfläche und rechnete damit, bei der ersten Berührung zusammenzuzucken, doch Jimmy ging bei der Untersuchung der Wunde unendlich behutsam vor.

»Ich werde das erst einmal säubern«, verkündete er, während er sich erhob. »Ich glaube zwar nicht, dass in dem Schnitt noch Splitter stecken, aber um sicher zu sein, brauchen wir besseres Licht.«

Bevor ich kapierte, was er im Schilde führte, hatte er mich schon auf seine Arme gehievt und trug mich hinüber ins Bad.

»Ich kann gehen«, protestierte ich, »oder zumindest hüpfen.«

Ohne auf meine Worte zu achten, schob er mit dem Fuß die Badezimmertür auf und knipste das Licht an. Während er sich nach einer geeigneten Fläche umblickte, auf der er mich absetzen konnte, nahm ich sehr bewusst war, wie ungewohnt – aber keineswegs unangenehm – es sich anfühlte, gegen seine nackte Brust gedrückt zu werden. Nicht ganz so angenehm fand ich dagegen, dass mein Nachthemd unglaublich kurz war und mir zudem infolge meines Alptraums schweißnass am Körper klebte, so dass es mehr enthüllte, als es verbarg. Ich versuchte, den Saum nach unten zu ziehen, legte dadurch aber nur mehr Dekolleté frei. Zum Glück konzentrierte Jimmy seine ganze Aufmerksamkeit auf meinen Fuß.

Er setzte mich auf dem Badewannenrand ab und ließ mit dem Duschschlauch langsam Wasser über meinen Fuß fließen. Zuerst brannte es ein bisschen, aber ich wagte nicht allzu viel herumzuzappeln, sondern versuchte, eine möglichst züchtige Haltung einzunehmen – was mit einem Bein über dem Badewan-

nenrand ohnehin schwierig war. Noch nie zuvor hatte ich ein so dringendes Bedürfnis nach Unterwäsche verspürt.
Unter dem hellen Neonlicht des Badezimmers nahm Jimmy die Wunde gründlich in Augenschein. Nachdem er zu dem Ergebnis gekommen war, dass kein Splitter mehr drin war, drückte er fest auf den Schnitt, um die Blutung zu stillen. Da das winzige Bad zweifellos nur für einen einzigen Benutzer gedacht war, sahen wir uns gezwungen, ziemlich auf Tuchfühlung zu gehen. Deswegen bekam ich auch mit, dass Jimmys Atem, statt sich zu beruhigen, nachdem sich die erste Panik gelegt hatte, auf einmal wieder schneller ging. Da begriff ich, dass nicht nur ich die Intimität der Situation spürte. Während er den Daumen weiter auf den Schnitt presste, bewegten sich seine anderen Finger in langsamen, kaum wahrnehmbaren Kreisen über meinen Knöchel. Wie vor einigen Stunden fragte ich mich, ob ihm klar war, was er da tat. Doch egal, ob er mich bewusst streichelte oder nicht, es trug jedenfalls nicht dazu bei, dass mein Herz seinen normalen Rhythmus wiederfand.
Und urplötzlich war der kleine, abgeschlossene Raum derart von einer berauschenden, schwer einzuordnenden Emotion erfüllt, dass sogar die Luft zu pulsieren schien. Als Jimmy hochblickte, entdeckte ich in seinen Augen etwas völlig Neues, etwas, das ich dort nie zuvor gesehen hatte. Er selbst registrierte es wohl auch, denn es spiegelte sich in meinem Gesicht wider. Es kam mir vor, als würde die Zeit stillstehen. Wir verharrten beide wie gebannt in der Intensität des Augenblicks. Vor lauter Angst, den fragilen Kokon zu zerbrechen, der uns umgab, wagte keiner von uns zu sprechen oder sich zu bewegen.
»Jimmy«, hauchte ich schließlich zögernd und berührte seine Brust.
Meine Fingerspitzen ruhten nur einem Moment auf seiner Haut – gerade lange genug, um das starke Klopfen seines Her-

zens zu spüren. Doch plötzlich schüttelte er entschieden den Kopf, als versuchte er zu leugnen, was gerade geschah, und stand ungestüm auf. Er brauchte länger als nötig, um den Duschkopf wieder in seine Halterung zu stecken und das Wasser abzudrehen, doch als er sich schließlich zu mir umdrehte, war der besondere Ausdruck aus seinen Augen verschwunden. Nichts wies mehr darauf hin, dass das zarte Intermezzo zwischen uns je stattgefunden hatte.

»Es hat zu bluten aufgehört. Trotzdem solltest du ein Pflaster darüberkleben, falls du eines hast.«

»Hm.«

Er überließ es mir, meinen Fuß abzutrocknen und die Wunde weiter zu versorgen, während er ins Schlafzimmer zurückkehrte und sich daranmachte, den Teppich systematisch von den Scherben zu befreien.

Durch die Badezimmertür beobachtete ich fasziniert das Spiel seiner Arm- und Rückenmuskeln. Ich lechzte derart danach, die Hand auszustrecken und ihn zu berühren, dass es fast körperlich weh tat. In dem Moment wurde mir klar, dass meine Gefühle für ihn vom Pfad der Freundschaft abgewichen waren. Genauso klar aber sah ich, dass Jimmys Gefühle meinen nicht folgten. Welch verbotenes Terrain auch immer wir ein paar Minuten zuvor beinahe betreten hätten, Jimmy wollte dort definitiv nicht hin. Wenn ich insistierte, verlor ich ihn womöglich, und das verkraftete ich nicht noch einmal.

»So«, sagte er und richtete sich auf, »ich glaube, ich habe alle erwischt, aber pass trotzdem auf, wohin du trittst.«

»Danke.« Meine Stimme klang ein wenig verhalten, aber ich weiß nicht, ob ihm das auffiel. Dass ich in der kühlen Luft des Schlafzimmers gegen meinen Willen schauderte, entging ihm allerdings nicht. Er kam zu mir herüber und legte mir einen Arm um die Schultern.

»Lieber Himmel, Rachel, du frierst ja! Hast du einen Bademantel oder so was?«
Ich schüttelte den Kopf. Ich hatte nur das Nötigste eingepackt und ganz bestimmt nicht damit gerechnet, mitten in der Nacht Besuch zu empfangen.
»Dann geh schnell wieder ins Bett, bevor du dich erkältest.«
Er beugte sich hinunter, als wollte er mich wieder tragen, doch ich wich ihm aus und humpelte rasch die paar Meter zum Bett hinüber. Er lachte, weil er das für ein Zeichen von Sturheit hielt, und ich ließ ihn nur allzu gern in diesem Glauben. Besser, er hielt mich für dickköpfig, als dass er begriff, was für eine Wirkung seine Nähe auf mich hatte.
Ich verkroch mich unter die Decke. Dass ich meinen leicht bekleideten Körper verstecken konnte, war mir in dem Moment noch wichtiger als die Wärme. Zu meiner großen Überraschung schien Jimmy es gar nicht eilig zu haben, in sein Zimmer zurückzukehren. Er setzte sich neben mich auf die Bettdecke.
»Worum ging es denn in diesem Alptraum, der dich dazu gebracht hat, wie ein Rockstar dein Zimmer zu verwüsten?«
Ich lächelte verhalten. »Ach, eigentlich um gar nichts.«
»Nach nichts klang das für mich aber nicht. Du hast mir wirklich Angst eingejagt.«
Ein Blick in sein Gesicht bestätigte mir, dass er die Wahrheit sagte.
»Das tut mir leid«, murmelte ich, wusste aber nicht, ob ich mich entschuldigte, weil ich ihm Sorgen bereitet hatte, oder weil im Badezimmer etwas zwischen uns passiert war, oder einfach prophylaktisch, falls ich ihm in Zukunft noch einmal zu nahe treten sollte. »Ich habe das Übliche geträumt. Zumindest ist es für mich das Übliche. Wenn ich träume, dann fast immer vom Abend des Unfalls.«
»Kommt das oft vor?«

Ich nickte traurig.

»Schon seit dem Unfall?«

»Seit du gestorben bist«, stellte ich richtig.

Wir schwiegen beide für eine Weile.

»Aber warum träumst du immer noch davon?«, fragte Jimmy und drehte sich dabei auf die Seite, um mein Gesicht besser sehen zu können. »Selbst jetzt noch, obwohl du doch inzwischen weißt, dass es sich gar nicht so abgespielt hat?«

Ich schüttelte betrübt den Kopf. »Keine Ahnung.«

Dann aber kam mir ein Gedanke, der im Grunde sehr naheliegend war. Das, worüber ich nicht Bescheid wusste und weswegen ich wirklich im Dunkeln tappte, waren die tatsächlichen Ereignisse an jenem schicksalhaften Abend, denn damals hatte sich die Realität für mich in zwei Welten aufgespaltet. Wenn ich in Erfahrung brachte, was sich damals wirklich abgespielt hatte, würde mein imaginäres zweites Leben vielleicht seine Substanz verlieren und sich in Luft auflösen – wie eine Fata Morgana, die es allen anderen zufolge ja war.

»Erzähl mir von dem Abend des Unfalls. Erzähl mir alles, woran du dich erinnerst, angefangen bei dem Moment, als wir uns an den Tisch gesetzt haben.«

Jimmy konnte wohl an meiner Stimme hören, was für ein Bedürfnis es mir war, darüber Bescheid zu wissen. Bevor er zu erzählen anfing, legte er mir einen Arm um die Schultern, als wollte er mich vor der Wahrheit beschützen, falls sie sich als zu schmerzhaft erweisen sollte.

Seine Geschichte entsprach genau meinen Erinnerungen. Ich unterbrach ihn kein einziges Mal, bis er schließlich den Penny erwähnte, den er mir geschenkt hatte.

»Den habe ich immer noch!«, rief ich laut aus. »Besser gesagt, ich hatte ihn noch – in meinem anderen Leben, sicher verwahrt in meiner Schmuckschatulle. Ich brachte es nicht übers

Herz, ihn wegzuwerfen, weil er mir immer vorkam wie meine letzte Verbindung zu dir.«

Er lächelte, sagte aber nichts.

Mir kam noch ein anderer Gedanke. »Außerdem hatten wir uns für den nächsten Tag verabredet, fällt mir gerade wieder ein. Du hattest mich gebeten, am nächsten Tag bei dir vorbeizuschauen, und dabei richtig geheimnisvoll geklungen. Das hat mich noch jahrelang beschäftigt. Worüber wolltest du damals mit mir sprechen?«

»Ach, keine Ahnung. Das ist schon so lange her, dass ich mich nicht mehr erinnere.«

Ich ließ ihm das kommentarlos durchgehen, und trotzdem fragte ich mich, warum er mich gerade angelogen hatte.

Auch seine weiteren Ausführungen stimmten mit meinen Erinnerungen überein – zumindest bis zu dem Punkt, an dem wir alle versucht hatten, so schnell wie möglich von dem Tisch wegzukommen, um nicht von dem heranrasenden Wagen zermalmt zu werden.

»... und wir schafften es alle, vom Fenster wegzurennen, ehe der Kerl hineindonnerte.«

»Aber ich war eingeklemmt. Ich steckte fest, weil ein Stuhl mir den Weg versperrte. War es nicht so?«

Er schwieg für einen Moment, fast als würde er überlegen, was er nun sagen sollte. »Schwer zu sagen, das ging alles so schnell. Kann schon sein, dass du dich erst als Letzte in Sicherheit gebracht hast.«

Er verheimlichte mir etwas, das war klar, aber ich würde nicht eher lockerlassen, bis ich wusste, was.

»Nein. Ich war nicht die Letzte. Mein Dad hat mir erzählt, dass du verletzt wurdest. Demnach musst du noch in der Nähe des Fensters gewesen sein, als der Wagen durch die Scheibe krachte. Was genau ist passiert?«

In dem Moment begriff ich, *was* er mir nicht erzählen wollte.
»Ich habe recht, nicht wahr? Du bist zurückgekommen, um mir zu helfen. Du hast mich herausgezogen.«
Es schien ihm peinlich zu sein, es zuzugeben.
»Irgendwie haben wir uns alle gegenseitig geholfen.«
Ich schüttelte den Kopf. Ich sah es ganz deutlich vor mir. Alle hatten sich in Sicherheit gebracht – alle, bis auf mich. Aber einer von ihnen war zurückgekommen, um mich zu retten.
»Du hast mir das Leben gerettet.«
Erst sah es so aus, als wollte er es weiter abstreiten, doch die Gewissheit in meiner Stimme musste ihn umgestimmt haben, und er entschied sich für eine scherzhafte Bemerkung: »Ich konnte doch nicht zulassen, dass du dich davonmachst und meinen Glückspfennig mitnimmst.«
Aber ich ließ mich nicht aus dem Konzept bringen. »Du hast mir das Leben gerettet.«
Aller Spaß war aus seiner Stimme gewichen, und er sagte mit verzweifelter Ehrlichkeit: »Was blieb mir denn für eine andere Wahl?«
Ich wusste nicht, was ich sagen sollte. Es gab keine passenden Worte, um sich für eine solche Tat zu bedanken, keine Möglichkeit, eine solche Schuld zu begleichen.
»Und dabei bist du selbst verletzt worden.«
Ich schob ihm das Haar aus der Stirn. Darunter kam eine kleine, gezackte weiße Narbe zum Vorschein, die von seinem Haaransatz bis zur Augenbraue verlief.
»Sie sieht fast aus wie meine«, flüsterte ich erstaunt. »Besser gesagt, wie die, die ich mir eingebildet habe«, stellte ich richtig. »Bloß dass meine tiefer ging und länger war.« Ich fuhr mit dem Zeigefinger die Linie seiner Narbe nach. »Meine zog sich bis hier herunter«, erklärte ich, während ich den Finger über seine Wange gleiten ließ, wo ich den leichten Widerstand von Bart-

stoppeln spürte. Doch statt dort innezuhalten, wo die Narbe bei mir geendet hatte, strich ich hinunter bis zu seinem Mund. Auf seinen leicht geöffneten Lippen machte ich halt. Die Luft zwischen uns war erfüllt von sprühenden Funken. Ganz langsam saugte er meine Fingerspitzen in seinen Mund und liebkoste sie mit seiner Zunge. Ich bebte am ganzen Körper. Und dann lag ich in seinen Armen. Sein Kuss war leidenschaftlich, und es fühlte sich einfach zu gut an, seinen starken, durchtrainierten Körper zu spüren. Wir küssten uns immer wilder, und irgendwann blieb die Zeit stehen. Die Hitze der Leidenschaft schweißte unsere Körper mit einer Intensität aneinander, die mich erstaunte. Seine Hand zitterte leicht, als er mir schließlich das Nachthemd von den Schultern streifte. Ich wollte es genauso wie er. Die Erkenntnis, dass ich mir das schon immer gewünscht hatte, immer auf diesen Moment gewartet hatte, auch wenn ich zu blind gewesen war, um das zu erkennen, kam plötzlich und ganz klar.

Während seine Lippen und Hände über meinen entblößten Körper wanderten, hörte ich mich vor Lust leise stöhnen. Ich konnte selbst kaum fassen, wie bereitwillig ich auf seine Berührungen reagierte. So etwas hatte ich noch nie erlebt.

Wir stießen die Bettdecke zur Seite. Es war mir überhaupt nicht unangenehm, dass er mich nackt sah. In Anbetracht unserer langjährigen Freundschaft hätte ich gedacht, es würde sich seltsam anfühlen, vielleicht sogar ein bisschen inzestuös, doch wider Erwarten fühlte es sich genau richtig an, besser als alles davor. Unser keuchender Atem zerriss die Stille des Raumes, und das Zittern, das durch Jimmys Körper lief, als er sich auf mich legte, ließ mich ebenfalls erbeben.

Ich weiß nicht mehr, wann er anfing, sich zurückzuziehen. Erst waren wir noch miteinander verschmolzen und voller Freude damit beschäftigt, einander mit Mund und Händen zu erforschen, und eine Minute später war ich allein die Erforschende. Die Hände, die mich an den Schultern hielten und eben noch näher gezogen hatten, schoben mich nun sanft, aber entschieden fort. Peinlicherweise brauchte ich ein paar Augenblicke, bis ich begriff, was geschah. Ich fummelte immer noch an seiner Gürtelschnalle herum, als sich seine Finger auf einmal um mein Handgelenk legten. Der rote Nebel der Leidenschaft lichtete sich und ich erkannte, dass das Feuer in seinen Augen fast erloschen war und einer stählernen Stärke Platz gemacht hatte. Irritiert weigerte ich mich zunächst, mir einzugestehen, was er da gerade tat. Ich versuchte von neuem, ihn zu küssen, indem ich meine geöffneten Lippen auf seine presste – überzeugt davon, dass ich ihn zu einer Reaktion veranlassen und das Feuer wieder entfachen konnte.

Doch es war endgültig erloschen, von ihm selbst gelöscht. Ich hatte keine Ahnung, warum er es sich plötzlich anders überlegt hatte, ich wusste nur, dass es mir nicht recht war.

»O Gott, nicht aufhören, bitte hör nicht auf!«, bettelte ich ohne jeden Stolz. Dabei blickte ich ihm die ganze Zeit in die Augen, so dass ich genau sah, wann der letzte Funke von Leidenschaft in ihren blauen Tiefen erlosch.

Mit einer schnellen, entschlossenen Bewegung stemmte er sich hoch und wandte sich von mir ab. »Ich kann nicht anders, Rachel. Verstehst du das denn nicht?«

Ich verstand es definitiv nicht, und da ich mich noch immer weigerte, seinen Rückzug zu akzeptieren, streckte ich ohne jede Scham die Hand nach ihm aus, um ihn wieder auf mich zu ziehen, doch er war wie ein Fels: kalt, hart und unverrückbar.

Er hob mein Nachthemd vom Boden auf und gab es mir, ohne mich anzusehen. »Zieh dich an.«

Diese drei Worte schnitten durch mein Verlangen und trafen mich bis ins Mark. Benommen griff ich nach dem dünnen

Baumwollhemd und kämpfte mich hinein. Ich fühlte mich gedemütigt und schmutzig. Ich hatte mich ihm an den Hals geworfen, anders konnte man es nicht nennen. Ich hatte ihn regelrecht angefleht, mich zu nehmen, und er hatte mich zurückgewiesen. Klar, anfangs hatte er reagiert, doch ich begriff jetzt, dass es lediglich sein Körper gewesen war, der auf weibliche Reize reagiert hatte – ein rein körperlicher Reflex, weiter nichts. Aber das körperliche Verlangen hatte nicht ausgereicht, um es ihn durchziehen zu lassen. Es war eine kalte und unumstößliche Tatsache: Jimmy hatte mich nie auf vergleichbare Art begehrt, weder in der Vergangenheit noch jetzt, und ich hatte mich gerade vollkommen zum Narren gemacht.

»Ich glaube, du solltest jetzt gehen«, sagte ich mit leiser, zittriger Stimme. Mir war klar, dass ich gleich in Tränen ausbrechen würde. Die Geschwindigkeit, mit der er meiner Bitte nachkam, versetzte mir einen weiteren Stich. Er konnte offensichtlich nicht schnell genug von mir wegkommen.

An der Tür drehte er sich noch einmal kurz um, musterte mich für einen Moment eindringlich und sagte: »Es tut mir so leid, Rachel, bitte verzeih mir.« Er klang gequält, doch noch ehe ich mir eine Antwort zurechtlegen konnte, war er bereits zur Tür hinaus.

Es tat ihm leid? Es tat *ihm* leid? Was zum Teufel hatte er zu bedauern? Ich war diejenige, die sich hätte entschuldigen sollen. Ich war diejenige, die ihre Gefühle offenbar nicht im Griff hatte und zurechtgewiesen werden musste, weil das, was sie tat, völlig daneben war. Was hatte Jimmy sich zuschulden kommen lassen? Nicht das Geringste, mal abgesehen davon, dass er mich nicht begehrte. Das konnte ich ihm kaum verdenken, denn noch nie hatte ich mich so unattraktiv und schrecklich gefühlt wie in diesem Moment.

Wieder einmal weinte ich mich in den Schlaf. Das wurde ja langsam zur Gewohnheit! Falls Jimmy am nächsten Morgen meine rotgeränderten Augen bemerkte, war er zu höflich, um es zu kommentieren. Er selbst sah auch nicht besonders gut aus, als wir uns zur vereinbarten Zeit auf dem Gang trafen. Natürlich hatten wir diese Absprache noch getroffen, bevor ich mitten in der Nacht vom Wahnsinn übermannt worden war und mich derart danebenbenommen hatte, dass ich unserer Freundschaft wahrscheinlich für immer den Garaus gemacht hatte.
Beim Aufwachen hatte ich sogar kurz die erbärmliche Hoffnung gehegt, ich hätte das Ganze nur geträumt. Doch als ich den Kopf wandte, fiel mein Blick auf die Überreste der zerbrochenen Lampe, und mir wurde klar, dass sie genauso kaputt war wie meine Beziehung zu Jimmy.
Als ich ihn draußen auf dem Flur auf mich warten sah, verharrte ich in der Tür. Ich hatte keine Ahnung, was ich sagen sollte. Zum Glück ging es ihm wohl genauso.
»Möchtest du erst noch frühstücken oder gleich aufbrechen?«, eröffnete er den Smalltalk.
»Ich würde lieber gleich losfahren«, antwortete ich rasch.
In seinen Augen blitzte etwas auf, doch er nickte nur, als hätte er nichts anderes erwartet. Wortlos nahm er mir die Tasche aus der Hand und steuerte auf die Aufzüge zu.
»Dann nichts wie los.«

Es mag in meinem Leben sicherlich noch andere unangenehme Autofahrten gegeben haben, doch diese gehörte definitiv zu den schlimmsten. Im Wagen herrschte eine Spannung, die sich nicht ignorieren ließ. Während der ganzen Fahrt von London nach Great Bishopsford saß sie wie ein dritter Passagier zwischen uns. Am Ende verzichteten wir ganz darauf, uns zu unterhalten, und taten stattdessen lieber so, als herrschte zwischen uns einvernehmliches Schweigen. Trotzdem machten wir uns nichts vor: Zum ersten Mal seit ... nun ja, eigentlich seit wir uns kannten, konnte ich nicht frei und locker mit Jimmy reden. Für mich war es sehr beklemmend, nicht über das zu sprechen, woran wir zwangsläufig beide die ganze Zeit dachten. Doch während Kilometer auf Kilometer folgte, wagte keiner von uns, es anzuschneiden. Als wir schließlich das Ortsschild von Great Bishopsford passierten, konnte ich es kaum erwarten, aus dem Wagen zu kommen. Ich hoffte, mit dem Schließen der Autotür auch die Trümmer der letzten Nacht hinter mir zu lassen. Gerade als ich dachte, der Tag könnte unmöglich noch schlimmer werden, wurde ich eines Besseren belehrt.

Nachdem wir nämlich um die letzte Kurve gebogen waren, stellten wir fest, dass direkt vor dem Haus meines Vaters ein flacher, schnittiger Sportwagen parkte.

»Na großartig«, murmelte Jimmy, während er sein Auto dahinter zum Stehen brachte.

Jimmy schaltete den Motor ab, wandte sich mir zu und sah mich zum ersten Mal seit gestern Nacht richtig an. »Rachel, ich wollte nur sagen ... dir erklären ...«

Ich schüttelte den Kopf. »Bitte sag nichts, es ist nicht nötig.«

Als er daraufhin nach meiner Hand griff, wäre ein Teil von mir am liebsten vor seiner Berührung zurückgezuckt, während ein wesentlich größerer Teil danach lechzte, ihn für immer und ewig in meine Arme zu reißen. Er spürte, wie meine Hand unter der seinen zitterte, und interpretierte meine Reaktion prompt falsch.

»Bestimmt hasst du mich jetzt«, fuhr er fort, »aber bitte gib mir eine Chance, dir zu ...«

Ich bekam nie zu hören, was er gern getan oder gesagt hätte, denn in dem Moment wurde die Beifahrertür aufgerissen, und draußen stand ein ziemlich ungeduldig wirkender Matt.

Er hatte gesehen, dass Jimmy meine Hand hielt, obwohl ich sie sofort zurückgerissen hatte, als stünde sie in Flammen. Um jedem Kommentar zuvorzukommen, sprang ich rasch aus dem Wagen.

»Matt, was machst du denn hier? Wolltest du nicht erst in drei Tagen zurückkommen?«

Matt schlang demonstrativ die Arme um mich, was aber wohl mehr an Jimmys Adresse ging als an meine. Bis er mich wieder losließ, war Jimmy ebenfalls ausgestiegen.

»Ich habe dort alles ganz schnell zum Abschluss gebracht, weil ich dachte, du würdest mich hier vielleicht brauchen. Aber wie ich sehe, hast du ja ... Ersatz gefunden.«

Lieber Himmel, da war sie wieder: die alte Teenagerrivalität, die mich im Krankenhaus noch so fasziniert hatte. Jetzt fand ich sie nur albern und nervig.

»Jimmy war so nett, seinen freien Tag zu opfern und mit mir nach London zu fahren. Ich hatte dort eine Menge Dinge zu klären.«

Matt starrte über den Wagen hinweg zu Jimmy. »Und natürlich seine Nacht. Seine Nacht hat er auch geopfert.«

Bis jetzt hatte Jimmy sich noch nicht herausfordern lassen, aber ich spürte die testosterongeladene Luft wie einen Miniaturtornado um mich herumwirbeln.

»Gestern Abend war es zu spät, um noch zurückzufahren, deswegen haben wir uns ein Hotel gesucht. Dad wusste über unsere Pläne Bescheid.«

Matt nickte. Ich fragte mich, wie er wohl reagiert hatte, als er von meinem Vater erfuhr, dass Jimmy und ich über Nacht weggeblieben waren.

»Wir hatten großes Glück, gleich ein Hotel zu finden, das so kurzfristig noch zwei Zimmer frei hatte.« Ich hörte selbst, wie schuldbewusst mein Geplapper klang. Es ärgerte mich, dass ich mich rechtfertigte – auch wenn Matt als mein Verlobter natürlich jedes Recht hatte, mich zu fragen, wo ich gewesen war. Dass ich ihn anlügen musste, war mir sehr unangenehm.

»Du kannst ganz beruhigt sein«, versicherte ich Matt, ehe ich Jimmys Wagen den Rücken zukehrte und aufs Haus zusteuerte.

»Ja, da bin ich mir sicher«, entgegnete Matt, doch der Blick, mit dem er Jimmy bedachte, sprach eine ganz andere Sprache.

»Kommst du nicht mit rein?«, fragte er, während Jimmy auf ihn zutrat und ihm meine Reisetasche in die Hand drückte.

Auf halber Strecke zur Tür blieb ich stehen. Ich war davon ausgegangen, dass sie beide mit hineinkommen würden.

»Nein, ich habe noch einiges zu erledigen. Außerdem bin ich sicher, du möchtest Rachel jetzt für dich haben. Sie hat dir eine Menge zu erzählen.«

Ich spürte, dass meine Wangen warm wurden. Nicht rot werden, dachte ich, ach bitte, lieber Gott, lass mich jetzt nicht rot werden.

Matts Blick wanderte von Jimmy zu mir. Er schaffte es gerade so, den Argwohn auf seinem Gesicht als Neugier zu tarnen.

»Im Zusammenhang mit der Zeitschrift«, kam mir Jimmy zu Hilfe, obwohl er schon wieder halb im Wagen saß. »Bis bald, Rachel.«

Am liebsten wäre ich zu ihm gelaufen, hätte ihn in die Arme gerissen und gebeten, nicht zu gehen. Was für ein alberner Wunsch! Absolut albern. Natürlich tat ich nichts dergleichen. Meine Füße blieben stehen, wie in Zement gegossen. Trotzdem gefiel es mir nicht, dass Jimmys Abschied so endgültig klang. Das gefiel mir ganz und gar nicht.

Als Matt an der offenen Fahrertür vorbeiging, um mir zum Haus zu folgen, hielt Jimmy ihn zurück. Er sprach leise, und vermutlich war das, was er zu sagen hatte, nicht für meine

Ohren bestimmt, aber plötzlich war es auf der Straße ganz still, und ich konnte seine Worte deutlich verstehen.
»Pass gut auf sie auf, Matt, sie hat heftige vierundzwanzig Stunden hinter sich.«

Die Feststellung, dass mein Vater erleichtert wirkte, als ich zur Tür hereinkam, war stark untertrieben. Ich wusste, dass das zu einem großen Teil daran lag, dass er sich ständig Sorgen um mich machte. Ein noch größerer Teil seiner Erleichterung aber beruhte darauf, dass er die Bürde, Matt unterhalten zu müssen, nun an mich weiterreichen konnte. Vermutlich waren die Stunden, die die beiden damit verbracht hatten, auf mich zu warten, ziemlich anstrengend gewesen.
»Er ist die ganze Zeit im Wohnzimmer auf und ab gewandert wie ein Tiger im Käfig«, flüsterte Dad, während wir zusammen in der Küche standen und Tee und Toast zubereiteten.
Ich hatte eigentlich keinen Hunger, nutzte jedoch den willkommenen Vorwand, um in die Küche zu entwischen und herauszufinden, was geschehen war, als Matt bei seiner Rückkehr erfahren hatte, dass ich mit Jimmy weggefahren war.
»Es tut mir leid, dass du dich damit herumschlagen musstest. Ich habe keine Ahnung, was ihm über die Leber gelaufen ist.«
Mein Dad, der gerade damit beschäftigt war, ein Tablett mit Teetassen und Löffeln zu beladen, hielt mitten in der Bewegung inne und musterte mich eindringlich.
»Was?« Ich stellte mich dumm. »Was ist?«
Mein Versuch, cool und lässig zu wirken, wurde durch die warme Röte, die mir diesmal definitiv in die Wangen stieg, schnell zunichtegemacht. Je länger mein Dad mich auf diese wissende, väterliche Weise betrachtete, desto heißer wurden meine Wangen. Was auch immer er wusste oder ahnte, kam der Wahrheit vermutlich ziemlich nahe.

»Pass nur auf, Rachel, sonst wird noch jemand verletzt.« Dann bedachte er mich mit einem liebevollen Blick. »Und ich möchte nicht, dass du dieser Jemand bist.«
Als wir schließlich bei Toast und Tee saßen, lockerte sich die Stimmung auf. Verständlicherweise wollten mein Dad und Matt ganz genau wissen, wie es in London gelaufen war. Es dauerte, bis ich ihnen in allen Einzelheiten von den letzten vierundzwanzig Stunden berichtet hatte – selbstverständlich klammerte ich die Ereignisse der letzten Nacht aus. Ich war mir ziemlich sicher, dass niemand im Raum diesen traurigen Teil der Geschichte hören wollte. Das galt ganz besonders für mich selbst.

Nachdem ich zu Ende erzählt hatte, brauchten beide eine Weile, bis sie die Neuigkeiten verdaut hatten.
»Kannst du dich jetzt wieder an alles erinnern?«, fragte Matt hoffnungsvoll.
»Kaum. Also eigentlich überhaupt nicht, wenn ich ehrlich sein soll. Aber zumindest weiß ich jetzt wohl, was *nicht* passiert ist.«
Matt war die Enttäuschung deutlich anzusehen. Ich fragte mich, ob er von mir persönlich enttäuscht war oder mehr von der Situation. Fast kam es mir vor, als würde er mir unterstellen, dass ich mir nicht genug Mühe gab, mich zu erinnern: als würden sämtliche Erinnerungen wie von selbst zurückfluten, wenn ich mich nur ein bisschen mehr anstrengen würde.
»Mach dir nichts draus, Liebes«, sagte Dad und drückte mir aufmunternd die Hand. »Das ist alles noch viel zu frisch. Zumindest hast du jetzt einen positiven Ausgangspunkt, an dem du ansetzen kannst, wenn du diese Woche mit dem Amnesie-Arzt sprichst.«
»Ja, das hat Jimmy auch gesagt.«
Matts Mimik fror ein, als ich den Namen erwähnte, doch er verkniff sich jeden Kommentar.

»Und in der Zwischenzeit habe ich dir im Zusammenhang mit den vergangenen fünf Jahren alles herausgesucht, was ich finden konnte. Vielleicht hilft es dir ja.«

Er klang so enthusiastisch, dass ich mich zwang, ein Stöhnen zu unterdrücken. Er holte unter dem Sofa mehrere dicke Alben und eine Schachtel mit Erinnerungsstücken hervor und stapelte sie vor mir auf dem Couchtisch.

»So, nun muss ich für eine Weile in die Stadt. Währenddessen könnt ihr beide in Ruhe die Sachen hier durchsehen. Ich bin mir sicher, dass Matt dir alle deine Fragen beantworten kann – wahrscheinlich sogar viel besser als ich. Ich schätze, du erzählst mir nicht die Hälfte von dem, was in deinem Leben wirklich los ist!«

In Anbetracht der jüngsten Ereignisse war das auch ganz gut so.

Ich hatte gerade ein paar Seiten des ersten Albums durchgeblättert, als die Haustür ins Schloss fiel. Sofort rutschte Matt auf dem Sofa ein Stück näher an mich heran. Nachdem er mir behutsam das Album abgenommen hatte, schlang er die Arme um mich und zog mich an sich.

»Lassen wir die alten Fotos doch erst mal, hm? Mir fällt nämlich etwas viel Besseres ein, wie wir deinem Gedächtnis auf die Sprünge helfen können.«

Ehe ich etwas sagen konnte, lag sein Mund auch schon auf meinem und forderte mich auf recht überzeugende Weise zum Reagieren auf. Und nachdem ich für einen Moment wie erstarrt war, tat ich das dann auch. Vielleicht war es wirklich genau das, was ich brauchte, um meinem Gedächtnis auf die Sprünge zu helfen. Vielleicht gab es das ja nicht nur im Märchen, dass der Kuss des Prinzen die schlafende Prinzessin zurück ins Leben befördert. Gutaussehend, attraktiv und sehr von sich überzeugt, besaß Matt die besten Voraussetzungen, um selbst eine Schaufensterpuppe zum Schmelzen zu bringen – ganz zu schweigen von der Frau, die schon seit sieben Jahren die Empfängerin seiner Küsse war.

Während ich spürte, wie seine Lippen über meine glitten und seine Hände meine Wirbelsäule auf und ab wanderten, erinnerte ich mich *tatsächlich:* Mir fiel plötzlich wieder ein, wie heftig ich als Jugendliche in ihn verliebt gewesen war und wie viel er mir damals bedeutet hatte. Ich erinnerte mich an ihn, wie sich Frauen auf der ganzen Welt an ihre erste Liebe erinnerten. Allerdings musste ich auch daran denken, wie brutal ich ihn nach Jimmys Tod aus meinem Leben gestrichen hatte. Am besten aber erinnerte ich mich daran, dass mich das Ende meiner Beziehung zu Matt zwar durchaus geschmerzt hatte, dieser Schmerz aber völlig unbedeutend gewesen war im Vergleich zu meiner quälenden Trauer um Jimmy. Und selbst wenn sich herausstellen sollte, dass beides nur in meiner Fantasie existiert hatte – und die Beweise dafür waren mittlerweile ziemlich zwingend –, nun, dann brauchte man kein abgeschlossenes Psychologiestudium, um zu wissen, was mir mein Unterbewusstsein damit sagen wollte.

Ich schob Matt nicht fort, aber ich konnte seine Zärtlichkeiten auch nicht erwidern.

»Rachel?«, murmelte er mir ins Ohr, ehe er dazu überging, an meinem Hals zu knabbern, und mich damit gegen meinen Willen zum Erschaudern brachte. Dann löste er sich von mir, um einen Blick auf mein Gesicht zu werfen. Aus seinem eigenen sprach eindeutig Verlangen. »Zu viel für den Anfang? Soll ich aufhören?«

Ich nickte. Zum Glück hatte er Verständnis. Ich sah, dass es ihm gar nicht so leichtfiel, sich zurückzuhalten, und hatte ein schlechtes Gewissen, weil ich es so weit hatte kommen lassen.

Ich fragte mich, ob Jimmy sich in der Nacht wohl ähnlich gefühlt hatte.

»Vielleicht könnten wir doch lieber die Sachen durchsehen, die Dad herausgesucht hat?«, schlug ich lahm vor.

»Ganz wie du möchtest«, antwortete Matt, fügte dann jedoch in sanftem Ton hinzu: »Aber glaub bloß nicht, dass ich dich so leicht aufgebe.«

Ich bin mir sicher, dass seine Worte als Versprechen für die Zukunft gedacht waren. Warum empfand ich sie trotzdem eher als Drohung?

Drei Alben und mehrere Stunden später konnte ich mich genauso wenig an die vergangenen fünf Jahre erinnern, hatte aber keinerlei Lust auf noch mehr Fotos von mir und allen möglichen Leuten, die ich nicht kannte, aufgenommen an Orten, die mir nichts sagten. Auch wenn Matt in der Lage war, mir einen Großteil der fehlenden Informationen zu liefern, blieben mir doch viele von den Fotos, die während meiner Studienzeit entstanden waren, ein absolutes Rätsel.

»Wie es aussieht, hatte ich eine Menge Spaß«, verkündete ich, während ich eine Aufnahme aus dem Stapel zog, die mich Arm in Arm mit mehreren Freundinnen zeigte. Jede hatte eine Bierflasche in der Hand, und alle lächelten breit und sichtlich betrunken in die Kamera.

»An der Uni war es toll«, pflichtete Matt mir bei und nutzte die Gelegenheit für einen weiteren Vorstoß, indem er mir einen Kuss auf die Lippen drückte. »Aber es war auch hart, drei Jahre lang von dir getrennt zu sein. Jetzt ist es viel schöner.«

Das musste ich ihm wohl einfach glauben. Außerdem konnte man kaum umhin, das unerschütterliche Selbstvertrauen dieses Mannes zu bewundern. »Und wir haben die Fernbeziehung tatsächlich überlebt?«, hakte ich nach.

Sah ich da etwas in seinen Augen aufblitzen – ein kurzes Zögern?

»Na ja, immerhin sind wir noch zusammen, also müssen wir so einiges richtig gemacht haben.« In seiner Stimme schwang ein Hauch Unsicherheit mit, die er mit einem Grinsen zu überdecken versuchte. Außerdem schoss er gleich ein kleines Ablenkungsmanöver hinterher: »Und jetzt sind wir verlobt«, erklärte er mit spürbarer Befriedigung.

»Und jetzt sind wir verlobt«, wiederholte ich wesentlich weniger enthusiastisch.

»Bist du sicher, dass du nicht mitkommen möchtest, Tony? Du bist uns mehr als willkommen.«

Die Worte klangen durchaus freundlich, und ich fragte mich, ob mein Dad auch hörte, dass sie nicht ganz von Herzen kamen. Das Funkeln in seinen Augen verriet mir, dass er genau Bescheid wusste.

»Nein, nein, fahrt ihr mal allein und amüsiert euch gut. Außerdem muss ich noch das Gästezimmer für Matt herrichten.«

Danke, Dad, gut gemacht.

Matt sagte nichts, bis wir im Lederkokon seines Wagens saßen.

»Demnach bin ich jetzt also wieder ins Gästezimmer verbannt?«

Ich versuchte, mir ein Grinsen zu verkneifen, spürte aber, dass meine zuckenden Lippen mich verrieten.

»Er behandelt uns, als wären wir Teenager«, beschwerte sich Matt und trat unnötig heftig aufs Gas. »Für ihn gilt immer noch das alte ›nicht unter meinem Dach‹. Was glaubt er eigentlich, was wir in London treiben?«

Da ich selbst keine Ahnung hatte, was wir in London trieben, hielt ich es für besser, die Frage nicht zu beantworten.

»Wie auch immer« – Matt zwinkerte mir zu – »ich weiß jedenfalls noch genau, welche von den Holzdielen im Flur knarren, also denk dran, dass du deine Tür nicht absperrst.«

Ich lachte nervös, weil ich nicht sicher war, ob das ein Scherz sein sollte, nahm mir aber vor, meine Zimmertür auf jeden Fall zu verriegeln, bevor ich ins Bett ging.

In Anbetracht der ganzen Situation hatten wir an diesem Abend überraschend viel Spaß. Außerhalb unseres Hauses wirkte Matt gleich viel entspannter. Zumindest hatte er wieder mehr Ähnlichkeit mit dem Matt, an den ich mich aus früheren Jahren erinnerte. Er war aufmerksam und charmant. Zudem hätte ich blind sein müssen, um die vielen neidischen Blicke nicht zu bemerken, die mir in dem Pub, in dem wir saßen, von diversen anderen weiblichen Wesen zugeworfen wurden.

»Daran hätte ich mich lieber nicht erinnert«, bemerkte ich nach einem weiteren unverhohlenen Was-findet-er-bloß-an-der?-Blick.

Matt tat es mit einem Achselzucken ab, griff nach meiner Hand und hauchte einen Kuss auf die Knöchel.

»Du hast absolut keinen Grund, dir Sorgen zu machen. Du bist für mich die Einzige – immer schon gewesen.«

»Ich mache mir keine Sorgen. Es ist nur unangenehm und auch ziemlich unhöflich.«

Er stand auf. »Ich gehe mal nachsehen, wo die Rechnung bleibt.« Vorher aber drückte er mir noch einen Kuss auf den Scheitel. »Vergiss nicht, ich habe nur Augen für dich.«

Kurz darauf passierte jedoch etwas, das mich am Wahrheitsgehalt dieser Aussage zweifeln ließ.

Matt durchquerte das Restaurant in Richtung Bar, als ein leises Summen am Rand der Tischplatte meine Aufmerksamkeit erregte. Neben unseren leeren Tellern lag sein Handy. Das Vibrieren eines eingehenden Anrufs ließ das benachbarte Besteck klirren. Ich war bereits im Begriff, Matt zurückzurufen, aber irgendein Instinkt ließ mich erst einen Blick auf das Telefon werfen. Auf dem Display blinkte in grünen Neonbuchstaben der Name des Anrufers. Obwohl ich ihn auch verkehrt herum recht gut lesen konnte, drehte ich das Handy trotzdem mit dem Zeigefinger, bis es richtig herum vor mir lag. Cathy. Fünf harmlose Buchstaben. Trotzdem begann bei mir eine Alarmglocke zu bimmeln, die nichts mit dem eingehenden Anruf zu tun hatte.

Warum rief Cathy Matt an? Es wäre nichts dabei gewesen, ihren Anruf entgegenzunehmen, aber mein Bauchgefühl hielt mich davon ab. An den Nachbartischen verdrehten bereits mehrere Gäste den Kopf in meine Richtung. Ich erwiderte ihre Blicke mit einem entschuldigenden Lächeln, ging aber dennoch nicht ans Telefon. Schließlich verstummte es.

Ein, zwei Minuten später kehrte Matt mit meinem Mantel zurück. Nun wäre es an der Zeit gewesen, den Anruf zu erwähnen, den er verpasst hatte, und ihn zu fragen, warum Cathy, die er angeblich schon seit Jahren nicht mehr gesehen hatte, auf seinem Handy anrief. Trotzdem sprach ich ihn nicht darauf an.

Während der Heimfahrt klingelte es erneut. Da wir gerade an einer Ampel standen, zog er mit einer geschmeidigen Handbewegung das Handy aus seiner Tasche und warf einen Blick darauf. Ein schwer zu deutender Ausdruck huschte über sein Gesicht, während er den Anruf wegdrückte. Ich ahnte, dass es erneut Cathy war. Außerdem hörte ich kurz darauf an seinem Ton, dass er log.

»Wer war das?«

»Ach, bloß jemand von der Arbeit. Das kann bis morgen warten.«

Als wir nach Hause kamen, brannte unten noch Licht. Während ich in meiner Tasche nach dem Schlüssel wühlte, nutzte Matt die letzten Augenblicke unserer Zweisamkeit.

»Ich hatte heute einen sehr schönen Abend, Miss Wiltshire.«

Ich versuchte zu lächeln, musste aber die ganze Zeit an seinen seltsamen Gesichtsausdruck von vorhin denken.

»Glaubst du, dein Dad wird mit einer Knarre auf mich losgehen, wenn ich versuche, hier vor der Tür einen Gutenachtkuss von dir zu ergattern?«

Ohne meine Antwort abzuwarten, zog er mich fest an sich und gab mir einen Kuss, der mir unter anderen Umständen weiche Knie beschert hätte. Als wir uns wieder voneinander lösten, waren seine Augen dunkel vor Verlangen. Er hatte offenbar nicht mitbekommen, dass meine Gedanken während unserer Umarmung zu ganz anderen Dingen abgeschweift waren.

Ich schloss die Tür auf, und wir traten ein.

In der Diele flüsterte Matt mir schelmisch ins Ohr: »Vergiss nicht, was ich über deine Schlafzimmertür gesagt habe.«

Als ich endlich in meinem Zimmer war, merkte ich, wie ausgelaugt ich mich nach diesem langen, anstrengenden Tag fühlte. Ich streifte meine Schuhe ab und ließ mich auf das alte, schmale Bett fallen. Nun, da ich seit der katastrophalen Nacht mit Jimmy zum ersten Mal allein war, begannen die Ränder des Siegels, mit dem ich alle Gedanken und Gefühle tief in mir verschlossen hatte, weich zu werden. Doch es gab so viele Dinge, mit denen ich mich auseinandersetzen musste, so viele widerstreitende Gefühle, dass ich mich regelrecht überfordert fühlte. Die Tatsache, dass ich gleich im Anschluss an den Schmerz und die Demütigung, die ich wegen Jimmys Zurückweisung empfunden hatte, gezwungen gewesen war, Matt abzuwehren, der sich verständlicherweise wunderte, wieso ich seine Zärtlichkeiten nur zögerlich erwiderte – das war einfach alles zu viel für mich.

Um das Chaos in meinem Kopf zu beruhigen, begann ich, mein Zimmer und meine Habseligkeiten aufzuräumen. Schließlich griff ich nach der kleinen Reisetasche, die ich mit nach London genommen hatte. Ich zog den Reißverschluss auf und kippte den Inhalt auf die Bettdecke. Nach wenigen Minuten waren die Sachen verstaut, einzig das Baumwollnachthemd lag noch auf meinem Bett. Ich griff nach dem Kleidungsstück und beschloss, es eine weitere Nacht zu tragen, doch in dem Augenblick, als ich den weichen Stoff berührte, flammte vor meinem geistigen Auge ein sehr lebendiges Bild auf: Statt in meinem eigenen Zimmer befand ich mich plötzlich wieder im Hotel. Ich konnte Jimmys warme Lippen auf den meinen spüren, und zwar so deutlich, als stünde er leibhaftig vor mir. Ich hatte nie daran geglaubt, dass man durch das Berühren eines Gegenstandes dessen Geschichte wahrnehmen konnte – ich glaubte überhaupt nicht an solche Sachen –, doch nun erlebte ich noch einmal in sämtlichen quälend schönen Einzelheiten, wie Jimmy mir langsam das Nachthemd auszog. Ich erlebte außerdem erneut, wie ich mein Herz einer Wahrheit öffnete, die ich so lange geleugnet hatte, und wie ich kurz darauf alle Hoffnung verlor.

Ich stieß einen wütenden Schrei aus und schleuderte das Nachthemd auf das Bett zurück. Selbstverständlich handelte es sich nur um ein schlichtes Stück Stoff, aber mir kam es so vor, als hätten Jimmys heiße Fingerspitzen fast so etwas wie Brandflecke auf dem zarten Material hinterlassen. Für mich würde dieses Kleidungsstück auf ewig gezeichnet sein, und ich bezweifelte, dass ich es jemals wieder tragen würde.

In dieser Nacht träumte ich erneut heftig. Mein Unterbewusstsein befand sich genauso in Aufruhr wie mein Geist im Wachzustand. Auch in meinem Traum schlief ich – allerdings nicht im Zimmer meiner Kindheit, sondern an irgendeinem fremden Ort, den ich nicht kannte. Mein Dad war da. Zumindest befand er sich in der Nähe, so dass seine Stimme an mein Ohr drang, auch wenn ich nicht verstehen konnte, was er sagte. Ich war mir im Traum bewusst, dass ich eine Verabredung einzuhalten hatte, wusste allerdings nicht, welcher Art diese Verabredung war. Vielleicht handelte es sich um meinen Termin bei dem Amnesie-Spezialisten, vielleicht auch um etwas völlig anderes. Doch der Traum war von der düsteren Vorahnung geprägt, ich könnte verschlafen und den lebenswichtigen Termin verpassen.

Ich kannte diese Art von Träumen, wenn wichtige Ereignisse wie Prüfungen oder Urlaubsreisen bevorstanden, doch diesmal war alles sehr viel beängstigender.

Ich durfte einfach nicht verschlafen. Ich wusste, dass es katastrophale Folgen haben würde, wenn ich die Verabredung versäumte, und dass sie nicht zu verschieben war. Wie zur Bekräftigung konnte ich hören, wie mein Vater meinem träumenden Ich zuflüsterte: »Zeit aufzuwachen, Rachel, es ist Zeit aufzuwachen.«

Ich hätte ihm so gern geantwortet und ihn wissen lassen, dass ich ihn hörte, aber der Schlaf hielt mich fest umfangen, und ich konnte seine Fesseln nicht abschütteln. Meine Unfähigkeit aufzuwachen begann mir Angst zu machen, und mein Herz raste vor Frustration.

Das Piepen drang in meinen Traum wie kleine scharfe Nadelstiche. Es schnitt durch den Nebel des Schlafes, mit einem scharfen, beharrlichen Ton, der danach verlangte, nicht ignoriert zu werden. Was war das für ein Ton? In meinem Traum konnte ich ihn deutlich hören, und als mich der Schlaf langsam aus seinen Fesseln entließ, wurde mir klar, dass es sich um einen Alarm handelte. Während ich mich endgültig wachblinzelte, hörte ich das Piepen immer noch. Benommen tastete ich auf dem Nachttisch herum. Bestimmt stand dort ein Wecker, den ich mir vor dem Schlafengehen versehentlich gestellt hatte. Doch meine suchende Hand fand keinen Wecker.

Ich hob den Kopf vom Kissen. Der Nebel lichtete sich ein wenig mehr, und ich merkte, dass das Piepen immer schwächer wurde, bis es schlagartig verstummte. Immer noch ganz durcheinander von meinem Traum, blinzelte ich in die Dunkelheit, als mir der vertraute Duft des Rasierwassers in die Nase stieg, das mein Vater am liebsten benutzte. Dieser Duft weckte mich augenblicklich. Es war nicht das erste Mal, dass ich in der Nacht diesen Duft roch, doch mein Vater hatte mir versichert, er würde nachts nicht nach mir sehen. Was hatte das dann zu bedeuten? War es möglich, sich einen Duft einzubilden?

Meine verwirrten Gedanken wurden plötzlich von einem Geräusch unterbrochen, das vom Flur kam. Ich erstarrte. Angestrengt lauschte ich, ob es noch einmal zu hören war. Und da war es: das schwache Knarren von Bodendielen. Dort draußen war jemand. Ein weiteres Knarren, ein weiterer Schritt auf den verräterischen Dielen. Dann sah ich in dem schwachen Mondlicht, das durch die dünnen Vorhänge hereinfiel, wie die Türklinke langsam nach unten gedrückt wurde. Die Tür ächzte leise, als sich jemand dagegenlehnte, doch sie ließ sich nicht öffnen. Die Klinke wurde losgelassen und erneut heruntergedrückt – dieses Mal mit genug Kraft, um die Scharniere knirschend protestieren zu lassen. Trotzdem hielt das Schloss stand.

Ich hielt den Atem an und biss mir nervös auf die Lippe, während ich mich gleichzeitig fragte, wie oft er es wohl noch probieren würde und wie massiv das Schloss war. Verrückterweise hatte ich das Gefühl, dass es mir fast lieber gewesen wäre, wenn sich ein Dieb im Haus aufgehalten hätte und nicht mein Verlobter.

»Rachel?«, flüsterte Matt hinter der Tür. »Rachel, bist du wach? Rachel?«

Es kam mir vor, als würde die Zeit stillstehen. Lange konnte ich die Luft nicht mehr anhalten, und wenn er nicht bald aufgab, würde er bestimmt hören, wenn ich laut nach Luft rang oder vor Sauerstoffmangel ohnmächtig wurde. Zum Glück traf nichts davon ein, und kurz darauf hörte ich, wie sich seine Schritte in Richtung Gästezimmer entfernten.

Als ich am nächsten Morgen in die Küche kam, saß er bereits fertig angezogen am Tisch, eine leere Kaffeetasse und eine aufgeschlagene Zeitung vor sich.
»Guten Morgen«, begrüßte ich ihn leichthin und drückte ihm sicherheitshalber noch ein Küsschen auf die Wange.
»Gut geschlafen?«, erkundigte er sich höflich.
Ich kehrte ihm den Rücken zu und goss mir eine große Tasse Kaffee ein. »Ja, sogar sehr gut. Ich bin gestern Abend sofort eingeschlafen. Kaum hatte mein Kopf das Kissen berührt, war ich auch schon weg.«
Hör auf, Rachel, warnte mich eine innere Stimme. Ich durfte es nicht übertreiben, sonst klang ich nicht glaubwürdig.
Dieser Meinung war er anscheinend auch. »Du hast also nicht gehört, dass ich an deiner Tür war?«
Ich hielt den Blick gesenkt und rührte gleichzeitig so heftig in meinem Kaffee, dass ich Gefahr lief, Keramikstücke aus der Tasse zu schlagen. »Nein. Warum, ist etwas passiert?«
Er schwieg so lange, dass ich am Ende doch nicht anders konnte, als den Blick zu heben.
»Ich wollte zu dir.«
»Oh.« Da er offenbar mehr von mir hören wollte, fügte ich hinzu: »Ich hatte das gestern für einen Spaß gehalten.«
Definitiv nicht die richtige Antwort.
Sein Schweigen zwang mich zum Weitersprechen. »Aber das wäre doch sowieso nicht gegangen. Immerhin schläft mein Vater im Zimmer nebenan.«
»Das hat uns früher auch nie abgehalten.«

Er hatte recht. Ich konnte mich erinnern, dass wir als Teenager des Öfteren den Gang entlanggeschlichen waren. Damals hatten der Nervenkitzel und das Risiko, erwischt zu werden, das Ganze nur noch interessanter gemacht.
»Manches ändert sich eben. Inzwischen sind wir älter. Außerdem bin ich immer noch ziemlich durcheinander. Du hast gesagt, du verstehst das. Du hast gesagt, du hättest Geduld.«
Wenn er in dem Moment auch nur ein wenig beschämt gewirkt hätte, wäre ich wahrscheinlich nicht so streng mit ihm gewesen. Er konnte schließlich nicht mit Sicherheit wissen, dass ich wach gewesen war.
Er griff nach der Zeitung und faltete sie ordentlich zusammen, ehe er sagte: »Ich glaube, ich bin ausgesprochen geduldig, Rachel. Aber ich bin auch nur ein Mann. Erst haben wir eine richtige Beziehung wie zwei erwachsene Menschen, und dann kannst du dich auf einmal an nichts mehr erinnern und versteckst dich nachts hinter einer verschlossenen Tür vor mir.«
Verdammt. Er hatte also doch gemerkt, dass ich wach gewesen war. Warum fragte er mich dann erst so scheinheilig aus? Ich war plötzlich richtig wütend auf ihn.
»Tja, es tut mir sehr leid, dass der Überfall auf mich deinen Lebensplan so schrecklich durcheinanderbringt. Das war ganz bestimmt nicht meine Absicht. Soll ich mich auch gleich für die Amnesie entschuldigen, wenn wir schon mal dabei sind? Oder soll ich sagen, wie leid es mir tut, dass ich keinen Sex mit einem Mann haben möchte, den ich meinem Gefühl nach erst vor ein paar Tagen kennengelernt habe?«
Als ihm dämmerte, dass ich ihn immer noch als Fremden empfand, verzog sich sein attraktives Gesicht vor Schmerz und Bedauern. Er kam zu mir, und ich gestattete, dass er mich in den Arm nahm, konnte mich aber nicht entspannen und ließ ihn das auch spüren.

»Es tut mir leid«, flüsterte er mir ins Haar. »Es ist nur so schwer, dich zu sehen, zu lieben und zu begehren und gleichzeitig zu wissen, dass du nicht so empfindest.«
Er klang so aufrichtig, dass der Großteil meiner Wut von einer Welle aus Gewissensbissen weggespült wurde. Ich konnte mich nicht daran erinnern, ihn als erwachsene Frau geliebt zu haben, aber das war nicht seine Schuld. Vor meinem geistigen Auge tauchte das Foto von uns beiden am Eiffelturm auf. Auch wenn ich mich an das Gefühl nicht erinnern konnte, bestand doch kein Zweifel daran, dass ich damals, als jemand dieses Foto von uns geschossen hatte, bis über beide Ohren in Matt verliebt gewesen war. Mit einem leisen Stöhnen zwang ich mich, mich zu entspannen, und legte sogar die Arme um Matts muskulösen Oberkörper, um ihn an mich zu ziehen.
»Es tut mir leid. Ich werde mir mehr Mühe geben, wirklich. Lass mir nur noch ein bisschen Zeit, um wieder ... gesund zu werden.« Mein Herz setzte für einen Schlag aus. Beinahe hätte ich gesagt, *um über Jimmy hinwegzukommen!*
Matt hob mein Kinn an, wie er es schon als Teenager getan hatte. »Lass dir aber nicht zu lange Zeit, ja?«
Dann küsste er mich leidenschaftlich, als wollte er mir zeigen, was ich verpasste. Und ich erwiderte seinen Kuss, weil ich mich schuldig fühlte – weil ich ihn früher mal geliebt hatte und weil ... weil er Matt war.
Ein paar Minuten nachdem mein Vater mit einem gemurmelten »Hrrmpf« die Küche betreten und unserer Umarmung ein unsanftes Ende gesetzt hatte, machte Matt eine überraschende Ankündigung. Er sah mich dabei entschuldigend an. »Es tut mir wirklich leid, Rachel, aber ich muss leider schon heute zurück nach London und nicht erst morgen.«
Ich hatte immer noch ein schlechtes Gewissen, so dass meine Antwort nach aufrichtigem Bedauern klang. »Muss das wirk-

lich sein? Ich dachte, wir wollten den Tag zusammen verbringen.«
Obwohl sein Blick reumütig wirkte, geriet er nicht ins Wanken.
»Bei der Arbeit hat sich etwas Wichtiges ergeben, das muss ich unbedingt heute klären.«
»An einem Samstag?«
»Du weißt doch, dass ich oft auch am Wochenende arbeiten muss.«
»Ehrlich gesagt weiß ich das nicht. Amnesie, vergessen?« Ich hätte es dabei belassen können, doch irgendwas in seinen Augen aktivierte meine weibliche Intuition. »Hat es etwas mit dem Anruf von gestern zu tun?«
Er starrte mich verblüfft an, dann huschte ein Schatten über sein Gesicht, gefolgt von einem Ausdruck des Bedauerns. »Ja, in der Tat. Es gibt ein Problem, um das ich mich kümmern muss. Das kann leider nicht bis Montag warten. Du machst dir heute einen gemütlichen Tag mit deinem Dad, und ich rufe dich am Abend an, ja?«
Zehn Minuten später brach er auf. In der Diele gab er mir einen Abschiedskuss und schüttelte meinem Vater die Hand. Wir standen in der offenen Tür und sahen zu, wie sein blitzender Wagen mit quietschenden Reifen davonbrauste.
»Wie schade, dass er schon wieder aufbrechen musste«, sagte mein Vater.
Ich wusste, dass es ihm in Wahrheit kein bisschen leidtat, und musterte ihn streng, während ich mich gleichzeitig fragte, wie viele Lügen ich mir wohl noch anhören musste.

Der Rest des Tages verlief unspektakulär. Eine Stunde lang versuchte ich, die Katze meines Vaters dazu zu bringen, mich zu mögen, eine weitere Stunde überlegte ich, welche dringende

Cathy-Krise so plötzlich Matts Anwesenheit in London erforderlich gemacht hatte, und den Rest der Zeit bemühte ich mich, möglichst nicht an Jimmy zu denken. Der einzige Lichtblick des Tages war ein Anruf von Sarah, die gerade von ihrer Hochzeitsreise zurückgekehrt war. Sie und David verbrachten die Nacht bei ihren Eltern, aber wir vereinbarten, uns am nächsten Tag zum Mittagessen zu treffen, bevor sie und ihr Mann nach Harrogate zurückkehren würden.

An diesem Abend schlief ich voller Vorfreude ein und wurde ausnahmsweise einmal nicht von Träumen heimgesucht.

9

Wir hatten uns vor einem kleinen Restaurant an der Hauptstraße verabredet, und wie üblich traf ich lange vor Sarah dort ein. Es war über Nacht noch kälter geworden. Ich trug einen warmen Schal und Handschuhe, doch die Schnee verheißende Dezemberluft peitschte mir ins Gesicht und gegen die Beine.
Dann kam Sarah, und zusammen mit ihr quollen Wärme und Sonnenschein aus dem Taxi. Schlagartig fühlte ich mich in unsere Jugendzeit zurückversetzt. Sarah nahm mich so heftig in den Arm, als wollte sie mir die Rippen brechen, was für ein Persönchen, das rund fünfzehn Zentimeter kleiner war als ich, durchaus eine Leistung war. Es dauerte eine ganze Weile, bevor wir uns wieder voneinander lösten.
Danach schauten wir uns beide mit vor Tränen glänzenden Augen an und brachen in Gelächter aus – die einzige Chance, uns ein längeres sentimentales Geheule zu ersparen.
»Wie geht es dir, meine Schöne?«
Ich konnte nicht gleich antworten, denn der alte Gruß bescherte mir einen dicken Kloß im Hals, und ich vergrub mein Gesicht erneut an ihrer Schulter. Ein paar Passanten starrten uns befremdet an, doch das war uns völlig egal.

»Ich bin noch am Leben, wenn auch leicht verrückt.« Ich fand, dass das meine gegenwärtige Situation recht treffend auf den Punkt brachte.

»Also alles beim Alten«, entgegnete sie, während sie sich bei mir unterhakte und auf das Restaurant zusteuerte. »Sehen wir zu, dass wir ins Warme kommen, dann kannst du mir alles erzählen.« Spitzbübisch fügte sie hinzu: »Hast du übrigens gewusst, dass es hier im Moment wirklich viel kälter ist als auf Saint Lucia?«

Wir warteten, bis wir einen Sitzplatz und unsere Getränke erhalten hatten, bevor wir ein richtiges Gespräch begannen. Als es endlich so weit war, legten wir beide gleichzeitig los.

»Also wie geht es dir wirklich, ist dein Gedächtnis inzwischen zurückgekehrt?«

»Erzähl mir alles über eure Hochzeitsreise!«

Wir mussten abermals lachen und erst einmal klären, wer von uns anfangen durfte.

»Tut mir leid«, sagte Sarah, »aber ich finde, meine Anfrage zum Thema Kopfwunde und Amnesie hat auf jeden Fall Vorrang.«

»Also gut«, antwortete ich lächelnd. »Was willst du zuerst hören? Von dem Überfall, an den ich mich nicht erinnern kann, oder die ganzen pikanten Details, die danach passiert sind?«

Auf Sarahs sonnengebräuntem Gesicht breitete sich ein freudiges Grinsen aus. »Die pikanten Details natürlich!« Doch bevor ich loslegen konnte, änderte sie ihre Meinung. »Ach, weißt du, eigentlich will ich alles von Anfang an hören, jedes noch so kleine Detail.«

»Das könnte eine Weile dauern«, gab ich zu bedenken. »Wolltest du nicht heute Nachmittag mit David einen Zug erwischen?«

Sie zuckte mit den Achseln, als sei das nicht der Rede wert. »Wenn ich nicht auftauche, muss er eben ohne mich fahren.

Wir sind ja erst so kurz verheiratet – wahrscheinlich fällt es ihm gar nicht auf, wenn ich nicht komme!«

Das bezweifelte ich sehr. Trotzdem erfüllte ich ihr den Wunsch. Nachdem ich einen großen Schluck von meinem Wein genommen hatte, erzählte ich ihr alles, was mir seit dem Abend ihres Junggesellinnenabschieds zugestoßen war.

Sie hörte aufmerksam zu und unterbrach mich nur hin und wieder, wenn sie etwas genauer wissen wollte. Außerdem war sie von meiner Alternativrealität viel mehr fasziniert als alle anderen, denen ich bisher davon erzählt hatte.

»Wie war *ich* denn in deiner anderen Vergangenheit? Bitte sag: groß, dünn und schön. Oder nein, mir fällt etwas noch viel Besseres ein: Sag mir, dass Cathy fett und hässlich geworden ist. Das wäre doch wirklich mal was.«

Ich lachte. »Tut mir leid, wenn ich dich enttäuschen muss, aber Cathy war sogar noch umwerfender als zu unserer Jugendzeit – allerdings auch viel fieser, das muss ich schon sagen.«

Sarah verzog die Lippen zu einem ironischen Lächeln. »Das glaube ich dir gern.«

Ich musterte sie nachdenklich. Sie hatte noch nie ein Blatt vor den Mund genommen, wenn es um Cathy ging. Da ich ihr die Ereignisse in chronologischer Reihenfolge erzählte, war ich noch nicht bei Cathys Anruf auf Matts Handy zu sprechen gekommen. Bestimmt hatte Sarah zu diesem Thema einen recht gesalzenen Kommentar auf Lager.

»Demnach war dieses andere Leben, das du zu führen glaubtest, also total schrecklich? Alle waren krank oder entstellt oder tot? Und all die guten Sachen in deinem Leben waren gar nicht geschehen – habe ich das richtig verstanden?«

»So könnte man es auf den Punkt bringen, ja.«

»Und trotzdem hast du versucht, alle davon zu überzeugen, dass du wieder dahin zurückmusst?«

»Na ja, irgendwie schon.« Mir war klar, worauf sie hinauswollte.
»Dann haben die anderen recht. Du *bist* verrückt. Hat dir denn nie jemand gesagt, dass Fantasiewelten besser sein sollten als die reale – und nicht hundertmal schlimmer?«
Einzig und allein Sarah brachte es fertig, mich auf eine Art und Weise für wahnsinnig zu erklären, als sei es nur ein kleiner charmanter Tick.
»Ich weiß, was du meinst. Trotzdem wollte ich anfangs ›zurück‹ in meine ›richtige‹ Realität, wenn man das so nennen kann. Zumindest habe ich es so empfunden. Inzwischen ist das anders – seit einem ganz bestimmten Abend.«
»Oh, gibt es Neuigkeiten von Matt?«
»Nein, von Jimmy.«
Ich schwöre, dass Sarah unter ihrer braunen Haut für einen Moment blass wurde. Gleichzeitig riss sie ungläubig die Augen auf.
»Entschuldigung.« Sie hielt einen vorbeikommenden Kellner am Arm fest. »Würden Sie uns bitte eine Flasche hiervon bringen?« Sie deutete auf unsere fast leeren Weingläser. »Ich habe das Gefühl, wir werden mehr davon brauchen.«
Ich weiß selbst nicht, welche Reaktion ich erwartete, nachdem ich ihr von dem Vorfall im Hotel erzählt hatte. Vielleicht rechnete ich damit, dass sie geschockt oder sogar enttäuscht war, weil ich so schnell bereit gewesen war, Matt zu betrügen. Womit ich definitiv nicht gerechnet hatte, war ihre uneingeschränkte Zustimmung.
»Das wurde aber auch langsam Zeit!«
»Wie bitte?«
»Du hast mich schon verstanden.«
»Ja, aber hast *du* mich verstanden? Er hat mir einen Korb gegeben. Er war ganz einfach nicht interessiert. Und am nächsten

Tag konnte er mir kaum in die Augen sehen. Nenn mich ruhig verrückt, aber in all meinen anderen Leben ist das ein ziemlich klarer Fall von ›Ich will das nicht‹.«
»Pff«, schnaubte Sarah, »das hat gar nichts zu bedeuten! Für Jimmy bist du die einzige Frau auf der Welt – immer schon gewesen.«
»Du warst nicht dabei, Sarah. Du hast seinen abweisenden Blick nicht gesehen. Er konnte gar nicht schnell genug von mir wegkommen.«
»Hast du ihn am nächsten Tag darauf angesprochen? Als ihr nach Hause gefahren seid?«
»Nein«, antwortete ich betrübt. An diese schreckliche Autofahrt mochte ich gar nicht denken. »Wir haben uns beide nicht getraut, das Thema zur Sprache zu bringen. Es war einfach zu peinlich – zu demütigend.«
Sarah schüttelte den Kopf. »Bestimmt steckt mehr dahinter, davon bin ich überzeugt. Jimmy würde sich niemals so verhalten, und schon gar nicht dir gegenüber. Ich weiß, du hast ihn in den letzten Jahren nicht viel zu sehen bekommen, aber was das betrifft, kannst du mir ruhig vertrauen: Er ist immer noch genauso in dich verschossen wie zu unserer Schulzeit.«
»Du irrst dich«, widersprach ich störrisch.
»Abwarten.«
Wir waren, was dieses Thema betraf, in einer Sackgasse angelangt. Also kamen wir endlich – und aus meiner Sicht zum Glück – auf sehr viel unkompliziertere Themen wie Sarahs Hochzeit und die Flitterwochen zu sprechen. Auf dem Weg zum Restaurant hatte sie einen kurzen Zwischenstopp eingelegt, um die Hochzeitsfotos abzuholen, und sobald unsere Teller abgeräumt waren, breitete sie das große Album auf dem Tisch aus.

Für mich hatte noch nie eine Braut schöner, glücklicher und strahlender ausgesehen als Sarah an jenem Tag. Während ich die schweren, mit Prägungen verzierten Seiten des Albums umblätterte, überwältigte mich ein heftiges Gefühl von Melancholie, weil es mir nicht vergönnt gewesen war, diesen Moment mit ihr zu teilen. Offenbar erriet sie meine Gedanken oder bemerkte das Bedauern, das aus meinem Lächeln sprach.

»Als wir erfuhren, was mit dir passiert war, hätte ich die Hochzeit am liebsten verschoben«, erklärte sie leise, »aber dein Dad und Matt wollten davon nichts hören.«

»Das war ganz in meinem Sinne. Ich wäre fuchsteufelswild geworden, wenn ihr das getan hättet.«

Ich blätterte weiter. Nun kamen die Fotos vom Empfang. Ich bewunderte die schöne Tischdekoration. Die tiefroten Blumengestecke passten perfekt zu den purpurfarbenen Schleifen, die um die Rückenlehnen der Stühle geschlungen waren.

»Das sieht alles so schön aus«, murmelte ich.

Auf den nächsten Seiten folgten Fotos von den Gästen, aufgenommen nach dem Essen. Aus mehreren Gruppenfotos blickte mir Matts markantes Gesicht entgegen. Jimmy entdeckte ich auch, allerdings immer im Hintergrund. Er lächelte nie so direkt in die Kamera wie mein Verlobter. Natürlich entging mir nicht, dass Cathy ebenfalls zu sehen war, und zwar nie weit von Matt entfernt. Ich hielt inne, um ihr wunderschönes Gesicht zu betrachten, und spürte, dass Sarah mich beobachtete.

»Sie sah natürlich umwerfend aus in ihrem knallengen Kleid. Bestimmt hat sie sich hineinnähen lassen!«

Ich lachte. Das dunkelrote Kleid, das Cathy trug, spannte sich tatsächlich wie eine zweite Haut um ihren Körper.

»Ich glaube, sie wollte mir die Schau stehlen.«

»Keine Chance«, versicherte ich Sarah, aber nachdem ich umgeblättert hatte und Cathy an Matt geschmiegt entdeckte, dieses Mal auf der Tanzfläche, konnte ich mir die Frage nicht verkneifen: »Hat sie den ganzen Abend so an ihm geklebt?«

Sarah zuckte mit den Achseln, als wüsste sie es nicht, doch mir konnte sie nichts vormachen.

»Lieber Himmel, sie versucht es wirklich mit allen Mitteln, nicht wahr?«

»Du kennst doch Cathy.«

Ich schwieg. Ja, ich kannte Cathy, fragte mich allerdings auch, wie gut ich Matt kannte.

»Außerdem«, fuhr Sarah fort, während sie mir das Album abnahm und energisch zuklappte, »kann sie so viel mit den Wimpern klimpern und mit den Brüsten wackeln, wie sie will, er ist trotzdem mit dir verlobt. Du bist diejenige, mit der er zusammen ist, und zwar schon seit einer Ewigkeit.«

Ich nickte, war mir jedoch nicht sicher, ob ein so kleines Detail Cathy abhalten würde – nicht, wenn sie sich etwas wirklich in den Kopf gesetzt hatte.

»Ich weiß, dass ihr beide seit ein paar Monaten eine schwierige Phase durchmacht, aber du hast mir immer wieder versichert, das sei nur beruflich bedingt, also nichts Ernstes wie damals an der Uni.«

Überrascht richtete ich mich auf. »Wie bitte? Was ist denn an der Uni geschehen? Wovon redest du?«

Sie zog schuldbewusst den Kopf ein, und ihr Blick verriet mir, dass sie krampfhaft überlegte, wie sie sich aus der Zwickmühle wieder hinausmogeln konnte. Als ich noch einmal nachfragte, bemühte ich mich um einen möglichst ruhigen, gelassenen Ton.

»Zwischen dir und Matt kam es damals zu einem schlimmen Streit. Danach wart ihr rund vier Monate getrennt. Das Ganze passierte in unserem zweiten Studienjahr.«

Das war mir in der Tat neu. Matt hatte es offenbar nicht für erwähnenswert gehalten, obwohl er ausreichend Gelegenheit gehabt hätte, es mir zu erzählen, als wir am Vortag über unsere Beziehung sprachen.

»Wir haben uns getrennt? Aber warum denn?«

»Das kann ich dir nicht sagen.«

»Jetzt komm schon, natürlich kannst du!«, entgegnete ich. »Ich werde mich auch ganz bestimmt nicht aufregen oder ausflippen, ich möchte es einfach nur wissen.«

»Nein, so habe ich das nicht gemeint. Ich kann es dir nicht sagen, weil ich es nicht weiß.«

Das wunderte mich. Wie konnte es sein, dass Sarah keine Einzelheiten über einen Vorfall wusste, den ich zu dem Zeitpunkt bestimmt als größere Katastrophe empfunden hatte? Normalerweise erzählten wir uns alles. Da hatte ich ihr doch bestimmt auch über den Streit mit Matt ausführlich berichtet? Nun, ihr zufolge nicht. Sie fügte hinzu, sie habe mich deswegen zwar viele Male gelöchert, doch ich hätte mich standhaft geweigert, ihr Genaueres zu erzählen.

»War ich sehr sauer auf ihn?«, hakte ich nach.

»O ja, extrem sauer. Trotzdem konnte ich dir keine Details entlocken. Und glaub mir, ich habe es wirklich versucht!«

Bei der Vorstellung, welche perfiden Taktiken sie dabei wahrscheinlich angewendet hatte, musste ich lachen.

Sie wackelte vor meiner Nase mit dem Zeigefinger hin und her. »Und genau das ist der Grund, warum man vor seiner besten Freundin keine Geheimnisse haben sollte. Weil man nämlich nie weiß, ob man nicht eines Tages das Gedächtnis verliert und sie dann dringend bräuchte, um die Lücken zu füllen!«

Um uns herum begann sich das Restaurant zu leeren. Als ich einen Blick aus dem Fenster warf, sah ich, dass es draußen schon fast dunkel war und der Himmel schiefergrau. Es gab noch so vieles, was ich mit Sarah besprechen wollte, doch uns war die Zeit davongelaufen. Wir bezahlten, und um noch ein Weilchen zusammen sein zu können, beschloss ich, Sarah zum Taxistand zu begleiten.

Wir standen an der Kreuzung, als es passierte. Die Fußgängerampel schaltete auf Grün, und Sarah hatte bereits einen Schritt auf die Straße getan, als ich die Sirene hörte. Seltsamerweise klang sie nicht weit entfernt, sondern so laut und schrill, als sei das Einsatzfahrzeug schon ganz nahe, doch sehen konnte ich es nicht. Trotzdem war die Luft erfüllt vom Klang der Sirene, einem dissonanten, aus zwei Tönen bestehenden Heulen, dessen Schall von den Gebäuden zurückgeworfen wurde. Ich schaute mich weiter suchend nach dem Einsatzwagen um, sah aber nur, dass die anderen Fußgänger trotz allem Anstalten machten, die Straße zu überqueren. Erst später sollte mir klarwerden, wie sehr die Situation derjenigen aus meinem Traum ähnelte: jenem Traum, in dem ich ebenfalls als Einzige das nahende Unheil bemerkte, während alle anderen nichts davon mitbekamen. Im Moment aber wurde mein ganzes Denken davon beherrscht, dass ich Sarah vor der drohenden Gefahr zurückreißen musste. Die Sirene war inzwischen so ohrenbetäubend laut, dass ich meinen eigenen Warnruf kaum hörte, während ich Sarah am Jackenärmel packte und sie zurück auf den Gehsteig zerrte. Ich rechnete fest damit, dass das Einsatzfahrzeug nur wenige Zentimeter von uns entfernt vorüberdonnern würde, doch wider Erwarten blieb die Straße frei.

Die anderen Fußgänger, die zusammen mit Sarah losgegangen waren, hatten es inzwischen heil auf die andere Seite geschafft, und Sarah blickte mich verwirrt an.

»Wo sind die bloß hin?«, fragte ich.

Man muss ihr zugutehalten, dass sie nicht allzu erschüttert wirkte. »Wovon sprichst du?«

»Na, von dem Einsatzfahrzeug! Du hast doch die Sirene gehört.« Da sie mich immer noch ratlos anstarrte, fügte ich hinzu: »Du *musst* sie gehört haben. Es klang, als wären sie schon ganz nahe – die Ambulanz oder der Streifenwagen, keine Ahnung ...« Ich brach ab, weil es mir langsam dämmerte. Die Sirene war verstummt. Ein schreckliches Gefühl von Déjà-vu bemächtigte sich meiner. »Du hast sie nicht gehört, oder?«

Sie schüttelte den Kopf.

»Aber das Sirenengeheul war so ohrenbetäubend laut!«

Wieder schüttelte sie langsam den Kopf.

Sie brauchte gar nicht laut auszusprechen, dass niemand außer mir das Geräusch gehört hatte, denn ich konnte es von ihren Augen ablesen.

»Ist das schon öfter passiert?«, fragte sie sanft.

Ich musste an den Wecker denken, der nicht da war, obwohl ich ihn nachts piepen hörte, und auch daran, wie viele Male ich schon das Gefühl gehabt hatte, das Rasierwasser meines Vaters zu riechen – so intensiv, als sei ich von einer Duftwolke umhüllt.

»Es ist tatsächlich schon ein paar Mal vorgekommen«, räumte ich zögernd ein, »dass ich etwas gehört oder sogar gerochen habe, obwohl ...« Die Worte erstarben mir im Hals.

»Das musst du unbedingt dem Arzt sagen, wenn du diese Woche deinen Termin hast«, drängte sie mich.

Sie hatte recht, auch wenn es mir sehr widerstrebte, meiner ständig länger werdenden Liste unerklärlicher Symptome noch ein weiteres hinzuzufügen.

»Vielleicht ist das ja bei Amnesiefällen ganz normal«, meinte Sarah. Als sie meinen düsteren Blick bemerkte, versuchte sie es mit einer anderen Erklärung. »Oder du verfügst, seitdem du dich am Kopf verletzt hast, über unglaublich scharfe Sinne und kannst jetzt Sachen hören und riechen, die wir anderen nicht wahrnehmen.«

»Du meinst, wie ein Hund?«

Lachend nahm sie mich in den Arm. »Ja, aber ein richtig hübscher reinrassiger!«

Die Worte von Doktor Andrews folgten mir die Marmortreppe der Klinik hinunter und die noble Londoner Straße entlang, wo sich eine Arztpraxis an die nächste reihte. Sie beschäftigten mich auch dann noch, als ich in die Einkaufsstraße einbog, wo es nur so von Leuten wimmelte, die ihre Weihnachtseinkäufe machten. Natürlich konnte ich nicht erwarten, dass ein einziger Gesprächstermin mir eine einfache Lösung für all meine Probleme lieferte. Trotzdem hatte ich zumindest auf ein paar Antworten gehofft.

Die Sitzung war von Anfang an völlig anders verlaufen, als ich erwartet hatte. Die Klinik hatte sich als wesentlich schicker und exklusiver erwiesen als in meiner Vorstellung, die eigentliche Praxis dagegen als weitaus weniger beängstigend: Es gab dort weder eine lederne Behandlungscouch, noch standen irgendwo im Hintergrund Männer in weißen Jacken bereit, um mich bei Bedarf in eine geschlossene Anstalt zu eskortieren. Sogar Doktor Andrews selbst überraschte mich, denn ich hatte es mit einer Frau zu tun, die viel mütterlicher und herzlicher war als der Seelenklempner, mit dem ich gerechnet hatte. Sie erwies sich einerseits als so professionell, dass ich ihr offen alles erzählte, was meine gestörte Wahrnehmung der vergangenen fünf Jahre betraf, andererseits aber auch als so lieb und freundlich, dass ich das Gefühl hatte, nichts von dem, was ich ihr berichtete, sei so seltsam, dass sie deswegen den Alarmknopf drücken würde, den es mit Sicherheit irgendwo in ihrer Praxis gab.

Ich hatte nicht erwartet, dass es sich bei unserem Gespräch nur um die erste von vielen Sitzungen handelte, in denen wir gemeinsam versuchen würden, meine Vergangenheit wieder zusammenzupuzzeln. Ich hatte mich all den medizinischen Tests und Prozeduren unterzogen, die nötig waren, war aber dennoch am Boden zerstört, als ich begriff, dass es keine schnelle Lösung geben würde – keine Zauberpille. Insgeheim hatte ich gehofft, ein Medikament oder eine Behandlungsmethode angeboten zu bekommen, die meine eingebildete Vergangenheit auslöschen und dafür sorgen würde, dass meine neue Realität sich für mich besser anfühlte, nämlich ... nun ja, eben real. Was diese Hoffnung betraf, hatte Doktor Andrews mich freundlich, aber bestimmt meiner Illusionen beraubt.

Ihre Antwort auf meine letzte Frage, die mir nun wie ein Schatten durch die belebten Londoner Straßen folgte, war zumindest ehrlich gewesen: »Rachel, ich kann Ihnen nicht sagen, wann Ihr Gedächtnis zurückkehren wird. Es könnte morgen passieren oder nächste Woche, es könnte aber auch wesentlich länger dauernd. Außerdem muss ich Sie darauf hinweisen, dass es zwar äußerst selten vorkommt, in Ausnahmefällen aber dennoch möglich ist, dass die Erinnerung an die verlorene Zeitspanne gar nicht zurückkehrt, sondern für immer verloren bleibt.«

Für immer verloren. Diese Worte verfolgten mich wie ein gespenstisches Echo, während ich benommen durch die eisig schimmernden Straßen der Hauptstadt lief.

Allerdings war nicht die ganze Sitzung so niederschmetternd gewesen. Doktor Andrews hatte mich beruhigt, was meine seltsamen, eingebildeten Sinneswahrnehmungen betraf. Anscheinend waren akustische und olfaktorische Halluzinationen bei Menschen, die eine Kopfverletzung erlitten hatten, keineswegs ungewöhnlich. Als ich sie fragte, warum das, was ich riechen und hören konnte, so spezifisch war, hatte sie auch dafür eine plausible Erklärung: Ihrer Meinung nach hatte das Rasierwasser meines Vaters für mich eine ganz persönliche Bedeutung, offenbar verband ich damit Sicherheit, und da über den Geruchssinn oft Erinnerungen wachgerufen wurden, vermutete die Ärztin, dass die Halluzination wahrscheinlich ein Gefühl von Geborgenheit widerspiegelte, das ich als Kind empfunden hatte, wenn mich mein Vater auf dem Arm hielt. Ihre Theorie bezüglich der eingebildeten Sirenen war prosaischer: Sie ging davon aus, dass ich, als ich nach dem Überfall ins Krankenhaus gebracht wurde, nicht völlig bewusstlos war, so dass sich die Sirene des Krankenwagens irgendwie in mein Gedächtnis eingeprägt hatte und dieses Geräusch nun von Zeit zu Zeit willkürlich aufgerufen wurde, während mein verwirrter Geist sich abmühte, in der Realität Fuß zu fassen. Nicht ganz so sicher war sie hinsichtlich der Frage, wieso ich darüber hinaus auch Wecker hörte, die gar nicht existierten, beruhigte mich aber, dass wir mit der Zeit all die Rätsel lösen würden. Mit der Zeit.

Ich sollte Geduld haben und der Wahrheit Gelegenheit geben, sich Schritt für Schritt zu enthüllen. Doktor Andrews versicherte mir, dass ich mit jedem zutage tretenden Element in der Lage sein würde, ein vergleichbares Stück meiner eingebildeten Geschichte loszulassen, bis am Ende nur noch die reale Vergangenheit übrig bleiben würde.

Das klang für mich nach einem sehr langwierigen Prozess.

Was mir an Doktor Andrews sehr gut gefallen hatte, war die Tatsache, dass sie nicht gelacht hatte, als ich ihr erklärte, wieso ich anfangs der Meinung gewesen war, zwei völlig verschiedene

Vergangenheiten zu haben. Sie reagierte ganz und gar nicht so wie Jimmy, als ich ihm meine Theorie der Parallelwelten präsentiert hatte. Hastig zog ich einen Schlussstrich unter diesen Gedankengang. Ich hatte mir die ganze Woche nicht gestattet, an Jimmy zu denken, und die Praxis einer Psychiaterin, die sich darauf verstand, verborgenste Gedanken aus einem Menschen herauszukitzeln, war nicht der geeignete Ort, um ins Wanken zu geraten.

Obwohl ich schon seit Tagen nicht mehr mit Jimmy gesprochen hatte, wusste ich, dass er sich regelmäßig bei meinem Vater meldete, denn ich hatte mehrmals mitbekommen, wie Dad hinter verschlossener Tür im Flüsterton mit ihm telefonierte. Obwohl Jimmy scheinbar nicht mehr an einem persönlichen Gespräch mit mir interessiert war, fragte er wohl weiterhin jeden Tag nach, wie es mir ging. Auch wenn sich ein Teil von mir darüber freute, ärgerte sich der andere Teil darüber, dass er lieber mit meinem Vater sprach als mit mir. Es bestätigte meine schlimmsten Befürchtungen: Offenbar war ihm das, was im Hotel zwischen uns passiert war, immer noch so unangenehm, dass er mir weder gegenübertreten noch verzeihen konnte. Ich fragte mich, ob er dazu je wieder in der Lage sein würde.

Da ich es leid war, ständig von Leuten angerempelt zu werden, die es eilig hatten, flüchtete ich in ein kleines Café, wo ich glücklicherweise einen freien Tisch fand. Der Arzttermin war in letzter Sekunde vom späten Nachmittag auf den Morgen vorverlegt worden. Ich hatte nichts dagegen gehabt, den ersten Schnellzug nach London zu nehmen, musste nun aber noch etliche Stunden totschlagen, ehe ich mich mit Matt zum Abendessen traf und er mich anschließend nach Great Bishopsford zurückfuhr. Eigentlich hatte ich vorgehabt, mir die

Zeit in London mit Weihnachtseinkäufen zu vertreiben, doch das Gespräch mit der Ärztin hatte mich mehr mitgenommen als erwartet. Mir war überhaupt nicht danach zumute, mich durch volle Kaufhäuser zu schieben.

Ich warf einen Blick auf meine Armbanduhr. Es war zwar erst später Vormittag, aber möglicherweise hatte Matt ja Zeit für ein frühes Mittagessen. Ich könnte ihm ganz frisch von dem Arzttermin berichten, und vielleicht würde er dann besser verstehen, wieso es mir so schwerfiel, wieder in meine Rolle als Verlobte zurückzufinden. Einem spontanen Impuls folgend, zog ich mein Handy heraus und blätterte das Adressbuch durch, bis ich bei *Matt Büro* angekommen war.

Seine Sekretärin ging bereits beim zweiten Läuten dran. Ihr kühler, geschäftsmäßiger Ton wurde um einiges herzlicher, als sie meine Stimme erkannte. Umgekehrt war das leider nicht der Fall, die ihre klang für mich völlig fremd.

»Oh, Rachel, es tut mir leid, Sie haben ihn knapp verpasst. Er ist vor ungefähr zehn Minuten aufgebrochen, aber Sie treffen sich ja ohnehin gleich in seiner Wohnung zum Mittagessen, nicht wahr?«

»Ähm ...« Ich weiß nicht, warum ich ihr nicht sofort widersprach, doch eine kleine, warnende Stimme hielt mich zurück. Zum Glück hörte ich auf diese Stimme.

»Er müsste in Kürze dort eintreffen, falls er nicht noch irgendwo im Stau steht. Könnten Sie ihm bitte ausrichten, dass es mir möglich war, wie gewünscht alle seine Nachmittagstermine abzusagen?«

»Ach ... gut. Ich sage es ihm.«

»Es war schön, mal wieder mit Ihnen zu reden. Genießen Sie Ihr Mittagessen. Wir sind alle so froh, dass es Ihnen besser geht!«

»Danke …« Ich zermarterte mir das Hirn nach ihrem Namen, aber da er mir beim besten Willen nicht einfiel, bedankte ich mich einfach noch einmal und beendete das Gespräch.
Benommen starrte ich auf das Handy, bevor ich es schließlich zuklappte und wieder in meiner Handtasche verstaute. Es gab hundert verschiedene Gründe, warum Matts Sekretärin missverstanden haben könnte, was er ihr über seine Pläne gesagt hatte. Zum Abendessen waren wir ja tatsächlich verabredet, also war sie vielleicht durcheinandergeraten, als er sie bat, seine Nachmittagstermine abzusagen, und davon ausgegangen, dass wir uns stattdessen zum Mittagessen trafen. Aber warum sollte er dann auf dem Weg in die Wohnung sein? Und die interessanteste Frage lautete sowieso: Was war so dringend, dass ein Workaholic wie Matt mitten am Tag plötzlich alle seine Termine absagte? Denn zum Mittagessen mit mir war er definitiv nicht verabredet.
Ich kann mich nicht daran erinnern, meinen Kaffee ausgetrunken oder die Rechnung bezahlt zu haben, doch da niemand hinter mir herrannte und »Diebin« rief, als ich das Café verließ, hatte ich wohl alles Nötige erledigt.
Es war kein Problem, ein Taxi zu bekommen, doch dann musste ich erst einmal einen Blick in mein Adressbuch werfen, um dem Fahrer Matts genaue Adresse nennen zu können. Während das Taxi durch den Mittagsverkehr kroch, versuchte ich, alle Gedanken aus meinem Kopf zu verbannen und die warnende Stimme zu ignorieren, die mir für den bevorstehenden Überraschungsbesuch einen unerfreulichen Ausgang prophezeite. Ich rief mir ins Gedächtnis, dass ich nicht viel über Matts Arbeitspraktiken wusste. Womöglich war es bei ihm gang und gäbe, mitten am Tag zu verschwinden. *Ja, klar,* amüsierte sich die Stimme.
Schließlich kam das Taxi vor dem exklusiv wirkenden Wohnblock zum Stehen.

»Da wären wir, Hanbury Mansions.«
Ich lächelte steif und zog einen Geldschein aus meinem Portemonnaie. Dabei fiel mir auf, dass meine Hand leicht zitterte. Lächerlich, schalt ich mich selbst. Warum regte ich mich über eine Sache auf, für die es höchstwahrscheinlich eine ganz einfache Erklärung gab? Ich sah neuerdings Geheimnisse, wo gar keine waren. Mein Leben war so schon dramatisch genug, warum wollte ich es noch komplizierter machen?
Beinahe hätte ich den Taxifahrer gebeten umzukehren, doch dann entdeckte ich Matts Wagen, der etwas abseits auf einem Privatparkplatz stand. Aha, er war also *tatsächlich* da. Das hieß natürlich noch gar nichts. Trotzdem bewegte sich meine Hand, die eben noch zögernd über dem Türgriff verharrt hatte, nun entschlossen nach unten, und ich stieg aus.
Während ich den Blick an dem hohen Gebäude aus roten Ziegeln und Glas hinaufschweifen ließ, kam ich abermals ins Wanken. Wie dumm würde ich dastehen, wenn sich das alles als Missverständnis entpuppte? Paranoid traf es wohl eher. Zumindest hatte ich dann wieder etwas zu besprechen, wenn ich mich das nächste Mal mit Doktor Andrews traf. Obwohl ich wusste, dass Matt hundert gute Gründe haben konnte, warum er mitten am Tag nach Hause fuhr – Gründe, die er seiner Sekretärin vielleicht lieber vorenthielt –, sah ich mich dennoch außerstande, den Instinkt zu ignorieren, der mich zu diesem Ausflug bewogen hatte. Mir war klar, dass das, was nun folgen würde, entweder sehr gut oder sehr schlecht ausgehen konnte.
Hinter mir ließ der Taxifahrer den Motor aufheulen und brauste davon. Ich holte tief Luft, straffte die Schultern und marschierte auf das Gebäude zu.
In dem großen, aus einer Glasfront bestehenden Eingangsbereich arbeitete ein uniformierter Portier, der mir höflich die

Tür aufhielt. Erst als ich bereits drinnen war, wurde mir bewusst, dass ich nicht die geringste Ahnung hatte, welche Wohnung Matt gehörte. Die Reihe abschließbarer Briefkästen an der linken Seite des Foyers verriet mir, dass es in dem Gebäude rund zwanzig Wohnungen gab. Die einfachste Lösung wäre gewesen, den uniformierten Angestellten am Empfang zu fragen, welches Apartment denn das von Mister Matt Randall sei, doch dann würde sicherlich das übliche Prozedere folgen – er würde oben anrufen und Besuch anmelden. Wenn ich mich also an den Angestellten wandte, verlor ich definitiv meinen Überraschungsvorteil. Folglich blieb mir nichts anderes übrig, als mich irgendwie an dem Mann vorbeizustehlen und dann auf eigene Faust herauszufinden, welche Wohnung die von Matt war.

Einer plötzlichen Eingebung folgend, zog ich einen Zettel aus der Tasche und tat, als würde ich ihn eingehend studieren. Zum Glück begann genau in dem Moment das Telefon am Empfang zu klingeln. Während der Mann ranging, nutzte ich meine Chance. Den Blick fest auf die Reihe von Aufzügen am hinteren Ende des Foyers gerichtet, eilte ich zielstrebig darauf zu. Ich war schnell, aber nicht schnell genug.

»Entschuldigung.«

Ich ignorierte die Stimme. Geh einfach schnurstracks weiter, als hättest du jedes Recht, hier zu sein, ermahnte ich mich selbst.

»Entschuldigen Sie, Miss!«

Die Stimme klang jetzt lauter, und gegen meinen Willen zögerte ich. Da sich sonst niemand im Foyer aufhielt, war auf jeden Fall ich gemeint. Ich überlegte kurz, ob ich trotzdem weitergehen sollte, aber die Vorstellung, flankiert von zwei kräftig gebauten Sicherheitsleuten aus dem Gebäude geworfen zu werden, war zu viel für mich. Mit einem aufgesetzten Lächeln, von

dem ich hoffte, dass es möglichst unschuldig wirkte, wandte ich mich um. Ein weiterer Sicherheitsmann, den ich bis dahin gar nicht bemerkt hatte, blickte neugierig von dem Stapel Papierkram hoch, den er vor sich liegen hatte.
Der Mann, der mich aufgehalten hatte, zitierte mich mit einer kleinen Bewegung seines Zeigefingers zu sich. Oje, das war mehr als peinlich. Ich warf einen raschen Blick zum Eingang hinüber, der immer noch von Wachmann Nummer drei gesichert wurde. Flucht war definitiv keine Option. Auf wackeligen Beinen steuerte ich lächelnd auf den Empfang zu – krampfhaft bemüht, nicht so schuldbewusst auszusehen, wie ich mich fühlte. Als ich näher kam, entpuppte sich die vermeintlich wütende Miene des Mannes als ein freundliches Lächeln.
»Ja?«, fragte ich in der Hoffnung, dass niemand außer mir hören konnte, wie zittrig meine Stimme klang.
»Haben Sie nicht etwas vergessen?«, entgegnete der Mann.
Ich blinzelte ihn benommen an. Vergessen? Was genau sollte ich denn vergessen haben? Mich am Empfang zu melden? Oder meinte er damit die Tatsache, dass ich nicht in diesem Gebäude wohnte? Da konnte ich ihm weiß Gott Besseres bieten: Ich hatte sogar die ganzen letzten fünf Jahre vergessen.
»Ihren Schlüssel?«, fuhr der Mann fort, als versuchte er, einem kleinen Kind eine Antwort zu entlocken.
»Ähm, ja, natürlich, meinen Schlüssel«, antwortete ich und öffnete meine Tasche, um so zu tun, als würde ich nach einem Schlüssel suchen, den ich gar nicht hatte.
Das Lächeln des Wachmanns wurde noch ein wenig breiter. Er beugte sich über den Tisch und reichte mir einen Wohnungsschlüssel mit einem großen silbernen Anhänger. »Sie haben uns gebeten, Ihren Schlüssel für Mister Randalls Wohnung hier bei uns am Empfang aufzubewahren, Miss Wiltshire«, er-

klärte er in väterlichem Ton. »Auf diese Weise brauchen Sie ihn nicht dauernd mit sich herumzuschleppen.«
Erfreut registrierte ich, dass in den silbernen Anhänger eine Nummer eingraviert war.
Der Wachmann zögerte, als wüsste er nicht so recht, ob seine nächste Bemerkung wirklich angebracht war. »Wir hoffen alle, dass es Ihnen inzwischen wieder besser geht, Miss Wiltshire. Wir haben Sie hier vermisst.«
»Ähm, danke, das ist sehr freundlich von Ihnen.«
Während sich meine Finger fest um den silbernen Anhänger schlossen, lächelte ich die beiden Männer dankbar an. Erst jetzt fiel mir auf, dass der Jüngere der beiden ein wenig nervös wirkte. Sein Blick zuckte hektisch hin und her: von mir zum Schlüssel und dann wieder zu seinem älteren Kollegen.
Als ich mich schließlich umwandte und erneut auf die Aufzüge zusteuerte, vernahm ich hinter mir aufgeregtes Flüstern, gefolgt von einem unterdrückten Ausruf.
Ich drückte den Knopf des Aufzugs.
Hinter meinem Rücken wurde noch hektischer geflüstert. Offenbar versetzte irgendetwas die beiden Männer in helle Aufregung. Auf eine knappe Anweisung hin war das Klacken einer Telefontastatur zu hören.
Wo blieb der verdammte Lift? Genau in dem Moment, als die Wachmänner offenbar erneut zu telefonieren versuchten, kündigte sich mit einem »Ping« der Aufzug an. Ich hörte gerade noch die Worte »immer noch besetzt«, ehe die Tür aufglitt und ich in die Kabine trat.
»Miss Wiltshire!«, rief der ältere Mann, sprang von seinem Platz auf und eilte hinter dem Tisch hervor. Doch er war nicht schnell genug. Die Türen glitten zu, noch ehe er das Foyer halb durchquert hatte.

Matts Wohnung lag im obersten Stockwerk. Ich konnte nur hoffen, dass seine Telefonleitung noch eine Weile besetzt blieb. Mittlerweile glaubte ich zu ahnen, was den Sicherheitsleuten am Empfang solche Sorgen bereitete und warum sie nicht wollten, dass ich in Matts Wohnung ankam, ehe sie ihn warnen konnten. Das Glück war eindeutig auf meiner Seite, denn als ich schließlich die Wohnungstür erreichte, gab es keinerlei Anzeichen dafür, dass mein Besuch angekündigt worden war. Drinnen konnte ich Musik hören, aber keine Stimmen.

Ich holte tief Luft, um mich zu beruhigen, denn für einen Moment erschien mir mein eigener Herzschlag ohrenbetäubend laut. Dann schob ich den Schlüssel ins Schloss. Die Tür schwang auf, und vor mir lag eine große, loftartige Wohnung, mit Parkettboden und elegant eingerichtet, vorwiegend in Schwarz und Weiß. Die Musik kam von links, langsame, verführerische Jazzklänge.

Auf einem großen, niedrigen Glastisch standen eine offene Flasche Wein und zwei halbleere Gläser. Neben der riesigen Ledercouch entdeckte ich das Telefon, das aus seiner Basis gerutscht war. *Viel Glück bei eurem Warnanruf, Jungs,* dachte ich hämisch. Ich war selbst überrascht von dem bitteren Geschmack, den ich plötzlich im Mund spürte.

Ein paar Augenblicke stand ich wie angewurzelt da, dann drang aus den Tiefen der Wohnung eine Stimme, gefolgt von leisem, perlendem Lachen. Ich rührte mich noch immer nicht von der Stelle. Jetzt kannte ich die Antwort. Mehr Beweise brauchte ich nicht. Wenn ich ganz ehrlich war, hatte ich es bereits gewusst, als ich das Café verlassen und mir ein Taxi gerufen hatte. Musste ich das Ganze wirklich noch bis zum unvermeidlichen und hässlichen Ende durchziehen?

Ich ging in Richtung der Stimmen. Allem Anschein nach konnte ich nicht anders.

Die Tür stand offen, wie sollte es auch anders sein? Die beiden glaubten schließlich, die Wohnung für sich zu haben. Leise betrat ich den Raum, wo ich mehr von ihren verschlungenen Leibern zu sehen bekam, als mir lieb war, bevor irgendein siebter Sinn sie auf meine Anwesenheit aufmerksam machte. Sie reagierten völlig unterschiedlich: Matt zuckte zurück, als habe er einen Stromschlag bekommen, und ließ die Frau in seinen Armen sofort los. Cathy dagegen bewegte sich mit beherrschter Präzision. Ihr Blick war undurchdringlich, als sie langsam die Bettdecke hochzog, um ihre nackten Brüste zu bedecken.

So verharrten wir reglos ein, zwei Sekunden, die mir jedoch wie eine Ewigkeit erschienen, erstarrt zu einem geschmacklosen Bild.

Obwohl ich eigentlich vorgehabt hatte, etwas zu sagen, blieb ich sprachlos.

Schließlich brach Cathy das Schweigen. »Tja, das Ganze kommt mir verdammt vertraut vor.«

Matt warf ihr einen zornigen Blick zu, ehe er nach seiner Hose griff. Während er sich hineinkämpfe, ließ er mich keine Sekunde aus den Augen.

Ich machte auf dem Absatz kehrt und durchquerte raschen Schrittes das Wohnzimmer. Hinter mir hörte ich Cathy etwas sagen, das ihr sofort eine wütende Antwort von Matt einbrachte. Ich war schon fast an der Tür, als er hinter mir herrief: »Rachel, warte! Bitte warte!«

Ich öffnete die Tür. Seine nächsten Worte konnte ich nicht mehr hören, weil ich die Wohnungstür bereits hinter mir zugezogen hatte – zugezogen, nicht zugeschlagen.

Erst als ich draußen auf dem Gang stand, atmete ich durch. Das Schwindelgefühl, das zunehmend meine Sinne betäubt hatte, wurde durch den Sauerstoff schlagartig weggespült, doch damit

kam auch der Schmerz und – noch schlimmer – die Demütigung. Doch ich war nicht überrascht. Hatte ich letztlich nicht genau das zu sehen bekommen, womit ich gerechnet hatte?
Ich wartete nicht auf den Lift, sondern folgte den Schildern zum Notausgang. Gerade war ich durch die schwere Brandschutztür hinausgeschlüpft, als Matt auf den Gang gestürmt kam.
Entweder er hatte die Tür zufallen hören oder erraten, wohin ich geflüchtet war, denn auch er rannte sofort in Richtung Treppe. Ich hörte erst die Tür klacken und dann meinen Namen durch das Treppenhaus schallen. Ich beschleunigte meine Schritte. Wenn ich rannte, konnte ich es schaffen.
Er holte mich ein, noch ehe ich halb unten war, weil mich meine hohen Absätze und die Tatsache, dass mir alles vor den Augen verschwamm, daran hinderten, noch schneller zu laufen. Erst jetzt wurde mir klar, dass ich weinte. Trotzdem musste er die Treppe heruntergeflogen sein und mit seinen nackten Füßen jede Stufe im Sprung genommen haben, um mich so schnell einzuholen. Er brachte mich so abrupt zum Stehen, dass ich fast vornübergekippt wäre. Geistesgegenwärtig riss er mich zurück. Durch das dünne Hemd spürte ich die Hitze und die Feuchtigkeit seines Körpers. Angewidert wich ich vor ihm zurück. Die Hitze stammte von *ihr.*
»Rachel, bitte, pass auf, sonst fällst du noch!«
Als ich mich ihm zuwandte, kochte ich derart vor Wut, dass meine Tränen in Sekundenschnelle trockneten. »Als ob dir noch etwas an mir liegen würde! Für dich wäre das eigentlich die perfekte Lösung!«
Gequält verzog er das Gesicht. Seltsamerweise wirkte sein Kummer echt.
»Natürlich liegt mir noch etwas an dir. Wie kannst du so etwas nur sagen?«

Gehässigkeit durchflutete mich, finster und giftig. »Tja, ich weiß auch nicht, lass mich mal überlegen ... Könnte es vielleicht an der Tatsache liegen, dass du noch vor knapp einer Minute eine andere gevögelt hast?«

Meine Worte ließen ihn abermals das Gesicht verziehen. Er streckte die Hand nach mir aus, doch ich wich erneut zurück.

»Bitte, Rachel, lass mich ...«

Ich schnitt ihm das Wort ab. »Was, Matt? Erklären? Ist es das, was du sagen wolltest? Das kannst du dir sparen. Ich habe genug von deinem schmutzigen kleinen Porno gesehen. Da brauche ich keine weiteren Erklärungen. Ich verstehe *sehr gut*, was da läuft.«

»Da *läuft* gar nichts!«, rief er.

»Ach, tatsächlich?«, fauchte ich. »So hat es von dort, wo ich stand, aber nicht ausgesehen. Und vergiss nicht, ich hatte einen Platz in der ersten Reihe. Ich mag ja das Gedächtnis verloren haben, aber selbst *ich* weiß, dass das, was du und Cathy da gerade getrieben habt, definitiv nicht *nichts* ist!«

Frustriert raufte er sich das Haar. »So habe ich das auch nicht gemeint. Ich wollte damit nur sagen, dass es mir nichts bedeutet. *Sie* bedeutet mir nichts. Es war nur Sex, das ist alles.«

Ich tat für einen Moment so, als fände ich diese Information ungemein erhellend, ehe ich ihn erneut fuchsteufelswild anfuhr: »Und soll ich mich deswegen jetzt *besser* fühlen?«

Während er mich hilflos anstarrte und krampfhaft nach den richtigen Worten suchte, nutzte ich die Gelegenheit für einen abschließenden Kommentar. »Weißt du was, Matt? Du kannst mich mal!«

»Nein, Rachel, sag das nicht. Lass es mich dir erklären. Lass es mich wiedergutmachen.«

Ich musste mich beherrschen, ihm nicht eine zu knallen – nicht wegen seiner Worte, sondern weil er einfach nicht begriff, was er angerichtet hatte.

»Da gibt es nichts wiedergutzumachen, Matt. Kapierst du das denn nicht? Was auch immer deine Gründe waren, es spielt keine Rolle mehr. Nichts wird das je wiedergutmachen.«
»Das kann doch nicht dein Ernst sein!«, antwortete er flehend. In seiner Stimme lag jetzt echte Angst. Seine nächsten Worte aber besiegelten endgültig sein Schicksal. »Als du mich vor ein paar Tagen aus deinem Zimmer ausgesperrt hast ...«
Ich ließ ihn nicht ausreden. Wut schoss durch meine Venen wie flüssige Lava. »Wie bitte? Ist das etwa der Grund? Seit meinem Unfall sind gerade mal zwei Wochen vergangen, aber deiner Meinung nach rechtfertigt das, dass du eine andere fickst? Ist das wirklich dein Ernst?«
Er schien zu begreifen, dass er nichts Schlimmeres hätte sagen können.
Und dann fielen mir Cathys Worte wieder ein – das Erste, was sie von sich gegeben hatte, nachdem ich in ihr Schäferstündchen hineingeplatzt war. »Und was hat Cathy vorhin eigentlich gemeint, als sie sagte, das Ganze komme ihr ›verdammt vertraut‹ vor?« Eine verräterische Röte kroch Matts Wangen hoch, während aus meinen alles Blut wich. »Was? Geht das schon länger? Hast du hinter meinem Rücken eine Affäre mit ihr? Ist es so?«
»Nein, nein, natürlich nicht. Das war heute ein einmaliger Ausrutscher. Es ist einfach ... passiert.«
Es steckte mehr dahinter, als er zugab, das spürte ich genau. »Aber du hast schon mal mit ihr geschlafen, nicht wahr?«
Ein resigniertes Schuldeingeständnis ließ seine Augen glasig werden.
Da dämmerte es mir. »Lieber Himmel! Ich habe euch schon mal in flagranti ertappt, stimmt's? Damals an der Uni?«
Einen Moment lang wirkte er tatsächlich erfreut, weil er glaubte, mein Gedächtnis sei zurückgekehrt. »Du *erinnerst* dich daran?«

»Nicht wirklich«, zischte ich. »Aber so war es, richtig? Ich habe dich mit ihr erwischt und mich von dir getrennt.«
Er nickte betrübt. »Aber dann hast du mir verziehen.«
Ich sah das Flehen in seinen Augen und erstickte diese Hoffnung, ehe sie auch nur einmal richtig Luft holen konnte. »Dieses Mal verzeihe ich dir nicht, Matt. Du wirst keine Gelegenheit mehr bekommen, mir das noch einmal anzutun. Nie wieder.«

10

Ich lief durch London, immer weiter, bis meine brodelnde Wut sich etwas abgekühlt hatte und auch die Demütigung nicht mehr so schmerzte. Doch wie weit ich auch ging, ich wurde das Bild nicht los: ihre beiden perfekten Körper, ineinander verschlungen wie ein exotisches Kunstwerk. Welch eine Ironie des Schicksals, dass mir ausgerechnet diese Erinnerung bleiben sollte, obwohl sich doch so viel in meinem Leben derzeit ums Vergessen drehte.

Ich wusste nicht, wie lange ich schon unterwegs war. Schließlich brachten mich Kälte und Erschöpfung zum Stehenbleiben. An einer belebten Kreuzung blickte ich hoch, las einen Straßennamen, der mir nichts sagte, und begriff, dass ich keine Ahnung hatte, wo ich mich befand. Aber ich wusste, was ich tun wollte.

Wenige Minuten später saß ich in einem Taxi und nannte dem Fahrer die Adresse der Londoner Wohnung, die ich wenige Tage zuvor mit Jimmy besichtigt hatte. Ich bat ihn, unterwegs einen kurzen Zwischenstopp einzulegen, weil ich rasch das Nötigste besorgen wollte. Unterwegs klingelte ständig mein Handy, doch ich ignorierte es. So ging das schon seit Stunden – seit

ich Matt im Treppenhaus endgültig den Rücken zugekehrt hatte und davongestürmt war. Irgendwann würde er schon begreifen, dass jedes weitere Wort überflüssig war, und seine Anrufe einstellen.
Der Fahrer verdiente sich sein Trinkgeld, indem er mir half, die zusammengefalteten Umzugskartons, die ich unterwegs erstanden hatte, ins Haus zu tragen. In meiner Wohnung angekommen, stellte ich meine Einkäufe zunächst im Flur ab. Erst einmal musste ich das schwierige Telefonat mit meinem Vater hinter mich bringen. Obwohl ich ihm die Einzelheiten verschwieg und das Ganze herunterspielte, ließ sich sein väterlicher Instinkt nicht täuschen. Ich brauchte meine ganze Überzeugungskraft, um ihn davon abzuhalten, in den nächsten Zug nach London zu springen.
»Mir gefällt die Vorstellung nicht, dass du die Nacht dort ganz allein verbringst. Bestimmt wirst du ununterbrochen darüber nachdenken, was vorgefallen ist.«
»Nein, werde ich nicht«, versicherte ich und hoffte, dass ich recht behalten sollte. »Ich bin ja viel zu sehr damit beschäftigt, mein Zeug zusammenzupacken.«
Irgendetwas in meiner Stimme muss ihn davon überzeugt haben, dass ich weder depressiv noch selbstmordgefährdet war. Jedenfalls versuchte er nicht länger, mich umzustimmen, sondern bat mich nur, ihn am nächsten Morgen gleich anzurufen. Ich beendete das Gespräch mit dem Gefühl, dass meine Entscheidung, die Verlobung zu lösen und meine Londoner Wohnung aufzugeben, zumindest aus Sicht meines Vaters keine wirklich schlechte Neuigkeit war. Es war noch zu früh, um zu sagen, ob ich selbst das auch so empfand.
Ich machte mich daran, die Umzugskartons zusammenzubauen und in den Räumen der Wohnung zu verteilen. Systematisch leerte ich Fächer, Schubladen und Schränke, leiden-

schaftslos wie eine professionelle Umzugshelferin. Ich sortierte Habseligkeiten, die mir nicht bekannt vorkamen, in einer Wohnung, an die ich mich nicht erinnerte.

In die beiden Kartons, die ich mit nach Great Bishopsford nehmen wollte, kam nur wenig: hauptsächlich Unterlagen, die wichtig aussahen, außerdem ein paar alte Sachen, die ich aus früheren Jahren wiedererkannte. Den Rest konnten das Sozialkaufhaus und die örtliche Müllkippe haben. Das Packen übte eine seltsam reinigende Wirkung auf mich aus. Endlich war ich auf den einzigen Vorteil von Amnesie gestoßen: Es tat nicht weh, ein Leben zusammenzupacken, an das man sich nicht erinnern konnte.

Ich zögerte nur ein einziges Mal – als ich das Foto von Matt und mir in Paris betrachtete. Es gehört weder in meine Kisten für Great Bishopsford noch in die für das Sozialkaufhaus, also legte ich einen neuen Haufen an, auf dem ich die Sachen stapelte, bei denen es sich vermutlich um Geschenke von Matt handelte – lauter Dinge, die sehr teuer aussahen. Ich würde sie später einpacken und ihm zurückschicken.

Vier Stunden später war ich fertig. Der Rücken tat mir weh, und ich war von meiner Arbeit mehr als nur ein bisschen staubig, aber ich hatte dennoch das Gefühl, dass dieser Tag – trotz des schrecklichen Ereignisses – der erste war, an dem ich einen Schritt in die Zukunft und fort von der Vergangenheit gemacht hatte.

Zu erschöpft, um vom Boden aufzustehen, lehnte ich mich gegen das Bett. Ich wollte nur für einen Moment die Augen schließen.

Wie aus weiter Ferne drang dumpfes Hämmern und Rufen an mein Ohr. Ich befand mich in einem Dämmerzustand und wäre fast wieder eingeschlafen, wenn nicht die Tür mit einem so lauten Knall aufgeflogen wäre, dass ich dachte, sie würde aus den Angeln springen. Ich schreckte hoch und blinzelte wie eine kurzsichtige Eule ins grelle Schlafzimmerlicht. Ich versuchte, mich auf die Gestalt im Türrahmen zu konzentrieren, deren Silhouette sich vor einem hellen Hintergrund abzeichnete. Offenbar brannten in der ganzen Wohnung die Lampen: Lampen, die definitiv nicht ich angelassen hatte.

»Gott sei Dank!«

Auch wenn ich immer noch so verschlafen war, dass mir alles vor den Augen verschwamm, erkannte ich die Stimme. »*Jimmy?* Was um alles in der Welt tust du denn hier?«

Er gab mir keine Antwort, sondern wandte sich stattdessen nach einer Person um, die knapp hinter ihm stand.

Der kleine, mir unbekannte Mann mittleren Alters ließ den Blick von mir zu Jimmy schweifen, ehe er zögernd fragte: »Alles in Ordnung, Officer?«

Während ich mich mühsam hochrappelte, rieb ich mir die Augen, als sei das alles ein verrückter Traum. Vielleicht konnte ich ihn ja einfach wegwischen. Ich ließ die Hände sinken. Nein, die beiden waren immer noch da.

Jimmy legte dem anderen Mann eine Hand auf die Schulter und führte ihn zur Tür hinaus, wo er ihm für seine Kooperation dankte.

Der Mann ließ es mit sich geschehen. Er wirkte ehrfürchtig, zugleich aber auch eine Spur enttäuscht, weil sich das erwartete Drama nicht eingestellt hatte.

»Wenn ich eine Aussage machen soll oder so ...«, begann er.

»Das dürfte im Moment nicht nötig sein, Sir. Aber ich danke Ihnen noch einmal ganz herzlich für Ihre Hilfe.«

Ich beobachtete, wie Jimmy die Tür hinter dem Mann schloss und dann langsam zu mir kam. Wortlos sah ich zu, wie er seinen Polizeiausweis in die Jackentasche schob, aber meine hochgezogenen Augenbrauen sagten alles.

Er wirkte etwas verlegen.

»Ist das überhaupt legal?«
»Ist *was* überhaupt legal?«
»Dass du deinen Polizeiausweis benutzt, um in fremde Wohnungen einzubrechen.«
Unsere Blicke trafen sich, doch ich konnte seinen Gesichtsausdruck nicht deuten.
»Ich bin nicht eingebrochen«, stellte er richtig. »Ich habe den Hausmeister dazu gebracht, deine Tür aufzuschließen.«
»Und was genau hast du ihm als Grund genannt? Dass ich eine international gesuchte Terroristin bin? Eine entkommene Bankräuberin? Eine aus der Anstalt entflohene Irre?«
Beim letzten Vorschlag huschte ein bekümmerter Ausdruck über sein Gesicht, und er antwortete leise: »Dass dich niemand erreichen konnte ... Dass du erst vor kurzem einen Unfall hattest und dann auch noch sehr schlechte Nachrichten verkraften musstest. Und dass du womöglich ... verletzt sein könntest.«
Er legte die Arme um mich, und als er mich an sich zog, spürte ich, dass er zitterte. Da sah ich das Ganze plötzlich mit anderen Augen und begriff, warum seine Sorge so schnell in Panik umgeschlagen war.
»Ich nehme an, du hast mit meinem Dad gesprochen?«, fragte ich in das Hemd hinein, an dem mein Gesicht ruhte.
»Ja, habe ich.«
»Hat er dir denn nicht gesagt, dass ich hierbleiben wollte, um die Wohnung auszuräumen? Dass ich morgen sowieso nach Hause gefahren wäre?«
Jimmy seufzte tief, und seine Stimme klang ein wenig heiser, als er mir antwortete: »Ich musste einfach mit dir reden, mich davon überzeugen, dass es dir gut geht. Und als ich dann versuchte – weiß Gott wie viele Male –, dich an die Strippe zu bekommen ...«
»Ich habe das ständige Läuten ignoriert, weil ich dachte, es sei Matt.«

Er lehnte sich ein wenig zurück und studierte mein Gesicht, als versuchte er herauszufinden, wie viel Kraft es mich gekostet hatte, den Namen auszusprechen.

»Dein Dad hat schon so etwas erwähnt … dass ihr eine Meinungsverschiedenheit hattet.«

Ich lachte. »Ja, so könnte man es nennen. Matts Meinung nach war es in Ordnung, mit Cathy in seiner Wohnung Sex zu haben, und ich war anderer Meinung.«

Über Jimmys Gesicht huschten so viele unterschiedliche Emotionen, dass sie kaum voneinander zu unterscheiden waren, aber ich bildete mir ein, neben Wut auch etwas Zartes, Hoffnungsvolles zu sehen.

»Davon hat dein Dad kein Wort gesagt!«

»Ihm habe ich die zensierte Version erzählt.«

Jimmy griff nach meiner Hand und zog mich sanft hinüber zum Sofa, wo wir uns nebeneinander niederließen. Ich überlegte, ob ich ihm die Hand wieder entziehen sollte, aber er schien sie nicht loslassen zu wollen.

»Erzähle es mir, und zwar in allen Einzelheiten«, bat er mich in sanftem Ton. Obwohl er nun wieder ganz mein alter Vertrauter und Freund war, blitzte in seinen Augen kaum wahrnehmbar etwas auf, das eine beschleunigende Wirkung auf meinen Puls hatte.

Schweigend hörte er zu, während ich über den Tag berichtete, angefangen bei dem Arzttermin bis hin zu meiner Entdeckung, dass Matt mich betrog. Dabei ließ ich Jimmy nicht aus den Augen, um keine seiner Reaktionen auf meine Worte zu verpassen.

Als ich ihm schließlich schilderte, wie ich Matt und Cathy in flagranti erwischt hatte, biss er die Zähne zusammen, ließ sich ansonsten aber nicht anmerken, welche Mühe es ihn kostete, seine Wut im Zaum zu halten.

Nachdem ich zu Ende erzählt hatte, drückte er mitfühlend meine Hand. »Es tut mir so leid, Rachel, dass er dir das angetan hat – dich so verletzt hat. Ich weiß, wie sehr du ihn ... liebst. Aber du hast wirklich etwas Besseres verdient als das.«
Sein Gesicht war nur wenige Zentimeter von meinem entfernt. Ich blickte zu ihm hoch, weil ich hoffte, er könne in meinen Augen all das lesen, was er selbst nicht über die Lippen gebracht hatte. Als er daraufhin den Kopf neigte, öffnete ich leicht den Mund, in der Annahme, er wolle mich küssen, doch er hauchte mir lediglich ein zartes Küsschen auf die Stirn.
Dann stand er auf. Gleichzeitig schlug die Stimmung so abrupt um, als habe jemand einen Schalter umgelegt. Jimmy warf demonstrativ einen Blick auf seine Armbanduhr, um mir ja nicht in die Augen sehen zu müssen.
»Es ist schon ziemlich spät. Was hältst du davon, wenn ich uns irgendwo einen Happen zu essen hole? Bestimmt hast du den ganzen Tag noch nichts gegessen, oder?«
Ich schüttelte nur den Kopf, weil ich befürchtete, meine Stimme könnte verraten, was ich empfand.
»Gut, dann laufe ich schnell los und besorge uns etwas. Ich bin gleich wieder da.«
Er brach so hastig auf, dass es fast schon komisch wirkte. Wie oft würde es mir noch passieren, dass ich die Signale völlig falsch deutete und mitansehen musste, wie er vor mir davonlief? Es war endgültig an der Zeit zu akzeptieren, dass die Gefühle, die ich tief in meinem Innersten für ihn hegte, nicht erwidert wurden.
Er brauchte nicht lange, um etwas Essbares aufzutreiben. Ich hatte mir gerade erst den Staub aus dem Gesicht gewaschen, als er bereits zurückkehrte – schwer beladen mit allerlei chinesischem Essen und zwei Flaschen Wein.

»Erwarten wir noch Gäste?«, fragte ich beim Anblick der vielen köstlich duftenden Behälter, die er auf dem Couchtisch öffnete.
»Hoffentlich nicht«, erwiderte er düster.
Er dachte zweifellos an Matt, doch ich glaubte nicht daran, dass er in dieser Nacht vor meiner Tür aufkreuzen würde. Matt war bestimmt klar, dass er sich damit keinen Gefallen täte. Trotzdem ließ mich der Gedanke daran, was zwischen den beiden Männern passieren könnte, wenn Matt tatsächlich dumm genug wäre vorbeizukommen, schaudern.
Ich war tatsächlich hungrig und machte mich mit Appetit über unser spontanes Abendessen her.
»Ich *liebe* Garnelen«, erklärte ich, während ich mit meinen Stäbchen den letzten Bissen aus einem der Behälter fischte.
»Die hast du immer schon gemocht«, antwortete Jimmy mit einem versonnenen Lächeln und stand auf.
Als ich hochblickte, stellte ich fest, dass er mich mit unverhohlener Zufriedenheit beobachtete.
»Du musst das nicht tun.«
»Was denn?«, fragte er arglos.
»Auf mich aufpassen. Dafür sorgen, dass es mir immer gut geht – dass ich mich nicht vor Gram verzehre oder zu Tode hungere oder in einem Anfall von Depression ... auf dumme Gedanken komme.«
»Das tue ich doch gar nicht!«, widersprach er entrüstet.
Mir konnte er nichts vormachen, immerhin kannte ich diesen Mann schon eine Ewigkeit.
»Warum bist du dann heute Abend so aufgeregt hier hereingestürmt?«
Er sah mich wortlos an.
»Weißt du, ich brauche keinen zweiten Vater, der auf mich aufpasst«, erklärte ich. Damit lief ich zwar Gefahr, undankbar zu

klingen, aber ich wollte unbedingt, dass er mich verstand. »Es ist nicht deine Aufgabe, mich zu retten.«

Jimmys Blick war schwer zu deuten, als er schließlich leise antwortete: »Ich weiß. Ich fühle mich nur ...« Er verstummte.

»Ja?«, hakte ich nach.

»Ich fühle mich ... mitverantwortlich für das, was mit dir und Matt geschehen ist.«

Das war definitiv nicht die Antwort, die ich erwartet oder erhofft hatte. »Wie um alles in der Welt kommst du denn *darauf?*«

Mit einem tiefen Seufzer sank er in den Sessel mir gegenüber, so dass uns nun der Couchtisch trennte.

»Matt und ich sind ja nie besonders gut miteinander ausgekommen ...«

»Was du nicht sagst!«

Ohne sich durch meinen Sarkasmus aus dem Konzept bringen zu lassen, fuhr er fort: »Außerdem haben wir beide, du und ich, seit dem Überfall ziemlich viel Zeit miteinander verbracht. Ich habe mit Sicherheit mehr von dir zu sehen bekommen als Matt.«

Gegen meinen Willen hatte ich plötzlich ein Bild vor Augen, heraufbeschworen durch seine zweideutige Formulierung.

»Das war für euer Verhältnis bestimmt nicht förderlich.«

Ich wollte ihn unterbrechen, doch er hob abwehrend eine Hand.

»Und was heute geschehen ist, in seiner Wohnung ... Ich schätze, dafür muss ich ebenfalls eine gewisse Verantwortung übernehmen.«

Ich starrte ihn ungläubig an. »Wohl kaum, es sei denn, du hast Cathy dafür bezahlt, dass sie mit ihm ins Bett gestiegen ist!«

Er raufte sich die Haare und war mittlerweile sichtlich entnervt. »Lieber Himmel, Rachel, rede doch nicht solches Zeug!

Meinst du nicht, dass dieser Seitensprung heute – zumindest unter anderem – die Retourkutsche für das war, was kürzlich beinahe zwischen uns passiert wäre?«
Ich fühlte mich, als hätte mir jemand einen heftigen Schlag in die Magengrube verpasst.
»Wie bitte? Glaubst du denn, ich habe ihm das erzählt? Es ganz beiläufig ins Gespräch einfließen lassen? Warum hätte ich das tun sollen?«
Er forschte in meinem Gesicht nach einem Grund, aber was er sah, rief nicht die von mir erhoffte Reaktion hervor, denn als er schließlich antwortete, klang seine Stimme steif und beherrscht: »Du hast recht. Dafür gab es keinen Grund, nicht den geringsten.«
Schweigend räumten wir unser Abendessen ab, jeder in Gedanken versunken. Nachdem ich so lange darauf gewartet hatte, dass er unser Intermezzo im Hotel ansprechen würde, wünschte ich jetzt, das Thema wäre nie zur Sprache gekommen. Jimmy bereute das Ganze offensichtlich und ging davon aus, dass ich genauso empfand. Ich spürte, wie der Tag an mir zehrte.
Deswegen war mein übertriebenes Gähnen auch nicht gespielt, als ich verkündete: »Ich glaube, ich muss jetzt ins Bett, ich fühle mich wie gerädert. Ist es für dich wirklich in Ordnung, auf der Couch zu schlafen, und reichen dir die Decken?«
»Bestens, kein Problem.«
Leider hatte ich keine andere Reaktion erwartet. Denn die Alternative wäre gewesen, mit mir in einem Bett zu schlafen.
Ich war fast schon in meinem Schlafzimmer, als ich ihn leise hinzufügen hörte: »Schlaf gut, Rachel.«

Überraschenderweise schlief ich tatsächlich gut. Völlig traumlos. Keine geheimnisvollen Wecker, keine Rasierwasserduftwolken – nichts hatte meinen Schlaf gestört.

Jimmy war wohl schon eine Weile auf, denn die Kaffeemaschine gurgelte, und auf der Küchentheke thronte ein Teller mit goldbraunen Croissants. Ich schnappte mir eines und naschte von den leichten, buttrigen Teigflocken, während Jimmy mir Kaffee einschenkte – mit Milch.

»Wie ich sehe, warst du schon einkaufen.«

Er lächelte. Von unserer gestrigen Verlegenheit war Gott sei Dank nichts mehr zu spüren. Jimmy zog mir einen der hohen Küchenhocker heran und musste ein Grinsen unterdrücken, als ich mich vergeblich abmühte hinaufzukommen.

»Mit Absätzen geht es leichter«, murmelte ich.

Bevor ich ihn davon abhalten konnte, hatte er mich um die Taille gepackt und mühelos auf den hohen Holzsitz gehoben. Seine Hände verharrten nur so lange, bis ich richtig saß, doch schon dieser kurze Kontakt brachte mich zum Erschaudern.

»Ist dir kalt?«, fragte er und ließ den Blick über die Sachen gleiten, in denen ich geschlafen hatte, eine ärmellose Weste und eine Jogginghose aus Baumwolle. Allzu verführerisch sah ich darin bestimmt nicht aus, noch dazu war ich ungeschminkt und hatte mir die Haare zu einem schlichten Pferdeschwanz zurückgebunden. Ohne meine Antwort abzuwarten, schlüpfte Jimmy aus seiner Jacke und legte sie mir um die Schultern. Dadurch umhüllte er mich nicht nur mit kuscheliger Wärme, sondern auch mit seinem unwiderstehlichen Duft.

Er sah mich an. In seinen Augen lag ebenfalls so viel Wärme, dass ich endgültig nicht mehr fror. Sein Blick wanderte von meinem Kopf hinunter zu meinen nackten Füßen, die gut fünfundzwanzig Zentimeter über dem Boden baumelten. Einen Moment lang musterte er mich anerkennend, ich schwöre, dass ich mir das nicht eingebildet habe, doch dann verzog er

den Mund zu einem Grinsen, das ich schon tausend Mal gesehen hatte.
»Was findest du denn so lustig?«, fragte ich und nahm einen großen Schluck Kaffee, um von der verräterischen Röte abzulenken, die mir in die Wangen stieg.
»Dich. So, wie du hier sitzt, siehst du genauso aus wie damals, als du dreizehn warst.«
»Herzlichen Dank. Wenn du immer solche Komplimente machst, wundert es mich nicht, dass du solo bist.«

Wir brauchten über eine Stunde, bis wir die Kisten in Jimmys Wagen geladen hatten. Als wir im Lift waren, klingelte mal wieder mein Handy – wie schon seit Stunden in regelmäßigen Abständen. Ich zog es aus der Jeanstasche, warf einen Blick auf den Namen des Anrufers und drückte ihn weg.
»Wieder Matt?«
Ich nickte. »Irgendwann wird er schon aufgeben.«
»Glaubst du?«, fragte Jimmy, während der Aufzug hielt. Er stand mit dem Rücken zu mir, so dass ich seinen Gesichtsausdruck nicht sehen konnte, als er leise hinzufügte: »Ich würde es nicht tun.«
Interessant. Sehr interessant.

Kurz darauf zog ich zum letzten Mal die Tür der Wohnung zu. Vermutlich würde ich irgendwann noch einmal herkommen müssen, um die Details bezüglich der Kündigung zu klären, aber im Großen und Ganzen war ich nun offiziell ausgezogen.
»Fühlst du dich schon ein bisschen besser?«, fragte Jimmy.
»Überraschenderweise ja«, antwortete ich.
»Gut«, sagte er, »aber wenn dein Gedächtnis zurückkehrt und du dieses ganze Zeug dann doch wieder hier haben willst, musst du dir dafür einen anderen suchen!«

Obwohl ich zunächst lachte, gaben mir seine Worte zu denken. Was, wenn ich die Entscheidungen, die ich gerade traf, tatsächlich irgendwann bereute? Vor meinem geistigen Auge tauchte erneut das Bild von Matt und Cathy auf. Nein, dachte ich, während wir auf Jimmys Wagen zusteuerten, ein paar meiner Entscheidungen hatten mit Sicherheit Bestand, ganz egal, woran ich mich mit Doktor Andrews' Hilfe wieder erinnern würde.

Der Verkehr hielt sich in Grenzen. Vielleicht lag es an den dunklen Wolken und dem starken Wind, dass die Leute London an diesem Tag mieden.
»Hast du schon darüber nachgedacht, ob du deine Stelle bei der Zeitschrift behalten willst?«
Ich runzelte die Stirn. Ja, das hatte ich, und zwar ausgiebig. Diese Stelle aufzugeben fiel mir viel schwerer als alles andere. Ich hatte so viele Jahre davon geträumt, eine erfolgreiche Journalistin zu werden! Welche Ironie des Schicksals, dass ich es nun als falsch und betrügerisch empfand, auf diesem Gebiet Lorbeeren zu ernten, ohne mich daran zu erinnern, sie verdient zu haben.
»Das ist doch Unsinn«, entgegnete Jimmy, als ich ihm zu erklären versuchte, warum ich zögerte, die Stelle zu behalten. »Du hast schließlich die Artikel gesehen, die du geschrieben hast. Du bist gut. Du verdienst den Job.«
Ich badete ein wenig in seinem Lob, ehe ich wehmütig seufzte. »Ich weiß nicht recht. Vielleicht kann ich es ja noch ein paar Wochen hinauszögern, bis ich mich endgültig entscheiden muss.«
»Natürlich«, sagte Jimmy nachdenklich. Dann fiel ihm offenbar eine Alternative ein: »Eventuell könntest du auch deinen alten Job bei der Zeitung zurückhaben. Dein Dad hat mal

gesagt, sie würden dich jederzeit wieder mit Handkuss nehmen.«
Auf diese Idee war ich noch gar nicht gekommen. Während ich darüber nachdachte, fügte Jimmy hinzu: »Dann könntest du mehr Zeit zu Hause verbringen. Das fände ich auch schön.«
Ich wandte mich dem regennassen Fenster zu, damit er das kleine Lächeln nicht bemerkte, das seine Worte auf mein Gesicht gezaubert hatten.
Doch in diesem Moment kippte die Achse meiner Welt ein weiteres Mal, und der Wahnsinn kehrte zurück.
»Bieg hier links ein!«
Jimmy wandte den Blick von der Straße ab, sichtlich erschrocken über meinen drängenden Ton.
»Was? Warum? Das ist die falsche Richtung.«
Irgendetwas in meinem Gesicht veranlasste ihn dazu, keine weiteren Fragen zu stellen. Um abbiegen zu können, musste er so abrupt die Fahrspur wechseln, dass wir das laute Hupen des Taxis, das er dabei schnitt, wohl wirklich verdient hatten.
»An der Ampel geradeaus«, befahl ich.
Wieder sah er mich fragend an, doch ich schüttelte nur den Kopf. Wir näherten uns einer belebten Kreuzung.
»Welche Richtung?«, fragte er.
»Fahr hier rechts und folge dann einfach der Straße bis zu der scharfen Linkskurve da vorn.«
Trotz meiner barschen Anweisungen verzog er keine Miene. Nur einmal konnte er sich nicht verkneifen, in sanftem Ton anzumerken: »Die Navi-Dame ist aber viel freundlicher als du.«
Wäre ich nicht so verspannt gewesen, hätte ich darüber gelacht – was mir bestimmt gutgetan hätte, denn mein Herz schlug wie wild und mein Magen verkrampfte sich, während wir uns durch zahllose Seitenstraßen schlängelten. Es kam mir

vor, als sei ich einer unwiderstehlichen und unaufhaltbaren Macht ausgeliefert, die mich wie ein Magnet zu unserem Ziel zog.

Schließlich erreichten wir eine Straße mit eher schäbigen Läden, deren Postleitzahl zu den weniger beliebten von London gehörte.

»Kannst du da halten?« Ich deutete auf eine Parklücke, die gerade frei geworden war. »Hinter dem Lieferwagen.«

Jimmy tat, wie ihm geheißen. Nachdem er geschickt eingeparkt und den Motor abgestellt hatte, wandte er sich mir zu. Die Panik, die ich während unseres fünfzehnminütigen Umwegs empfunden hatte, legte sich langsam, aber an ihre Stelle trat eine vertraute Angst. Ich war im Begriff, etwas zu äußern, das wieder alles ruinierte. Erneut würden mich alle anstarrten, als sei ich geisteskrank.

Jimmy griff nach meinen Händen, die vor Nervosität zuckten. »Welche ist es?«

»Welche ist *was?*«, entgegnete ich, ohne ihn anzusehen. Stattdessen hielt ich den Blick auf seine großen Hände gesenkt.

»Welche ist deine Wohnung?«

Überrascht blickte ich hoch, sah ihn aber nur verschwommen, weil ich die Tränen inzwischen kaum noch zurückhalten konnte.

Ich machte eine kleine Kopfbewegung zu den Häusern auf der anderen Straßenseite. »Dort, ganz am Ende, über der Wäscherei.«

Er betrachtete das Gebäude einen Moment lang, ehe er seinen Gurt löste. »Na, dann wollen wir mal!«

Ich starrte ihn verblüfft an.

»Wir müssen sie uns ansehen.«

Nachdem ich ausgestiegen war, kam er zu mir auf die Beifahrerseite und hakte meinen Arm fest unter seinen. Der versteinerte Ausdruck auf meinem leichenblassen Gesicht beunruhigte ihn wohl, denn er versuchte, die Situation mit Humor aufzulockern.

»Übrigens, ich werde dich nie auf eine Rallye mitnehmen. Auf Dauer bist du mir als Beifahrerin nämlich zu mürrisch.«

Es dauerte eine Weile, bis wir über die Straße kamen, die ich tausend Mal überquert hatte, als ich dort lebte. Jimmys Gang wirkte entschlossen und energisch, als er mich durch den Verkehr lotste. Ich vermutete, dass er gerade überlegte, wie er mit meiner Reaktion umgehen sollte, wenn ich feststellte, dass ich nie dort gewohnt hatte. Mir dagegen bereitete etwas ganz anderes Sorgen.

Ich wandte mich an Jimmy und hoffte, dass meine Stimme fest klang. »Was machen wir, wenn sich herausstellt, dass in der Wohnung auch lauter Zeug von mir ist?«

Er zog mich in seine Arme und drückte mich an sich, als könne seine Umarmung die bösen Geister fernhalten.

»Wir schaffen das schon. Wie auch immer, wir schaffen das.«

Das war ein Eid, ein Schwur, ein Versprechen. Es gab mir die Kraft, mich wieder von ihm zu lösen und ihn langsam in die Richtung meines anderen Zuhauses zu ziehen.

Der Eingang zu den wenigen Wohnungen über den Läden befand sich um die Ecke. Ich ließ Jimmy den Vortritt.

Fragend sah er mich an.

»Sind die Türschilder mit den Klingelknöpfen untereinander angeordnet?«

Er warf einen Blick zur linken Seite der Haustür. »Ja, aber das ist ja bei den meisten Wohnungen ...«

»Winter. Hunt. Webb. Freeman.« Ich sah, wie sich sein Stirnrunzeln vertiefte, während ich die Namen auf den Pappschildchen neben den jeweiligen Klingelknöpfen korrekt auflistete –

Namen, die ich von dort, wo ich stand, unmöglich lesen konnte. »Und der oberste ist meiner: Wiltshire.«
Sein Blick wanderte von mir zurück zu der Schilderleiste und dann wieder zu mir. »Vier Richtige von fünf«, verkündete er. »Das oberste Schild ist unbeschriftet.«
Ich trat um die Ecke und sah, dass er recht hatte. Das letzte Mal, als ich diese Leiste gesehen hatte, hatte mein Name gut lesbar neben dem obersten Knopf gestanden. Erste Zweifel begannen sich in die Gewissheit zu fressen, die mich hergeführt hatte.
»Die Wohnung könnte jemandem aus deinem Freundeskreis gehören, jemandem, an den du dich nicht erinnerst«, gab Jimmy in sanftem Ton zu bedenken.
Das war eine recht plausible Erklärung, abgesehen von einem einzigen Punkt.
»Lernst du die Namen der Nachbarn deiner Freunde auswendig?«
Darauf hatte er keine Antwort parat, doch ich sah ihm an, dass sein Polizistenhirn bereits mit den Beweisen hantierte.
Ich drückte den zweiten Knopf der Leiste. »Mrs. Hunt. Sie lässt jeden rein. Eine regelrechte Einladung für Verbrecher.«
Tatsächlich summte sofort der Türöffner, und die Haustür schwang langsam auf.
Jimmy betrat den dunklen Gang, der immer leicht nach den Waschmitteln der Wäscherei roch. Der vertraute Geruch erschütterte mich, und ich begann leicht schwankend die abgewetzten Treppenstufen hinaufzusteigen. Jimmy nahm mich an der Hand, und ich klammerte mich an ihm fest wie an einer Rettungsleine.
Die ersten zwei Stockwerke schafften wir ohne Zwischenfall, doch als wir auf dem Weg in die nächste Etage waren, fegte eine große schwarzhaarige Frau mittleren Alters an uns vorbei.

Sie war in irgendeinen Prospekt vertieft und zuckte erschrocken zusammen, als ich sie grüßte.

»Guten Morgen, Mrs. Keyworth.«

Sie hielt mitten in der Bewegung inne. Das Lächeln, das sie automatisch aufgesetzt hatte, wurde unsicher, als sie uns genauer betrachtete.

»Guten Morgen«, antwortete sie reflexartig, obwohl sie gleichzeitig irritiert die Augen zusammenkniff. »Entschuldigen Sie ... kennen wir uns?«

Das war in der Tat eine interessante Frage. Ich rührte mich nicht von der Stelle, während ihr Blick ratlos über mein Gesicht wanderte. Dann wandte sie sowohl ihre Aufmerksamkeit als auch ein fragendes Lächeln Jimmy zu. Diese Reaktion war derart typisch für meine Vermieterin, dass ich mir ein Grinsen verkneifen musste. Sie hatte schon immer männliche Mieter bevorzugt, vor allem die jüngeren.

»Sie erinnern sich wohl nicht an uns«, improvisierte Jimmy geschickt. Wie es aussah, lag er damit genau richtig. »Hier im Haus wohnen Freunde.« Das war gelogen.

Mrs. Keyworths Lächeln wirkte immer noch ein wenig unsicher, als sie antwortete: »Ach ja, natürlich. Schön, Sie mal wieder zu sehen.«

Mit diesen Worten schob sie sich an uns vorbei. Wahrscheinlich würde sie sich den Rest des Vormittags das Gehirn zermartern, wo und wann sie Jimmy zuletzt begegnet war. Mich hatte sie bereits vergessen.

Sobald wir wieder allein im Treppenhaus waren, forschte ich in Jimmys Gesicht nach einer Reaktion auf unsere neueste Erkenntnis.

»Das war meine Vermieterin, Mrs. Keyworth. Sie ist eigentlich eine nette Frau, wenn auch manchmal eine ziemliche Plaudertasche. Außerdem hat sie eine Schwäche für jüngere Männer.«

Jimmy schwieg. Nicht einmal meine letzte Bemerkung vermochte ihm ein Lächeln zu entlocken. Er wirkte beunruhigt.
»Ich glaube, sie war recht angetan von dir«, fügte ich neckend hinzu.
Ohne auf meinen scherzhaften Ton einzugehen, erwiderte er nachdenklich: »Aber sie hat dich nicht erkannt.«
Den Rest des Wegs nach oben brachten wir schweigend hinter uns, bis wir schließlich die letzte Wohnung erreichten. Ich hatte nicht mit dem Gefühl von Vertrautheit gerechnet, das mich unvorbereitet traf.
»Da wären wir. Zu Hause ist es doch am schönsten.«
Jimmy nahm unsere Umgebung in Augenschein: die Wohnungstür, von der in dicken Streifen die Farbschichten abblätterten, die Wände, die ebenfalls dringend einen frischen Anstrich brauchten, und das schmuddelige Flurfenster, durch das kaum Licht hereinkam.
»Ehrlich gesagt hat mir dein anderes Domizil besser gefallen.«
Ich zuckte leicht mit den Achseln.
»Na dann ...«, ermunterte er mich und trat gleichzeitig etwas zurück, um mich vorbeizulassen. »Möchtest du klopfen?«
So laut, wie mein Herzschlag trommelte, war Klopfen eigentlich überflüssig, dachte ich, als ich vortrat und die Hand hob. Und in diesem Moment begriff ich, dass es nicht mehr meine Wohnung war. Die Tür war mit einem neuen, schimmernden Sicherheitsschloss ausgestattet, das es definitiv noch nicht gegeben hatte, als ich dort wohnte.
Das Geräusch von Fingerknöcheln auf Holz hallte den leeren Gang entlang. Minuten verstrichen, ehe ich es ein weiteres Mal versuchte.
»Sieht nicht so aus, als sei jemand zu Hause«, stellte Jimmy schließlich fest. »Womöglich ist sie gar nicht bewohnt. Neben der Türklingel unten stand ja kein Name.«

Ich war selbst überrascht, was für eine große Enttäuschung seine Worte in mir auslösten. Es bis vor die Wohnungstür geschafft zu haben und am Ende doch nicht hineinzukommen, fand ich mehr als frustrierend. Auch wenn im Grunde schon klar war, was mich erwartete, hatte ich trotzdem das Bedürfnis, es mit eigenen Augen zu sehen. Wenn ich je meinen Seelenfrieden finden wollte, musste ich in diese Wohnung gelangen und mich davon überzeugen, dass es drinnen keine verborgenen Spuren meines fehlenden Lebens gab.

Da fiel mir plötzlich etwas ein. Ich wandte mich von der Tür ab und steuerte schnellen Schrittes auf das Fenster zu. Dort tastete ich den Rand des hölzernen Fensterbretts ab, auf der Suche nach einer Ritze, in die ich die Finger schieben konnte. Schließlich packte ich das Brett mit beiden Händen und zerrte daran, so fest ich konnte. Als es sich meinen Bemühungen widersetzte, rammte ich wütend mein Knie dagegen.

»Ähm, was soll das werden?«, erkundigte sich Jimmy, der neben mich getreten war.

Ich keuchte vor Anstrengung und versuchte weiter, das Brett aus der Fensternische zu zerren.

Jimmy legte seine Hände über meine. »Rachel, könntest du mir bitte erklären, was das soll? Es sei denn, du möchtest von mir wegen Vandalismus festgenommen werden.«

Seufzend richtete ich mich auf. »Mein Vormieter, ein junger Amerikaner, hat mir von diesem störrischen Fensterbrett hier erzählt. Anscheinend hat er sich ständig ausgesperrt und sich deswegen für seinen Ersatzschlüssel dieses schöne Versteck hier ausgesucht. Falls der Schlüssel noch da ist, können wir uns Zutritt zur Wohnung verschaffen.«

»Das wäre dann aber *definitiv* Einbruch«, gab Jimmy zu bedenken, »und somit nicht gerade förderlich für meine Karriere, meinst du nicht auch?«

Ich blickte zu ihm hoch. Er hatte recht. Das konnte ihn in ernsthafte Schwierigkeiten bringen. Dieses Risiko wollte ich auf keinen Fall eingehen.
»Na gut, dann wartest du eben unten im Wagen auf mich. Ich ziehe das allein durch. Es dauert bestimmt nicht lange.«
Er seufzte. »Du bist fest entschlossen, als Verbrecherin zu enden, oder?«
Seinen Worten zum Trotz schob er mich sanft zur Seite und legte beide Hände an das Fensterbrett. Mit einer einzigen geschmeidigen Bewegung hob er es heraus. Das Mauerwerk staubte ein wenig, so dass es ein, zwei Sekunden dauerte, bis man die Ziegelsteine richtig sehen konnte. Nachdem sich der Staub gelegt hatte, beugten wir uns vor, um das Ganze genauer unter die Lupe zu nehmen, und siehe da: Ein Wohnungsschlüssel in einer transparenten Plastiktüte steckte deutlich sichtbar in einer Ritze. Jimmy schrie vor Überraschung leise auf.
Ich hatte die Hand bereits nach dem Schlüssel ausgestreckt, als hinter uns plötzlich unmissverständliche Geräusche zu hören waren. Ein Riegel wurde zurückgeschoben, und mehrere Türketten klirrten. Hastig legte Jimmy das Brett wieder auf die Ziegelsteine und schlug einmal kräftig auf das Holz, um es zu fixieren, ehe hinter uns die Tür meiner alten Wohnung aufschwang.
»Hallihallo!«, trällerte eine männliche Stimme.
Ich fuhr herum und hoffte, dass man mir mein schlechtes Gewissen nicht ansah. Im meiner Wohnungstür stand ein großer, schmal gebauter Mann.
»Tut mir leid, dass ich nicht gleich aufgemacht habe. Ich war gerade am Telefon. Kann ich Ihnen helfen?« Er lächelte freundlich, allerdings mehr in Jimmys Richtung als in meine. Jimmy war heute richtig gefragt.
»Guten Morgen, Sir«, begann er. Dabei nahm seine Stimme sofort einen offiziellen Ton an. »Bitte entschuldigen Sie die

Störung. Hätten Sie vielleicht einen Moment Zeit für uns?«
Jimmy hatte bereits seinen Polizeiausweis gezückt und hielt ihn dem jungen Mann hin.
Dessen Reaktion war interessant, denn er wurde unter seiner künstlichen Bräune sofort eine Spur blasser und fuhr sich mit der Hand nervös durchs perfekt gesträhnte Haar. Ich fragte mich, welchen Dreck er wohl am Stecken hatte.
»Dürfen wir reinkommen?«, fragte Jimmy.
»Natürlich, natürlich«, antwortete der neue Bewohner meiner Wohnung hektisch. »Bitte entschuldigen Sie das Chaos. Ich hatte nicht mit Besuch gerechnet. Ich fürchte, bei mir sieht es im Moment aus wie auf einer Müllhalde!«
Wir folgten ihm durch die Diele, die ich in leuchtendem Gelb gestrichen hatte, damit sie freundlicher wirkte. Inzwischen zierte eine schicke blau-weiß gestreifte Tapete die Wände. Auch das Wohnzimmer sah keineswegs so schlimm aus, wie der Mann behauptet hatte. Es war sehr stilvoll und minimalistisch eingerichtet, in kühlem Weiß und Marineblau. Ohne meine ganzen Möbel wirkte es viel größer.
»Bitte nehmen Sie doch Platz«, sagte der Mann, der immer noch leicht panisch klang. »Darf ich Ihnen etwas zu trinken anbieten? Oder etwas zu essen?«
»Nein, vielen Dank, Sir. Es dauert wirklich nur ein paar Minuten.«
In Anbetracht von Jimmys ermutigendem Lächeln begann der Mann sich zu entspannen. Mein alter Freund machte sich richtig gut als Polizist. Wäre es tatsächlich seine Absicht gewesen, den anderen wegen eines Gesetzesverstoßes zu befragen, hätte er ihn bisher in falscher Sicherheit gewiegt.
»Würden Sie mir bitte Ihren Namen nennen?«, bat Jimmy und holte sogar ein kleines Notizbuch heraus.
Lieber Himmel, er war *wirklich* gut.

»Maximilian MacRae«, informierte ihn der Mann, während er sich auf der Kante eines weißen Sofas niederließ, das einen starken Kontrast zu seiner schwarzen Lederhose bildete. Mit einem Augenzwinkern beugte er sich Jimmy entgegen. »Aber alle nennen mich nur Max.«

Ging es eigentlich *noch* direkter? Rasch biss ich mir auf die bereits leicht zitternde Unterlippe, konnte mir ein Grinsen aber trotzdem kaum verkneifen. Jimmy dagegen schien nichts zu bemerken.

»Mister MacRae«, begann er, »wir ermitteln im Fall einer vermissten Person. Wissen Sie irgendetwas über eine Miss Rachel Wiltshire?«

Bei der Erwähnung meines Namens riss ich automatisch den Kopf hoch.

»Nein. Ich fürchte, ich habe noch nie von ihr gehört. Warum, ist ihr etwas passiert?«

Aus seiner Stimme sprach eine fast schon morbide Neugier. An liebsten hätte er jetzt wohl gruselige Details gehört. Wäre ich wirklich vermisst, stünde dieser Kerl auf meiner Verdächtigenliste ganz oben!

»Das wollen wir nicht hoffen. Wir versuchen lediglich herauszufinden, wo sie sich zurzeit aufhält. Unseren Informationen zufolge handelte es sich bei dieser Wohnung um ihre letzte bekannte Adresse.«

Beinahe hätte ich Jimmy applaudiert, weil er das Gespräch so geschickt in die richtige Richtung lenkte.

»Tatsächlich? Das ist aber eigenartig. Wissen Sie, ich wohne hier nämlich schon seit drei Jahren, und mein Vormieter war ein junger Amerikaner, der sogar noch länger hier gewohnt hat. Also wenn diese … diese Rachel – so hieß sie doch, oder? – wirklich hier gewohnt hat, muss das schon vor sehr langer Zeit gewesen sein.«

»Verstehe«, antwortete Jimmy und sah mich fragend an. *Hast du genug gesehen?*
Ich ließ den Blick durch die Wohnung schweifen, die meine war und zugleich auch nicht. Resigniert nickte ich. Jimmy erhob sich, und ich folgte seinem Beispiel.
»Vielen Dank, Mister MacRae. Ich möchte mich noch einmal für die Störung entschuldigen.«
»Bitte sagen Sie doch einfach Max.«
»Danke, Max«, korrigierte sich Jimmy, bereits unterwegs in Richtung Diele, »Sie haben uns sehr geholfen.«
Jimmys Worte entlockten Max ein leicht ungläubiges Lächeln.
»Ich hoffe, Sie finden das vermisste Mädchen. Und sollten Sie noch Fragen haben, welcher Art auch immer, kommen Sie ruhig wieder vorbei. Ich stehe Ihnen jederzeit zur Verfügung.«
Die Einladung galt Jimmy – und zwar ausschließlich. Rasch wandte ich mich ab und tat, als würde ich meine Schuhe inspizieren, weil ich befürchtete, das Lachen nicht mehr lange zurückhalten zu können.
Max begleitete uns hinaus und blieb in der Tür stehen, während wir auf die Treppe zusteuerten.
»Ach übrigens« – Jimmy wandte sich nach ein paar Schritten noch einmal um – »was den Schlüssel betrifft, den Sie unter dem Fensterbrett versteckt haben: Das ist keine gute Idee.«
Es war höchst amüsant, Max' überraschte Miene zu sehen, nachdem er eben noch mit Jimmy geflirtet hatte.
»Woher wissen Sie … Niemand außer mir … Wie …?«
»Dort sucht jeder Einbrecher als Erstes«, versicherte ihm Jimmy. »Einen schönen Tag, Sir.«
Wir rissen uns zusammen, bis wir außer Hörweite waren. Dann brachen wir in lautes Gelächter aus – nach der Anspannung eine wohltuende Abwechslung. Mir liefen die Tränen

über die Wangen, als wir schließlich unten ankamen und aus dem Gebäude in den kalten Dezembertag hinausstolperten.

»Mensch, du hast heute aber eine heiße Ausstrahlung!«, stieß ich hervor, als ich endlich wieder sprechen konnte.

Jimmy zuckte bescheiden mit den Achseln. »Was soll ich sagen? Ein heißer Typ bleibt eben ein heißer Typ!«

Als wir im Wagen saßen, wurde er wieder ernst. »Ist dir eigentlich klar, wie viele Gesetze ich gerade gebrochen habe?«

Ich biss mir schuldbewusst auf die Lippe. »Das tut mir leid«, murmelte ich.

Er griff nach meiner Hand und drückte sie tröstlich. Nachdenklich blickte ich auf seine Finger hinunter, die sich wie selbstverständlich zwischen meine schoben. Ich wusste, dass ich seine Gesten nicht ständig falsch interpretieren durfte, aber es fiel mir schwer, mich daran zu halten.

»Also, lass hören. Wie lautet deine Erklärung für das, was da drinnen geschehen ist?«

»Na ja, verständlicherweise ist Maximilian meinem Charme erlegen und …«

Ich sah ihn spöttisch an, ehe ich erwiderte: »Du weißt genau, was ich meine. Erklär mir, woher ich die ganzen Informationen hatte: wie man hinkommt und wie die Leute alle heißen, ganz zu schweigen von dem Vormieter mit seinem versteckten Schlüssel.«

Jimmy schwieg so lange, dass ich schon dachte, er würde gar nicht mehr antworten. Als er es schließlich doch tat, hörten sich seine Worte wie ein langer Seufzer an. »Das kann ich nicht erklären.«

Ich war es nicht gewohnt, dass er so unsicher klang, und langsam tat es mir leid, dass ich ihn in dieses ganze Dilemma mit hineingezogen hatte. Das ergab doch alles keinen Sinn.

Er ließ meine Hand los und startete den Motor. »Könntest du versuchen, dieses Mal ein bisschen weniger barsch zu sein, wenn du mir den Weg weist?«
»Wohin wollen wir denn?«
Er sah mich an, als würde ich mich absichtlich dumm stellen. »Zu Andersons Engineering natürlich. So hieß doch die Firma, für die du gearbeitet hast, oder nicht?«
Ich nickte und konnte mir ein Strahlen einfach nicht verkneifen. Ich war ihm so dankbar. Jimmy hatte sich nicht nur den Namen gemerkt, nein, noch wichtiger war, dass er begriff, wie dringend ich bei meiner Suche nach Antworten seine Hilfe brauchte. Seit ich nicht mehr auf mich allein gestellt war, erschien mir die Suche gar nicht mehr so schrecklich und beängstigend.

Fünfundvierzig Minuten später befanden wir uns wieder im Stadtzentrum von London.
»Da drüben in der Seitenstraße gibt es einen kleinen Parkplatz, den man von hier aus noch nicht sieht«, informierte ich Jimmy.
Er folgte meinen Anweisungen und wirkte auch gar nicht mehr überrascht, als sich herausstellte, dass sich der kleine Parkplatz tatsächlich genau dort befand, wo ich gesagt hatte.
Während unseres kurzen Fußmarsches zu der Maschinenbaufirma hielt ich unter den Leuten, die uns entgegenkamen, nach Kollegen Ausschau, entdeckte aber kein bekanntes Gesicht. Noch bezeichnender war allerdings, dass ich meinerseits ebenfalls von niemandem erkannt wurde.
Eine breite Betontreppe führte zum Eingang der Firma. Am Fuß dieser Treppe zögerte ich kurz, bevor ich mich Jimmy zuwandte.
»Danke«, murmelte ich leise. Der Wind riss mir das Wort fast von den Lippen.
Sein verständnisvolles Lächeln gab mir Kraft.

Oben am Eingang wollte Jimmy auf den Klingelknopf drücken, der unter einem Schild mit der Aufschrift *Besucher bitte klingeln* angebracht war.
»Warte«, hielt ich ihn zurück und wies auf eine kleine silberfarbene Tastatur, die in den Aluminiumrahmen der Tür integriert war. Obwohl ich wegen des Winterwetters eiskalte Hände hatte, flogen meine Hände ohne zu zögern über die Tasten und tippten den achtstelligen, nur Mitarbeitern bekannten Zugangscode ein.
Hinter mir hörte ich Jimmy scharf einatmen, als die Tür gehorchte und vor mir aufschwang.
Als ich mich zu ihm umwandte, konnte ich nicht anders, als ihn – den Verfechter der Logik – mit hochgezogenen Augenbrauen anzuschauen.
Aus Jimmys Miene sprachen immer noch Zweifel, als wir das Gebäude betraten, doch sobald wir uns in der Eingangshalle befanden, war ich diejenige, die zögernd stehen blieb.
»Alles in Ordnung?«, fragte Jimmy.
Ich blickte mich um und stieß einen hilflosen Seufzer aus. »Was soll ich denn jetzt machen? Hinauf an meinen Schreibtisch gehen und die Person, die dort sitzt, vom Stuhl werfen – wer auch immer es sein mag? Darauf bestehen, dass es mein Platz ist, bis jemand die Sicherheitsleute ruft und uns vor die Tür befördern lässt?«
Es war, als hätte ich das mit meinen Worten bereits selbst in die Wege geleitet, denn prompt trat ein Wachmann auf uns zu, der so schnell und leise herbeigeeilt war, dass keiner von uns beiden ihn bemerkt hatte.
»Kann ich Ihnen helfen?«, fragte der Mann, klang dabei aber alles andere als hilfsbereit.
Ich konnte nur raten, dass er mitbekommen hatte, wie wir ins Gebäude gelangt waren. Da er uns nicht als Angestellte wieder-

erkannte, hatte er sofort seinen Beobachtungsposten verlassen, um zu überprüfen, ob wir zugangsberechtigt waren.
Ich versuchte es mit einem arglosen Lächeln, das den frostigen Ausdruck in seinen Augen jedoch nicht zum Schmelzen brachte. Obwohl mir der Mann vage bekannt vorkam, ließ sein leicht feindseliger Blick vermuten, dass das nicht auf Gegenseitigkeit beruhte. Ich konnte nur hoffen, dass er nicht schon irgendeinen versteckten Alarmknopf gedrückt hatte.
»Ach, guten Tag. Vielleicht können Sie uns tatsächlich helfen. Wir sind mit einer Freundin von mir zum Mittagessen verabredet. Sie arbeitet hier. Draußen war es ein bisschen zu kalt zum Warten. Ich hoffe, es ist in Ordnung, dass wir reingekommen sind?«
Die Haltung des Wachmanns entspannte sich ein wenig, seine Aggressivität ging von Kochen auf Sieden zurück. Bestimmt war er nun der Meinung, dass meine »Freundin« den Zugangscode der Firma an irgendwelche Außenstehenden weitergegeben hatte. Da hatte ich ihr wohl gerade eine Menge Scherereien bereitet.
Der Mann stieß ein unverbindliches Grunzen aus, das möglicherweise eine Art Antwort darstellte, genauso gut aber auch nur ein Räuspern sein konnte. Ich lächelte ihn weiterhin an. Zum Glück mischte sich in dem Moment Jimmy ein und verlieh unserer Scharade etwas mehr Plausibilität.
»Ist es möglich, unsere Freundin wissen zu lassen, dass wir hier sind?«
Für einen Hüter von Gesetz und Ordnung log er wirklich sehr überzeugend – was eigentlich eher beunruhigend war. Jedenfalls schien uns seine Bitte so viel Glaubwürdigkeit zu verleihen, dass der Wachmann kehrtmachte und uns mit einer Handbewegung aufforderte, ihm zum Empfang zu folgen.

Nachdem er hinter seinen Tisch zurückgekehrt war, hatte er wohl das Gefühl, dass die Ordnung wiederhergestellt war, denn er klang wesentlich freundlicher, als er fragte: »Würden Sie mir bitte den Namen Ihrer Freundin nennen, die hier arbeitet?«

Ohne nachzudenken antwortete ich: »Rachel Wiltshire.«

Ich sah, wie Jimmy ungläubig die Augen aufriss, während der Wachmann mit dem Zeigefinger die entsprechende Seite der Personalliste durchging.

Als sein dicker Finger schließlich am Ende der Seite zum Stillstand kam, blickte der Mann mit neu erwachtem Misstrauen hoch. »Rachel Wiltshire, sagen Sie? Bei uns arbeitet niemand, der so heißt.«

Ich warf einen fragenden Blick zu Jimmy hinüber, um herauszufinden, ob er beabsichtigte, mich aus der Zwickmühle zu retten, doch er schenkte mir lediglich einen Hauch von einem Lächeln, was so viel hieß wie: *Du hast dir diese Grube selbst gegraben – nun sieh zu, wie du wieder herauskommst!*

Ich bedachte meinen Begleiter mit einem vielsagenden Blick. Es blieb mir wohl nichts anderes übrig, als einen auf blond zu machen. »Ach, entschuldigen Sie, ich dachte, Sie wollten *meinen* Namen wissen!«

Der Blick des Wachmanns sprach Bände.

»Meine Freundin heißt Emily. Emily Frost.« Ich nannte den ersten Namen, der mir in den Sinn kam. »Aber ich glaube, wir warten doch lieber draußen, dann können wir sie nämlich ... überraschen. Bitte entschuldigen Sie, dass wir Sie belästigt haben.« Ich packte Jimmy am Jackenärmel und zerrte ihn Richtung Tür.

»Nicht so schnell!«, zischte Jimmy, ließ sich aber dennoch von mir zum Ausgang lotsen. »Das war jetzt wohl überhaupt nicht auffällig, oder?«

Ich spürte, dass der Blick des Wachmanns uns durch die ganze Eingangshalle folgte. Als wir die Tür erreichten, hörte ich ihn etwas sagen und befürchtete zunächst schon, er würde uns zurückrufen, doch er verabschiedete sich nur von einem Kollegen, der gerade zur Pause ging.
Die Hand bereits am Türgriff, drehte ich mich um und sah einen zweiten Wachmann auf den Ausgang zusteuern. Er war etwa im Alter meines Vaters. Sein Haar ergraute bereits, und er hatte eine rötliche Gesichtsfarbe.
Automatisch begrüßte ich ihn mit einem herzlichen Lächeln. »Hallo, Joe. Wie geht es dir?«
Joes verblüffte Miene schlug in Fassungslosigkeit um, als ich hinzufügte: »Und wie geht es deiner Frau? Ist sie schon aus dem Krankenhaus entlassen worden?«
Aus Joes Gesicht wich alle Farbe. Sein Blick wanderte zwischen Jimmy und mir hin und her, dann blickte er sich kurz zu seinem Kollegen um. Im nächsten Moment schob er uns vor sich her zur Tür hinaus. Erst als wir das Gebäude verlassen hatten, wandte er sich in scharfem, fast feindseligem Ton an mich: »Entschuldigen Sie, was haben Sie mich gerade gefragt?«
Ich war es nicht gewohnt, dass er so mit mir sprach. Doch genau genommen war ich ja eine Fremde für ihn.
»Ich habe gefragt, wie es Muriel geht, ihre letzte Chemo-Runde ist doch inzwischen sicher abgeschlossen. Du … Sie hatten gesagt, Sie hofften, dass sie Weihnachten wieder zu Hause sein würde.«
Jimmy war einen Schritt zur Seite getreten und beobachtete unseren seltsamen Wortwechsel.
Joe dagegen wirkte durch meine Worte zutiefst erschüttert. »Ich verstehe das nicht … wer sind Sie?«
»Ich bin Rachel, Rachel Wiltshire.« Ich hoffte immer noch, er würde mich wiedererkennen, doch vergeblich.

»Ich kenne Sie nicht«, erklärte Joe kopfschüttelnd. Von diesem Lied hatte ich langsam genug, es kam mir vor wie ein Chorgesang, in den neuerdings mein ganzes Umfeld einstimmte.
»Aber eines würde ich wirklich gern wissen«, fuhr Joe in drängendem Ton fort. »Wieso zum Teufel wissen Sie über Muriel Bescheid? Ich habe hier niemandem von ihrer Krankheit erzählt – kein einziges Wort!«

Jimmy schaffte es, Joe unter Vorspiegelung falscher Tatsachen ins Pub zu locken, denn streng genommen entsprach es nicht ganz der Wahrheit, als er ihm in Aussicht stellte, dass wir ihm alles erklären würden, wenn er uns auf ein Bier begleitete. Als ich – um möglichst schnell dem kalten Wind zu entfliehen – das King-George-Pub vorschlug, wohin auch die meisten Angestellten der Firma tagtäglich zum Mittagessen gingen, stimmte Joe schließlich zu, wenn auch nur widerstrebend.
Wie üblich um diese Tageszeit war das Pub sehr voll, und wir hatten Mühe, einen Tisch zu finden. Ringsherum saßen meine Kolleginnen und Kollegen in kleinen Gruppen beisammen, und ich musste mir auf die Unterlippe beißen, um nicht alle zu grüßen, an denen ich vorbeikam. Schließlich entdeckte ich im hinteren Teil des Lokals einen freien Tisch und beeilte mich, ihn zu beschlagnahmen, gefolgt von einem sichtlich widerwilligen Joe.
Während wir uns niederließen, lächelte ich ihm vorsichtig zu. Dann warteten wir schweigend auf Jimmy und die Getränke. Die peinliche Stille machte mich traurig, weil ich diesen Mann immer sehr gemocht hatte, und zwar schon lange bevor ich wusste, wie viel wir gemeinsam hatten. Als Jimmy endlich mit der Runde Bier kam, teilte er uns mit, dass er außerdem drei Ploughman's Lunches bestellt hatte, die man uns in Kürze

bringen würde. Irgendwie bezweifelte ich, dass an unserem Tisch jemand großen Appetit entwickeln würde.

»Also, wer hat Ihnen von Muriel erzählt?«, lautete Joes erste Frage, die er wie ein Geschoss abfeuerte.

Ich schüttelte den Kopf. Er war völlig aus dem Häuschen, weil eine Frau, die er für eine völlig Fremde hielt, sein persönlichstes Geheimnis kannte. Ich war schon im Begriff, tröstend seine Hand zu tätscheln, hielt jedoch mitten in der Bewegung inne, als ich seinen entsetzten Gesichtsausdruck sah.

»Wir wollen Ihnen keine Probleme machen, Joe«, versicherte Jimmy in beruhigendem Ton.

»Ich habe kein Geld«, sagte Joe.

»Natürlich nicht«, pflichtete ich ihm bei, ohne nachzudenken. »Wie sollten Sie auch? Sie haben schließlich zwei Kindern das Studium finanziert und mussten außerdem das Pflegeheim für Ihre Mutter zahlen.«

Joe verschüttete die Hälfte seines Biers auf den Tisch, weil ihm vor Schreck fast das Glas aus der Hand fiel.

»Das kann doch nicht sein! Woher wissen Sie das alles? Wer *sind* Sie beide?«

Ich hatte keine Ahnung, wo ich anfangen sollte. Letztlich konnte ich nur die Wahrheit sagen – *meine* Wahrheit. »Mir ist klar, dass es Ihnen schwerfallen wird, mir zu glauben, Joe, aber eigentlich bin ich Ihre Freundin.«

Joe fixierte mich eindringlich. Anschließend musterte er Jimmy auf ähnliche Weise.

»Nein«, stellte Jimmy richtig, »mich sehen Sie heute zum ersten Mal. Rachel ist diejenige, die Sie kennt.«

Joe wandte sich wieder mir zu. Inzwischen tat es mir leid, dass wir ihn in das Ganze hineingezogen hatten. Er hatte genug andere Probleme.

»Wenn wir so eng befreundet sind, wie Sie behaupten, wie kommt es dann, dass ich Sie nicht kenne?«, hakte er nach. »Ich habe ein gutes Personengedächtnis, das braucht man in meinem Beruf. Ich vergesse nie ein Gesicht, und ganz bestimmt würde ich mich daran erinnern, wenn ich jemandem mein Herz ausgeschüttet und Einzelheiten aus meinem Privatleben erzählt hätte.«
Ich lächelte, um meine folgenden Worte abzumildern. »Ich weiß, es klingt verrückt, aber wir *sind* Freunde, und zwar wirklich gute. Dass ich so viel über Sie und Ihre Familie und insbesondere Muriel weiß, liegt daran, dass ich mit meinem Dad etwas ganz Ähnliches durchgemacht habe.«
Zum ersten Mal wurde Joes Miene weicher. Nun kam der Mann zum Vorschein, der mir eine solche Hilfe gewesen war, als wir uns gegenseitig unsere Ängste und Sorgen hinsichtlich zweier geliebter Menschen anvertraut hatten, die beide gegen die gleiche Krankheit ankämpften.
»Es tut mir leid, das zu hören«, murmelte er, weil ihm wohl endlich dämmerte, dass wir nichts Böses im Schilde führten. »Trotzdem begreife ich nach wie vor nicht, wie Sie diese Einzelheiten über Muriel wissen können. Ich habe so darauf geachtet, dass bei der Arbeit niemand etwas davon erfährt! In letzter Zeit sind in der Firma viele Stellen gestrichen worden, ich konnte nicht riskieren, denen einen Grund zu liefern, mich zu entlassen.«
»Ich weiß«, antwortete ich sanft. Diese Sorge war oft Thema unserer Gespräche gewesen. Es stimmte mich traurig, dass Joe in dieser neuen Version der Welt niemanden mehr hatte, mit dem er darüber reden konnte.
»Aber woher wissen Sie das alles? Wer hat Ihnen davon erzählt?«
Ein zweites Mal konnte ich der Frage nicht ausweichen. »Sie selbst haben es mir erzählt.«

Ich weiß nicht, wie wir es schafften, Joe davon zu überzeugen, dass wir es ernst meinten. Ich weiß nur, dass er am Ende, nachdem ich ihm Detail für Detail erzählt hatte, was ich über den Kampf seiner Frau wusste, nicht mehr leugnen konnte, dass ich diese Dinge nur von ihm selbst erfahren haben konnte. Von da an versuchte er krampfhaft, eine Erklärung zu finden, mit der er leben konnte, ohne dass er sich in der nächsten Zeit jede Nacht schlaflos im Bett wälzen würde.

»Es muss am Stress gelegen haben«, verkündete er schließlich.

»Am Stress?«, wiederholte Jimmy.

»Ja, deswegen kann ich mich wohl nicht daran erinnern. Durch den ständigen Kummer leide ich vermutlich an einer Art ... Amnesie.«

Seinen Worten folgte ein langes Schweigen.

Dann sah ich Jimmy vielsagend an, ehe ich in feierlichem Ton erklärte: »Ja, so etwas kommt heutzutage öfter vor.«

Nachdem unser Essen eingetroffen war, blieben wir nicht mehr lange im Pub. Jimmy schien der Einzige zu sein, der einigermaßen mit Appetit aß.

Ich hatte noch eine bizarre Begegnung auf der Damentoilette, als ich aus meiner Kabine trat und Emily Frost am Waschbecken vor dem Spiegel stehen sah.

»Hallo«, begrüßte ich sie mit einem herzlichen Lächeln, weil ich im ersten Moment völlig vergaß, dass sie ja nicht wusste, wer ich war.

Sie warf mir im Spiegel einen argwöhnischen Blick zu, und plötzlich hatte ich es satt, mich als Fremde unter Leuten zu bewegen, die ich eigentlich schon lange kannte. Es war Zeit zu gehen.

Jimmy streckte Joe die Hand hin. »Es war schön, Sie kennenzulernen.«
Niemanden überraschte es, dass Joe die nette Bemerkung nicht erwiderte.
Sein Abschied von mir fiel etwas herzlicher aus, nachdem ich erklärte: »Es tut mir leid, wenn wir Sie heute aufgeregt haben. Ich hoffe *wirklich*, dass bei Muriel alles gut ausgeht. Ich werde an Sie beide denken.«
Als wir uns zum Gehen wandten, spürte ich Jimmys stützende Hand.
»Ähm ... Rachel?«, rief Joe mir plötzlich nach.
Ich drehte mich zu ihm um.
»Ihr Dad, Rachel – wie geht es ihm inzwischen?«
Ich lächelte meinen alten Freund an. »Es geht ihm besser, Joe.«

11

»Joe scheint ein netter Kerl zu sein.«

Ich sagte nichts, sondern starrte weiter durchs Fenster hinaus auf die vorbeiziehenden Londoner Vororte.

Jimmy versuchte es noch einmal. »Ich glaube, am Ende konnten wir ihn doch davon überzeugen, dass wir keine Spinner sind.«

Wieder gab ich ihm keine Antwort.

»Ist alles in Ordnung?«, fragte Jimmy sanft.

»Er hat mich nicht erkannt«, sagte ich mit dumpfer, tonloser Stimme.

»Ich weiß«, entgegnete Jimmy mitfühlend.

»Eigentlich hätte mich seine Reaktion nicht überraschen dürfen«, fuhr ich fort. »Ich hätte damit rechnen müssen. Aber er war der erste mir gut bekannte Mensch aus diesem Teil meines Lebens, mit dem ich seitdem gesprochen habe – ein Mensch, der mir wirklich am Herzen liegt. Er ist mein Freund, Herrgott noch mal, und trotzdem hatte er keine Ahnung, wer zum Teufel ich überhaupt bin!«

Ich konnte es Jimmy nicht verdenken, dass er in diesem Fall keine beruhigende Erwiderung auf Lager hatte. Was um alles in der Welt sollte er auch sagen, um mich zu trösten?

»Fast kommt es mir so vor, als sei gar nicht ich mit Amnesie geschlagen ... sondern *die anderen!* Ich bin im wahrsten Sinne des Wortes aus ihrem Gedächtnis gelöscht!«

»Hey, du bekommst jetzt keinen Science-Fiction-Koller, oder?«

Offenbar dachte er gerade an die Theorie, die ich geäußert hatte, als wir das letzte Mal in London waren: die Theorie von einer Parallelwelt, in der alle zwar noch vorkamen, aber ein leicht abgewandeltes Leben führten.

»Es ist zumindest eine Theorie ...«, sagte ich zögernd.

»Ja, eine verrückte.«

»Aber was, wenn sie real wäre? Mal angenommen, mit mir ist tatsächlich irgendetwas Seltsames geschehen, als ich mir bei dem Überfall den Kopf verletzte? Vielleicht habe ich ja tatsächlich mit einer anderen Version von mir den Platz getauscht?«

Jimmy lachte, doch da ich nicht einstimmte, fand seine Heiterkeit schnell ein Ende.

»Rachel, du kannst das doch nicht ernst meinen«, begann er sanft. »Ich weiß, dass es noch eine Menge offene Fragen gibt, aber ich glaube wirklich nicht, dass Menschen in der Zeit hin und her springen können, um schnell mal in ihrem *anderen Leben* vorbeizuschauen.«

»Ich rede doch nicht von *Zeitreisen.* Vielleicht ist an dem Abend etwas passiert, und dadurch entstand ... keine Ahnung, eine Art Anomalie im Raum-Zeit-Kontinuum?«

»Weißt du denn überhaupt, was das Raum-Zeit-Kontinuum ist?«

»Nein. Aber vielleicht könnten wir einen Fachmann oder Wissenschaftler finden, der sich damit auskennt. Jemanden, der uns befriedigende *Antworten* liefert.« *Jemanden, der mich nicht für völlig bekloppt hält,* fügte ich im Geiste hinzu.

»Rachel, Süße, so etwas gibt es doch nur in Büchern und Filmen. Im wahren Leben findest du solche Typen nicht in den Gelben Seiten. Wo sollten wir denn da zu suchen anfangen?«

»Keine Ahnung«, antwortete ich verdrossen. Ich wusste ja, dass er recht hatte, ich wollte es bloß nicht hören.
»Möchtest du meine Meinung hören?«, fragte er prompt.
»Schieß los.«
»Meiner Meinung nach ist an jenem Abend tatsächlich etwas mit dir geschehen, und zwar etwas sehr Ungewöhnliches und Einzigartiges. Etwas, das es dir ermöglicht ... nun, vielleicht Gedanken zu lesen oder irgendeine Art psychische Energie aufzunehmen und zu Erinnerungen zu verarbeiten ... oder so.«
»Und warum lässt sich eine derartige Nervenschädigung dann nicht durch die Unmengen von Tests nachweisen, die sie mit mir durchgeführt haben?«
Jimmy schüttelte den Kopf. »Ich weiß es nicht. Wie gesagt, ich nehme an, dass es sich um etwas unglaublich Seltenes handelt. Vielleicht *wurde* es ja durch die Tests nachgewiesen, aber die Ärzte wissen trotzdem nicht, womit sie es zu tun haben? Vielleicht bist du der einzige Mensch, dem das je passiert ist.«
Seine Idee klang in der Tat recht plausibel, das musste man ihm lassen. Trotzdem fand ich, dass sie nicht zu meiner Situation passte, jedenfalls nicht so gut wie meine eigene Idee.
Ich konnte damit nun auf zweierlei Art umgehen: Entweder ich beharrte darauf, dass hier etwas eher Übernatürliches im Gange war, und riskierte dadurch, Jimmys Unterstützung zu verlieren, oder ich war die Klügere und gab nach. Ich traf eine weise Entscheidung.
»Demnach bin ich also ein Unikum, hm?« Ich begann zu grinsen. »Absolut einzigartig?«
»Daran habe ich nie auch nur eine Sekunde meines Lebens gezweifelt.«
Ich konnte nicht anders: Mein Lächeln wurde breiter, bis ich schließlich Gefahr lief, wie die geisteskranke Version

einer Grinsekatze auszusehen. Ich konnte auch nicht umhin festzustellen, dass ihn meine Reaktion ziemlich zu freuen schien.

Einige Kilometer später – wir waren inzwischen auf der Autobahn, die sich wie ein graues Band durch die Landschaft schlängelte – brachte ich das Thema erneut zur Sprache: »Aber was, wenn wir es nie schaffen, der Sache auf den Grund zu gehen? Wenn wir nie die richtige Antwort finden? Was machen wir dann?«

Jimmy schwieg lange. »Na ja«, sagte er schließlich, »immerhin erinnerst du dich doch an die ersten achtzehn Jahre deines Lebens, oder etwa nicht?«

»Natürlich! Bis zum Abend des Autounfalls ist alles da.«

»Wenn man es mal vor dem Hintergrund eines größeren Ganzen betrachtet, geht es also nur darum, dass du auf unerklärliche Art einen vergleichsweise kleinen Teil deiner Vergangenheit ... *verloren* hast. Du solltest dich also fragen, wie viel Zeit und Energie du darauf verwenden willst, dich mit dieser Vergangenheit zu beschäftigen.« Seine Stimme veränderte sich hörbar, sie klang plötzlich viel weicher und tiefer. »Mich persönlich interessiert nicht so sehr deine Vergangenheit, sondern vielmehr deine Zukunft.«

Während der restlichen Heimfahrt wiederholte ich diese Worte immer wieder in meinem Kopf.

Die Augen meines Vaters leuchteten auf, als ich mit den Kisten und einem Koffer voller Klamotten vor der Tür stand.

»Macht es dir wirklich nichts aus, wenn ich noch eine Weile bleibe?«, fragte ich beim Hineingehen. Die Frage hätte ich mir im Grunde sparen können, aber dass er daraufhin feuchte Augen bekam, hatte ich nicht erwartet. »Geht es dir nicht gut, Dad?«

Er rieb sich mit der Hand über das Gesicht. »Ich bekomme wohl einen Schnupfen«, wiegelte er ab, während er sich über eine der Kisten beugte. »Ich trage sie dir hinauf. Und nein, natürlich macht es mir nichts aus. Du bleibst, so lange du willst.«

Ich schaute ihm hinterher, wie er beladen mit meinen Kisten die Treppe hinaufstieg, und plötzlich überwältigte mich eine Welle der Liebe für diesen Mann, der nicht nur ein wunderbarer Vater war, sondern mir auch immer die Mutter ersetzte. Zu dieser Liebe mischte sich große Dankbarkeit. Vielleicht lag es an meiner Begegnung mit Joe und unserem Gespräch über die Krankheit seiner Frau, dass ich plötzlich richtig zu schätzen wusste, wie viel besser mein Leben hier in vielerlei Hinsicht war, verglichen mit dem, an das ich mich erinnerte. Nun ja, abgesehen von dem unnötigen Erlebnis mit Matt. Aber vielleicht würde sich das am Ende sogar als Glücksfall erweisen. Denn es war sicher besser, schon jetzt zu erkennen, dass er nicht treu sein konnte, und ihn in die Wüste zu schicken, statt ihn zunächst zu heiraten und später das Nachsehen zu haben.

Am darauffolgenden Tag fühlte ich mich in der Lage, einen von Matts zahllosen Anrufen anzunehmen. Es war kein angenehmes Gespräch, und ich sagte ein paar Dinge, auf die ich nicht besonders stolz war. Dabei hatte ich gehofft, wir würden es fertigbringen, wie zivilisierte Menschen miteinander umzugehen. Doch jedes Telefongespräch, das damit endet, dass einer dem anderen »Ein schönes Leben noch!« wünscht, ist nicht wirklich als Erfolg zu verbuchen.

Die nächsten Tage hätten eigentlich schön sein können. Weihnachten stand vor der Tür, und auch wenn ich mich dieses Jahr nicht so dafür begeistern konnte wie sonst, versuchte ich, meinem Vater zuliebe wenigstens so zu tun. Allerdings bezweifelte ich, dass es mir wirklich gelang, ihn zu täuschen. Denn jedes Mal, wenn ich das Haus verließ und wiederkam, fragte ich sofort: »Hat jemand für mich angerufen, während ich weg war?«

Er dachte wohl, dass ich darauf wartete, von Matt zu hören. Ich machte mir nicht die Mühe, das richtigzustellen. Was mir in Wirklichkeit Sorgen bereitete, war, dass ich nichts von Jimmy hörte. In Anbetracht der Dinge, die kürzlich zwischen uns zur Sprache gekommen waren, hatte ich gehofft, er würde sich wieder öfter bei uns blicken lassen. Doch seit unserer Rückkehr aus London hatte ich weder etwas von ihm gesehen noch gehört.

Natürlich konnte es sein, dass er viel zu tun hatte, aber *andererseits* – wenn man sich wirklich melden wollte, dann fand man diese eine Minute, oder? Bereute er inzwischen, dass er so viel Zeit mit mir verbracht hatte? Hatte ich seine Worte und Taten mal wieder völlig falsch interpretiert?

Um mich abzulenken, sorgte ich dafür, dass ich jeden Tag richtig viel zu tun hatte. Und so räumte ich mein altes Zimmer gleich zweimal hintereinander um, putzte das ganze Haus von oben bis unten, bis es in ungewohnter Reinlichkeit erstrahlte, und backte wie eine Besessene – ein eher zweifelhaftes Unterfangen, wenn man bedachte, dass ich vorher kaum je einmal gebacken hatte. Während ich Blech für Blech in den Ofen schob und dabei unterschiedlich gut essbare Produkte kreierte, sah ich die naheliegende Frage im Blick meines Vaters, auch wenn er sie nie laut aussprach: Warum all die Backwaren, die für eine ganze Armee gereicht hätten, obwohl wir an Weihnachten nur zu zweit sein würden?

Jede Nacht fiel ich völlig erschöpft in mein Bett – in der Hoffnung, derart am Ende zu sein, dass ich sowohl Jimmys Schweigen als auch die seltsamen Träume und nächtlichen Halluzinationen ignorieren konnte, die erneut anfingen, mich heimzusuchen.

Am vierten Abend, seit ich aus London zurück war, schleppte mein Vater eine übergroße Kiefer ins Wohnzimmer. Verblüfft blickte ich von meinem Platz am Kamin hoch, wo ich langsam, aber sicher Fortschritte mit der stolzen Katze meines Vaters machte. Zumindest ertrug sie meine Berührungen inzwischen schon fünf Sekunden am Stück, ehe sie wie von der Tarantel gebissen davonstürmte.

»Ich dachte, wir wollten dieses Jahr keinen Baum?«

»Stimmt«, räumte mein Vater ein, während er sich abmühte, diesen Möchtegern-Mammutbaum quer über den Wohnzimmerteppich zu ziehen. »Aber irgendwie fand ich, wir könnten doch ein kleines Glanzlicht brauchen. Damit alles schön festlich aussieht.«

Ich räumte rasch einen Platz in der Ecke frei und zog dann den Kopf ein, um den Ästen auszuweichen, die gefährlich genug aussahen, um einem ein Auge ausstechen zu können. Der Baum war so riesig, dass seine Spitze von der Raumdecke nach unten gebogen wurde.

»Einen größeren hast du nicht gefunden?«, zog ich ihn auf.

»Im Gartencenter wirkte er viel kleiner«, murmelte Dad zerknirscht.

»Lass deinen armen Dad in Ruhe. Du hättest mal sehen sollen, wie er sich abgemüht hat, ihn hier den Hügel hochzuschleppen.«

Überrascht wirbelte ich herum. Ich war so sehr damit beschäftigt gewesen, den Baum zu begutachten, dass ich überhaupt nicht mitbekommen hatte, wie Jimmy ins Wohnzimmer getreten war.

»Danke fürs Mitnehmen, Junge«, sagte mein Vater zu ihm. »Eigentlich wusste ich ja schon vorher, dass es besser gewesen wäre, mit dem Wagen zu fahren.«
»Kein Problem«, versicherte Jimmy ihm. Obwohl seine Worte an meinen Vater gerichtet waren, ließ er mich keine Sekunde aus den Augen.
Dann herrschte für einen Moment Schweigen.
»Möchte jemand eine Tasse Tee?«, fragte mein Vater, bevor es peinlich wurde. Ohne auf eine Antwort zu warten, eilte er in die Küche.
Ich wartete, bis er außer Hörweite war, ehe ich sagte: »Hallo Fremder, ich habe mich schon gefragt, ob wir uns je wiedersehen.«
Zumindest besaß Jimmy genug Anstand, um beschämt dreinzublicken. »Es tut mir leid, dass ich mich nicht gemeldet habe. Deine Nachrichten habe ich bekommen, und ich wollte auch schon die ganze Zeit anrufen, aber …« Er verstummte.
»Du hast zu viel zu tun, schon klar.«
»Nein, das ist nicht der Grund. Es ist nur …«
Das wurde langsam anstrengend. Würde er *jemals* einen Satz zu Ende sprechen?
»Schöner Baum«, kommentierte er stattdessen und verwandte unnötig viel Konzentration auf die Betrachtung der Kiefer.
Hätte ich es nicht besser gewusst, hätte man fast meinen können, er wäre nervös. Aber dafür gab es schließlich keinen Grund.
Während mein Dad schließlich die Teetassen verteilte, nutzte ich die Chance, um Jimmy verstohlen zu mustern. Allem Anschein nach war ich wohl nicht die einzige Person im Raum, die in letzter Zeit schlecht schlief – zumindest nicht nach Jimmys dunklen Augenringen zu urteilen.
»Habt ihr denn auch Weihnachtsschmuck für den Baum?«, fragte er, nachdem er seine Tasse ausgetrunken hatte.

»Wieso, möchtest du dich als freiwilliger Helfer melden?« Ich stand auf. »Dann hole ich gleich mal die Kiste. Sie ist noch auf dem Dachboden, oder, Dad?«
Ich hatte eigentlich damit gerechnet, dass sie beide anbieten würden, mir die Kiste herunterzuholen, doch als mein Dad hochblickte und genau das tun wollte, hielt Jimmy ihn mit einem vielsagenden Blick zurück – einem Blick, den ich wohl nicht sehen sollte.
»Du schaffst das bestimmt allein, oder?«, fragte Jimmy mich zuversichtlich.
»Klar.« Ich verstand den Wink mit dem Zaunpfahl und verließ den Raum.
Mir war nicht bewusst, dass ich leise vor mich hinmurmelte, während ich die Speicherleiter herunterzog, bis ich plötzlich bemerkte, dass Kizzy auf dem Treppengeländer saß und mich argwöhnisch beäugte.
»Und du bist auch nicht besser!«, wandte ich mich an das verächtlich dreinblickende Katzenvieh, das daraufhin von seinem Hochsitz sprang und mit entrüstet gesträubtem Fell davonsauste.

Jimmy hatte offensichtlich allein mit meinem Vater sprechen wollen. Zweifellos berichtete er ihm genau in diesem Moment von meiner leicht exzentrischen Theorie, die bewies, dass die arme Rachel noch weit vom Wege der Besserung entfernt war. Wirklich großartig. Seit mein Dad der Meinung war, meine »Amnesie« könne bald geheilt werden, behandelte er mich langsam wieder wie einen normalen Menschen. Doch wenn Jimmy ihm jetzt erzählte, was ich kürzlich im Auto gesagt hatte, würde sich das garantiert schlagartig ändern.
Ich war wütend auf Jimmy, weil ich mich regelrecht verraten fühlte. Ich hatte ihm zwar nie ausdrücklich gesagt, dass mein

Dad von meiner Theorie nichts erfahren sollte, aber ich war davon ausgegangen, dass Jimmy mich gut genug kannte, um zu wissen, dass diese Information nur für seine Ohren bestimmt gewesen war.

Bezeichnenderweise brauchte ich viel länger als erwartet, um die verdammte Kiste mit dem Christbaumschmuck auf dem Dachboden zu finden. Als ich schließlich ins Wohnzimmer zurückkehrte, war das Gespräch zwischen Jimmy und meinem Vater – worum auch immer es dabei gegangen war – längst beendet. Stattdessen waren sie jetzt in ein Pseudogespräch über Fußball verwickelt, ein Thema, das in Wirklichkeit keinen von beiden besonders interessierte.

Noch während ich das Klebeband von der Kiste riss, erhob sich Dad und gähnte übertrieben.

»Ich glaube, ich gehe ins Bett. Was den Baum betrifft, habe ich meinen Teil erledigt. Den Rest könnt ihr übernehmen.«

Erstaunt warf ich einen Blick auf die Uhr über dem Kamin. »Es ist doch noch nicht mal neun!«

Liefen seine Wangen gerade rot an, oder stammte die Röte von der Hitze des Feuers? »Tatsächlich? Ach, macht ja nichts. Es kann nicht schaden, wenn man hin und wieder früh ins Bett kommt. Gute Nacht, Rachel. Bis bald, Jimmy.«

Ich wartete, bis mir das Ächzen der Treppenstufen verriet, dass er hinaufgegangen war, ehe ich mich wütend an Jimmy wandte. »Ich weiß genau, was ihr beide besprochen habe, als ich oben war!«

Und dann wurde es komisch. Denn Jimmy widersprach nicht, sondern starrte mich bloß an, und seine Wangen ... ja, tatsächlich, sie waren definitiv rot angelaufen. Ich ließ den Blick von ihm zum Feuer wandern, das im Kamin fröhlich vor sich hin loderte.

»Du hast es ihm gesagt, stimmt's?« Da es nicht danach aussah, als würde Jimmy etwas zu seiner Verteidigung vorbringen, füg-

te ich hinzu: »Du hast ihm erzählt, was meiner Meinung nach mit mir passiert ist, nicht wahr?«
Ein Ausdruck von Erleichterung breitete sich auf seinem Gesicht aus. »Nein, das habe ich ihm natürlich nicht erzählt. Das würde ich doch niemals *tun!*«
Er sagte das so ernst, dass ich begriff, dass er die Wahrheit sagte.
»Warum habt ihr mich dann aus dem Zimmer geschickt?«
Ein leichtes Flackern seinen Blicks verriet mir, wie unbehaglich er sich fühlte, doch seine Stimme klang ruhig, als er antwortete: »Niemand hat dich aus dem Zimmer geschickt. Du wolltest den Christbaumschmuck holen.«
Ich warf ihm einen langen, strafenden Blick aus zusammengekniffenen Augen zu, den er bestimmt noch aus unserer Vergangenheit in Erinnerung hatte. So hatte ich ihn schon als Kind immer angesehen, wenn mir irgendeine Bemerkung von ihm nicht passte. Dieses Mal konnte ich Jimmy damit aber nicht beeindrucken.
»Jetzt komm schon, lass uns anfangen. Es ist ein großer Baum«, sagte er.
Es ist unmöglich, sich seine schlechte Laune zu bewahren, wenn man einen Weihnachtsbaum schmückt. Die funkelnden Lichterketten und die zarten, schimmernden Glaskugeln, in denen sich das Licht des Kaminfeuers spiegelt, haben etwas an sich, das sämtliche negativen Gefühle aus einem heraussaugt, wie sehr man sich auch an ihnen festzuklammern versucht.
Auf Jimmys Bitte hin hatte ich sogar eine CD mit Weihnachtsliedern herausgesucht. Die Musik lief nun leise im Hintergrund, während wir in trauter Zweisamkeit – und größtenteils schweigend – den Baum schmückten. Es war gemütlich und harmonisch. Die Köpfe über den Christbaumschmuck gebeugt, berührten sich unsere Finger manchmal versehentlich,

wenn wir beide im selben Moment nach einem bestimmten Teil griffen. Entweder hatten wir einen ähnlichen Geschmack, was kitschige Weihnachtskugeln betraf, oder es war einfach eine weitere Bestätigung dafür, wie sehr wir miteinander in Einklang standen.

Allmählich sah der Baum richtig schön aus. Es fehlte nur noch ein bisschen Glitzerkram, um das Ganze abzurunden. Bemüht, mich nicht von den spitzen Kiefernnadeln stechen zu lassen, quetschte ich mich halb hinter den Baum und bat Jimmy, mir das lange Glitzerband zu reichen, damit ich es zwischen die Zweige legen konnte. Ich streckte eine Hand durch das dichte Nadelgewirr, um das Band entgegenzunehmen, doch stattdessen spürte ich nur Jimmys sanfte Fingerspitzen.

»Ich kann das nicht mehr.« Seine Stimme klang fast verzweifelt, als hätte er die Worte gegen seinen Willen ausgestoßen.

Die Äste versperrten mir die Sicht auf ihn, so dass ich mich in die Richtung wandte, in der ich ihn vermutete, und sagte: »Das ist schon in Ordnung. Wir sind ja fast fertig, den Rest schaffe ich auch allein.«

»Ich rede nicht von dem verdammten Baum!« Es bestand kein Zweifel, in seiner Stimme schwang Panik mit.

Ich versuchte, mich aus dem Käfig aus Ästen zu befreien, hielt jedoch mitten in der Bewegung inne, als er hinzufügte: »Ich rede von uns. Von dir und mir, unserer Freundschaft.«

Ich hatte das Gefühl, mein Herz würde sich mit Frost überziehen. Jede Angst, die ich in meinem Leben empfunden hatte, kumulierte in jenem einen Moment. Es machte mich noch genauso fertig, wie es mich fertiggemacht hätte, wenn er mich bereits als Fünfjährige damit konfrontiert hätte: Jimmy wollte nicht mehr mein Freund sein. Plötzlich hatte ich es gar nicht mehr eilig, hinter dem Baum hervorzukommen. Ich wollte nicht, dass Jimmy sah, welch verheerende Wirkung seine Worte auf mich hatten. Im Grunde war ich ja selbst schuld. Erst hatte ich etwas höchst Kostbares viel zu lange vernachlässigt, und dann hatte ich seine Freundschaft und Gutmütigkeit überstrapaziert.

»Verstehe«, sagte ich mit einer Stimme, die bereits zitterte. »Du möchtest einen Gang zurückschalten, was unsere Freundschaft betrifft.«

Er stieß einen Laut aus, der fast wie ein Stöhnen klang. »Nein, das ist es nicht! Obwohl – vielleicht doch … Ich möchte als dein Freund tatsächlich einen Schritt zurücktreten …«

Das war das Schlimmste, was ich je zu hören bekommen hatte. Doch dann fügte er hinzu: »Aber nur, weil ich so viel mehr für dich sein möchte als nur ein Freund!«

Meine Hand, die immer noch zwischen den Zweigen herausragte, wurde von seinem warmen, festen Griff umschlossen.

»Musstest du unbedingt warten, bis ich in einem Weihnachtsbaum feststecke, um mir das zu sagen?«, antwortete ich keck, ohne die Bedeutung seiner Worte wirklich zu begreifen.

»Ich musste einfach sicherstellen, dass du nicht weglaufen kannst«, erwiderte er, während er mich behutsam hinter dem Baum hervorzog.

»Das ist das Letzte, wonach mir jetzt zumute ist«, beruhigte ich ihn. »Ehrlich gesagt …«

Was ich zu sagen hatte, schien ihn nicht zu interessieren, denn er zog mich an sich und ließ seinen Kopf gegen meinen sinken. Meine weichen Rundungen schmiegten sich an seine harten Muskeln – wir waren eine perfekte Skulptur, zwei Hälften, die sich zu einem Ganzen ergänzten. Nichts hatte sich jemals so richtig angefühlt. Jimmys donnernder Herzschlag war das Echo meines eigenen, und er presste meinen zitternden Körper fest an sich. Ich sah ihm in die Augen und fand dort alles, wonach ich immer gesucht hatte: Liebe. So rein und selbstlos, dass es mir das letzte bisschen Atem raubte. Und dann war sein Mund auf meinem, und ich verliebte mich immer noch mehr in den Mann, für den ich seit jeher bestimmt gewesen war.

Das Feuer im Kamin erlosch lange vor unserer Leidenschaft. Mit ineinander verschlungenen Gliedern lagen wir auf dem alten, ausgeblichenen Sofa. Mein Kopf ruhte auf Jimmys Brust, und er zeichnete mit den Fingern kleine Kreise auf meinen Nacken. Ich hatte noch nie einen solchen Moment vollkommenen Glücks erlebt.

Ich versuchte mich aufzusetzen, doch seine starken Arme ließen mich nicht los.

»Nicht bewegen«, bat er und drückte rasch seinen Mund auf meinen, so dass ich während der nächsten Minuten nicht die geringste Chance hatte, mich von ihm zu lösen.

Als wir schließlich voneinander abließen, war ich atemlos. »Jimmy, können wir kurz reden?«

Seine blauen Augen verdunkelten sich. »Viel lieber würde ich das hier machen«, erwiderte er und zog mich komplett auf sich. Diese neue Position war für meine Konzentration gar nicht förderlich, und so verloren wir uns erneut in einigen leidenschaftlichen Minuten, während denen die Lust wie heiße Lava durch meine Venen pulsierte.

»Genug!«, sagte ich schließlich bestimmt und setzte mich so ruckartig auf, dass ich fast vom Sofa gekippt wäre.

Ich sah, wie schwer es ihm fiel – sowohl körperlich als auch emotional –, sich von mir zu lösen. Das Wissen, dass er mich ebenso begehrte wie ich ihn, ließ tief in meinem Inneren etwas erbeben.

»Du hast fünf Minuten«, warnte er mich und setzte sich ebenfalls auf, »bevor ich wieder anfange, dich zu küssen, du solltest also lieber schnell reden.«

Sowohl seine Worte als auch seine Nähe hatten eine seltsame Auswirkung auf meinen Puls. Daher war ich nicht sicher, ob ich mehr als einen Satz in fünf Minuten zustande bringen würde. Doch ein paar Dinge musste ich ihn *unbedingt* fragen.
»Das … zwischen uns … ich bin ganz durcheinander … ich dachte, du …« Lieber Himmel, nun war ich tatsächlich nicht mehr in der Lage, zusammenhängend zu sprechen!
»Du dachtest was?«, hakte er sanft nach, während er gleichzeitig nach meiner Hand griff und seine Finger zwischen meine schob.
»Ich dachte, du magst mich nicht … nun ja, nicht auf *diese* Weise.«
Offenbar überraschten ihn meine Worte so sehr, dass sie sogar das liebevolle Lächeln von seinem Gesicht fegten. An seine Stelle trat ein Ausdruck von Fassungslosigkeit. »Wie um alles in der Welt kommt du denn *darauf?*«
»Na ja, nach allem, was in dem Hotel passiert ist …«
An seinem Blick erkannte ich, dass es ihm allmählich dämmerte.
»In der besagten Nacht hast du mich ziemlich deutlich spüren lassen, dass du mich nicht wolltest.« Meine Stimme kippte kurz. Die Erinnerung an diesen peinlichen Augenblick schmerzte immer noch.
»Hast du das wirklich geglaubt?« Nachdenklich fuhr er sich mit einer Hand durchs Haar. »Oh Mann, ich wollte dich so sehr, dass ich daran fast erstickt wäre. Du kannst dir gar nicht vorstellen, wie schwer es mir gefallen ist, dein Zimmer zu verlassen.«
»Warum hast du es dann getan?«
Er zog mich wieder an sich. Ich schmiegte den Kopf an seinen Hals und spürte, wie sein Atem sanft über meine Stirn strich, während er sprach. »Ich wollte die Situation nicht ausnutzen. Wahrscheinlich ist es auch jetzt noch falsch.«

Ich setzte zum Widerspruch an, doch er brachte mich zum Schweigen, indem er mir einen Finger auf die Lippen drückte. »Du warst an dem Abend so verwirrt, und du brauchtest mich als Freund, nicht als Geliebten. Außerdem warst du zu dem Zeitpunkt noch mit Matt verlobt.«

Während er sprach, begannen alle meine Zweifel und Unsicherheiten zu bröckeln. Dass er in jener Nacht mein Bett verlassen hatte, zeigte noch viel mehr, welch tiefe Gefühle er für mich empfand, als wenn er geblieben wäre. Sarah hatte recht gehabt, Jimmy hätte mich nie zurückgewiesen, es sei denn, er war der festen Überzeugung, das Richtige zu tun.

»Aber Matt ...«, begann ich.

Er stieß ein leises Stöhnen aus. »Müssen wir über den wirklich sprechen?«

Ich blickte ihn an und ließ all die Liebe, die ich für ihn empfand, aus meinen Augen leuchten wie ein Signalfeuer, damit er wusste, dass ich gar nichts sagen konnte, was ihn verletzen würde. »Ich möchte doch nur klarstellen, dass ich inzwischen begriffen habe, warum du mit deinen Gefühlen hinter dem Berg gehalten hast. Außerdem bist du wahrscheinlich der Meinung, ich bräuchte noch Zeit, um über Matt hinwegzukommen, aber das stimmt nicht.«

Er sah mich skeptisch an.

»Soweit es mich betrifft, haben Matt und ich uns schon vor fünf Jahren getrennt. Ich hatte in erster Linie Probleme damit, dass wir plötzlich verlobt waren, und weniger damit, ihn zu verlieren.« Ich warf einen Blick auf die Uhr am Kaminsims. »Gut, meine fünf Minuten sind rum.« Ich beugte mich zu ihm, um ihn zu küssen, doch dieses Mal war er derjenige, der den Kopf zurückzog.

»Kann ich dir noch etwas sagen, bevor ich mich hier ganz verliere, Rachel?«

Er klang so ernst, dass ich plötzlich Angst bekam.
»Das mit uns, heute Abend … das ist nicht nur eine Laune. Ich will, dass du das weißt. Was ich für dich empfinde … ich hätte es dir schon vor langer Zeit sagen sollen. Einmal hätte ich es übrigens fast getan.«
Die Teilchen begannen sich ineinanderzufügen.
»Obwohl ich wusste, dass du mit Matt zusammen warst, hatte ich mir geschworen, dass ich dir, bevor wir alle mit dem Studium anfingen, gestehen würde, was ich für dich empfand … schon immer empfunden hatte. Wir hatten sogar schon ein Treffen vereinbart, aber das war am Abend …«
»… des Unfalls«, beendete ich den Satz für ihn.
»Und später kam irgendwie nie mehr der richtige Zeitpunkt, um es dir zu sagen. Als ihr beide dann nach dem Studium immer noch zusammen wart, dachte ich, ich hätte meine Chance vertan.«
Es brach mir das Herz, wenn ich daran dachte, wie viel Schmerz es ihm im Laufe der Jahre bereitet haben musste, mich an der Seite eines anderen zu sehen.
»Es tut mir so leid«, sagte ich geknickt. »Kannst du mir je verzeihen, dass ich nicht kapiert habe, wie sehr du mich damals geliebt hast?«
Seine Stimme klang vor lauter Gefühl ganz heiser. »Damals und *immer*«, stellte er richtig.
»Danke, dass du auf mich gewartet hast«, flüsterte ich leise.
Sein Lächeln war alles, was ich in dem Moment auf der Welt brauchte.
»Gern geschehen.«
Im Kamin knisterte die Glut, und im Schummerlicht des Raumes funkelte der Weihnachtsschmuck, doch wir hatten nur noch Augen und Ohren für einander.

Das dümmliche Grinsen, mit dem mein Vater am folgenden Morgen die Küche betrat, verriet mir, dass er ahnte, was zwischen Jimmy und mir geschehen war.

»Du siehst glücklich aus«, bemerkte er.

Mein Grinsen stand dem seinen in nichts nach.

»Wann ist Jimmy denn gestern aufgebrochen?«

Lieber Himmel, der Mann besaß wirklich keinerlei Taktgefühl.

»Spät«, antwortete ich, während ich nach der Kaffeetasse griff, die er mir hinhielt. »Du weißt Bescheid, oder?«

Er nickte bestätigend. »Jimmy hat mir gestern gesagt, dass er mit dir über seine Gefühle sprechen will.«

»Hat er dich etwa um deine Erlaubnis gebeten?«, fragte ich, erstaunt darüber, dass sie beide am Ende altmodischer und traditionsbewusster waren, als ich gedacht hatte.

»Nein, nicht direkt. Er wollte nur wissen, ob du das, was er dir sagen wollte, schon verkraften würdest, oder ob er sich lieber noch etwas Zeit lassen sollte.«

»Und was hast du gesagt?«

»Ich habe ihm gesagt, dass er ja schon die letzten zwanzig Jahre vergeudet hat und endlich Nägel mit Köpfen machen soll.«

»Ich bin mir nicht sicher, ob ich mit drei Jahren schon bereit gewesen wäre, es zu hören.«

»Aber jetzt bist du es?«

Musste er da wirklich noch fragen?

»Jetzt ist alles absolut perfekt.«

Ich wusste es zu dem Zeitpunkt noch nicht, aber es sollte sogar noch besser werden.

Es war Heiligabend, kurz nach elf, und bald würden wir zur Mitternachtsmette aufbrechen. Ich war unendlich dankbar für so vieles, das sich in der letzten Zeit in meinem Leben ereignet hatte. Obwohl Jimmy Nachtschicht hatte, würde er rechtzeitig Schluss machen, um mit uns die Messe besuchen zu können.

Während ich am Wohnzimmerfenster saß und auf ihn wartete, beobachtete ich, wie weiche Schneeflocken auf Straße und Gehsteig landeten. Vor meinen Augen verwandelte sich die vertraute Umgebung in ein Weihnachtskartenidyll. Ich musste lächeln, denn unter diesem zarten, weißen Schleier wirkten plötzlich auch ganz banale Dinge wunderschön. Seit ein paar Tagen lächelte ich ziemlich viel. Jede Minute, die ich mit Jimmy verbrachte, erfüllte mich mit so viel Freude und Glück, dass ich inzwischen das Gefühl hatte, ihn zum Leben notwendiger zu brauchen als die Luft, die ich atmete. Jede Minute, die ich getrennt von ihm war, dachte ich an ihn und freute mich darauf, schon bald wieder sein vertrautes Klopfen an der Tür zu hören.

Mit meinem ständigen Lächeln und Schmachten wäre ich womöglich eine recht nervige Tochter gewesen, hätte mein Dad sich nicht selbst so über diese Wendung der Dinge gefreut.

Als mein Vater nun den Raum betrat, trug er bereits seinen Wintermantel und seinen Hut. »Ist er schon da?«

»Er kommt bestimmt gleich«, beruhigte ich ihn.

Helle Scheinwerfer schnitten durch den Nebel, als Jimmys Wagen kurz darauf um die Kurve bog und vor dem Haus zum Stehen kam.

Ich nahm meinen Mantel vom Stuhl und eilte zur Tür. Mein Herz schlug schneller, und ich fühlte mich wieder wie ein Teenager.

Während Jimmy ausstieg, blieb ich in der offenen Tür stehen. Schneeflocken bedeckten meine Haare und meine Schultern, aber das war mir egal. Ich sah nur Jimmy. Die Intensität meiner Gefühle hatte mich überrascht. Nachdem wir uns schon unser Leben lang kannten, hatte ich in Bezug auf unsere Liebe eher mit einem gemütlichen Knistern gerechnet und nicht mit diesem flammenden Inferno, das mich nun verzehrte.

»Du siehst aus wie eine Schneekönigin«, murmelte Jimmy und küsste mir die Schneekristalle aus dem Gesicht. »Aber du hast ja deinen Mantel gar nicht an«, schalt er mich, als er sah, dass ich ihn noch über dem Arm trug. »Du wirst dich erkälten.«
»Nicht, wenn du da bist«, entgegnete ich verträumt, ließ aber dennoch die Arme in das Kleidungsstück gleiten, das er mir abgenommen hatte und nun hinhielt. Besonders gut gefiel mir, dass er meinen langen Schal, den er mir liebevoll um den Hals drapierte, anschließend dazu benutzte, mich an sich zu ziehen und ausgiebig zu küssen.
»Ähm«, machte es hinter uns.
Wir trennten uns mit sichtlichem Widerstreben.
»Ich hoffe, ihr schafft es, euch in der Kirche eine Stunde zusammenzureißen«, warnte uns mein Vater.
»Wir werden unser Bestes geben, Tony«, versprach Jimmy.
»Keine Sorge, Dad«, versicherte ich ihm, während ich mich bei ihm unterhakte und ihn zu Jimmys Wagen zog. »Ich werde dir vor dem Pfarrer keine Schande machen!«

Der Weg von der Straße zur Kirche war von Gläsern mit flackernden Teelichten gesäumt. Die Kirchentore standen offen, und drinnen hieß der Chor die Gläubigen mit einem bekannten Weihnachtslied willkommen. Ich blieb für einen Moment stehen, um die Atmosphäre bewusst zu genießen: den schneebedeckten Kirchturm, die leuchtenden Kerzen, die Musik und natürlich den Mann an meiner Seite.
»So unglaublich schön«, flüsterte ich ehrfürchtig.
Jimmy hatte keine Augen für unsere Umgebung oder die anderen Leute, sein Blick hing die ganze Zeit an mir.
»Unglaublich schön«, wiederholte er.
Auch den Gottesdienst selbst empfand ich als ungemein anrührend. Bei der Weihnachtsgeschichte musste ich sogar wei-

nen. Als ich meine Tasche nach einem Taschentuch durchwühlen wollte, hielt Jimmy mir schon eines hin. Ich tupfte mir die Augen ab, ohne mich meiner Gefühle zu schämen. Tränen des Glücks waren nichts, wofür man sich schämen musste.
Als wir schließlich wieder hinaus in das Schneegestöber traten, zog Jimmy mich ein wenig beiseite, fort von den anderen Gottesdienstbesuchern, die es wegen des Schnees eilig hatten, zu ihren Autos zu kommen. Mein Vater war in der Kirche von einem alten Freund aufgehalten worden. Dass er uns nicht folgte, merkten wir erst draußen.
Die Temperatur war noch einmal gefallen, so dass ich nun trotz meines warmen Mantels und Schals fror.
Jimmy zog mich in die Arme, eng an seinen Körper, und flüsterte mir dann neckend ins Ohr: »Ich glaube, dagegen ist nichts einzuwenden, solange wir behaupten, dass ich dich nur wärmen wollte.«
Ich weiß nicht, ob es daran lag, dass ich nicht reagierte, oder ob Jimmy spürte, wie mein Körper sich versteifte, jedenfalls merkte er sofort, dass etwas nicht stimmte. Als er mich in den Arm genommen hatte, war mein Blick auf den Friedhof gefallen, und ich war von der Erinnerung an das grauenhafte Gefühl, vor Jimmys Grab zu stehen, überwältigt worden. Vor meinem geistigen Auge sah ich sein Grab wieder ganz deutlich vor mir, und selbst in der Erinnerung wirkte es so schrecklich real, dass ich einen Moment lang vergaß, dass Jimmy ja quicklebendig vor mir stand.
Behutsam löste er sich von mir, bemerkte den Schmerz in meinen Augen und wandte verwundert den Kopf, um herauszufinden, was mir solchen Kummer bereitete.
Dann dämmerte es ihm.
»Ist das da, wo …?«
Ich nickte benommen.

Er warf einen Blick zur Kirchentür hinüber, wo von meinem Vater noch immer nichts zu sehen war, ehe er mich an der Hand nahm und sanft mit sich zog. »Dann komm.«
Doch ich blieb wie angewurzelt stehen. »Ist das dein Ernst?«
Aus seinen Augen sprach nur Liebe und Verständnis. »Du musst es sehen.«
Ich schauderte. »Ich war bereits an deinem Grab. Ich möchte dort nie wieder hin.«
Doch wie üblich konnte ich mich seiner geduldigen Beharrlichkeit nicht widersetzen.
»Es gibt dieses Grab nicht, Rachel. Komm und sieh es dir an.«
Obwohl es zum Friedhof nur ein paar Schritte waren, blieb mir dennoch Zeit genug, allerlei Schreckensszenarien heraufzubeschwören. Eines davon erwies sich als besonders hartnäckig: Was, wenn ich zu der Stelle kam und doch Jimmys Grab vorfand? Würde ich mich dann dem Mann an meiner Seite zuwenden und feststellen, dass er verschwunden war? Mich durchlief ein Schaudern, das nichts mit dem Wetter zu tun hatte.
Die Vorstellung, dass mich jeder Schritt, den ich über den holprigen Friedhofsboden ging, womöglich dem Verderben näher brachte, machte mir schwer zu schaffen.
»Wo war es?«, fragte Jimmy sanft.
Wahrscheinlich war er der einzige Mensch auf der ganzen Welt, der sich von einem anderen den Weg zu seinem eigenen Grab weisen ließ.
»Da drüben!« Ich deutete auf die entsprechende Stelle. »Hinter der Gruppe von Grabsteinen dort.«
Sanft, aber entschlossen zog er mich in die Richtung, in die ich gewiesen hatte. Im Vorbeigehen las ich die vertrauten Inschriften auf den Grabsteinen. Ich sollte eigentlich gar nicht wissen, wie sie lauteten, konnte mich aber an jede einzelne lebhaft erinnern: *Teurer Ehemann, liebe Großmutter, geliebter Vater.*

Meine Füße fühlten sich an wie Blei, als ich an die Stelle trat, wo der Mann, den ich liebte, beerdigt wurde, nachdem er ums Leben gekommen war, weil er das meine gerettet hatte.
Jimmy drückte fest meine Hand, als ich schließlich den Blick hob. Für einen Moment konnte ich es sehen. Ich konnte es tatsächlich sehen. Der schimmernde weiße Marmorgrabstein erschien mir einen Augenblick lang so real, dass ich beinahe die Hand ausgestreckt hätte, um ihn anzufassen. Ich blinzelte benommen. Damit war der Bann gebrochen. Vor mir lag nur noch eine leere Fläche unberührten Grases.
»Dann war es also hier«, stellte Jimmy in seltsam ehrfürchtigem Ton fest.
Ich nickte und war den Tränen nahe. Der Schmerz jener Nacht drohte mich erneut zu überwältigen.
»Die Inschrift war so traurig«, flüsterte ich. »›Mit achtzehn Jahren zu früh verloren. Geliebter Sohn und treuer Freund. Unsere Liebe zu dir wird ewig währen.‹«
Mir war gar nicht klar gewesen, dass sich die Worte derart in mein Gedächtnis eingegraben hatten.
»Es war fürchterlich. Ich hatte das Gefühl, mein Herz würde zerspringen, während ich dastand und spürte, wie sehr du mir fehltest, wie sehr ich dich liebte ...«
Jimmy trat dichter neben mich, und einen bizarren Moment lang kam es mir vor, als wolle er meine Erinnerungen nachspielen, indem er auf die Knie fiel wie ich damals. Dann aber begriff ich, dass er nicht mit *beiden* Knien den Boden berührte, sondern ... nur mit *einem.* Er hielt immer noch meine Hand.
Der Schnee wirbelte in magischen Kreisen um uns herum. Jimmys Gesichtsausdruck war unbeschreiblich. Ich wusste, dass ich mich bis ans Ende der Zeit daran erinnern würde.
»O mein Gott!«, keuchte ich.
»Willst du meine Frau werden?«

Unter dem Gewicht seiner Liebe zerfielen die grässlichen Erinnerungen, die ich mit diesem Ort verband, zu Staub. Die Macht seiner Gefühle riss mich aus den gefährlichen Untiefen meines Gedächtnisses. Und so rettete mich Jimmy ein weiteres Mal.
»Ich kann nicht fassen«, begann ich mit einer Mischung aus Lachen und Tränen, »dass ich eines Tages meinen Enkelkindern erzählen werde, dass ihr Großvater mir seinen Heiratsantrag auf dem Friedhof gemacht hat!«
»Ist das ein Ja?«
Ich kniete mich neben ihn auf den gefrorenen Boden und flüsterte meine Antwort dicht an seinem Mund. »O ja.«

12

Sechs Wochen später

Langsam und vorsichtig stieg ich die Treppe hinunter und hielt dabei den Saum meines langen, elfenbeinfarbenen Kleides hoch. Unten stand mein lächelnder Vater, krampfhaft bemüht, sich nicht von seiner Rührung übermannen zu lassen.

Doch als er nach meiner Hand griff, entwischte ihm trotzdem eine einzelne Träne und kullerte seine Wange hinunter. »Ich wünschte, deine Mum könnte das erleben. Sie wäre so stolz auf dich.«

Ich gab ihm einen Kuss. Dabei stieg mir der vertraute, frische Duft seines Rasierwassers in die Nase.

»Jetzt ist aber Schluss, Dad, sonst bringst du mich auch zum Weinen, und wir ruinieren die ganze Arbeit, die Sarah sich gemacht hat.« Ich blickte mich in der Diele und im Wohnzimmer um. Von oben hatte es sich angehört, als würden sich hier unten mindestens hundert Leute drängen. »Sind die anderen schon losgefahren?«

»Ja, mein Liebling. Nur noch wir beide sind hier. Draußen wartet der Wagen.«

Ich atmete tief durch. Es war an der Zeit.

»Nervös?«, fragte mein Vater, während er mir meinen Brautstrauß aus dunkelroten Rosen reichte.
Ich schüttelte lächelnd den Kopf. »Nur aufgeregt.«
»Wir müssen los, Rachel.«

Die Zeit seit unserer Verlobung war vor lauter Hochzeitsvorbereitungen wie im Flug verstrichen. Wahrscheinlich würden ein paar Leute verstohlen meinen Bauch begutachten und sich fragen, ob es wohl einen Grund dafür gab, dass wir es so eilig hatten. Sie irrten sich zwar, doch falls mich jemand danach fragen sollte, wäre es vielleicht einfacher, diese Erklärung vorzuschieben, statt den Leuten die Wahrheit zu sagen. Wie sie wohl reagiert hätten, wenn sie Zeuge der Unterhaltung zwischen mir und Jimmy zu diesem Thema geworden wären?
»Ich will nicht warten«, hatte er mir nur wenige Tage nach Weihnachten gestanden. »Ich warte schon viel zu lange auf dich.«
Seine Worte hatten mich mit großer Wärme erfüllt. Trotzdem wollte ich noch eine Sache ansprechen.
»Du wirst es bestimmt für Unsinn halten«, begann ich, »aber lass es mich trotzdem ein einziges Mal loswerden, dann verspreche ich dir, dass ich nie wieder davon anfange.«
Er nickte leicht. Wahrscheinlich ahnte er schon, was ich sagen würde.
»Das, was mit mir passiert ist – was auch immer es war … Ich glaube, es hat schon angefangen, als ich mich damals bei dem Unfall am Kopf verletzte. Richtig heftig wurde es aber erst, als ich überfallen wurde und mich erneut am Kopf verletzte …«
»Sprich weiter«, bat er in drängendem Ton, als ich stirnrunzelnd innehielt, weil ich nach den richtigen Worten suchte.
»Was, wenn mir noch einmal etwas zustößt? Mal angenommen, ich gehe irgendwie *zurück?* Was, wenn sich wieder alles ändert?«

Er zog mich an sich und küsste mich langsam, als könne er auf diese Weise alle Hirngespinste vertreiben.
»Es wird nichts Derartiges mehr passieren«, versprach er. »Du gehst einfach nicht mehr ohne mich aus dem Haus. Ich werde es nicht zulassen.«
Das war lieb gemeint, aber er sah, dass ich mir trotzdem Sorgen machte.
»Es gibt im Leben keine Garantien, Rachel«, fuhr er fort. »Unfälle und Krankheiten brechen einfach über uns herein, wir können nichts dagegen tun. Mein Beruf ist manchmal gefährlich, und man kann sich auch schon ernsthaft verletzen, wenn man morgens aus dem Bett steigt. Trotzdem dürfen wir nicht zulassen, dass die Angst unser Leben bestimmt.«
Er hatte recht. Hatten die vergangenen Wochen mich nicht gelehrt, wie wichtig es war, jede Chance auf Glück zu ergreifen und sich daran festzuhalten wie ein Ertrinkender?
»Obwohl ich dir zur Hochzeit natürlich gern einen Schutzhelm schenken kann, wenn du auf der sicheren Seite sein möchtest.«
»Das sähe zum Schleier bestimmt gut aus!«
»Was *mir* mehr Sorgen bereitet«, fuhr er plötzlich wieder ernst fort, »ist die Frage, wie es wohl weitergehen wird, wenn dein Gedächtnis tatsächlich zurückkehrt und du beim Aufwachen feststellst, dass du mit dem falschen Mann verheiratet bist. Was, wenn dir dann klarwird, dass du doch lieber mit Matt zusammen wärst?«
In seinem Blick lag ein Ausdruck von Verletzlichkeit, wie ich ihn bei Jimmy noch nie gesehen hatte.
»Du meinst, wenn die Amnesie geheilt wird, ich dadurch aber aus irgendeinem Grund zur Vollidiotin mutiere?«
Er versuchte, ein Lächeln aufzusetzen, doch es fiel ihm offensichtlich schwer.
»Wir machen uns wohl beide Gedanken über etwas Verrücktes, das garantiert nie passieren wird.«

Die lange, silberfarbene Limousine stand am Randstein bereit, geschmückt mit weißen Bändern. Ein paar Nachbarn sahen von ihren Haustüren oder Gärten aus zu, wie mein Vater und ich aus dem Haus traten. Irgendwo in der Nähe jauchzte ein Kind vor Begeisterung, und jemand begann zu klatschen, woraufhin die anderen entlang der Straße mit einstimmten.

Nachdem wir uns auf dem Rücksitz des Wagens niedergelassen hatten, strich mir mein Vater eine lange Haarsträhne aus dem Gesicht.

»Meine schöne Tochter«, sagte er lächelnd, während sich der Wagen in Bewegung setzte und wir unsere Fahrt zur Kirche antraten.

Die Schwester bemühte sich, leise zu sein, als sie den kleinen Raum betrat. Trotzdem zuckte der Mann, der neben dem Bett saß, bei ihrem Eintreten zusammen. Erschrocken blickte er hoch, doch als er sah, dass sie allein war, entspannte er sich ein wenig.

»Darf ich Ihnen etwas bringen?«, fragte sie freundlich, während sie geschäftig über die Bettdecke strich, die im Grunde nie glatt gestrichen werden musste.

»Nein danke«, antwortete er höflich.

Sie betrachtete ihn mitfühlend. Er wirkte so zerbrechlich und schwach, als sollte eigentlich er in dem Bett liegen. Er war noch keinen einzigen Tag fortgeblieben und wachte sogar nachts neben ihrem Bett. Es hieß, dass er nicht einmal mehr zu seinen eigenen Behandlungen ging. Für die Pflegekräfte war er ein herzerweichender Anblick. Sie fühlten sich alle so hilflos.

Nun steuerte die Schwester quer durch den Raum auf den Turm aus Apparaturen zu, die neben dem Bett aufragten, und legte die Hand an einen Regler. »Ich drehe Ihnen das etwas leiser, ja? Das Geräusch kann ein bisschen nerven.«

»Nein, bitte nicht«, bat der Mann in flehendem Ton. »Ich höre das gern, je lauter, desto besser. Es beweist, dass sie noch bei uns ist.«
Die Schwester schluckte heftig gegen den Kloß in ihrem Hals an, tat aber dennoch, wie ihr geheißen, und drehte die Apparatur lauter statt leiser.

Der Wagen fuhr schwungvoll vor den Kircheneingang. Neben dem überdachten Friedhofstor wartete Sarah, die in ihrem roten Brautjungfernkleid ganz bezaubernd aussah. Mein Dad half mir galant aus dem Wagen. Sarah stürzte sofort herbei und begann aufgeregt, unsichtbare Falten aus meinem Kleid zu streichen. Ich blickte fragend zu meiner Freundin hinunter.
Sie griff nach meiner Hand und drückte sie. »Natürlich ist er hier.«
Ich lächelte erleichtert.
»Er wartet schon sein ganzes Leben lang auf dich, Rachel. Wo sollte er also sonst sein?«

Die Schwester ließ ihn wieder allein, weil sie Verständnis dafür hatte, dass er jeden letzten Moment der Zweisamkeit auskosten wollte. Liebevoll blickte er auf seine einzige Tochter hinunter, die reglos in ihrem Krankenbett lag. Er sah die vielen Schläuche und Kabel, die sie mit der lebenserhaltenden Maschine verbanden, nicht. Nein, er hatte nur Augen für seine geliebte Tochter, versunken in einen so tiefen Schlaf, dass sie daraus nicht mehr erwachen konnte.
»Daddy ist bei dir«, murmelte er leise, während ihm Tränen über die Wangen liefen.
Zärtlich berührte er ihr Gesicht. Die weiße, gezackte Narbe, die sich von ihrer Stirn bis zur Wange hinunterzog, registrierte er kaum. Mit zitternden Fingern strich er ihr eine lange Haarsträhne zurück, die ihr ins Gesicht gefallen war.
»Meine schöne Tochter«, seufzte er gebrochen.

Dieses Mal klopfte die Schwester diskret an, ehe sie den Raum betrat. »Ich wollte Ihnen nur Bescheid geben, dass Doktor Whittaker eingetroffen ist. Er wird in etwa zehn Minuten hier sein.«
»So bald schon?«, fragte der Mann panisch.
Es ging alles so schnell, es blieb nur noch so wenig Zeit!
Nachdem er wieder allein im Raum war, griff er nach der kleinen Flasche, die er in der Schublade des Nachttisches aufbewahrte. Als er den Stöpsel zu lösen versuchte, zitterten seine Finger, so dass ein paar Tropfen auf ihrem Nachttisch landeten, ehe er sich ein wenig von dem markant duftenden Rasierwasser auf die hohlen Wangen tupfte.
Vor langer Zeit hatte ihm jemand gesagt, dass sie möglicherweise noch in der Lage war, bestimmte Dinge zu hören und zu riechen – selbst aus den Tiefen ihres Komas. Deswegen trug er immer diesen Duft, wenn er hier war – er hoffte, dass der vertraute Geruch irgendwie durch den Schleier dringen und sie wissen lassen würde, dass er bei ihr war.
»Du warst so tapfer, mein Liebling«, flüsterte er nahe an ihrem Gesicht. »Ich weiß, dass du mich nicht alleinlassen willst, aber ich komme schon klar.« Seine Stimme war jetzt tränenerstickt, er bekam kaum noch einen Ton heraus. »Ich bin so stolz auf dich«, fuhr er schließlich fort, während sich der Türgriff drehte und sich der Raum leise mit Menschen zu füllen begann.

Im Vorraum der Kirche verharrten wir kurz. Im Kirchenraum selbst war es still geworden. Die wartenden Gäste verdrehten bereits die Köpfe, um unseren Einzug bloß nicht zu verpassen. Sarah trat hinter mich, während mein Vater mich unterhakte. Dann beugte er sich zu mir herüber und küsste mich auf die Wange. Sein Rasierwasser und der Duft meines Brautstraußes vermischten sich zu einer betörenden Kombination.
»Ich bin so stolz auf dich.«
»Ich liebe dich, Dad«, flüsterte ich, ehe ich mir den Spitzenschleier übers Gesicht zog.

Drinnen begann die Orgel eine vertraute Melodie zu spielen. Das war unser Einsatz. Die Türen schwangen auf, und wir begannen unsere Prozession zum Altar.

Ich wusste, dass alle Blicke auf mich gerichtet waren, aber ich sah niemanden. Nur ihn. Er stand am Altar und wartete auf mich, wie er schon so lange wartete – wie ein Prinz in einem Märchen. Seine Augen waren so voller Liebe, dass es mir den Atem raubte.

Am liebsten wäre ich an seine Seite geflogen – getragen von der Wolke aus Liebe, die mir von der kleinen Versammlung aus Verwandten und Freunden entgegenwehte. Natürlich freute es mich, dass sie gekommen waren, um diesen Tag mit mir zu feiern, aber die einzigen Menschen, die wirklich wichtig waren, standen dicht bei mir, als ich schließlich neben dem Mann innehielt, mit dem ich den Rest meines Lebens verbringen würde.

Doktor Whittaker betrat den Raum mit zwei anderen Ärzten, die der Mann noch nie gesehen hatte. Hinter ihnen glitt die Schwester in den Raum.

»Guten Morgen, Mister Wiltshire.«

Dem Mann fehlte die Stimme, um zu antworten, er blickte stumm und mit rotgeränderten, vor Kummer feuchten Augen zu dem Arzt hoch.

Doktor Whittaker trat neben den Mann und legte ihm tröstend eine Hand auf die Schulter. Draußen war die Sirene eines Einsatzfahrzeugs zu hören, ein Geräusch, das der Mann kaum mitbekam.

»Ihnen ist klar, was wir heute machen, Mister Wiltshire? Tony?«

Der Mann blickte erneut zu dem Arzt hoch. »Und Sie sind wirklich sicher? Es gibt keinerlei Anzeichen? Nichts?«

Der Arzt schüttelte traurig den Kopf. Leise wandte er sich an einen seiner Kollegen. »Sind die Unterlagen vorbereitet?«

Der andere Arzt nickte.

»Ich habe nur manchmal das Gefühl, dass sie hören kann, was vor sich geht«, platzte der Mann heraus. »Und hin und wieder bin ich mir sicher, dass sie weiß, dass ich hier bin. Ich glaube, sie kann mein Rasierwasser riechen …«

Wieder schüttelte Doktor Whittaker traurig den Kopf. Er hatte das schon von so vielen anderen untröstlichen Familienangehörigen gehört, die sich verzweifelt wünschten, es gäbe noch Hoffnung, wo keine mehr war.

»Sie hat mir, seit sie dreizehn war, jedes Jahr zu Weihnachten eine Flasche davon geschenkt«, erklärte der Mann an die Schwester gewandt, deren professionelle Haltung bei diesen Worten langsam zu bröckeln begann. »Das war so ein kleiner Scherz zwischen uns …« Er brach ab.

An die Zeremonie kann ich mich nicht erinnern. Bestimmt war sie schön. Die Lieder bekam ich vage mit, und ich gehe mal davon aus, dass ich an der richtigen Stelle mein Ja-Wort gab, aber der Rest versank für mich in einem wundervollen, traumähnlichen Nebelschleier. Das Einzige, woran ich mich wirklich erinnern kann, ist Jimmys Blick, als er mir den schmalen goldenen Ring an den Finger steckte und sanft den Schleier von meinem Gesicht hob. In den Bänken hinter uns brachen unsere Gäste in gedämpften Jubel aus, als Jimmy mit einem zärtlichen Kuss meinen Mund in Besitz nahm.

»Haben Sie sich verabschiedet?«, fragte der Arzt freundlich.

Der Mann nickte, des Sprechens nicht mächtig.

»Ist jemand mit Ihnen hier?«, erkundigte sich der Arzt besorgt. Seine Sorge galt nicht der Patientin, für die er nichts mehr tun konnte, sondern ihrem Vater.

»Nein, ich bin allein«, erklärte der Mann schließlich. »Es gibt nur noch uns beide. Sie ist alles, was ich auf der Welt noch habe.«

Hinter den Ärzten begann die Schwester leise zu weinen.
Doktor Whittaker trat an die Maschine, die für Rachel atmete, seit sie etwa zwei Monate zuvor eingeliefert worden war.
»Bis bald, mein Liebling«, flüsterte der Mann seiner Tochter ins Ohr, als der Arzt hinter ihm den Schalter umlegte.
»Es wird einen Moment dauern«, erklärte Doktor Whittaker leise.
Der Vater griff nach der Hand seiner Tochter und drückte sie fest, damit sie wusste, dass er bei ihr war.

Wir wandten uns um und gingen den Mittelgang entlang. Endlich zusammen. Für immer. Als wir an meinem Vater vorbeikamen, griff er nach meiner Hand und drückte sie fest. Ich sah ihn lächelnd an. Selbst als wir uns wieder in Bewegung setzten, ließ ich seine Hand vorerst nicht los, bis sich nur noch unsere Fingerspitzen berührten.

»Sie ist gegangen«, sagte der Arzt, während die Maschine hinter ihnen seine Worte mit einem langen, klagenden Dauerton unterstrich.

Hinter uns spielte die Orgel einen langen, andauernden Ton, ehe sie die beschwingte Melodie meines liebsten Lovesongs anstimmte.
Als wir uns dem Ausgang näherten, öffneten die dafür zuständigen jungen Männer die Flügeltür. Das ungewöhnlich helle Licht der Februarsonne flutete herein und blendete uns nach der kühlen Dunkelheit der Kirche mit seiner Intensität.
Jimmy und ich wechselten einen tiefen, vielsagenden Blick. Dann gingen wir zusammen ins Licht.

Danksagung

Es gibt viele Menschen, denen ich danken möchte, denn ohne sie wäre mein lang gehegter Traum niemals wahr geworden.

Als Erstes möchte ich meiner unglaublichen Agentin Kate Burke von Diane Banks Associates danken. Vielen Dank, Kate, dass du *Die Achse meiner Welt* so sehr liebst. Vielen Dank, dass du mich gefunden und an die Hand genommen hast bei meiner aufregenden Reise in eine neue Welt. Außerdem möchte ich Diana und Olivia danken, die mich herzlich willkommen geheißen und stets unterstützt haben. Das weiß ich sehr zu schätzen.

Ein großer Dank auch an meine fantastische Lektorin Laura Palmer bei Head of Zeus für ihren Rat, ihre Weisheit, ihre Geduld und ihre Fähigkeit, mir das Gefühl zu geben, alles fragen zu können, ohne mich doof zu fühlen (sogar wenn ich wusste, dass es wirklich doof war!). Vielen Dank auch an das wunderbare Team von Head of Zeus, dessen Wärme, Freundlichkeit und Professionalität keine Grenzen kennt.

Als ich *Die Achse meiner Welt* schrieb, habe ich mich bei den Namen meiner Freunde und Kollegen bedient, sie abgeändert und frei heraus für meine Figuren benutzt. Viele von euch wussten gar nichts davon, daher seid bitte nachsichtig, wenn ihr eure Namen – in welchen Abwandlungen auch immer – in dem Buch findet und euch ein wenig wundert. Danke, dass ihr mir eure Namen geliehen habt: Jimi Randall, Rachel Boyd, Matt Cooper, Cathy Johnson, Louise Boyd, Janet Boyd, John Kendall, Phil Wiltsher, Trev Chengabroyen, Jessica Sacco, Scott Tulloch, Dave Kelly, Sam Corcoran, Emily Frost, Laura Winter, Jamie Hunt, Max Isham, Joe Thorpe, Debbie Keyworth, Sheila Ellis, Kim Webb, Dee Whittock, Janet Brady, Ann McRae, Megan Freeman und zu guter Letzt Kizzy, die Katze.

Es gibt nur wenige Dinge im Leben, die wichtiger sind als richtig gute Freunde. Und genau deswegen möchte ich Hazel danken, die immer für mich da ist (wobei »da« mittlerweile leider Australien ist).

Außerdem gebührt ein großer Dank meiner Familie – sie sind schlicht und einfach die drei tollsten Menschen im ganzen Universum. Ralph, Kimberley und Luke, ohne euch hätte ich das nie geschafft.

Als Allerletztes möchte ich meine Mum Riv erwähnen. Ich wünschte, du könntest hier sein und das alles miterleben. Aber ich hoffe, dass die Neuigkeiten irgendwie bei dir angekommen sind – wo auch immer du sein magst.

Dani Atkins über »Die Achse meiner Welt«

Die erste Liebe ist eine außergewöhnliche und wunderbare Erfahrung. Fast jeder Mensch hat eine erste Liebe erlebt, und manche haben vielleicht das große Glück, mit dieser Liebe alt und grau zu werden. Aber für die meisten – es sei denn, man lebt in einem Märchen – ist die erste Liebe vor allem eine besondere Erinnerung. Wie auch immer die Liebe endete – ob man verlassen wurde oder verlassen hat –, ihr wird immer etwas Besonderes anhaften. Für die, die danach kommen, ist es nicht leicht; vor allem, wenn man über die Jahre hinweg die ganzen Fehler und Unzulänglichkeiten verdrängt hat. Wie viele von uns haben schon einmal daran gedacht, wie es wohl wäre, seine erste Liebe wiederzutreffen – nur, um zu überprüfen, ob sie wirklich so groß war, wie man sie in Erinnerung hat.

In meinem Roman *Die Achse meiner Welt* bekommt Rachel diese Gelegenheit – allerdings mit einem sehr dramatischen Ausgang. Die wenigsten von uns werden sich jemals in einer vergleichbaren Situation wiederfinden wie Rachel, aber es wirft eine interessante Frage auf, nämlich die, die Barbra Streisand in einem ihrer Songs auch stellt: Wenn wir die Möglichkeit hätten, das alles noch einmal zu wagen, sag mir, würden wir es tun?

Ich kenne eine Frau, die genau diese Chance hatte. Mit zwanzig Jahren lernte sie einen Mann kennen, von dem sie wusste, dass er der Mann ihres Lebens war. Dass sie sich überhaupt trafen, grenzte an ein Wunder, viele Zufälle griffen ineinander. Die Anziehung war sofort da, und sie wurden ein Paar. Doch er war nicht so frei, wie man sein sollte, wenn man mit jemandem eine Beziehung eingeht – anders lässt es sich wohl nicht sagen. Und so war alles vier Monate nachdem es begonnen hatte, schon wieder vorbei. Sie war am Boden zerstört und verbrachte eine angemessene Zeitspanne damit, literweise Eis in sich hineinzuschaufeln und traurige Musik zu hören. Aber irgendwann begann sie, sich wieder mit Männern zu treffen. Sie hatte Beziehungen, manche bedeutsam, manche nicht, aber ihn konnte sie nicht vergessen. Er war in ihr Herz gebrannt, und nichts in der Welt würde das ändern können. Sie war sich sicher, dass sie, wie auch immer ihr Leben verlaufen würde, im Moment ihres Todes seinen Namen flüstern würde (sie ist ein bisschen dramatisch). Egal, irgendwann gab sie sich einen Ruck und begann, ihre Zukunft mit einem anderen Mann zu planen. Denn ihre erste Liebe hatte sich nachhaltig aus ihrem Leben verabschiedet, und sie wollte keinen Privatdetektiv anheuern, um ihn zu finden.

Fünf Jahre nachdem sie sich getrennt hatten, beschloss sie an einem Sonntagmorgen, ihre Eltern spontan zu besuchen. Sie trat gerade durch die Tür ihres Elternhauses, als das Telefon klingelte. Und obwohl sie seit Jahren nicht mehr in dem Haus lebte und normalerweise auch nicht an das Telefon anderer Leute geht, nahm sie an diesem Tag den Hörer ab. Und klar: Er war es. Er hatte sich endlich eingestanden, was er schon immer gewusst hatte. Und da er nicht mehr anderweitig gebunden war, fragte er sie nun, ob sie mit ihm ausgehen wolle. Es hatte fünf Jahre gedauert, bis sie sich einigermaßen von ihm gelöst hatte, aber es brauchte nur fünf Minuten, um zu einem Wiedersehen ja zu sagen. Das Schicksalsrad hatte sich gedreht, und wenn sie mutig genug war, konnte sie genau das tun, wozu die wenigsten von uns je die Möglichkeit haben: die erste Liebe wiedertreffen. Sie sagte zu, redete sich selbst aber ein, dass es nicht wie früher sein, sie nichts für ihn empfinden würde. Ihre Zukunft gehörte einem anderen Mann und keinem Geist der Vergangenheit. Sie lag so falsch. Die Gefühle waren immer noch da … und noch viel mehr. Was sollte sie nur tun? Sollte sie bei ihrem jetzigen Freund bleiben oder den großen Sprung wagen und ihrem Herzen folgen? Sie sprang. Obwohl ihr viele abrieten und nicht an Ratschlägen sparten, hörte sie nur auf die Stimme in ihrem Herzen. Und was geschah dann? Blieben sie zusammen? Haben sie es geschafft? Ich bin froh, sagen zu können, dass sie es geschafft haben. Sie heirateten, bekamen zwei Kinder, und viele Jahre später – sie feierten gerade ihren fünfundzwanzigsten Hochzeitstag – setzte sie sich hin und begann, ein Buch über eine verlorene Liebe und eine zweite Chance zu schreiben. Sie nannte das Buch *Die Achse meiner Welt.*